Seerache

MANFRED MEGERLE

Seerache

KRIMINALROMAN

emons:

Bibliografische Information der Deutschen Nationalbibliothek
Die Deutsche Nationalbibliothek verzeichnet diese Publikation
in der Deutschen Nationalbibliografie; detaillierte bibliografische
Daten sind im Internet über http://dnb.d-nb.de abrufbar.

© Hermann-Josef Emons Verlag
Alle Rechte vorbehalten
Umschlagmotiv: Heribert Stragholz
Umschlaggestaltung: Tobias Doetsch
Druck und Bindung: booksfactory.de, Szczecin
Printed in Poland 2021
Erstausgabe 2012
ISBN 978-3-95451-017-7
Originalausgabe

Unser Newsletter informiert Sie
regelmäßig über Neues von emons:
Kostenlos bestellen unter
www.emons-verlag.de

Für Carin und Ulrich

»Geld verdirbt den Charakter –
vorausgesetzt, man hat einen.«
Sir Peter Ustinov

»Überlingen ist ein Karrierekiller.
Wer einmal hier ist, will nie wieder weg.«
Josef Kling, Antiquitätenhändler

1

Fröstelnd stand der Mann auf dem Außendeck, nicht ahnend, dass sein Tod beschlossene Sache war. Knapp zwanzig Stunden blieben ihm noch, dann würde sein Lebenslicht ausgeblasen.

Zwanzig Stunden. Für den Mann nicht viel mehr als ein Wimpernschlag. Für den Vollstrecker eine Ewigkeit.

Um kurz nach zwölf hatte die Fähre in Meersburg abgelegt, in etwas mehr als einer Viertelstunde würde sie Konstanz erreichen. Ein eisiger Wind fegte über das Außendeck und trieb dem Mann die Tränen in die Augen. Er nahm die Hände aus den Taschen und schlug den Mantelkragen hoch.

Trotz des widrigen Wetters fühlte er sich, als könnte er Bäume ausreißen. Er wusste, falls die Dinge sich weiterhin wie geplant entwickelten, dann hätte er sein Leben lang ausgesorgt. So gesehen bedauerte er keineswegs, das gut geheizte Bordrestaurant verlassen zu haben. Der Lärm und die stickige Luft in dem brechend vollen Raum waren ihm zu viel geworden. Eine Zeit lang hatte er mit dem Gedanken gespielt, das Ende der Überfahrt in seinem Wagen abzuwarten. Doch davon war er schnell wieder abgekommen. Ihn grauste, wenn er an das düstere Fahrzeugdeck dachte, zumal er zwischen den dicht an dicht stehenden Wagen regelmäßig Platzangst bekam. Das schaurige Windgeheul dort unten tat ein Übriges. So war ihm letztlich nur das Außendeck geblieben.

Lange würde er es hier aber auch nicht aushalten. Kaum hatte er den Fuß vor die Tür gesetzt, waren ihm Eiskristalle wie glühende Nadeln ins Gesicht geschlagen; er hatte sich festhalten müssen, um nicht über Bord gefegt zu werden. Und von wegen Aussicht auf die Schweizer Berge! Mit Ach und Krach konnte er das Konstanzer Ufer erkennen. Gemütlich ist anders, dachte er und wollte sich eben wieder in den Schiffsbauch zurückziehen, als sein Handy klingelte. Verstohlen sah er sich nach Mithörern um. Doch die wenigen Fahrgäste, die hier draußen der Witterung trotzten, schienen ausnahmslos mit sich selbst beschäftigt. Mit klammen Fingern fischte er das Gerät aus der Tasche. Als er die Nummer auf dem Display erkannte, hellte sich seine Miene auf. »Wurde aber auch Zeit«, murmelte er erleichtert. Es war Stunden her, dass er um diesen Rückruf gebeten hatte.

Er suchte sich ein einigermaßen windgeschütztes Plätzchen. Dann drückte er die Empfangstaste und nannte seinen Namen.

Das Gespräch dauerte nicht einmal eine Minute; schon nach wenigen Sätzen verabschiedete er sich. »Bis heute Abend also. Und vergessen Sie das Geld nicht – in bar, wenn ich bitten darf. Ach, noch was: Seien Sie pünktlich. Sie wissen ja, wer zu spät kommt …« Er ließ dem Halbsatz ein heiseres Lachen folgen, unterbrach die Verbindung und steckte das Handy wieder in die Tasche. Jetzt war er froh, das altmodische Teil nicht weggeschmissen zu haben, letzte Woche, als er das neue Smartphone erstanden hatte. Dessen Anschaffung hatte ihn zwar eine Stange Geld gekostet, doch dafür hielt es, was der Name versprach. Inzwischen mochte er das Wunderding nicht mehr missen. Dumm nur, dass es seit gestern spurlos verschwunden war. Verlegt? Verloren? Vielleicht sogar gestohlen? Er wusste es nicht. Schon die Vorstellung, es könnte in fremde Hände gelangt sein, verursachte ihm Übelkeit – weniger wegen des materiellen Wertes, der war leicht zu verschmerzen. Nein, weit schwerer traf ihn der Verlust der sensiblen Daten, die er darauf gespeichert hatte. Ungesichert. Die Einrichtung eines Sicherheitscodes hatte er immer wieder auf später verschoben. Sofort nach seiner Rückkehr würde er noch einmal alles danach absuchen. Es müsste doch mit dem Teufel zugehen, wenn sich das verdammte Ding nicht wiederfände!

Während er zum zweiten Mal das Bordrestaurant betrat, überschlugen sich seine Gedanken. Dieser Anruf eben – brauchte es noch mehr Beweise, dass er mit seinen Plänen richtiglag? Erneut hatte er einen dicken Fisch an Land gezogen.

Obwohl … ein bisschen seltsam hatte sich der Anrufer schon benommen. Wie, zum Teufel, sollte er die Frage nach »qualifizierten Referenzen« verstehen, wie die auffallende Neugier, als es um Sicherheiten ging? Und weshalb hatte der Kerl so hämisch gelacht, als er Bares verlangte?

Unwillig wischte er seine Bedenken beiseite. Immerhin war es die dritte Zusage in weniger als einer Stunde gewesen – eine Resonanz, auf die er in seinen kühnsten Träumen nicht zu hoffen gewagt hatte. Fast hatte es den Anschein, als wären die Leute scharf darauf, sich von ihren Kröten zu trennen.

Na ja, kein Wunder bei dreißig Prozent Rendite – pro Monat, wohlgemerkt. Wer konnte da schon Nein sagen? Er grinste. Gewissensbisse? Wieso sollte er die haben? Es traf ja keine Armen.

Hatten ihn seine beiden Partner anfangs für einen Spinner gehalten, so waren sie inzwischen vom Gegenteil überzeugt. Wiederholt hatten sie ihm versichert, der Plan sei »irgendwie genial«. Nicht, dass er dieses Lob allein auf sich bezogen hätte, das Geschäftsmodell stammte schließlich nicht von ihm. Es war von ihren spanischen Geschäftspartnern entwickelt worden und fußte auf der Erkenntnis von Psychologen und Finanzstrategen, wonach die Gier nach immer mehr Geld den Verstand umso schneller ausblendet, je höher die in Aussicht gestellten Gewinne sind. »Gier frisst Hirn«, der Titel dieses Buches traf den Nagel auf den Kopf. Nicht umsonst zählte der Konstanzer Autor Jürgen Wagner hierzulande zu den kompetentesten Wirtschaftsanwälten.

Beim Gedanken an die spanischen Partner lachte der Mann kurz auf. Seit sie die Anlagen teilweise auf eigene Rechnung verscherbelten, stimmte die Kasse. Er ärgerte sich, dass er nicht schon viel früher draufgekommen war. Und was sein Mitgefühl mit den Anlegern anging, so hielt sich das in Grenzen. Wer vor lauter Gier den Hals nicht voll genug bekam, war selbst schuld, wenn er sein Geld verlor.

Ein Blick durchs Fenster auf das sich nähernde Konstanzer Ufer holte ihn in die Wirklichkeit zurück. Noch zehn Minuten bis … nein, nicht bis Buffalo.

Merkwürdig. Wieso fiel ihm gerade jetzt Fontanes Gedicht wieder ein – das von der Schwalbe, die über den Eriesee flog? War Lichtjahre her, dass er es das letzte Mal hatte aufsagen müssen … War die Schwalbe, dieser Kahn, etwa gesunken … oder am Ufer zerschellt? So oder so wäre es ein schlechtes Omen. Ausgerechnet jetzt!

Ach was, dachte er und richtete den Blick nach vorn, wo hinter gischtenden Wellen das Konstanzer Ufer lag. Zehn Minuten bis zum Fährhafen … für einen Espresso im Stehen reichte das allemal. Kurz entschlossen kämpfte er sich zur Theke durch.

Gerade wollte er seine Bestellung aufgeben, da drängte sich ein bulliger Glatzkopf an ihm vorbei und warf einen Zehneuroschein auf die Theke. »Wodka, aber doppelt«, verlangte er. In seinem derb klingenden Akzent klang es eher wie ein Befehl denn wie eine Bitte.

So viel Dreistigkeit machte ihn einen Moment lang sprachlos. Was bildete sich dieser Kerl ein? Eine dicke Lippe riskieren, aber nicht mal richtig Deutsch können, pah! Ihm lag ein geharnischter Protest auf der Zunge, doch ein unbestimmtes Gefühl ließ ihn schweigen. War es ratsam, den Muskelprotz gegen sich aufzubringen? Dieser bullige Kerl – der Aussprache nach ein Osteuropäer – schien nicht nur unverfroren, sondern auch noch bärenstark. Grund genug, den Ärger fürs Erste hinunterzuschlucken. Er beschloss, ihn stattdessen etwas genauer unter die Lupe zu nehmen.

So ungewöhnlich wie die Statur des Glatzkopfs war dessen »modisches« Äußeres. Über einem ehemals weißen Hemd spannte sich ein knapp sitzender schwarzer Anzug, der die aufgepumpten, steroidverdächtigen Muskelpakete eher hervorhob, als dass er sie verbarg. Mit dem harten Akzent und dem blank polierten Schädel erinnerte er ihn verdammt an einen russischen Popen.

Er kam nicht dazu, seine Begutachtung fortzuführen, denn kaum hatte der Kerl seinen Drink erhalten, da drehte er sich um, und zwar so ungestüm, dass gut die Hälfte des Wodkas auf seinem Mantel landete. »Können Sie nicht aufpassen?«, fauchte er erbost. »So eine Scheiße aber auch ... Jetzt haben Sie mit Ihrem Gesöff meinen Mantel ruiniert.«

Der Glatzkopf zeigte sich davon nur wenig beeindruckt. »Aber, aber, Herr Hauschild, warum denn gleich aus Rolle fallen?«, radebrechte er. Trotz des vordergründigen Spotts war ein gefährlicher Unterton in seiner Stimme nicht zu überhören.

Einen Augenblick lang war er wie vor den Kopf geschlagen. »Sie ... Sie kennen meinen Namen?«

»Ist gute Frage«, erwiderte der Glatzkopf gelassen und richtete den Blick zur Decke. Als habe er dort die gesuchte Antwort gefunden, senkte er anschließend den Kopf und fasste sein Gegenüber ins Auge. »Thorsten Hauschild, frei arbeitender Fi... äh, wie heißt? Richtig: Finanzberater. Wohnen in Konstanz, vierunddreißig Jahr, geschieden, kinderlos«, leierte er herunter. »Sie wollen wissen, woher ich habe Information? Ist gemeinsamer Bekannter. Hat gebeten, sich ... äh ... ein wenig um Sie zu kümmern.«

»Gemeinsamer Bekannter? Wer soll das sein?« Hauschilds Augen verengten sich zu Schlitzen. »Sagen Sie mal … was läuft hier eigentlich?«

»Psst, nicht hier«, beschied ihn der Glatzkopf. Mit einem Kopfnicken verwies er auf die neugierigen Blicke der Umstehenden und fügte halblaut hinzu: »Gehen Sie einfach zu Ihrem Wagen. Dort Sie finden Antwort.« Noch ehe Hauschild etwas erwidern konnte, machte er kehrt und stakste davon.

Zum Teufel, dachte Hauschild, was geht hier eigentlich vor? In was bin ich da hineingeraten?

Dieses merkwürdige Zusammentreffen konnte kein Zufall sein. Ganz im Gegenteil, alles sprach dafür, dass der Glatzkopf es bewusst herbeigeführt hatte. Nur weshalb? Sosehr er sich darüber auch den Kopf zerbrach, es fiel ihm keine passende Antwort ein. Wahrscheinlich war es das Beste, der Anweisung zu folgen und zurück zum Wagen zu gehen.

Ohne lange zu überlegen, eilte er die Treppe hinab. Kurz vor dem letzten Absatz stoppte er und hielt sich am Geländer fest. Was, wenn das Ganze eine Falle war? Dann würde er geradeswegs in sein Verderben rennen. Bei den Lichtverhältnissen hier unten wäre ein tätlicher Angriff vergleichsweise leicht zu bewerkstelligen, und da die Mehrzahl der Wagenbesitzer sich noch immer auf dem Oberdeck aufhielt, konnte er schwerlich auf Hilfe hoffen. Mit anderen Worten: Der Glatzkopf hätte ein leichtes Spiel mit ihm.

So nicht, dachte Hauschild grimmig. Zum Glück hatte er die Gefahr noch rechtzeitig erkannt. Er würde sich schon zu wehren wissen. Entschlossen öffnete er die Stahltür und betrat das Fahrzeugdeck.

Langsam und sich nach allen Seiten absichernd schlich er an der rechten Bordwand entlang, bis er vorn, drei Wagen weiter, seinen BMW X5 entdeckte. Er beschloss, fürs Erste hinter einem dunklen Kastenwagen in Deckung zu gehen. Von dort aus konnte er den betreffenden Deckabschnitt in aller Ruhe beobachten.

Doch sosehr er auch nach vorn stierte – da war nichts, absolut nichts, was ihm verdächtig erschien. Weder trieben sich dubiose Gestalten im Umfeld seines SUV herum, noch waren Anzeichen eines gewaltsam aufgebrochenen Fensters oder einer Tür zu erkennen. Da klemmte nicht mal ein Zettel hinter dem Scheibenwischer. Totale Fehlanzeige.

War es möglich, dass der Glatzkopf nur seinen Spaß mit ihm hatte treiben wollen? Er verwarf diesen Gedanken wieder – zu eindeutig war der Kerl auf Konfrontation aus gewesen. Doch warum hatte er sein Anliegen nicht gleich im Restaurant vorgebracht? Warum sollte er zu seinem Wagen gehen, um, dort angekommen, festzustellen, dass der Glatzkopf durch Abwesenheit glänzte? Erwartete ihn die Nachricht etwa im Fahrzeuginneren? Unmöglich! Er hatte vor dem Weggehen die Zentralverriegelung betätigt.

Es half alles nichts: Wenn er Gewissheit haben wollte, musste er näher ran.

Die Nerven zum Zerreißen gespannt, näherte er sich vorsichtig seinem Auto. Kurz bevor er es erreichte, entriegelte er per Fernbedienung die Türen.

Er hätte sich nicht gewundert, wenn die Karre in die Luft geflogen wäre. Aber alles blieb ruhig.

Er atmete tief durch, ehe er zögernd die Fahrertür öffnete. Als auch das ohne Folgen blieb, setzte er sich rasch ans Steuer und zog die Tür hinter sich zu. »Puh«, seufzte er erleichtert und betätigte die Türsperre.

»Wird auch höchste Zeit, mein Freund«, tönte es da in seinem Rücken.

Hauschild glaubte einen Moment lang, einem akustischen Trugbild aufgesessen zu sein. Der Wagen war die ganze Zeit über verschlossen gewesen – wo, um Himmels willen, sollte da eine fremde Stimme herkommen? Böses ahnend fuhr er herum. Und tatsächlich: Auf der Rückbank saß eine dunkle, hünenhafte Gestalt, und obwohl die Lichtverhältnisse im Wagen sehr zu wünschen übrig ließen, war die Ähnlichkeit mit dem Kerl aus dem Restaurant unverkennbar: kahler Schädel, Boxerfigur, speckiger schwarzer Anzug – sogar der Akzent war identisch. Aber handelte es sich wirklich um denselben Mann? Irgendetwas an ihm kam Hauschild anders vor. Aber was?

Kaum hatten sich seine Augen an das Zwielicht gewöhnt, sprang ihm der Unterschied auch schon ins Auge: Eine breite Narbe zog sich quer über die Stirn des Mannes, dessen Gesichtszüge sich bei näherem Hinsehen ebenfalls recht deutlich von denen des ersten Glatzkopfs unterschieden. Irgendjemand musste ihm gewaltig eins übergebraten haben. Recht so, befand Hauschild und bedauerte zutiefst, selbst keine Waffe in Reichweite zu haben.

»Wenn Sie denken, dass ich mir jetzt ins Hemd mache, dann haben Sie sich geschnitten«, entgegnete er scheinbar gelassen, nachdem er sich einigermaßen gefangen hatte.

»Sie können tun, was Sie wollen – ist Ihr Auto, oder nicht?«

»Ah ja. Und wieso sind Sie dann eingedrungen?«, fuhr Hauschild auf, während er fieberhaft nach einem Ausweg suchte. Körperlich war er dem Hünen unterlegen – es sei denn, er nutzte das Überraschungsmoment. Wenn es ihm gelänge, dem Kerl die Faust ins Gesicht zu rammen, ihn mit einem Schlag ins Reich der Träume zu schicken … dann müsste er nur noch aus dem Wagen springen und das Fährpersonal verständigen.

Er hatte sich bereits halbwegs dazu entschlossen, als ihn ein Klopfen gegen das Seitenfenster herumfahren ließ. Draußen stand, wie befürchtet, Glatzkopf Nummer eins, der Wodkatrinker aus dem Restaurant. Missbilligend schüttelte er den kahlen Schädel. »Können vergessen«, rief er ihm zu, »gegen Igor haben keine Chance.«

Hauschild schluckte. Selbst wenn es ihm gelänge, Igor auszuschalten, bekäme er es postwendend mit dem zweiten Muskelprotz zu tun. Damit hatte sich sein Plan erledigt. Andererseits: Solange er sich an Bord der Fähre befand und die Fahrt andauerte, konnte er sich einigermaßen sicher fühlen. Entschlossen drehte er sich zu Igor um: »Schluss jetzt! Entweder Sie verschwinden aus meinem Wagen …«

»Oder?«

»Oder … oder ich hupe das ganze Schiff zusammen.«

»Wetten, dass Sie nicht machen?«

»Was setzen Sie dagegen?«

Igor lachte höhnisch auf. »Einmal Spieler, immer Spieler, was?«

Hauschild zuckte zusammen. »Was wollen Sie damit andeuten?«

»Sie können sich nicht denken?«

»Sagen Sie's mir.«

»Also gut, reden wir nicht um … wie heißt bei Ihnen? Reden wir nicht um heißen Brei herum, richtig? Sie haben Spielschulden. Hohe Spielschulden. Vierunddreißigtausend Euro. Summe wäre vor zwei Tagen fällig gewesen. Sie jetzt wissen, warum wir hier sind?«

Hauschild wurde nun tatsächlich einiges klar. Er versuchte, Zeit zu gewinnen. »Wer schickt Sie?«, fragte er lauernd, obwohl er die Antwort bereits kannte.

»Borowski.«

Hauschild atmete tief durch, bevor er antwortete. »Okay, tut mir leid, ich hatte das vollkommen vergessen«, log er. »Kann ja mal passieren, oder? Bestellt Borowski, er bekommt sein Geld. Nächste Woche, nein, in zwei Tagen leg ich's ihm auf den Tisch, dann bin ich wieder flüssig. So lange muss er sich gedulden.«

Igor kniff die Augen zusammen. »Borowski muss gar nichts. So wenig wie wir. Wenn überhaupt einer muss, dann du, mein Freund – nämlich zahlen. Morgen Mittag, zwölf Uhr, wir sind bei dir. Und ich rate gut: Lass uns nicht hängen.«

»Sonst?«

»Sonst du bist nicht mehr unser Freund. Und wer nicht Freund ist, ist Feind, verstehst? Nur: Mit Feinden machen wir kurzen Prozess. Aber du bist ja vernünftig, nicht wahr? Und jetzt mach bitte schön Autotür auf.«

»Ihr habt sie wohl nicht mehr alle! Wie soll ich so schnell vierunddreißigtausend Euro flüssig machen, könnt ihr mir das mal sagen, eh? Glaubt ihr, ich hab die Penunzen zu Hause herumliegen, oder was?«

»Fünfzigtausend, mein Freund! Es sind fünfzigtausend. Du hast Zinsen vergessen. Und Inkassogebühr. Auch wir müssen leben, du verstehst?«

»Verdammt. Das könnt ihr mit mir nicht machen. – Autsch!« In höchster Erregung war Hauschild hochgefahren und mit dem Kopf an den Wagenhimmel gestoßen.

Ohne sich auch nur im Geringsten anzustrengen, drückte ihn Igor in den Sitz zurück. »Du Armer, ich weine gleich«, entgegnete er spöttisch, um mit knallharter Stimme fortzufahren: »Denkst wohl, wir wüssten nicht Bescheid über … äh, wie heißt bei euch? … Einlagen … ja, über Einlagen? Denkst, wir wüssten nicht, wie viel du bekommen hast?« Er las von einem Zettel ab, den er plötzlich in der Hand hielt: »Bundschuh hundertachtzigtausend, Lenz hundertneunzigtausend, Zöller fünfundsiebzigtausend, Sennefeldt vierhundertsechzigtausend … soll ich weiterlesen?«

Im Bruchteil einer Sekunde wurde Hauschild aschfahl. Jetzt wusste er, in wessen Händen sich sein Smartphone befand. Dabei spielte es, wenigstens im Augenblick, nicht die geringste Rolle, auf welche Weise die Glatzköpfe sich das Ding gekrallt hatten.

»Okay, okay, das bestreite ich ja nicht«, beteuerte er. »Aber wie ich schon sagte, die Summen sind angelegt. Was soll ich machen? Ich brauch einfach mehr Zeit.«

Igor lächelte begütigend. »Du das irgendwie hinbekommen, da bin ich sicher. Morgen Mittag, zwölf Uhr, wir werden bei dir sein. Und jetzt mach Türen auf. Sitzung zu Ende.«

Wie in Trance drückte Hauschild den Entriegelungsknopf, und Sekunden später hatte Igor den Wagen verlassen. Bevor er mit seinem Kompagnon in Richtung Ausfahrt entschwand, reichte er Hauschild eine Visitenkarte. »Hier. Damit du nicht denkst, wir nehmen Job nicht ernst. *Do svidanija!*«

Igor wandte sich bereits zum Gehen, als er sich an den Kopf griff, weil ihm offenbar noch etwas einfiel. Aus einer Innentasche seines Anzugs zog er ein flaches silbernes Gerät und drückte es dem verdutzten Hauschild in die Hand. »Entschuldige, hätte ich fast vergessen: Dein verschwundenes … äh …«

»Smartphone«, half ihm sein Partner aus, der inzwischen ebenfalls zurückgekommen war.

»Sag ich doch, Smartphone«, grunzte Igor und fügte hinzu: »Du solltest besser auf Sachen aufpassen, mein Freund.«

Sein meckerndes Lachen hallte noch in Hauschilds Ohren, als die beiden seinen Blicken längst entschwunden waren. Böses ahnend, sah er auf die Visitenkarte. Als er den Namen las, bekam er weiche Knie. »MOSKAU-INKASSO«, prangte da in fetten Blockbuchstaben. Darunter, in kursiv, das Motto der Truppe: »Zahl oder stirb!«

Hauschild zerriss die Karte und warf die Fetzen aus dem Fenster. Was für ein Aufwand wegen der paar vergessenen Kröten, dachte er. Borowski, dieser Korinthenkacker. Na ja, spätestens morgen Mittag war die Sache vom Tisch. Die fünfzig Mille würde er bis dahin schon auftreiben.

2

Besser kann man es eigentlich nicht treffen, dachte Wolf. Der strahlend blaue Märzhimmel hoch über ihm war nach dem Dreckswetter der letzten Tage die reinste Offenbarung. Das morgendliche Sonnenlicht brach sich in der silbern schimmernden Hülle des Zeppelins und tauchte die Reihe der wartenden Fluggäste in einen gleißenden Schein. Und doch wollte bei ihm keine Freude aufkommen.

Kurz zuvor hatte die Riesenzigarre auf dem Landeplatz aufgesetzt. Nun schwankte sie sacht am Haltemast hin und her, bereit, nach dem Austausch ihrer menschlichen Fracht aufs Neue zu starten.

Je näher jedoch das »Boarding« rückte, desto unwohler fühlte sich Wolf in seiner Haut. Längst hatte er seine Flugangst überwunden geglaubt – und nun das! Am liebsten wäre er auf der Stelle aus der Schlange der Wartenden ausgeschert und wieder zurückgegangen.

Er hätte sich die Aufnahmen nicht ansehen dürfen.

Vorhin war er durch die Abfertigungshalle geschlendert und dabei zufällig auf eine Bildwand gestoßen – nichts Besonderes, lediglich eine Handvoll Reproduktionen von vergilbten Schwarz-Weiß-Fotos. Die allerdings hatten es in sich gehabt: Sie zeigten das Ende des Luftschiffs »Hindenburg«, das im Mai 1937 in Lakehurst/ USA ein Opfer der Flammen geworden war und nicht weniger als sechsunddreißig Menschen in den Tod gerissen hatte. Ein Dreivierteljahrhundert war das jetzt her, und doch hatten sich die Motive unauslöschlich in Wolfs Gedächtnis gebrannt: das todbringende Flammenmeer, die verzweifelten Löschversuche, das verglühende Gestänge ...

Ein Schauder kroch ihm den Rücken hinab. Was, wenn sich eine solche Katastrophe wiederholte? Nicht irgendwann und irgendwo, sondern hier und heute?

Seine Flugangst war wieder da.

Im Grunde hatte er es sich selbst zuzuschreiben. Warum hatte er nicht dankend abgelehnt, als die Kollegen ihm den Zeppelinflug zu seinem Dienstjubiläum geschenkt hatten? Wieso, zum Teufel, hatte es auch ausgerechnet ein Zeppelinflug sein müssen? Ein kleines Präsent hätte es doch auch getan, eine Flasche Pastis zum Beispiel. Andererseits: Woher sollten die Kollegen von seiner Flugangst wissen, wenn er sie doch seit Jahren unter der Decke hielt?

Noch etwas anderes gab ihm zu denken: Wieso hatte ausgerechnet Marsberg seine Begleitung angeboten, noch dazu ungefragt und auf eigene Kosten? Hatte der Freund und Kollege sein drohendes Kneifen etwa einkalkuliert? Das wäre ja oberpeinlich!

Ein Gutes hatte die Sache aber gehabt. Als Marsbergs Beifahrer war er bequem nach Friedrichshafen gelangt. Die Zeiten, in denen er solche Entfernungen noch mit seinem Drahtesel schaffte, waren schließlich vorbei, und die Bahn schied wegen ihrer vertrackten Fahrkartenautomaten von vornherein aus.

Er spürte einen Schubs im Rücken. »Los, Leo, kneifen gilt nicht, du bist dran«, drängte Marsberg und ließ seiner Aufforderung ein spöttisches Lachen folgen. Widerspruchslos setzte sich Wolf in Bewegung.

Inzwischen hatte er das Einsteigeprinzip des neuen Zeppelins durchschaut: Es kletterte jeweils einer der zurückgekehrten Fahrgäste aus der unter dem Luftschiff hängenden Kanzel, und ein neuer stieg zu. Offenbar war das Gleichgewicht der Riesenzigarre derart fragil, dass größere Gewichtsschwankungen unter allen Umständen vermieden werden mussten. Nicht gerade vertrauenerweckend, befand Wolf, doch nun gab es kein Zurück mehr.

Ein Angestellter in schmucker Uniform half Wolf die wenigen Stufen hinauf, und schon war er im Inneren der Kanzel verschwunden. Erneut verließ einer der Ankömmlinge die Kabine, ehe die Reihe an Marsberg kam. Wenig später war der Passagierwechsel abgeschlossen. Der Angestellte zog die Treppe zurück, die Flugbegleiterin verriegelte die Tür – der Zeppelin war startbereit.

Wolf hatte bis zuletzt mit sich gerungen. Wäre Marsberg nicht mit von der Partie gewesen, er hätte sich rechtzeitig verdünnisiert. Am Ende war ihm nichts anderes übrig geblieben, als zuzusteigen. Mehr stolpernd als gehend hatte er die Kabine durchquert und sich freudlos in einen Fenstersitz fallen lassen. Selbst als Marsberg ihm mit anerkennendem Nicken auf die Schulter geklopft und sich unmittelbar hinter ihm niedergelassen hatte, war das von Wolf nur teilnahmslos zur Kenntnis genommen worden. Irgendwann hatte er einen scheuen Blick durch das Seitenfenster geworfen und das geschäftige Treiben draußen verfolgt.

Immerhin hatte er einen Sitz am Fenster ergattert! Wenn er schon dem eigenen Untergang beiwohnen musste, dann bitte schön auf einem Logenplatz.

Umso größer war seine Enttäuschung, als er jetzt verstohlen durch den Innenraum blickte. Alle Sitze in der Kabine lagen ausnahmslos am Fenster. Irgendwie schade … so ein kleines Privileg hätte ihm gutgetan.

Ein Lautsprecher knackte, und der Pilot meldete sich zu Wort. Er begrüßte zunächst die Passagiere, bevor er auf den Ablauf des Fluges einging. Aus begreiflichen Gründen hörte Wolf nur mit halbem Ohr zu. Voll banger Erwartung fieberte er dem Moment entgegen, in dem sich die Zigarre in die Luft erheben würde.

Irgendwann riss ihn Marsberg aus seinem dumpfen Brüten. »Na, Leo, was meinst du, koppeln wir uns ausnahmsweise ab? Heut ist Samstag, da wird uns schon keiner in die Suppe spucken.«

Wolf verstand nur Bahnhof. »Was meinst du mit abkoppeln?«, fragte er.

»Hast du dem Piloten nicht zugehört? Wir sollen unsere Handys ausschalten. Die Dinger stören den Flugbetrieb.«

»Ach das.« Ohne Widerrede kam Wolf der Aufforderung nach, bevor das Geschehen auf dem Vorfeld erneut seine Aufmerksamkeit fesselte.

Zwischenzeitlich hatte sich das Luftschiff vom Haltemast gelöst. Wie von Geisterhand gezogen schwebte es senkrecht nach oben, bevor es langsam Fahrt aufnahm. Interessiert verfolgte Wolf das Startmanöver. Dabei machte er eine höchst überraschende Feststellung: Sein Unbehagen beim Blick in die Tiefe war wie weggeblasen. Wie war das möglich? Hatte er sich seine Flug- und Höhenangst all die Jahre über nur eingebildet? Seine letzte Flugreise fiel ihm wieder ein, nach Teneriffa, oder war es Lanzarote gewesen? Schon auf dem Hinflug war ihm schlecht geworden; die Turbulenzen auf dem Rückflug hatten ihm vollends den Rest gegeben. Zehn Jahre war das jetzt her. Seitdem war er nicht mehr geflogen.

Der Zeppelin als therapeutisches Medium? Sah ganz so aus. Er musste mit Marsberg darüber reden, später, wenn sie wieder am Boden waren.

Bald erreichte der Zeppelin die vorgeschriebene Flughöhe, gemächlich begann er, über Friedrichshafen hinwegzuziehen.

Ganz schön groß, das Kaff, dachte Wolf erstaunt – er hatte die Stadt noch nie aus der Luft gesehen.

Nach und nach ging die dichte Bebauung in offene Landschaft über, Wiesen, Felder und Wälder wechselten einander ab. Der Anblick erinnerte Wolf an einen gigantischen Flickenteppich. Dazwischen lagen immer wieder ausgedehnte Obstanlagen, die dank ihrer strengen Geometrie das scheinbare Chaos wohltuend ordneten.

Dann rückte eine stark befahrene Straße ins Bild, die Bundesstraße 31, die wichtigste Verkehrsader entlang des nördlichen Bodensees. Allen Versprechungen der schwarzen Landesregierungen zum Trotz, den Verkehr über eine neu zu bauende Autobahn aus den Ortschaften herauszuhalten, führte sie bis heute mitten durch Friedrichshafen. Dabei war das Vorhaben alles andere als neu. Schon 1938 hatten die Nazis eine Bodenseeautobahn geplant. Leider war, zusammen mit dem braunen Spuk, auch dieses Projekt in der Versenkung verschwunden. Von oben betrachtet sah alles recht harmlos aus, doch das täuschte. Wer rasch, egal an welchem Wochentag, von Überlingen nach Lindau oder München musste, der konnte ein Lied davon singen.

Unvermittelt legte sich eine Hand auf Wolfs Schulter. »Na, Leo, haben wir dir zu viel versprochen?«, wollte Marsberg wissen.

Wie dieser hatte auch die Mehrzahl der anderen Fluggäste inzwischen ihre Plätze verlassen. Ringsum wurde in unterschiedlichen Sprachen parliert, ausgestreckte Finger deuteten auf mehr oder weniger markante Orte in der Landschaft unter ihnen, und natürlich wurde auf Teufel komm raus fotografiert. Wolf und Marsberg schienen die Einzigen ohne Kameras zu sein.

Wolf, dem vom ständigen Hinausstarren der Nacken schmerzte, stand nun ebenfalls auf. Ein Großteil der Passagiere hielt sich im Heck der Kabine auf, wo ein breites, über die ganze Rückfront der Kanzel reichendes Panoramafenster den ungehinderten Blick auf Friedrichshafen und sein Hinterland erlaubte. Schon wollte sich Wolf dazugesellen, als ihm einfiel, dass Marsberg noch immer auf eine Antwort wartete.

»Ob ihr zu viel versprochen habt, willst du wissen?« Nachdenklich wiegte er den Kopf hin und her. »Nun, wie soll ich sagen, eigentlich ist es … na ja, ganz nett.«

Als Marsberg fragend die Augenbrauen hob, fügte er schnell hinzu: »Jedenfalls entspannter als in einem Flieger.«

Wolf ahnte, dass seine Antwort nicht Marsbergs Erwartungen entsprach. Er hätte sich jedoch lieber die Zunge abgebissen als zuzugeben, dass ihm die Fliegerei mit dem Zeppelin über die Maßen gefiel. Wie hätte das auch zusammengepasst: Vor dem Start ein Schisser, jetzt plötzlich ein Fan?

Überraschenderweise löste seine Antwort bei Marsberg ein Schmunzeln aus. Was eigentlich nur verständlich war, denn die Gebanntheit, mit der er vom Start weg an seinem Fenster geklebt und die unter ihm vorbeiziehende Landschaft förmlich in sich aufgesogen hatte, wäre wohl selbst einem Blinden mit Krückstock nicht verborgen geblieben. Da musste er sich nicht wundern, wenn der Freund seine Antwort für die Untertreibung des Jahres hielt.

Und so ließ denn Marsbergs Antwort auch nicht lange auf sich warten. »Wenn ich ehrlich sein soll, Leo … ›Ganz nett‹ sieht irgendwie anders aus, meinst du nicht?«

»Was willst du damit sagen?«, gab Wolf schwach zurück.

»Nun, könnte es sein …«

»Nein, könnte es nicht.«

»Ach, komm schon, Leo, lass endlich die Katze aus dem Sack. Du fürchtest dich vorm Fliegen. Na und? Es gibt Schlimmeres. Und ein Rundflug mit dem Zeppelin gehört gewiss nicht dazu, im Gegenteil. Hier kann man doch gar keine Flugangst haben, so gemächlich, wie das vorangeht.« Er sah Wolf prüfend an. »Oder täusche ich mich? Vielleicht hätten wir doch ein anderes Präsent für dich finden sollen.«

Wolf druckste herum, ehe er sich zu einer Antwort entschloss. »Ja, stimmt, ich hab Flugangst – zumindest hatte ich sie bis heute Morgen. Die Aussicht, irgendein Fluggerät besteigen zu müssen, hat mir den Angstschweiß auf die Stirn getrieben. Weil das so ist, bin ich schon seit Jahren nicht mehr geflogen. Seit ich jedoch in diesem Zeppelin sitze, ist alles anders. Komisch, nicht wahr? Im Grunde genommen hab ich das euch zu verdanken.«

»Dann ist es ja gut. Obwohl, laut Statistik …«

»Geh mir weg mit Statistik.« Wolf lachte auf. »Da muss ich immer an meinen Nachbarn denken, der ist Jäger. Hat angeblich auf einen Hasen angelegt und zuerst knapp rechts vorbeigeschossen. Der zweite Schuss lag knapp links daneben. Im statistischen Durchschnitt ergäbe das einen toten Hasen, meinte er.«

Nun musste auch Marsberg lachen. »Ein bisschen weit hergeholt, findest du nicht?«

»Ja, vermutlich.«

In der Zwischenzeit hatte das Luftschiff auf Westkurs gedreht. In Sichtweite zum Ufer schwebten sie über die samtblaue Wasserfläche, vorbei an Seemoos, Manzell und Immenstaad, bevor der Pilot zur einer Seeüberquerung ansetzte. Bei Münsterlingen erreichten sie schließlich das schweizerische Ufer, die Firnhänge des Säntis schienen zum Greifen nah. Dann erfolgte abermals ein Kurswechsel, diesmal nach Nordwest. Wenig später rückte der Grenzort Kreuzlingen in ihr Blickfeld, der nahtlos in Konstanz überging.

»Leo, da unten … siehst du die Imperia?« Eindrucksvoll markierte die Statue von Peter Lenk die Konstanzer Hafeneinfahrt.

»Aber sicher, ich bin ja nicht blind. Da hinten ist das Konzilgebäude, dort das Münster und …« Wolf verstummte und hob horchend den Kopf.

»Was ist?«, fragte Marsberg irritiert.

Wolf lauschte noch einmal konzentriert, dann zuckte er mit den Achseln. »Mir war so, als hätte ich meinen Namen gehört.«

Marsberg sah ihn zweifelnd an. »Das sind jetzt aber keine Entzugserscheinungen, oder? Vielleicht solltest du dir von der Stewardess einen Pastis bringen lassen«, spöttelte er.

»Ah, du hast recht. Ein Pastis und eine Gitanes, das wär's jetzt.« Schon begann Wolfs frankophil angehauchtes Herz, höher zu schlagen. Er stellte sich vor, er säße in einer Bar am Hafen, irgendwo an der Küste der Halbinsel Quiberon, wo die Luft nach Salz schmeckte und nach *coquilles Saint-Jacques*, hierzulande Jakobsmuscheln genannt.

Just in diesem Augenblick hörte er die Stimme der Flugbegleiterin über Lautsprecher sagen: »Achtung, eine wichtige Durchsage: Ein Herr Wolf, Leo Wolf aus Überlingen, wird im Cockpit verlangt. Bitte melden Sie sich beim Piloten. Danke.«

Marsberg war perplex. »Tatsächlich, du hattest recht. Aber wenn du mich fragst … das klingt nicht gut.«

Wolf seufzte. »Na klasse. Am Samstag wird uns keiner in die Suppe spucken, hast du gesagt, erinnerst du dich?« Kopfschüttelnd machte er sich auf den Weg ins Cockpit. Als er kurz darauf zurückkehrte, hatte sich seine Miene verdüstert.

»Und, was ist?«, wollte Marsberg wissen.

»Na was wohl? Dreimal darfst du raten.« Marsberg war nicht nur Wolfs Freund, sondern als Leiter des D3 auch beruflich mit ihm verbunden. Er wusste natürlich, dass es sich bei der Nachricht um einen Einsatz wegen eines Todesfalls handeln musste. »Ein Suizid, reine Routine. Trotzdem, ich muss da hin.«

»Einen Scheißberuf hast du«, knurrte Marsberg mit gespielter Leichenbittermiene, ehe sich sein Gesicht zu einem Grinsen verzog. »Na gut, verschieben wir unser geplantes Mittagessen eben auf heute Abend.«

»Gut. Falls es sich tatsächlich um einen Suizid handelt.«

»Ich bitte dich, hör auf zu unken. Womöglich landet dann der Mord an dem Barbesitzer, an dem ihr gerade dran seid, bei uns. Wo wir doch unsere eigenen Fälle kaum schaffen.« Er lachte auf, als er Wolfs missmutiges Gesicht sah. »Sollte ein Scherz sein, Leo. Kopf hoch, das wird schon.«

3

Gleich nach der Landung hatten Wolf und Marsberg die Rückfahrt angetreten. Dabei drehte sich alles um ein einziges Thema: den Zeppelin. Die Sätze flogen nur so hin und her; besonders Wolf schwärmte in den höchsten Tönen von dem Flug und ließ sich auch durch Marsbergs ironisches Lächeln nicht irritieren.

Kurz vor Nußdorf verließen sie die B 31 und schlugen den Weg Richtung Überlingen ein. In engen Kurven ging es nun zum See hinunter.

Als sie Nußdorf passierten, wurde Wolf plötzlich zappelig und zeigte zum rechten Straßenrand. »Halt an«, rief er hastig und machte sich an seinem Gurt zu schaffen, worauf Marsberg eine Vollbremsung hinlegte, um die ihn selbst erfahrene Rallyefahrer beneidet hätten. Noch bevor er nach dem Grund fragen konnte, hatte Wolf den Wagen bereits verlassen und eilte auf ein Ladengeschäft zu.

Kurz darauf saß er wieder im Wagen und hielt Marsberg eine offene Tüte hin. »Hier, bedien dich«, sagte er. »Frische Butterbrezeln. Als ich eben das Bäckerschild sah, konnte ich einfach nicht widerstehen.«

Marsberg unterdrückte einen Fluch und griff zu. Da er wie Wolf die filigraneren Teile des Backwerks bevorzugte, erinnerte die Geräuschkulisse im Wagen bald an ein mittelgroßes Mahlwerk.

»Wo soll ich dich rauslassen?«, fragte Marsberg, als sie wenig später Überlingen erreichten.

»Strandweg, gleich hinter dem Bahnübergang«, nuschelte Wolf kauend.

»Am Strandweg?« Anerkennend pfiff Marsberg durch die Zähne. »Mein lieber Herr Gesangverein. Nicht gerade eine Arme-Leute-Adresse. Komisch. Hier hätte ich einen Suizid am wenigsten vermutet. Na ja, so kann man sich irren. Wie ist es, soll ich mitkommen?«, bot er an.

»Nicht nötig, Rolf, danke. Bei einem Suizid haben sie den Leichnam vielleicht sogar schon weggebracht. Und die paar Meter bis zu meinem Fahrrad geh ich danach gern zu Fuß. Danke noch mal, dass du mir bei dem Rundflug Gesellschaft geleistet hast. Du warst mir eine große Stütze.« Er zwinkerte ihm bedeutungsvoll zu. »Grüß deine Frau von mir.«

Marsberg hatte bereits wieder den Motor angelassen, als Wolf noch etwas einfiel. »Ach ja, wegen heute Abend: Um sieben im ›Bürgerbräu‹, ist dir das recht?«

»Passt. Sogar sehr gut. Meine Frau ist heute nämlich bei einem Klassentreffen. Ich hol dich gegen halb sieben ab.« Ohne eine Antwort abzuwarten, hob er die Hand und brauste davon.

Wolf blickte ihm noch kurz nach, dann griff er in die Tasche und zog seine Gitanes hervor. Mechanisch schüttelte er eine Zigarette aus der Packung und steckte sie an. Doch schon nach wenigen Zügen warf er sie auf den Boden und trat sie aus. Sie schmeckte nicht, ohne dass er hätte sagen können, warum. Entschlossen setzte er sich in Bewegung.

Der Strandweg im ruhigen Überlinger Osten verlief parallel zum Seeufer und führt vom Bahnübergang Mühlen-/Nußdorfer Straße bis nach Nußdorf hinaus. Zu beiden Seiten des Weges gab es, neben Freizeiteinrichtungen wie dem Strandbad Ost und dem Sportboothafen, eine Reihe exquisiter Wohnanlagen.

Das gesuchte Areal war nicht zu verfehlen. Schon von Weitem stach Wolf der Fahrzeugpulk ins Auge, darunter zwei Streifenwagen und ein Rettungsfahrzeug. Sprechfunk-Fetzen hallten zu ihm herüber, blinkendes Blaulicht zog sein Auge an. Das Haus war ihm nicht unbekannt, er war schon häufig daran vorbeigeradelt. Es handelte sich um einen dreistöckigen, futuristisch anmutenden Flachdachbau mit klar gegliederter weißer Außenfassade und groß dimensionierten Glasflächen, die Alu-Lamellen der Sonnenschutzjalousien gaben der Fassade einen Techno-Touch. Das obere Stockwerk war etwas zurückgesetzt, Wolf tippte auf eine attraktive Penthauswohnung. Den Zugang bewachte ein grimmig blickender Schutzpolizist. Wolf kannte den Mann, besann sich jedoch vergeblich auf seinen Namen.

Als er näher kam, legte der Uniformierte grüßend die Hand an die Mütze. Wolf nickte ihm freundlich zu. »Und, wo spielt die Musik?«, fragte er.

»Frau Louredo wartet oben im Penthaus auf Sie.«

Just in diesem Augenblick erschien die Genannte auf der Dachterrasse: Wolfs junge Kollegin Joanna Louredo, von den Kollegen in der Polizeidirektion kurz Jo genannt. »Bemühen Sie sich nicht, Chef, ich komme runter«, rief sie ihm zu. Wolf konnte sich vorstellen, wie erleichtert sie war, immerhin hatte sie geschlagene zwei Stunden allein die Stellung halten müssen.

Kurz darauf stand sie vor ihm, das Gesicht erhitzt, als wäre sie im Sturmschritt treppab gerannt. »Wie war Ihr Flug?«, fragte sie leicht außer Atem. Als käme er gerade aus Neuseeland zurück.

Wolf winkte ab. »Später. Habt ihr den Toten schon wegschaffen lassen?«

»Natürlich nicht. Der Mann liegt auf der Terrasse hinter dem Haus. Wenn Sie mitkommen wollen.«

Ein Weg aus unsymmetrisch gebrochenen Granitplatten führte um das Haus herum.

Jo ging voran. »Die Besitzer der beiden unteren Etagen sind derzeit nicht anwesend«, erklärte sie.

»Dann sind es Ferienwohnungen?«

»Korrekt.«

»Na toll.« Wolf blieb kurz stehen und nahm noch einmal das Bild der großzügigen Wohnanlage in sich auf. Grollend schüttelte er den Kopf. »So was kann sich unsereins nicht mal als Erstwohnsitz leisten, geschweige denn als Ferienwohnung.«

»Hab ich auch gedacht. Für so was haben wir eindeutig den falschen Beruf.«

»Oder die falschen Eltern.«

***

Ein Stück den Strandweg hinunter hatte sich ein unauffälliger schwarzer Volvo in eine Parklücke gezwängt. Die Insassen, zwei schwarz gekleidete Hünen mit blank rasierten Schädeln, suchten hinter heruntergeklappten Sonnenblenden vergeblich nach einer Erklärung für die flackernden Blaulichter vor ihnen.

»Verstehst du das, Igor?«, fragte der Glatzkopf hinter dem Steuer mit ungläubigem Gesichtsausdruck.

Igor war von dem Geschehen nicht minder geschockt. Im Gegenteil, von Minute zu Minute bekam er einen dickeren Hals, bald glich sein Gesicht einer reifen Tomate – bis er plötzlich nicht mehr an sich halten konnte und zum Telefon griff. »Dieses Schwein, dem werd ich's zeigen«, presste er hervor.

Während er wartete, trommelte die Linke ungeduldig auf seinen Oberschenkel.

»Sag mal, Borowski«, bellte er mit Stentorstimme, kaum dass die Verbindung zustande gekommen war. »Was wird hier eigentlich gespielt, kannst du mir das mal erklären?« Während Igor im Umgang mit Delinquenten – so nannte er seine zahlungsunwillige Kundschaft – in stark slawisch gefärbtem Akzent zu parlieren pflegte, schaltete er bei Auftraggebern mühelos in astreines Schriftdeutsch um. Als waschechter Mecklenburger, obendrein Sohn eines Lehrers, fiel ihm das nicht schwer. Streng genommen war der Akzent Teil des Geschäftsprinzips von »Moskau-Inkasso«, das im Wesentlichen auf dem Aufbau einer martialischen Drohkulisse beruhte, um säumige Schuldner schneller gefügig zu machen.

»Was meinst du?«

»Überall sind Bullen, hier wimmelt es geradezu von diesem Geschmeiß. Ich nehme an, das haben wir dir zu verdanken.«

»Was für Bullen, wovon sprichst du? Wo seid ihr überhaupt?«

»Am Strandweg in Überlingen. Kassieren, wie ausgemacht. Das hast du fein eingefädelt.«

»Genug jetzt, verdammt noch mal. Was soll ich eingefädelt haben?«

»Na was wohl? Du hast Hauschild umlegen lassen. Und wir wären ums Haar den Bullen in die Hände gelaufen.«

Borowski brauchte offenbar eine Sekunde, um die Nachricht zu verdauen, denn am anderen Ende der Leitung blieb es einen Moment lang still. »Sag, dass das nicht wahr ist«, stieß er hervor.

»Dass die uns geschnappt hätten?«

»Nein, das mit Hauschild.«

»Wie … soll das heißen, du weißt nichts davon?«

»Ja bin ich denn nur noch von Idioten umgeben? Ich schlachte keine Kuh, bevor ich sie gemolken habe, merk dir das. Ich wäre schließlich der Letzte, der einen Nutzen davon hat, kapiert?«

»Okay, kapiert. Aber wenn nicht du, wer dann?«, gab Igor kleinlaut zu bedenken.

»Eben darüber solltest du dir mal Gedanken machen.«

***

Die Rückseite des Hauses erwies sich als dessen eigentliche Schokoladenseite: nach Südwesten ausgerichtete Balkons und Terrassen und eine üppig-grüne Gartenanlage. Das gesamte Grundstück wurde von einer hohen Hainbuchenhecke umschlossen, hinter der seeseitig, wie Wolf wusste, ein öffentlicher Fußweg verlief.

Mitten auf der Terrasse der Erdgeschosswohnung lag, mit einer silbern schimmernden Folie bedeckt, ein unförmiges Bündel. Der uniformierte Kollege, der daneben stand, grüßte kurz und trat dann zur Seite. Jo schlug die Folie zurück. Der mit Jeans und T-Shirt bekleidete Körper eines jüngeren Mannes kam zum Vorschein. Seine Gliedmaßen waren grotesk verdreht, als sei er heftig rudernd vom Himmel gefallen und hier aufgeschlagen.

»Thorsten Hauschild, vierunddreißig, unverheiratet, nähere Anverwandte im Augenblick nicht bekannt. Ihm gehört das Penthaus.« Jo wies vage nach oben. »Von Beruf Finanzmakler. Hat zusammen mit zwei Partnern in Lindau eine Finanzagentur betrieben. Tod durch Sturz aus der zweiten Etage. Laut Notarzt erklären sich dadurch die zahlreichen Brüche und Hämatome an seinem Körper.«

Wolf war in die Knie gegangen, um den Leichnam genauer zu betrachten. »Wer hat ihn gefunden?«, fragte er.

»Seine Putzfrau, eine gewisse Frau Petöfi. Sie ist Ungarin.«

»Petöfi, wie der Dichter?«

»Den kennen Sie?«, fragte Jo erstaunt.

Wolf erhob sich wieder. »Kennen wäre zu viel gesagt. Wo ist die Frau jetzt?«

»Oben in der Wohnung. Der Notarzt ist bei ihr. Was die Todesursache betrifft ...«

»Ich würde mir gerne selbst ein Bild machen. Lass uns in die Wohnung dieses ... wie hieß er doch gleich?«

»Hauschild. Thorsten Hauschild.«

»... in die Wohnung dieses Thorsten Hauschild gehen.«

Als Wolf das Penthaus betrat, glaubte er sich in eine Klinik versetzt. Die Wände waren fast durchweg in Weiß gehalten, nur wenige hatte man mit naturrau gebrochenem Schiefer belegt. Ohne diesen Kontrast wäre die Klinik-Illusion vollkommen gewesen. Es fehlte nur noch die obligatorische Lautsprecheransage: »Dr. Wolf, bitte dringend zu Station C7, Dr. Wolf bitte ...« Selbst der Fußboden erstrahlte in makellosem Weiß – auf den Marmorfliesen war nicht das feinste Stäubchen zu erkennen. Die bedauernswerte Frau Petöfi hatte Wolfs Hochachtung.

Auch bei der Einrichtung schien die geringste Andeutung von Farbe streng verpönt gewesen zu sein. Während Tische und Schränke sich am Weiß der Wände orientierten, kontrastierten die Sitzmöbel in astreinem Schwarz. Einzig der Bildschmuck an den Wänden hob sich wohltuend davon ab. Die gerahmten Grafiken – nummeriert und handsigniert – schienen in Farbe geradezu zu schwelgen. Einige der Künstler waren sogar Wolf bekannt, Gerhard Richter etwa oder Georg Baselitz, auch wenn er den Werken beider Maler wenig abgewinnen konnte.

Die Wohnung war konsequent durchgestylt, das musste man Hauschild lassen. Klare, schnörkellose Linienführung, jedes Stück auf das Funktionelle reduziert und dennoch ein Blickfang – Design, so weit das Auge reichte.

Und noch etwas war nicht zu übersehen: Der Mann hatte nicht am Hungertuch genagt, ganz im Gegenteil.

»Wo bleiben Sie denn, Chef? Ich bin hier draußen auf der Terrasse.«

Wolf riss sich los und durchquerte den Raum, als er erneut den Schritt verhielt. Irgendetwas hatte im Vorübergehen seine Aufmerksamkeit erregt. Der Großbildschirm, über den stumm eine Doku-Soap flimmerte? Merkwürdig genug, doch sein Unterbewusstsein war über etwas anderes gestolpert – aber was? Er kam nicht drauf. Um Jo nicht länger warten zu lassen, setzte er sich wieder in Bewegung. Es würde ihm schon noch einfallen.

Jo stand vorne an der Brüstung, den Blick auf eine umgekippte Alu-Stehleiter gerichtet. »Hier hat das Unglück vermutlich seinen Lauf genommen«, erklärte sie, als sie ihn bemerkte. Dann wies sie auf ein nahe stehendes Tischchen, auf dem ein halb leerer Sektkelch stand. Ein Schraubenzieher auf dem Boden sowie ein mehrere Meter langes Kabel, in gleichmäßigen Abständen mit elektrischen Birnchen bestückt, vervollständigten das Bild. Den Rest konnte sich Wolf leicht zusammenreimen: Zum Aufhängen der Lichtgirlande war Hauschild auf die Leiter geklettert, die vermutlich infolge einer Unachtsamkeit umkippte, worauf er den Halt verlor und über die Brüstung nach unten stürzte. Möglicherweise hatte Alkohol dabei eine Rolle gespielt, doch das war schwer zu sagen.

Wolf fischte eine Gitanes aus der Packung und steckte sie an, bevor er mit nachdenklicher Miene das Stillleben umrundete.

»Und, wie ist Ihre Meinung, Chef?«

Wolf antwortete nicht sofort. »Sagtest du bei deinem Anruf nicht was von Suizid?«

»Ich habe nur weitergegeben, was wir gemeldet bekamen.«

An der Brüstung blieb Wolf stehen und sah über den See. »Also nein, dieses Dingelsdorf da drüben, wie aus dem Modellbaukasten«, schwärmte er und wies auf einen der Orte am gegenüberliegenden Ufer.

Nun konnte Jo nicht mehr länger an sich halten. »Jetzt lassen Sie doch das blöde Dingelsdorf«, erwiderte sie scharf. »Sagen Sie mir lieber, was Sie von dem Arrangement hier halten.«

Doch Wolf ließ sich nicht aus der Ruhe bringen. Er beugte sich weit über die Balustrade, mit der freien Hand sein Barett festhaltend. Unter ihm, in direkter Falllinie, erkannte er Hauschilds Leichnam. Zufrieden grunzend richtete er sich wieder auf. »Suizid können wir jedenfalls ausschließen«, erklärte er, »da sind wir uns wohl einig. Wenn du mich fragst, handelt es sich um einen ganz gewöhnlichen häuslichen Unfall. Oder siehst du irgendwelche Verdachtsmomente, die die Einleitung von Ermittlungen rechtfertigen würden?«

Jo schüttelte den hübschen Kopf, dass die schwarzen Locken nur so flogen.

Zwischen Wolfs Augen hatte sich eine steile Falte gebildet. »Demnach habe ich meinen Ausflug nach Friedrichshafen umsonst abgebrochen.«

Diesen Vorwurf wollte Jo nicht auf sich sitzen lassen. »Tut mir leid, Chef, aber daran sind Sie selbst schuld. Als ich sah, was hier los war, wollte ich Sie gleich unterrichten, doch Sie waren nicht erreichbar. Vermutlich ist mal wieder Ihr Akku leer.«

»Nun mal langsam, den habe ich vorgestern erst aufgeladen«, maulte Wolf und holte sein Handy hervor. Nach einem prüfenden Blick auf das unbeleuchtete Display schaltete er es ein. Dann steckte er es wortlos zurück in die Tasche, um nach kurzem Räuspern kleinlaut einzulenken: »Wir haben die Dinger im Zeppelin ausschalten müssen, und später hab ich nicht mehr dran gedacht. Entschuldige bitte.« Übergangslos fuhr er fort: »Nur der Ordnung halber: Was ist mit Zeugen?«

»Zwei Kollegen sind gerade dabei, die Nachbarn zu befragen.«

»Gut. Und was ist mit dem Notarzt, ist er noch hier?«

»Ich vermute, er ist oben bei der Putzfrau. Kommen Sie. Ich bringe Sie hin.«

Frau Petöfi erwies sich als etwas pummelige Mittvierzigerin in einer blauen Schürze. Zusammengesunken saß sie auf einem Stuhl, der Notarzt auf einem zweiten ihr gegenüber. Bei ihrem Eintreten erhob sich der Arzt. Jo machte ihn und Wolf miteinander bekannt.

»Wie geht es Frau Petöfi?«, wollte Wolf wissen.

»Geht so«, antwortete der Arzt. »Ich hab ihr was zur Beruhigung gegeben, sie ist schwer traumatisiert. Deshalb sollten Sie im Moment von einer Befragung absehen.«

»Die Aussage von Frau Petöfi hab ich, Chef. Sie wohnt übrigens ganz in der Nähe, auf der anderen Seite der Bahnlinie«, warf Jo ein.

»Gut. Würden Sie das Ergebnis Ihrer Untersuchung kurz für mich zusammenfassen, Doc? Ich meine die Untersuchung des Unfallopfers. Vor allem interessiert mich, ob Sie Anzeichen von Fremdeinwirkung gefunden haben.«

»Nein, Fremdeinwirkung können wir wohl ausschließen. Nach meinem Dafürhalten ist der Mann den Verletzungen erlegen, die er sich beim Sturz aus dem zweiten Stock zugezogen hat. An einer Fraktur des Dens axis, auf gut Deutsch: Genickbruch. Er muss sofort tot gewesen sein.«

»Wann war das ungefähr?«

»Zwischen sieben Uhr dreißig und acht Uhr dreißig, würde ich sagen. Wenn Sie es ganz genau wissen wollen, müssen Sie eine Obduktion veranlassen.«

Wolf winkte ab. »Dafür gibt es im Augenblick keinen Grund.« Er wandte sich an Jo. »Frau Petöfi hat den Toten gefunden, sagtest du?«

Jo nickte. »Sie ist, wie jeden Samstag, um kurz vor neun hier eingetroffen und hat die Wohnung mit ihrem eigenen Schlüssel aufgeschlossen. Dabei ist ihr nichts Ungewöhnliches aufgefallen, außer vielleicht, dass sie Hauschild entgegen seiner Zusage nicht angetroffen hat. Sie hat sich nichts weiter dabei gedacht und mit ihrer Arbeit begonnen. Irgendwann ging sie auf die Terrasse hinaus, um einen Lappen auszuschütteln. Da sah sie die umgestürzte Leiter. Sie hat gleich geahnt, dass etwas nicht stimmt. Als sie Hauschild unten liegen sah, ohne dass er sich regte, wählte sie die Notrufnummer. Mehr war nicht aus ihr herauszubekommen.«

»Das heißt, sie ist nicht nach unten gegangen?«

»Sie hat sich nicht getraut, sagt sie.«

Vor dem Haus hupte ein Auto. »Das wird der Wagen sein, der Frau Petöfi abholt. Ich begleite sie nach unten«, sagte der Doc und verabschiedete sich.

»Und jetzt?«, fragte Jo, als sie allein waren.

»Ich würde sagen, wir lassen sicherheitshalber mal einen Kollegen von der Spusi kommen. Er soll sich das ansehen und ein paar Bilder machen. Dann lässt du Hauschild abholen und versiegelst die Wohnung. Den Staatsanwalt können wir nach Lage der Dinge wohl außen vor lassen. Alsdann, Mädchen, wir sehen uns am Montag.« Wolf wandte sich zum Gehen und hatte sich bereits einige Schritte entfernt, als ihm noch etwas einfiel. »Habt ihr eigentlich Hauschilds Handy gefunden oder ein Notebook?« Als Jo den Kopf schüttelte, murmelte er nachdenklich: »Kein Handy, kein Notebook, und das in der Wohnung eines Bankers … Kommt mir irgendwie spanisch vor.«

Als er beim Durchqueren des Wohnraums erneut den Großbildschirm passierte, fiel ihm das unbestimmte Gefühl von vorhin wieder ein. Was war es bloß, das er übersehen hatte? Sosehr er sich darüber auch den Kopf zerbrach, es wollte ihm keine schlüssige Antwort einfallen. Also verließ er die Wohnung und schlug den Weg Richtung Innenstadt ein. Langsam fiel die Anspannung von ihm ab. Immerhin hatten sie, nachdem sich der Tod dieses Hauschild als ein bedauerlicher Unfall herausgestellt hatte, keinen neuen Fall am Hals. Das hätte ihm gerade noch gefehlt. Sie waren mit dem Mord an dem Barmann schon genug gefordert.

4

Die Nußdorfer hatten es mit den Süßwasserfischen, zumindest, was die Namen ihrer Straßen betraf. Man wohnte »Zur Trüsche«, »Zum Saibling« oder »Zum Salm« – Adressen, bei deren Nennung sich Marsberg genießerisch die Lippen leckte. Was mochte die Stadtoberen zu dieser ausgefallenen Lösung bewogen haben? War sie Teil eines raffinierten Marketingkonzepts? Schließlich lebte auch Nußdorf zu einem guten Teil vom Fremdenverkehr. Marsberg hatte darauf keine schlüssige Antwort parat.

Jedenfalls schien ihm das Konzept nicht ohne Risiko. Was, wenn der Vorrat an Namen von Süßwasserfischen eines schönen Tages aufgebraucht war? Müsste der Neubau von Straßen dann nicht eingestellt werden – »per Order di Mufti« sozusagen? Oder würden die Nußdorfer über ihren Schatten springen und den Fischen eine weitere Gattung hinzufügen … Apfelsorten etwa oder Schmetterlinge? Bis dahin würde es allerdings noch ein Weilchen dauern.

Jetzt musste er sich erst mal um Leo kümmern.

Der wohnte, seit Marsberg denken konnte, in der Straße Zum Hecht, hoch oben unterm Dach eines Fünfparteienhauses. Vor dem Eingang stellte Marsberg seinen Wagen ab und sah auf die Uhr: Viertel nach sechs – er war eine Viertelstunde zu früh. Das hatte man davon, wenn man sich von seinem knurrenden Magen das Tempo diktieren ließ. Leo würde ihm deswegen allerdings bestimmt nicht böse sein; auch er konnte der Verlockung eines Zanderfilets mit in Butter geschwenkten Petersilkartoffeln nur schwer widerstehen.

Aufgeräumt drückte er die Klingeltaste mit der Aufschrift »Wolf«. Zu seiner nicht geringen Überraschung blieben Türöffner und Sprechanlage jedoch stumm. Merkwürdig. Hatte Leo sich etwa hingelegt und war eingeschlafen? Nein, ganz sicher nicht, genauso wenig, wie er ihre Verabredung vergessen hatte. In Termindingen war Leo mehr als pingelig. Er klingelte noch einmal, mit demselben Ergebnis. Beim dritten Mal ließ er den Finger länger auf der Taste. Nichts. Auch ein Rütteln an der Tür zeigte keine Wirkung, sie war und blieb verschlossen.

Merkwürdig. Welchen Grund konnte Wolf haben, sein Klingeln

zu ignorieren? Während Marsberg noch hin- und herüberlegte, trat er ein paar Schritte zurück und sah nach oben – worauf ihm beinahe die Augen aus dem Kopf fielen. Täuschte er sich, oder turnte da eine Gestalt auf dem Dach herum? Einen irrwitzigen Moment lang fühlte er sich an einen Schlafwandler erinnert, der mit traumwandlerischer Sicherheit vor einer der Dachgauben balancierte – mit der Hand am Fensterkreuz als einzigem Halt. Bei dem Anblick lief es Marsberg kalt den Rücken hinunter.

Sekundenbruchteile später traf ihn die Erkenntnis wie ein Schlag in die Magengrube: Der »Schlafwandler« da oben auf dem Dach war niemand anderer als sein Freund Leo Wolf. Kein Wunder, dass er auf sein Klingeln nicht reagiert hatte. Wie sollte er auch? Er hatte im wahrsten Sinne des Wortes alle Hände voll zu tun – mit der rechten hielt er sich fest, während die linke die ganze Zeit über wie suchend über das Gaubendach fuhr.

Ja war denn der Kerl von allen guten Geistern verlassen? Die Lage, in der er sich befand, war mehr als prekär; der kleinste Fehltritt konnte seinen Absturz bedeuten. Schon wollte Marsberg, einer Eingebung folgend, nach oben rufen, als unvermittelt die Haustür aufflog und zwei Kinder lärmend aus dem Haus gerannt kamen.

Ehe die Tür wieder zufallen konnte, drückte Marsberg dagegen und verschwand im Innern des Hauses. Zwei Stufen auf einmal nehmend, jagte er die Treppe hoch, erleichtert, dass er nicht gerufen hatte. Womöglich hätte er genau das erreicht, was im Moment als Horrorbild in seinem Kopf herumspukte: dass Leo, verschreckt zusammenzuckend, das Gleichgewicht verlor und in die Tiefe segelte.

Soweit Marsberg das beurteilen konnte, lag das fragliche Fenster außerhalb von Leos Wohnung. Das erklärte zwar nicht Leos Aufenthalt zwischen Himmel und Erde, versetzte Marsberg aber immerhin in die Lage, notfalls beherzt zupacken zu können, ohne das Hindernis Wohnungstür überwinden zu müssen – vorausgesetzt, er käme rechtzeitig oben an.

Leicht außer Atem erreichte er Sekunden später den obersten Treppenabsatz. Der Anblick, der sich ihm bot, wirkte auf Marsberg alles andere beruhigend. Wolf war, vermutlich in einem Anfall geistiger Umnachtung, durch das offene Fenster gestiegen. Der Teufel mochte wissen, was er dort zu suchen hatte. Für Marsberg waren lediglich Wolfs Hosenbeine zu erkennen, Kopf und Oberkörper blieben ihm verborgen. Allerdings hatte er an diesem Anblick genug zu kauen. Nicht nur, dass sein Freund auf dem schmalen Sims jederzeit abrutschen konnte. Was, wenn er brach oder seine Hand vom Fensterkreuz abglitt?

Während Marsberg noch unschlüssig auf der Stelle stand, drang von draußen vom Dach Wolfs Stimme an sein Ohr. »Na also, du verdammtes Miststück, warum nicht gleich so?«

Marsberg hatte keine Ahnung, was sich dort abspielte, doch es schien für jemanden schmerzhaft zu sein: Ein Schrei klang auf, so schrill und klagend, als hätte Leo einer Katze den Schwanz ausgerissen.

Marsberg beschloss, dem Spuk ein Ende zu machen. Entschlossen trat er ans Fenster, doch noch ehe er etwas unternehmen konnte, stellte Leo sich auf die Zehenspitzen und machte sich richtig lang.

Erschrocken packte Marsberg zu.

Und Wolf? Der ging – zu Marsbergs Entsetzen – unvermittelt in die Knie, bis sein überraschtes Gesicht in der Fensteröffnung auftauchte.

»Ach, du bist's«, sagte er, als wäre sein Anblick das Selbstverständlichste auf der Welt. »Hier, nimm mir mal diese kleine Ausreißerin ab.« Er drückte Marsberg ein zappelndes Fellbündel in die Arme, bevor er vom Fenstersims in den Vorraum zurücksprang.

Marsberg war wie vom Donner gerührt. »Soll das heißen, du bist wegen dieses Katzenviehs da draußen herumgeturnt, machst dir aber wegen eines läppischen Zeppelinflugs in die Hosen? Ich fass es nicht.« Ungläubig schüttelte er den Kopf. Er bezweifelte ernsthaft den Geisteszustand seines Freundes.

»Hast wohl Schiss gehabt, was?«, entgegnete Wolf feixend. »Fiona ist nebenbei kein Katzenvieh, wie du sie zu nennen beliebst, mein Lieber. Sie ist ein vollwertiges Mitglied meiner Familie. Und was soll ich deiner Meinung nach sonst tun, wenn sie mir ausbüxt? Sie ihrem Schicksal überlassen? Das Dach ist steil, da kann sie schnell abrutschen. Und entgegen der landläufigen Meinung fallen Katzen durchaus nicht immer auf die Füße. Aber das verstehst du nicht. So, und nun komm, damit wir endlich was zwischen die Zähne bekommen.«

Die Bedienung im »Bürgerbräu«, einem schönen alten Fachwerk-haus mitten im Dorf, dem historischen Stadtkern von Überlingen, begrüßte sie wie alte Bekannte. Wolf bestellte, kaum dass sie Platz genommen hatten, eine Flasche Hagnauer Burgstall Rivaner. »Den Trockenen, Sie wissen schon. Und bitte vom 2008er«, füg-te er rasch hinzu. Als Marsberg die Speisekarte verlangte, winkte Wolf ostentativ ab. »Was willst du mit der Karte? Wir nehmen na-türlich das Zanderfilet mit in Butter geschwenkten Petersilkartof-feln. Zweimal, bitte. Und sagen Sie dem Chef, er soll sich beeilen, wir kommen vor Hunger beinahe um.«

»Ja, aber …«, wandte Marsberg ein, wenn auch nur pro forma, denn er selbst hätte ebenfalls den Zander gewählt. Den ganzen Nach-mittag schon hatte er sich schließlich darauf gefreut.

»Nichts da, heut wird gegessen, was auf den Tisch kommt«, sag-te Wolf und fügte hinzu: »Du bist natürlich eingeladen.«

Marsberg spielte den Resignierten. »Na gut. Zwing ich mir eben den Zander rein«, sagte er mit Leidensmiene.

Gleich darauf kam der Wein, Wolf schenkte ein, und sie proste-ten sich zu.

Sichtlich zufrieden streckte Marsberg die Beine unter den Tisch. »So. Und jetzt erzähl mal: Was ist aus dem Suizid am Strandweg ge-worden?«

Wolf winkte ab, setzte ihn aber dennoch kurz ins Bild.

»Gut so, dann seid ihr die Sache los«, brummte Marsberg, als Wolf geendet hatte.

»So sieht's aus.«

»Müsste dir eigentlich gelegen kommen. So könnt ihr euch auf den Mord an dem Barbesitzer konzentrieren.«

»So, meine Herren Kommissare«, wurden sie unvermittelt ange-sprochen. Simon Metzler, der Wirt, war unbemerkt an ihren Tisch getreten, vorsichtig setzte er zwei Teller ab. »Zweimal Zander. Tut mir leid, schneller ging's nicht.« Er schmunzelte und ergänzte: »Für euch hab ich alles stehen und liegen gelassen. Nicht, dass es am Ende noch heißt, ich würde die polizeiliche Ermittlungsarbeit behin-dern.«

Bevor Wolf etwas erwidern konnte, klingelte ein Handy. Zwei, drei Sekunden vergingen, ehe er die Störquelle als sein eigenes Mo-biltelefon identifiziert hatte und peinlich berührt in seine Tasche griff. »Teufel noch mal, hat man nicht mal mehr beim Essen seine Ruhe«, fluchte er halblaut, bevor er sich meldete.

Konzentriert hörte er einige Sekunden lang zu. Dann blies er die Backen auf und stieß schließlich hörbar genervt die Luft aus. »Ist ja schon gut, ich komme«, rief er ungehalten. Er beendete das Gespräch und erhob sich. »Tut mir leid, Rolf, ein Einsatz, du musst allein essen«, verkündete er mürrisch. »Wenn du willst, kannst du meine Portion gleich mit verdrücken.« Schon zog er seinen Geldbeutel aus der Tasche, um einen Schein auf den Tisch zu legen. Simon Metzler jedoch, bis dahin mit seinem Spitzbart beschäftigt, wehrte heftig ab.

»Aber, aber, kommt nicht in Frage. Das fällt unter höhere Gewalt.«

Zu Wolfs Überraschung erhob sich nun auch Marsberg. »Ich komme mit.«

»Das ist doch Quatsch. Ich geh allein.«

»Etwa zu Fuß?«

Als Wolf zögerte, setzte er hinzu: »Na, siehst du. Also ab die Post. Wo müssen wir hin?«

»Zum Ortsausgang, Richtung Goldbach.« Nach einem wehmütigen Blick auf die Teller hieb Wolf dem Wirt die Pranke auf die Schulter. »Kommt uns hart an, das darfst du uns glauben. Aber es hat nicht sollen sein. Stell uns den Wein bis zum nächsten Mal kalt, ja?«

Da zog eine männliche Stimme ihre Aufmerksamkeit auf sich. Sie gehörte einem Herrn am Nebentisch. »Entschuldigen Sie, dass ich mich einmische. Wir haben ungewollt mitgehört …«

Als der Wirt und die Polizisten sich ihm zuwandten, fuhr der Mann fort: »Meine Frau und ich wollten ohnehin Zander essen. Geben Sie doch die Teller einfach uns, dann ist allen geholfen.«

Ratlos zwirbelte der Wirt seinen Spitzbart, bis Wolf zustimmend nickte. »Na dann, meine Herrschaften, guten Appetit«, sagte er und strebte dem Ausgang zu. Marsberg eilte hinterher.

»Leo, was ist eigentlich los?«, fragte er, als er Wolf endlich eingeholt hatte.

»Tödlicher Verkehrsunfall bei den Heidenhöhlen.«

»Na und? Seit wann ermittelt dein Dezernat bei Verkehrsdelikten? Oder steckt etwa mehr dahinter?«

»Nicht, dass ich wüsste. Alles reine Routine. Danke übrigens, dass du mich fährst.«

»Ich hoffe, du weißt zu schätzen, welches Opfer ich damit bringe«, brummte Marsberg.

»Weiß ich, mein Lieber, weiß ich. Dein Magenknurren ist schließlich nicht zu überhören. Oder sollte das Geräusch gerade etwa von mir gekommen sein?«

Der Unfallort lag kaum hundert Meter hinter dem beschrankten Bahnübergang, an dem die Ausfallstraße in Richtung Sipplingen auf die nördliche Seite der Bahntrasse wechselt. Die Kollegen hatten den gesamten Durchgangsverkehr bereits weiträumig umgeleitet.

Unmittelbar vor der Schranke versperrte ein Polizeimotorrad die Fahrbahn. Als der Beamte sie erkannte, tippte er an seine Mütze und winkte sie durch.

Von einem guten Dutzend blinkender Polizei- und Rettungsfahrzeuge diffus beleuchtet, glich die Unfallstelle einem Trümmerfeld. Der Unglückswagen – oder das, was von ihm noch übrig war – stand mitten in einem Meer aus Blech- und Felsfragmenten. Als hätte ihn eine Titanenfaust niedergestreckt.

»Mein lieber Scholli«, stieß Wolf hervor, nachdem er das ganze Ausmaß der Zerstörung in sich aufgenommen hatte.

Herbert Ramsauer, der Leiter der Unfallaufnahme, hastete vorüber. »Grüß dich, Leo, hallo, Rolf. Falls ihr Fragen habt, wendet euch an eure Kollegin, die weiß Bescheid. Mich müsst ihr entschuldigen, ich habe zu tun.« Schon war er wieder weg.

»Ramsauer ist auch nicht zu beneiden«, sagte Jo, die in der Zwischenzeit unbemerkt zu ihnen getreten war.

Wolf nickte und steckte sich eine Gitanes an. »Was ist mit dem Opfer?«, erkundigte er sich, kaum dass er den ersten Zug genommen hatte.

»Wurde bereits weggebracht. Nach Aussage des Notarztes war der Mann sofort tot.«

»Logisch«, meinte Marsberg und deutete auf die zwanzig Meter hohe Sandsteinwand, die unmittelbar neben der Fahrbahn senkrecht in den Himmel ragte. »Dagegen hilft selbst die größte Knautschzone nichts.«

»Trotzdem frage ich mich, wie das passieren konnte«, erklärte Jo. »Den Zeugenaussagen nach ist vom Selbstmord bis zum technischen Defekt alles drin.«

»Zeugen?«

Jo wies auf ein Grüppchen herumstehender Gaffer, die in einiger Entfernung von zwei Streifenpolizisten in Schach gehalten wurden. »Leute vom Campingplatz drüben hinter dem Bahndamm«, erläuterte sie. »Sie hörten das Aufheulen eines starken Motors, gleich darauf Reifenquietschen, gefolgt von einem lauten Knall – und das alles ohne Mitwirkung anderer Verkehrsteilnehmer, wie sie übereinstimmend aussagten.«

»Also keine direkten Augenzeugen?«

»Doch, zwei der Camper waren mit dem Fahrrad unterwegs. Sie haben kurz vor dem Unfallwagen den Bahnübergang passiert und alles mitgekriegt.«

»Interessant«, meinte Marsberg, »aber mich geht das alles überhaupt nichts an. Deshalb werde ich den Kollegen vom Verkehr einen Besuch abstatten. Bis später.«

Während Marsberg sich entfernte, grübelte Wolf über die Unfallursache nach. »Vielleicht war der Fahrer durch irgendetwas abgelenkt? Oder einfach überfordert?«

»Die Geschwindigkeit dürfte der entscheidende Punkt sein, Chef. Der Sachverständige, den die Kollegen vom Verkehrsdezernat hinzugezogen haben, meinte, der Fahrer habe nach Passieren des Bahnübergangs ungewöhnlich stark beschleunigt. Nach seiner Einschätzung hatte er bei dem Crash gut und gerne einhundertzwanzig Stundenkilometer drauf. Da die Straße in diesem Bereich relativ schmal ist und keinerlei Ausweichen erlaubt, führt der kleinste Lenkausschlag unweigerlich zur Katastrophe.«

»Hundertzwanzig? Hier, nachdem er eine halbe Sekunde zuvor die Gleise überquert hatte? Wie soll das gehen?«

»Kein Problem, Chef … der Unfallwagen ist ein Porsche 911 Turbo S Cabrio.«

Wolfs Kopf fuhr hoch. »Hoppla – wer leistet sich eine solche Rakete?«

»Der Wagen gehört – besser gesagt: gehörte – einem gewissen Ralf Hörmann, neunundzwanzig, wohnhaft in Hagnau, von Beruf Bankangestellter – das geht aus einigen Unterlagen hervor, die die Kollegen im Fahrzeug gefunden haben.«

»Donnerwetter! Ein Bankangestellter, der einen 911er Porsche fährt?«

»Falsch. Einen 911er Porsche Turbo S, und zwar als Cabrio. Da müssen Sie noch einmal ein paar zigtausend Euro drauflegen.«

»Kein Wunder, dass die Branche in der Dauerkrise steckt«, spöttelte Wolf. »Bei solchen Ausgaben ...« Nachdenklich kaute er auf seiner Unterlippe. »Wenn ich nicht irre, ist das heute bereits der zweite Banker, der in der Blüte seiner Jahre das Zeitliche segnet. Der berufliche Umgang mit Geld scheint die Lebenserwartung rapide zu senken, findest du nicht?«

»Da haben Sie recht«, stimmte Jo ihm zu.

»Wurde irgendetwas über die genannten Unterlagen hinaus beim Fahrer oder im Fahrzeug gefunden?«

»Nichts von Belang. Und um Ihrer nächsten Frage gleich zuvorzukommen: Auch in punkto Handy und Notebook Fehlanzeige.«

»Merkwürdig. Was schlägst du vor?«

»Nun, da wir uns in dieser Sache ausschließlich um eventuelles Fremdverschulden zu kümmern haben, gilt es herauszufinden, ob irgendjemand irgendetwas manipuliert hat, und wenn ja, aus welchem Grund. Prinzipiell könnten drei Dinge manipuliert worden sein: Erstens der Wagen. Zweitens der Fahrer. Und drittens der Unfallort, in diesem Fall also die Felswand. Um den ersten Punkt wird sich der Kraftfahrzeug-Sachverständige kümmern, um den zweiten die Gerichtsmedizin – ich kann doch davon ausgehen, dass eine Obduktion angeordnet wird?« Als Wolf spontan nickte, fuhr sie fort: »Sollten sich in einem dieser Fälle Verdachtsmomente ergeben, die auf Fremdverschulden hinweisen, müssen wir ermitteln. Schließlich drittens: die Manipulation des Unfallortes. Eine solche kann nach Aussage der beiden Augenzeugen mit an Sicherheit grenzender Wahrscheinlichkeit ausgeschlossen werden. Das am Unfallort herumliegende Gestein hat sich durch den Aufprall des Wagens auf die Felswand gelöst. Geben Sie mir bis dahin recht, Chef?«

Wolf nickte anerkennend. »Eine lange Rede, hätte von mir sein können. Und im Prinzip liegst du richtig. Trotzdem: Um sicher zu gehen, dass dieses Gestein nicht der Auslöser, sondern eine Folge des Unfalls war, sollten wir uns die Wand mal genauer ansehen.« Er warf einen prüfenden Blick gen Himmel. »Leider reicht das Tageslicht dafür nicht mehr aus. Am besten schickst du einen Streifenwagen hoch, damit die Kollegen das Gelände oberhalb der Unfallstelle absperren, sicher ist sicher. Montag kümmere ich mich dann zusammen mit Mayer zwo um die Suche nach eventuellen Spuren. Vielleicht kann ich bis dahin auch einen Fachmann für Gesteinskunde auftreiben. Petrologen nennt man diese Leute, glaube ich.«

Zweifelnd wiegte Jo den Kopf hin und her. »Eine Menge Aufwand – für aller Wahrscheinlichkeit nach nichts und wieder nichts, wohlgemerkt.«

»Du kennst die Gesetzeslage. Bei solchen Unfällen ist ein Fremdverschulden zweifelsfrei auszuschließen.«

Rolf Marsberg gesellte sich wieder zu ihnen. »Wie sieht's aus, Leo, können wir?«, rief er schon von Weitem. »Hier ist heute ohnehin kein Blumentopf mehr zu gewinnen.« Er winkte mit den Autoschlüsseln. »Wie ich hörte, kommt gleich der Abschleppwagen, außerdem eine Räumkolonne mit entsprechendem Gerät. In spätestens einer Stunde ist von dem Chaos hier nichts mehr zu sehen, wetten?«

Jo hatte dem nichts entgegenzusetzen und verabschiedete sich mit dem Hinweis, als Erstes die Überführung von Hörmanns Leiche zur Gerichtsmedizin zu veranlassen.

Wolf sah indessen wie beiläufig auf die Uhr. »Gleich halb acht«, murmelte er.

Marsberg sah ihn aufmerksam an. »Du denkst doch nicht etwa, was ich denke?«, fragte er lauernd.

Wolf zögerte, doch schließlich entschloss er sich zu einem Nicken. »Von irgendetwas muss der Mensch ja leben, nicht wahr?«

Auf Marsbergs Gesicht machte sich ein Grinsen breit.

Wolf grinste ebenfalls, holte sein Handy hervor und tippte eine Nummer ein. »Leo hier, hallo, Simon. Machst du uns bitte noch zweimal den Zander? Wir sind in spätestens einer halben Stunde da.«

5

Nach sechsstündigem Flug mit Zwischenstopp in Frankfurt hatte die Lufthansa Cityline endlich auf dem Bodensee-Airport aufgesetzt. Ein Wagen mit der Leuchtschrift »Follow me« lotste die Maschine zu ihrer Parkposition. Sechs Minuten später öffnete eine Flugbegleiterin die Tür und gab den Ausgang frei. Inzwischen war es zweiundzwanzig Uhr zehn.

Wenig rücksichtsvoll zwängte sich ein braun gebrannter Mittdreißiger durch die Reihen der aussteigenden Passagiere. Einige warfen ihm böse Blicke zu. Bekleidet war er mit einem hellgrauen Seidenanzug, einem weißen Hemd und einer blau-gelb gestreiften Krawatte, für den klassischen Mallorca-Rückkehrer ein nicht gerade typischer Aufzug. Die übergroße Nerd-Brille auf seiner Nase wirkte wie ein Kontrapunkt zum Business-Outfit: Sie war ausgesprochen trendy, um nicht zu sagen cool.

Die aufkommenden Unmutsäußerungen schienen allesamt an ihm abzuprallen. Kaum hatte er den Fuß der Treppe erreicht, zog er sich die Stöpsel seiner Kopfhörer aus den Ohren. Fast gleichzeitig holte er mit der Linken ein Handy aus seiner Tasche und drückte eine Kurzwahltaste.

Dem abgehenden Ruf lauschte er allerdings vergeblich hinterher. Wie bei den Versuchen zuvor kam keine Verbindung zustande. Er wählte eine zweite Nummer – ebenfalls ohne Erfolg.

Warum, zum Teufel, ging da keiner ran? Es war ausgemacht, dass er sich gleich nach seiner Ankunft in Friedrichshafen melden sollte. Eigenartig.

Nachdenklich folgte er den Wegweisern mit dem Koffersymbol. Warum nur ging ihm das Meeting in Palma nicht aus dem Kopf? Seitdem er sich um die Mittagszeit dort verabschiedet hatte, wurde er das Gefühl nicht los, etwas Falsches gesagt zu haben – etwas, mit dem er den Unmut der großen Bosse geweckt hatte. Was könnte das nur gewesen sein? Vermutlich seine wiederholte Beteuerung, sich peinlich genau an alle Absprachen gehalten zu haben. Danach hatten sich die Herren verstohlene Blicke zugeworfen.

Hatte er wirklich so schlecht gelogen?

Dabei hatte seine Darstellung durchaus der Wahrheit entsprochen. Okay, es hatte ein paar Ausnahmen gegeben, da hatten sie ein bisschen was abgezweigt. Na und, wer wollte ihnen das übel nehmen? *Sie* hatten schließlich die ganze Arbeit gehabt. Und außerdem: wo kein Kläger, da kein Richter. Hätten die Bosse von ihren Extratouren was spitzgekriegt, sie hätten ihm ordentlich was gehustet. Stattdessen hatten sie heute Einvernehmen signalisiert.

Trotzdem, bei diesen Typen wusste man nie.

Entschlossen steckte er die Stöpsel wieder ins Ohr und drehte den iPod lauter. Die Klänge von »One Love« würden seine kruden Gedanken verscheuchen. Er liebte David Guettas abgedrehten Sound, diesen einzigartigen Mix aus urbanen und elektronischen Klängen.

Wenn alles wie geplant lief, würde er gegen Mitternacht in Überlingen eintreffen. Und dort, das hatte er sich fest vorgenommen, würde er fürs Erste auch bleiben. Eine einzige Ausnahme würde er sich gestatten: Sobald das Wetter es erlaubte, würde er aufs Wasser gehen. Segeln, sich den steifen Märzwind um die Ohren wehen lassen.

Allein.

Auf der »Anisha«, seinem neuen Boot, einer supercoolen Kiste.

Wenig später erreichte er die Gepäckausgabe. Ungeduldig wartete er auf das Anlaufen des Förderbandes. Wieder einmal hatte er sich umsonst beeilt. Diese Flughafenheinis lernten es wohl nie.

Die scheelen Blicke seiner Mitreisenden ignorierend, holte er erneut sein Handy heraus. Noch einmal wählte er die beiden Nummern – und noch einmal liefen seine Anrufe ins Leere.

Resigniert nahm er wenig später seinen Koffer vom Band. Nichts wie raus hier, dachte er und strebte dem Ausgang zu. Auf dem Weg zum Parkhaus begann er zu frösteln und schlug den Kragen hoch. Er wusste, weshalb die großen Bosse auf Mallorca saßen: Dort hatte das Thermometer schon heute Morgen um neun zwanzig Grad angezeigt.

Am Eingang zum Parkhaus P1 zahlte er und fuhr mit dem Lift in den zweiten Stock. Wie stets nach der letzten Maschine war diese Ebene so gut wie menschenleer. Sein Koffer und das Handgepäck waren schnell verstaut, erleichtert ließ er sich in den Fahrersitz fallen. Eine gute halbe Stunde noch, und er würde zu Hause sein.

Einen kurzen Moment lang legte er die Hände in den Schoß, bevor er den Motor anließ und ein paarmal leicht auf das Gaspedal tippte. Plötzlich spürte er einen kurzen Luftzug und zuckte gleich darauf überrascht zusammen. Etwas unangenehm Kaltes presste sich in seinen Nacken.

Kalt wie Stahl.

Wie der Lauf einer Waffe.

Eine Waffe? Pah! Wer sollte ihn mit einer Waffe bedrohen – noch dazu in seinem eigenen Wagen?

Kaum hatte er sich diese Frage gestellt, erhielt er einen Schlag auf den Hinterkopf. Einen Moment lang verdrehte er die Augen, dann sackte sein Kopf auf das Lenkrad und löste einen lang gezogenen Hupton aus. Von hinten kam ein Fluch, eine Hand fuhr in seine Haare, riss seinen Kopf nach hinten, und das Hupen brach ab. In der nachfolgenden Stille schlug eine Wagentür zu.

Dieses Türgeräusch war es, was ihn in die Wirklichkeit zurückholte. Kein Zweifel, er hatte einen unerwünschten Fahrgast an Bord. Allerdings schien er nicht auf eine schnelle Abzocke aus zu sein, sonst hätte er kaum die Wagentür hinter sich geschlossen. Offensichtlich hatte er andere Absichten. Aber welche? Eine Entführung? Oder ging es um Lösegeld? In was für eine Scheiße war er da bloß hineingeraten?

Sekundenlang drohten die Schmerzen im Hinterkopf, ihm den Blick zu vernebeln. Er hob die Hand, wollte die Stelle anfassen.

»Aber nicht doch, Herr Sahin, Pfoten runter«, bellte sein Hintermann und presste ihm erneut die Waffe in den Nacken.

Stöhnend nahm Sahin die Hand zurück. »Wer sind Sie? Was wollen Sie?«

»Schnauze. Fahr los.«

So rasch, wie sie gekommen war, ebbte die Schmerzwelle wieder ab. Auch der Druck im Nacken ließ ein wenig nach, sodass er den Oberkörper wieder aufrichten konnte.

»Wer sind Sie?«, fragte Sahin ein weiteres Mal, während er zögernd den ersten Gang einlegte.

»Schnauze.«

Vorerst, so schien es, blieb ihm nichts anderes übrig, als die Zähne zusammenzubeißen und die Ausfahrt anzusteuern.

»Was jetzt?«, wollte er wissen, kaum dass sie die Schranke passiert hatten.

»Schnauze.«

An der Ausfahrt deutete der Unbekannte mit der Waffe nach rechts. Einige Sekunden verstrichen.

»Haben Sie außer ›Schnauze‹ noch was anderes auf Lager?«, wollte Sahin wissen. »Ich frag Sie noch einmal: Wer sind Sie … und was wollen Sie?«

Es mochte an seinem wiederholten Bohren liegen oder daran, dass er sich umdrehen wollte – jedenfalls bekam er postwendend eine übergebraten. »Schau gefälligst nach vorne. Und keine Fisimatenten, wenn dir dein Leben lieb ist.«

Sahin verzog vor Schmerz das Gesicht und sparte sich einen weiteren Kommentar. Zumindest vorerst war der Kidnapper wohl zu keinen Auskünften bereit. Immerhin, bei einem Blick in den Rückspiegel hatte er feststellen können, dass der Unbekannte eine Sturmhaube mit zwei Sehschlitzen trug. Der Figur nach schien es sich um einen kräftigen, hochgewachsenen Mann zu handeln. Allerdings war ihm noch etwas anderes aufgefallen: Der Unbekannte trug ein Headset über der Haube. Sahin konnte sich zunächst keinen Reim darauf machen.

Bis ihn unvermittelt die Erkenntnis traf: Irgendjemand da draußen hörte jedes Wort mit, das im Wageninneren gesprochen wurde. Der Teufel sollte ihn holen, wenn da nicht die großen Bosse dahintersteckten. Also waren sie ihnen doch auf die Schliche gekommen. Ja klar, so musste es sein! Und jetzt wollten sie wohl ein Exempel statuieren. Das würde zumindest das Empfangskomitee erklären.

Der Kidnapper streckte die freie Hand nach vorne. »Dein Handy … gib mir dein Handy«, forderte er. Nachdem Sahin es ihm ausgehändigt hatte, ließ er das Fenster ein Stück weit herunter und warf es aus dem Wagen. »An der Abzweigung da vorne biegst du rechts ab. Und ein bisschen mehr Dampf, wenn ich bitten darf.«

Sahin bestätigte mit einem Nicken. Er vergewisserte sich, dass die Querstraße frei war, und sah routinemäßig in den Rückspiegel. Außer einem Motorradfahrer war kein Fahrzeug hinter ihnen.

Kaum war er wie befohlen abgebogen, trat er aufs Gas. Seemoos und Manzell huschten vorüber; nur noch wenige Kilometer bis Immenstaad. Eine Viertelstunde weiter, und sie hätten Überlingen erreicht.

Wollte der Kerl ihn nach Hause eskortieren? Wohl kaum. Falls seine Vermutung zutraf – und es sprach einiges dafür –, dann hatte er das Wohlwollen der großen Bosse längst verspielt. Was erneut die Frage aufwarf, was der Wahnsinnige hinter ihm vorhatte. Wo würde diese Horrorfahrt ihr Ende finden?

Würde *er selbst* dabei sein Ende finden?

Die Ungewissheit schnürte ihm die Kehle zu, und trotz der kühlen Witterung brach ihm der Schweiß aus allen Poren. Er wunderte sich, dass er überhaupt noch fahren konnte.

Während er auf die Fahrbahn starrte, versuchte er krampfhaft, sich zu konzentrieren. Ein Plan musste her, und sei er noch so schräg. Ein Crash zum Beispiel, bewusst herbeigeführt, idealerweise vor einer Polizeistation. Oder ein spektakuläres Fahrmanöver wie in einem dieser Fernsehkrimis, wo sie bei hoher Geschwindigkeit das Steuer herumrissen und gleichzeitig eine Vollbremsung hinlegten. Warum eigentlich nicht? Immerhin hätte er das Überraschungsmoment auf seiner Seite. Und noch etwas kam hinzu: Offensichtlich war der Kidnapper nicht angegurtet. Bei einem Crash oder einer Schnellbremsung würde er wie ein Geschoss durch die Windschutzscheibe schlagen … und Ende der Vorstellung!

Vorausgesetzt, er selbst wurde von seinem Gurt sicher im Sitz gehalten.

Und vorausgesetzt, es löste sich kein Schuss aus der Waffe.

Obwohl ihn die fast ausweglose Situation unerträglich belastete, musste er beinahe grinsen – bis ihm einfiel, dass seine Mimik ihn verraten konnte. Er warf wie beiläufig einen Blick in den Rückspiegel. Entwarnung. Nach wie vor starrte der Entführer ausdruckslos nach vorn.

Etwas anderes jedoch erregte Sahins Aufmerksamkeit. Eigenartigerweise hatten sie noch immer das Motorrad im Schlepptau. Es schien sich um eine rote Yamaha TR1 zu handeln. Warum war sie nicht längst vorbeigezogen?

Und was war das für ein Blinklicht, das da, im Moment noch weit entfernt, hinter ihnen aufblitzte? Polizei? Ein Rettungsdienst? Meter um Meter holte der Wagen auf, und es dauerte gar nicht lange, bis das an- und abschwellende Heulen des Martinshorns zu hören war. Nach und nach konnte er im flackernden Blaulicht die charakteristische Farbgebung der Polizeifahrzeuge ausmachen.

Die Bullen.

Die schickte der Himmel.

Was Wunder, dass der Kidnapper jetzt zunehmend in Unruhe geriet. In immer kürzeren Abständen wandte er sich um. »Mach schneller«, drängte er barsch. Er verstärkte seine Aufforderung durch einen Stoß mit der Waffe.

»Ja, wie denn? Mehr gibt die Mühle leider nicht her.« Entschlossen presste Sahin die Zähne zusammen. Die Bullen abschütteln? Den Teufel würde er tun, auch wenn er sich ihr Auftauchen im Moment nicht erklären konnte.

Sie passierten die Ausfahrt zur Kläranlage. Bis zur Ausfahrt Markdorf waren es noch wenige hundert Meter.

»Für wie blöd hältst du mich eigentlich? Seit wann zählt ein Cayenne zu den lahmen Mühlen?« Der Ärger in der Stimme des Entführers war nicht zu überhören. Schärfer werdend fuhr er fort: »Pass auf, mein Freund: Entweder du zeigst jetzt den Bullen, was 'ne Harke ist, oder ich blase dir das Lebenslicht aus. Haben wir uns verstanden?«

Der Drohung folgte ein ohrenbetäubender Knall, und die Scheibe der Beifahrertür zersprang in tausend Bruchstücke. Glassplitter wirbelten im Fahrtwind durch den Innenraum, und Pulvergestank machte sich breit.

»Nur, falls du gedacht hast, ich hätte eine Spielzeugpistole«, fauchte der Entführer.

Vor Schreck hatte Sahin das Steuer verrissen, nur mit Mühe fand der Wagen in die Spur zurück. »Es … es geht wirklich nicht schneller«, stotterte er kreidebleich.

Der Kidnapper deutete nach rechts. »Nimm die Ausfahrt«, stieß er hastig hervor. »Und keine Tricks, verstanden? Ich hab dich im Visier.«

Die Ausfahrt nach Markdorf? Wie sollte er das noch schaffen? An der fuhren sie doch gerade vorbei. Aber hatte er eine Wahl? Ja … zwischen Pest und Cholera! Entweder endete es in einen Crash oder mit einer Kugel des durchgeknallten Kidnappers.

Er schloss die Augen und zog das Steuer hart nach rechts, obwohl seine Hände zitterten und sein Magen sich krampfhaft zusammenzog.

Sofort brach das Heck des schweren Wagens linksseitig aus. Karussellgleich drehte sich der Cayenne um die eigene Achse, bevor er, von einer Serie ruppiger Stöße unterbrochen und noch immer gefährlich schnell, über das Grasbankett schlitterte, um sich schließlich, kurz vor der Einmündung in die L 207, überraschenderweise doch noch zu fangen. Zum Glück waren um diese Zeit nur wenige Autos unterwegs, sodass Sahin sich gefahrlos einfädeln konnte.

Das Ganze hatte nur wenige Sekunden gedauert, und doch war es ihm wie eine Ewigkeit vorgekommen.

Geschafft! Er hatte es tatsächlich geschafft!

Eine Zentnerlast fiel ihm vom Herzen. Er warf einen schnellen Blick in den Rückspiegel. Der Motorradfahrer war noch immer da, aber die Bullen hatten die Ausfahrt offensichtlich verpasst. Verdammt! Wenn man die Arschlöcher *einmal* brauchte!

Der Kidnapper schien mit dem Ausgang des Manövers zufrieden zu sein. »Na also, geht doch«, verkündete er.

Seine Freude war allerdings nur von kurzer Dauer, bereits im nächsten Moment schlug sie in Bestürzung um. Die Ursache für seinen Stimmungswandel war leicht auszumachen: Aus Richtung Markdorf kamen ihnen in hohem Tempo zwei Einsatzfahrzeuge entgegen, mit zuckenden Blaulichtern und gellendem Martinshorn. Schon in Kürze würden sie sie erreicht haben.

Mit zwiespältigen Gefühlen starrte Sahin den Blaulichtern entgegen. Waren sie wirklich zu seiner Befreiung ausgerückt? Und wenn ja: Wer, in Teufels Namen, hatte sie alarmiert? Wie würde sich der Kidnapper verhalten, wenn sie ihn stellten? Würde er die Aussichtslosigkeit seiner Flucht akzeptieren oder – mit seinem Opfer als Schutzschild – zu entkommen versuchen, vielleicht sogar ein Blutbad anrichten?

Hatte er eine Chance, eine winzige Chance, seinen Kopf noch rechtzeitig aus der Schlinge zu ziehen?

Ein Plan spukte durch seinen Kopf, schemenhaft zuerst, dann mehr und mehr Gestalt annehmend. Was, wenn er den Wagen in voller Fahrt auf die Gegenfahrbahn steuern und durch gleichzeitiges Ziehen der Handbremse kontrolliert zum Schleudern bringen würde? Einen *Powerslide* machte, wie die Fachleute der Verkehrswacht, bei denen er hin und wieder ein Sicherheitstraining absolvierte, es nannten. Mitfahrende Trainingsteilnehmer hatten ihm von einer vorübergehenden Orientierungslosigkeit berichtet; zumindest für kurze Zeit waren sie »geistig weggetreten« gewesen, wie sie es ausgedrückt hatten. Vielleicht konnte er sich diesen Effekt ja zunutze machen?

Der Kidnapper platzte in seine Gedanken. Offensichtlich hatte er einen Entschluss gefasst. »Fahr sofort rechts ran«, verlangte er, ein Wink mit der Waffe unterstrich seine Forderung.

Sahin tat, als hätte er nicht richtig verstanden. »Was haben Sie gesagt?«

»Sofort anhalten!« Die Stimme des Kidnappers war laut geworden und drohte, sich zu überschlagen.

Als Sahin nicht gleich reagierte, verlor der Kidnapper die Kontrolle. Mit einem unartikulierten Schrei schnellte er nach vorn und presste ihm die Waffe an die Schläfe, während er gleichzeitig mit der anderen Hand ins Lenkrad griff und es nach außen riss.

»Sind Sie verrückt geworden?«, brüllte Sahin. Verzweifelt versuchte er, die Hand vom Lenkrad zu schieben, während er gleichzeitig auf die Bremse trat. Doch es war bereits zu spät, der Wagen war längst aus der Spur geraten, schlingerte ungelenkt auf eine Baumgruppe zu und touchierte mit dem Heck eine kräftige Birke, wodurch er, wie von einer Riesenfaust getroffen, um die eigene Achse geschleudert wurde, bis er schließlich in dichtem Buschwerk zum Stehen kam. Doch da war Sahin längst nicht mehr bei Bewusstsein.

Mit heftigen Schmerzen im Brustkorb kam er wenig später wieder zu sich. Der Gurt hatte seine Schuldigkeit getan und ihn den Fliehkräften zum Trotz mit eisernem Griff im Sitz gehalten. Eher beiläufig registrierte er, dass die Airbags nicht aufgegangen waren. Egal, der Wagen war ohnehin nur noch ein armseliger Schrotthaufen. Von außen wurde die Wagentür aufgerissen, das Gesicht des Kidnappers erschien über ihm. Die Sturmhaube war infolge des Unfalls nach hinten gerutscht.

»Wir sprechen uns noch, Kleiner«, prophezeite er. Dann schlug die Tür von außen zu.

»He, was soll das?«, rief ihm Sahin hinterher. Fluchend richtete er sich auf. Durchs Fenster bekam er gerade noch mit, wie der Entführer auf den Sozius der Yamaha TR1 kletterte.

Die Maschine bäumte sich auf, als hätte der Fahrer ihr die Sporen gegeben, und wie ein Kugelhagel spritzten Steine und Dreck auf den Cayenne. Sekunden später hatte die Dunkelheit das Motorrad verschluckt.

Sahin sank in seinen Sitz zurück und schloss die Augen. Ein spöttisches Lächeln verklärte sein Gesicht. Wie ein Mantra brabbelte er leise etwas vor sich hin, immer und immer wieder. Er würde sich das Kennzeichen der Maschine so fest einprägen, dass er es bis in alle Ewigkeit nicht wieder vergessen konnte.

Einer der beiden Einsatzwagen, die dem Cayenne auf der Landesstraße aus Richtung Markdorf entgegengekommen waren, stoppte, zwei Uniformierte stiegen aus und überquerten im zuckenden Blaulicht die Fahrbahn. Gleich darauf erreichten sie das Gebüsch, in das sich der Cayenne gebohrt hatte.

Während der Jüngere der beiden das Wrack in Augenschein nahm, musterte der Ältere Sahin, der sich über den Beifahrersitz aus dem Wagen quälte, weil sich die Fahrertür verklemmt hatte.

»Was ist passiert? Haben Sie die Kontrolle über Ihren Wagen verloren?«, fragte er.

»Wie kommen Sie darauf? Ich parke immer so«, antwortete Sahin schnippisch. Wie konnte man nur so dämlich fragen? Hatte der Kerl auch nur die geringste Vorstellung davon, was er bis vor wenigen Sekunden hatte ertragen müssen? Vermutlich war ihm nicht mal das vom Unfallort flüchtende Motorrad aufgefallen. Typisch Beamter!

Der blau Uniformierte sah ihn misstrauisch an. »Haben Sie getrunken? Bitte zeigen Sie mir mal Ihre Papiere.«

»Getrunken?«, rief Sahin empört, während er in der Innentasche seines Sakkos nach seinen Papieren suchte. »Mann, ich bin das Opfer einer Entführung. Diesen Schrotthaufen hier hat der Täter auf dem Gewissen, und ums Haar hätte es mich ebenfalls erwischt. Sie sind gerade noch rechtzeitig gekommen, um …«

»Ja, ja, schon gut«, winkte der Beamte ab und warf hastig einen Blick auf die Papiere, ehe er sie zurückgab. »Erzählen Sie das unseren Kollegen, die müssen jeden Moment hier eintreffen.« Er machte kein Hehl daraus, dass ihn die Geschichte nicht sonderlich interessierte.

»Ja, aber … ich dachte …«, erwiderte Sahin verdutzt.

»Wir sind zu einem anderen Einsatz unterwegs. Schwerer Verkehrsunfall auf der B 31 zwischen Immenstaad und Hagnau, zwei Tote.«

Diese Mitteilung verschlug Sahin fast die Sprache. »Moment mal … das heißt, wenn Sie nicht zufällig zu diesem Unfall gerufen worden wären …« Er verstummte abrupt, dann begann er laut zu lachen. Irritiert sah der Polizist ihn an.

»Los, Erich, wir müssen«, drängte dessen jüngerer Kollege.

»Am Fahrzeug alles klar?«, fragte Erich und wies auf den Cayenne.

»Ja. Keine weiteren Insassen. Die Karre allerdings dürfte nur noch Schrottwert haben.«

Aus Richtung Markdorf erklang erneut Sirenengeheul. Es hörte sich nach mehreren Fahrzeugen an.

»Das sind die Kollegen, vermutlich mit dem Notarzt. Bitte rühren Sie sich nicht von der Stelle, die sind gleich hier.«

»Ich glaub's nicht … nein, das glaub ich jetzt nicht …« Die beiden Polizisten waren weitergefahren, da schlackerten Sahin noch immer die Knie. Kopfschüttelnd setzte er sich auf den Boden. Plötzlich sah er alles glasklar vor sich. Die Polizei war durch einen Verkehrsunfall aufgescheucht worden – und er hatte sich eingebildet, die seien zu seiner Befreiung unterwegs!

Nicht auszudenken, wie die Sache ausgegangen wäre, hätte der Kidnapper nicht die Nerven verloren und die Fahrt gewaltsam abgebrochen. Im Grunde verdankte er sein Leben zwei Unfalltoten.

Was für eine verrückte Welt!

6

Montagmorgen, wenige Minuten vor sieben. Noch war der Parkplatz hinter der Polizeidirektion so gut wie leer. Leicht außer Atem stieg Wolf von seinem Fahrrad; offenbar war er doch etwas zu stramm gefahren. Dann schob er den Drahtesel zum Hintereingang.

Eigentlich hatte er allen Grund, sich auf die vor ihm liegende Woche zu freuen – trotz der Turbulenzen, die am Samstag auf ihn eingestürmt waren. Nicht nur, dass er den Zeppelinflug mit Bravour gemeistert hatte; auch die beiden Unfälle am Wochenende waren so gut wie abgehakt. Da hatten sie wirklich Glück gehabt. Paralleles Arbeiten an mehreren Fällen mochte Wolf nämlich gar nicht. Außerdem hatte der Kriminalrat ihnen seit Langem personelle Verstärkung versprochen, wofür sich ebenfalls eine Lösung abzuzeichnen schien – zumindest hatte er Sommer letzte Woche so verstanden. Jeder wusste: Mit nur zwei Ermittlern war das erste Dezernat hoffnungslos unterbesetzt.

So gesehen hätte der Start in die neue Woche unter keinem besseren Stern stehen können. Blieb abzuwarten, welche Knüppel man ihm heute zwischen die Beine werfen würde.

Mit geübten Griffen legte er seinen Drahtesel an die Kette, bevor er den zweiten Stock erklomm, in dem sich die Büros des D1 befanden. Eine knappe Stunde würde er ungestört arbeiten können, länger nicht. Wenn erst mal die Kollegen anrückten, war nämlich Schluss damit; spätestens dann glich das Haus einem summenden Bienenstock.

Doch kaum hatte er die letzten Stufen hinter sich gebracht, erkannte er, dass selbst daraus nichts werden würde. Dabei sah eigentlich alles ganz unverfänglich aus: Jo stand am Kopierer und legte einen neuen Papierstapel ein.

Wolf unterdrückte einen Fluch. Von wegen ungestört arbeiten – das konnte er sich abschminken. Nicht, wenn Jo ihn permanent wegen des toten Barmanns löcherte.

Mit mürrischem Gesichtsausdruck trat er auf sie zu. »Ja, wie denn, du bist schon da?«, fragte er wie beiläufig.

Sichtlich erschrocken fuhr Jo herum. »Ach, Sie sind's, Chef. Guten Morgen erst mal.« Und als hätte sie erst jetzt den Vorwurf realisiert, der hinter seinen Worten steckte, setzte sie scharf hinzu: »Nur, falls Sie's nicht bemerkt haben sollten: Es ist nicht das erste Mal, dass ich um diese Zeit arbeite.«

»Schon gut«, lenkte er ein. »Dachte nur, es wäre was passiert.«

»Passiert?« Plötzlich schien sie zu ahnen, wo der Schuh ihn drückte: Sie hatte ihn um seinen ungestörten Wochenbeginn gebracht. Und als wolle sie ihn mit seinen eigenen Waffen schlagen, fuhr sie fort: »Ob was passiert ist, fragen Sie? Wollen Sie's wissen? Wollen Sie's wirklich wissen? Haben Sie Zeit?«

Wolf, solchermaßen überrumpelt, winkte hastig ab und beeilte sich, in sein Büro zu kommen. »Immer – nur nicht jetzt«, rief er über die Schulter zurück.

»Hätte mich auch gewundert«, murmelte sie sarkastisch, bevor sie mit einem Knopfdruck den Kopierer in Bewegung setzte.

Unter der Tür drehte er sich noch einmal um. »Ist denn auch schon jemand von der Spusi da?«

»Aber klar doch. Ott. Und natürlich Mayer zwo.« Leise kichernd fügte sie hinzu: »Der soll doch neuerdings sogar die Nacht im Büro verbringen. Man munkelt, er habe eine Luma im Schrank.«

»Luma?«

»Ach, kommen Sie, Chef ... Eine Luftmatratze.«

»So. Munkelt man.« Er schlug die Tür hinter sich zu, nur um sie einen Augenblick später wieder aufzureißen. »Gibt's schon Kaffee?«

»Um halb neun, wie jeden Morgen«, beschied sie ihn knapp.

Wolf knurrte etwas Unverständliches, bevor er endgültig in seinem Büro verschwand. Kurz entschlossen hängte er sich ans Telefon. Kaum hatte er das Gespräch beendet, stand er abermals unter der Tür. »Ich fahre mit dem Kollegen Ott von der Spusi zu den Heidenhöhlen. Du könntest in der Zwischenzeit diesen Hörmann durchleuchten ... Personalien, Beruf, familiäre und finanzielle Hintergründe, du weißt schon.«

»Was denken Sie, womit ich mich die ganze Zeit über beschäftige?« Sie zog eine Schnute und wies auf den Kopierer. »Als ob ich mit dem Mord an dem Barmann nicht schon genug um die Ohren hätte«, fügte sie vorwurfsvoll hinzu.

»Sei nicht traurig, den Barmann-Fall nimmt dir keiner weg. Im Gegenteil, du wirst ihn schneller wieder auf dem Tisch haben, als dir lieb ist, Mädchen. Hat Dr. Reichmann eigentlich schon angerufen?«

Jo stieß genervt die Luft aus. »Jetzt schau'n Sie mal auf die Uhr, Chef. Es ist kurz nach sieben, und das an einem Montagmorgen. Soll die arme Frau Doktor etwa um Mitternacht in Tübingen aufbrechen, nur um Ihnen in aller Frühe ein Obduktionsergebnis präsentieren zu können? Das verlangen Sie doch nicht im Ernst.«

Dr. Reichmann, die zuständige Rechtsmedizinerin, kam nur bedarfsweise aus Tübingen nach Überlingen und führte in der Pathologie des Kreiskrankenhauses Obduktionen durch.

»Wieso nicht?«, entgegnete Wolf ungerührt. »Die Frau verfügt über eine selten gewordene Eigenschaft, nämlich preußisches Pflichtgefühl. Na ja, vielleicht fahr ich auf der Rückfahrt bei ihr vorbei. Wäre hilfreich, wenn wir bald Näheres über das Unfallopfer wüssten.«

»Falls sie überhaupt schon in Überlingen ist.«

»Sie ist. Wetten, dass?« Als Jo keine Reaktion zeigte, setzte er hinzu: »Jedenfalls möchte ich die Unfallermittlungen möglichst bald vom Tisch haben. Bis später also.«

***

Als Wolf gut eineinhalb Stunden später wieder zurückkehrte, nahm Jo die Finger von ihrer Tastatur und sah ihm gespannt entgegen.

»Ich hoffe, Sie bringen gute Nachrichten, Chef?«

»Sobald ich einen Kaffee bekomme, erfährst du alles«, brummte er und verschwand kurz in seinem Büro. Jo, die bereits ungeduldig auf seine Rückkehr gewartet hatte, beeilte sich, seiner »Bitte« nachzukommen. Endlich nahm er ihr gegenüber Platz und streckte seine langen Beine unter den freien Schreibtisch.

»Hat sich zufällig die Gerichtsmedizin gemeldet?«, fragte er, nachdem er vorsichtig an seiner Tasse genippt hatte.

Etwas ratlos sah sie ihn an. »Sagten Sie nicht, Sie wollten auf der Rückfahrt dort vorbeischauen?«

»Hab ich. Aber die Reichmann war nicht da«, gab er kleinlaut zu.

»Aha! So viel zum preußischen Pflichtgefühl.« Jo konnte sich ein Grinsen nicht ganz verkneifen. Nachdem sie ihre Gesichtszüge wieder geordnet hatte, fuhr sie fort: »Die Antwort auf Ihre Frage lautet:

Nein, hat sie nicht. Und jetzt lassen Sie uns anfangen – oder interessiert Sie nicht, was ich herausgekriegt habe?«

»Ich dachte, du bist zunächst am Ergebnis der Geländebegehung interessiert?«

»Ach so, ja. Dann schießen Sie mal los.«

»Also: Weder im oberen Bereich der Felswand, an der sich der Unfall ereignete, noch im Gelände darüber gab es Anzeichen, die auf eine Einwirkung Dritter schließen lassen. Keine mit Werkzeugen oder anderen Hilfsmitteln absichtlich herbeigeführten Bruchstellen im Fels, keine erkennbaren Spuren im Gras oder an den Sträuchern, keine Fuß- oder Reifenabdrücke am Boden. Wie auch? Von oben ist ein Durchkommen zur Abbruchkante praktisch unmöglich, das Gelände ist völlig zugewachsen. Und glaub mir, wo Kollege Ott nichts findet, da gibt es auch nichts. Der Mann schleicht durchs Gelände wie ein Indianer. Er hat fast die ganze Strecke auf den Knien zurückgelegt. Phantastisch, ihm zuzusehen.«

»Sie haben sicher auch die Anlieger befragt.«

»Klar. War aber niemand darunter, der eine verdächtige Beobachtung gemacht hätte.«

»Demnach ist Hörmann also einfach zu schnell gefahren?«

»Möglich. Vielleicht hatte er aber auch das falsche Auto unterm Hintern.«

»Wie, falsch?«

»Nun, zu schnell eben, zu stark. Egal, jedenfalls können wir Fremdverschulden wohl ausschließen, meine ich.«

Als Jo nicht reagierte, sah er sie misstrauisch an. »Was ist los, Mädchen, hast du etwa Zweifel daran?«

»Ich bin mir nicht mehr sicher.«

»Und ich dachte, du freust dich, den Fall vom Tisch zu haben.«

»Nichts wäre mir lieber, das dürfen Sie mir glauben. Es ist nur … also, ich bin da auf etwas gestoßen.«

»Herrgott noch mal, muss ich dir jedes Wort einzeln aus der Nase ziehen? Auf *was* bist du gestoßen?«

Sie gab sich einen Ruck. »Ich hab Ihnen doch von den Unterlagen erzählt, die wir im Wrack gefunden haben … Schriftwechsel, aus denen sein Beruf hervorgeht.«

»Er war Bankangestellter, ich weiß.«

»Das war er tatsächlich mal – bis vor vier Jahren. Da hat er sich in

Lindau selbstständig gemacht. Als Finanzberater. Zusammen mit einem Partner.«

»Ja, und?«

»Dieser Partner heißt Hauschild.«

»Wie … Thorsten Hauschild? *Unser* Hauschild?«

»Genau der.«

Nun war es an Wolf, eine Pause einzulegen. Mit dieser Nachricht hatte er nicht gerechnet. Nachdenklich legte er die Fingerspitzen aneinander und sah zur Decke empor. Schließlich senkte er den Kopf und fasste Jo ins Auge. »Das ist gesichert?«, vergewisserte er sich.

»Absolut sicher.«

»Irgendwelche Einträge über die beiden im Computer?«

»Sind beide sauber, Chef. Übrigens haben sie ihre Firma zum 30. März wieder aus dem Handelsregister löschen lassen. Möglicherweise hatten sie ihre Schäfchen bereits im Trockenen.«

Wieder grübelte Wolf eine Weile vor sich hin. »Und, was folgerst du sonst noch daraus?«, fragte er schließlich.

»Also, wenn Sie mich schon fragen: Für mich sieht das ganz so aus, als würde ein Zusammenhang zwischen ihrer Partnerschaft und ihrem Ableben bestehen.«

»Nun mal langsam mit die jungen Pferde. Konzentrieren wir uns zunächst auf die Fakten. Die beiden Männer haben den gleichen Beruf ausgeübt, sie haben zusammen in Lindau ein Büro für Anlageberatung betrieben, und sie sind beide am selben Tag, jedoch an unterschiedlichen Orten und auf unterschiedliche Weise, durch einen Unfall ums Leben gekommen. Das sind die Fakten. Über alles andere können wir nur spekulieren.«

»Sie glauben bei dieser Sachlage doch nicht ernsthaft an einen Zufall, Chef?«

»Das ist keine Glaubensfrage, Mädchen. Wir müssen uns an die Fakten halten.«

Jo runzelte die Stirn. »Die beiden sterben am selben Tag und unter durchaus fragwürdigen Umständen. Da muss man doch hellhörig werden. Oder halten Sie das für überspannt?«

»Du hast ja recht, es kommt ein bisschen viel zusammen. Aber für einen gewaltsamen Tod der beiden fehlt bisher nicht nur jeder Beweis – es gibt nicht mal einen Anfangsverdacht, und schon gar keinen Täter.«

»Bisher.«

»Ja, bisher. Genauer gesagt, bis wir den Obduktionsbericht von Ralf Hörmann und das Kfz-Gutachten über den Unfallwagen auf dem Tisch haben. Dann sehen wir weiter. Du kennst meine Devise: Schrittweise vorarbeiten, sonst bleibt man im Dickicht stecken.«

Jo kaute auf ihrer Unterlippe. »Und wenn ich vorsorglich schon mal die Finanzen der beiden etwas unter die Lupe nehme?«

»Den Antrag dafür kriegen wir niemals durch – nicht beim derzeitigen Kenntnisstand. Der Staatsanwalt würde uns was husten.«

Jo stieß einen Seufzer aus. »Hab schon verstanden. Dann bleib ich weiter an dem Barmann-Fall dran.«

Wolf hob bedauernd die Schultern. »Ja, tu das bitte. Du weißt, wir können uns unsere Fälle nicht aussuchen. Hast du dir eigentlich den Tatort inzwischen noch einmal angesehen und mit dem restlichen Personal und den Stammgästen gesprochen?«

»Ja, wann denn, Chef? Kommt doch ständig etwas dazwischen. Nicht, dass ich darüber besonders traurig wäre; auf die Figuren, die diese Art von Etablissements betreiben, bin ich nicht sonderlich scharf.«

Jos Worte schienen bei Wolf einen Nerv getroffen zu haben. Ruckartig hob er den Kopf. »Was hast du eben gesagt?«

»Dass ständig etwas dazwischenkommt.«

»Nein, danach.«

»Danach? Dass ich nicht besonders traurig wäre, glaube ich.«

»Ja, und weiter?«

»Nun, dass die Figuren dort …«

Wolf griff sich an die Stirn, als wäre ihm ein Licht aufgegangen. »Aber klar doch … Figuren, das ist es! Herrgott noch mal, dass ich da nicht schon früher draufgekommen bin. Du hast doch noch den Schlüssel zu Hauschilds Wohnung, oder?«

Wortlos öffnete sie eine Schreibtischschublade und zog einen Schlüssel heraus.

»Danke«, sagte Wolf. Er stand auf und schlüpfte in seinen Mantel. »Auf geht's, Mädchen. Worauf wartest du noch?«, rief er ihr zu.

»Wieso? Was haben Sie vor?«

»*Wir*, meinst du – *wir beide* haben etwas vor. Wir fahren nämlich zu Hauschilds Wohnung.«

»Jetzt?«, rief sie überrascht, während sie gleichfalls nach ihrem Mantel angelte. »Darf ich erfahren, was wir dort wollen, Chef?«

»Das erzähl ich dir, wenn wir vor Ort sind.«

Eine halbe Stunde später trafen sie am Strandweg ein. Für die Fahrt hatten sie gerade mal acht Minuten gebraucht, der Rest war für die Beschaffung des Dienstwagens draufgegangen. Ein Jammer, was die Bürokratie an Zeit verschlang! Aber gut, dafür blieb ihnen diesmal die Suche nach einem Parkplatz erspart.

Wolf schloss die Haustür auf. Gefolgt von Jo betrat er die weiße Marmortreppe, die zu Hauschilds Penthaus hinaufführte. Oben angekommen, durchbrach er das Siegel und öffnete die Tür.

Wie stets beim Betreten einer verwaisten Wohnung hatte er das dumpfe Gefühl, jeden Augenblick könnte der Besitzer auf der Bildfläche erscheinen und ihn hochkant hinauswerfen. Ein bisschen kam er sich immer wie ein Spanner vor. Glücklicherweise würde ihr Aufenthalt hier nicht von langer Dauer sein, immerhin verfolgten sie eine konkrete und durchaus erfolgversprechende Spur.

Bevor er in den Wohnraum trat, atmete Wolf noch einmal tief durch. Er rückte sein Barett zurecht und schloss kurz die Augen. Gleich würde er wissen, ob er richtiglag oder ob es für das, was ihm vorgestern unterbewusst aufgefallen war, eine andere, schlüssigere Erklärung gab.

***

Karin Winter sah auf die Uhr. Eine knappe halbe Stunde noch bis zur Redaktionskonferenz. Nachdenklich nippte sie an ihrem Kaffee – dem vierten an diesem Morgen – und überflog die Papiere, die vor ihr lagen. Das Ergebnis ihrer Recherchen konnte sich sehen lassen, fand sie. Die Frage war, ob es auch Matuschek überzeugte. Sie musste ihn dringend sprechen. Am besten gleich. Sie griff zum Telefon und wählte seine Nummer.

»Matuschek«, meldete er sich. Er klang genervt.

»Jörg, ich habe ein Problem. Kann ich dich kurz sprechen?«

»Um was geht es? Hat das nicht Zeit bis nach der Konferenz?«

»Bitte. Es dauert nur eine Minute. Außerdem bin ich nachher ohnehin nicht dabei. Das heißt, wenn wir uns einigen.«

»Was soll das heißen, nicht dabei? Und worüber sollen wir uns einigen?«

Karin Winter wusste, wie sehr Matuschek daran lag, seine Truppe zu disziplinieren; und die vormittägliche Redaktionskonferenz war bei diesem Vorhaben sein wichtigstes Instrument. Nicht von ungefähr lautete die oberste Regel beim »Seekurier«: »Die Teilnahme an Redaktionskonferenzen ist eines jeden Mitarbeiters heilige Pflicht, Ausnahmen sind nur aus triftigen Gründen erlaubt.«

»Ich bitte dich! Müssen wir das wirklich am Telefon erörtern?«, antwortete sie.

Er schien kurz zu überlegen. »Also gut, komm rüber. Du hast zwei Minuten«, knurrte er und legte auf.

Sie nahm ihre Unterlagen und machte sich auf den Weg. Schon wenig später saß sie ihm gegenüber. Sie hielt sich nicht mit langen Vorreden auf. »Ich bin sicher, du hast von der rapide hochschnellenden Selbstmordrate in Überlingen gehört …«

»Oha … findest du das nicht ein bisschen übertrieben?«, fiel ihr Matuschek spöttisch ins Wort. »Ich weiß nur von zwei Fällen.«

»Falsch. Es sind drei. Vorgestern Abend kam allem Anschein nach ein dritter dazu. Ein Mann ist in seinem Porsche auf einer menschenleeren Straße mit Vollgas gegen eine Felswand gefahren; er war sofort tot. Drei Selbstmorde in nur sechs Tagen, das gab's in so kurzer Zeit noch nie bei uns. Hier hab ich eine Liste mit näheren Angaben über die Toten.« Sie legte einen Ausdruck vor ihn hin.

Matuschek überflog kurz die Daten, dann zuckte er mit den Schultern. »Vermutlich eine zufällige Häufung. Oder was glaubst du?«

»Es ist noch zu früh, um daraus etwas abzuleiten. Allein die Häufung hat mich alarmiert. Du weißt, ich glaube nicht an Zufälle. Irgendetwas muss vorgefallen sein, was die Selbstmorde ausgelöst hat, davon bin ich überzeugt.«

»Hast du schon mit deinem Wolf gesprochen?«

»Ich hab keinen Wolf, und nein, ich habe nicht mit ihm gesprochen. Aber ich weiß, dass die Polizei die drei Fälle quasi durchgewunken hat. Keinerlei Verdachtsmomente.«

»Trotzdem lässt es dir keine Ruhe. Du willst rauskriegen, ob nicht doch etwas dahintersteckt, stimmt's? Wie stellst du dir das vor?«

»Eines der Suizidopfer wird heute Morgen beerdigt, ein gewisser

Ewald Seitz. Hier in Überlingen. Ganz offiziell mit Priester und Heiliger Messe und so. Offenbar ist die katholische Kirche mal über ihren Schatten gesprungen. Da wäre ich gern dabei. Vielleicht erfahre ich dort etwas über die Hintergründe, die zu dem Selbstmord geführt haben. Was hältst du davon?« Gespannt sah sie ihn an.

Matuschek stand auf und trat ans Fenster. Von seinem Büro aus hatte man einen schönen Blick auf die Promenade und auf den See. Die Hände auf dem Rücken verschränkt, stand er eine volle Minute reglos da, nur das rhythmische Zucken der Finger verriet seine Anspannung. Endlich trat er wieder an den Tisch.

»Vielleicht hast du recht, vielleicht ist wirklich etwas dran«, sagte er. »Also gut, geh zu dieser Beerdigung. Aber halte mich auf dem Laufenden.«

Das ließ sich Karin nicht zweimal sagen. Sie stand auf und ging zur Tür. »Danke, Boss«, rief sie über die Schulter zurück, während sie hinaustrat.

»Vergiss nicht«, rief er ihr nach, »du bist mein bestes Pferd im Stall.«

Doch er war nicht sicher, ob sie ihn verstanden hatte.

***

Zielbewusst ging Wolf auf eine Sitzgruppe zu, die in der Mitte des spiegelnden Marmorbodens inselgleich aus einem langflorigen Berber aufragte. Doch nicht die Sitzgruppe war es, die ihn magisch anzog, sondern der säulenartige Sockel, der daneben stand, viereckig, hüfthoch und in Schleiflackausführung, wie dafür gemacht, ein künstlerisch wertvolles oder zumindest dekoratives Objekt zu tragen, nein, zu präsentieren.

Kurz, bevor er die Säule erreichte, stockte sein Fuß; ungläubig rieb er sich die Augen. »Das kann doch nicht wahr sein«, murmelte er.

Jo, die dem Vorgang aus einiger Entfernung gefolgt war, stellte sich neben ihn. »Etwas nicht in Ordnung, Chef?«

»Das kann man wohl sagen«, erwiderte er und starrte unverwandt auf die Säule, auf der sich eine kleine handbemalte Porzellanvase geradezu verlor – so unscheinbar und unproportioniert war sie im Vergleich zu ihrem Sockel. »Irgendetwas ist hier ganz und gar nicht in Ordnung.«

Jo räusperte sich. »Wenn Sie vielleicht die Güte hätten, mich an Ihrem Gedankengut teilhaben zu lassen, Chef?«

Wolf umrundete die Säule, sorgfältig darauf bedacht, nichts zu berühren. »Entschuldige, aber ich bin etwas durcheinander«, murmelte er.

»Gefällt Ihnen das Blumenmotiv auf der Vase nicht, oder woran liegt's?«

»Nein, es ist die Vase an sich. Vorgestern stand das Ding nämlich noch nicht an dieser Stelle.«

»Da sind Sie sich sicher?«

»Absolut sicher.«

»Wie kann das sein? Wer außer uns hat noch einen Schlüssel?«

»Das würde ich auch gern wissen.«

Jo überlegte einen Moment. »Also gut. Irgendjemand hat also eine Vase auf die Säule gestellt. Vielleicht die Putzfrau. Aber deswegen sind wir doch nicht hergekommen, oder?« Plötzlich musste sie kichern. »Es sei denn, Sie können neuerdings auch hellsehen, Chef.«

Wolf hob abwehrend die Hand. »Die Sache ist keineswegs zum Lachen«, sagte er ernst. »Aber du hast recht. Der Grund unseres Hierseins ist ein anderer. Siehst du diese runden hellen Flecken auf der Oberfläche des Sockels?«

Sie trat näher an die Säule heran. »Ja klar, jetzt, wo Sie's sagen. Vier Stück. Wo mögen die herkommen?«

»Betrachten wir die Fakten. Fakt eins: Die Säule war am Samstag definitiv leer. Fakt zwei: Jemand hat sich in der Zwischenzeit Zugang verschafft und die Vase da hingestellt. Fakt drei: Auf der Oberfläche der Säule sind vier helle Flecken zu sehen, die mit Sicherheit nicht von der Vase stammen. Was folgerst du daraus?«

Jo zog die Stirn in Falten, ehe sie antwortete. »Wollen Sie damit sagen, dass an eben dieser Stelle vor unserem Eintreffen am Samstag etwas ganz anderes gestanden haben muss? Etwas, das nachträglich durch die Vase ersetzt wurde?«

»Du hast es erfasst. Es muss sich dabei um einen deutlich größeren Gegenstand gehandelt haben, vermutlich einen, der auf vier Beinen steht.«

»Das hieße ja aber …« Sie stockte.

»Denk's ruhig zu Ende«, ermunterte Wolf sie.

»Das hieße, jemand hat den vierbeinigen Gegenstand weggenommen, aus welchen Gründen auch immer. Und damit es nicht auffällt – *uns* nicht auffällt! – hat er ihn später durch die kleine Vase ersetzt. Die Frage, die uns interessieren sollte, lautet demnach: Warum hat er das getan?« Angestrengt versuchte sie, ihre Gedanken zu ordnen. »Und wenn es stimmt … müssten wir dann nicht Hauschilds Tod neu bewerten?«

»Zumindest können wir Alternativen zu dem bisher angenommenen Unfalltod dann nicht mehr ausschließen.«

»Alternativen wie zum Beispiel Mord, genauer gesagt: Raubmord«, ergänzte sie leise.

Wolf wollte nicht zu weit vorpreschen. »Zunächst einmal müssen wir uns über die Richtigkeit unserer Theorie Klarheit verschaffen.« Flüchtig wies er auf die Oberfläche der Säule. »Am besten, du holst die Petöfi her. Sie ist vermutlich die Einzige, die uns darüber Auskunft geben kann.«

»Mach ich. Sie wohnt ja gleich in der Nähe. Hoffentlich treffe ich sie an.«

»Ich werde hier noch einmal alles genau in Augenschein nehmen und anschließend das Türsiegel auf Beschädigungen untersuchen. Irgendwie muss der Unbekannte ja in die Wohnung gelangt sein.«

Wenig später schob Jo Frau Petöfi zur Tür herein. Wolf reichte ihr die Hand und entschuldigte sich dafür, dass sie sie noch mal belästigen mussten. In neutralem Tonfall fuhr er fort: »Frau Petöfi, wir möchten Sie bitten, sich einmal in Ruhe hier umzusehen. Uns interessiert, ob sich seit Ihrem letzten Hiersein etwas verändert hat.«

Er hatte das letzte Wort kaum ausgesprochen, als Frau Petöfi bereits zu der Säule hastete. »Was ist denn das?«, fragte sie erstaunt.

»Was meinen Sie?«

»Hier, dieses Ding da«, erwiderte sie und zeigte auf die Vase.

Wolf tauschte unauffällig einen Blick mit Jo, bevor er antwortete: »Können Sie uns sagen, was hier gestanden hat … *vor* der Vase, meine ich.«

»Aber sicher«, erwiderte sie. Den Schock von gestern schien sie überwunden zu haben. »Auf alle Fälle nicht dieses putzige Ding hier. Das gehört eigentlich in den Schrank dahinten. Nein, Herr Hauschild hatte da seinen Elefanten stehen.«

»Seinen *was*?«, hakte Wolf erstaunt nach.

»Sie haben schon richtig gehört: seinen Elefanten. Aus Jade, angeblich 17. Jahrhundert. Sehr beeindruckend. Und sehr, sehr teuer, wie mir Herr Hauschild mehrfach versichert hat. Er ließ mich immer nur ungern mit meinem Staubwedel da ran.«

»Wann haben Sie die Skulptur zuletzt gesehen?«

»Warten Sie ... das war am Freitag. Ja, am Freitagmorgen.«

»Sie haben demnach täglich hier geputzt?«

»Nein, nur Montag, Mittwoch, Freitag und Samstag.«

»Und am Samstag ist Ihnen das Fehlen des Elefanten nicht aufgefallen?«

»Nein, so leid es mir tut. Sie müssen wissen, den Wohnraum mache ich immer zuletzt, und als ich dann den Tod von Herrn Hauschild entdeckte ... ja, da hat bei mir alles ausgesetzt.«

»Verstehe. Diese vier Staubringe hier markieren also die Füße des Elefanten, richtig? Oh, entschuldigen Sie«, beeilte er sich hinzuzufügen, »ich wollte keinesfalls Ihre Arbeit kritisieren, ganz im Gegenteil. Ist bestimmt ganz schön stressig, diese Wohnung in Schuss zu halten, was?«

Frau Petöfi schien plötzlich aufzublühen. »Oh ja. Da könnte ich Ihnen Dinge erzählen, Herr Kommissar ...«

»Ein andermal gerne«, fiel ihr Jo ins Wort, »der Kommissar muss jetzt dringend weiter.«

Wolf nickte. »Ja, leider. Vielen Dank, Frau Petöfi, Sie haben uns sehr geholfen.«

Jo begleitete Frau Petöfi hinaus, als Wolf noch etwas einfiel. »Ach ja, eine allerletzte Frage noch. Wissen Sie, wer alles einen Schlüssel zu dieser Wohnung hatte?«

»Nur ich, soweit ich weiß. Und Herr Hauschild natürlich.«

»Gut. Danke, das war's dann. Auf Wiedersehen, Frau Petöfi.«

Nachdem Jo Frau Petöfi nach Hause gebracht hatte und ein weiteres Mal zum Penthaus hochgestiegen war, fand sie Wolf vor der Eingangstür vor, wo er nachdenklich die beiden Hälften des zerrissenen Siegels betrachtete.

»Kein Zweifel, das Ding war bereits aufgeschnitten, als wir ankamen, vermutlich mit einem Cutter. Sehr sorgfältig gemacht, da muss man schon ganz genau hingucken.«

»Irgendwelche Beschädigungen an der Tür, die auf ein gewaltsames Aufbrechen schließen lassen?«

»Nichts. Der Täter muss einen Schlüssel gehabt haben, oder wir haben es mit einem Profi zu tun.«

»Passt doch«, sagte Jo und bat Wolf noch einmal zu der Säule. »Dieses Elefantenvieh muss, den Fußabdrücken nach zu schließen, ganz schön groß gewesen sein, Chef. Gut dreißig Zentimeter lang und mindestens ebenso hoch, schätze ich. Aus dem 17. Jahrhundert, hat die Petöfi gesagt, das muss man sich mal reinziehen. Ich könnte nicht eine Minute ruhig schlafen, wenn so was bei mir in der Wohnung rumstünde. Dabei hat das Penthaus nicht mal eine Alarmanlage – oder haben Sie eine bemerkt, Chef?«

Nachdenklich schüttelte Wolf den Kopf. »Du willst sagen, dass das Ding in mancher Leute Augen durchaus ein Menschenleben aufwiegen könnte, nicht wahr?«

»Es wurde schon für weit weniger gemordet. Jedenfalls haben wir mit der Jade-Figur ein starkes Motiv für einen Einbruch – und es wäre nicht der erste Einbruch, der in einem Raubmord endet.«

»Und was sagt uns das konkret?«

»Die Spusi muss her. Und wir sollten bei Hauschild eine Obduktion anordnen.«

Wolf nickte. »In Ordnung, veranlasse das. Außerdem will ich schnellstmöglich alles auf dem Tisch haben, was die Jade-Figur betrifft: Expertisen, Kaufbelege, Beschreibungen, Fotos … einfach alles, was sich dazu in Hauschilds Nachlass findet. Mach der Spusi so richtig Dampf. Und schließ dich mit den Kollegen vom Betrugsdezernat kurz, die sollen ihre Kontakte zu Hehlerkreisen anzapfen.«

»Mach ich. Da wäre noch was, Chef: Sollten wir nicht auch die Wohnung von …«

Mit erhobener Hand fuhr ihr Wolf ins Wort: »Ich weiß, was du sagen willst. Ja, wir sollten auch Hörmanns Wohnung einen Besuch abstatten – allerdings erst, wenn wir die Sache hier zu Ende gebracht haben. Einverstanden?«

7

Nachdem sie die Tür von Hauschilds Wohnung hinter sich zugezogen und ein neues Siegel angebracht hatten, sah Wolf auf die Uhr. »Halb elf. Genau die richtige Zeit, um unserer lieben Freundin Franzi Reichmann einen Besuch abzustatten, was meinst du?«

Jo setzte ein süffisantes Lächeln auf. »*Ihrer* Freundin«, korrigierte sie. »Ich bezweifle übrigens nach wie vor, dass Dr. Reichmann überhaupt schon in Überlingen ist, geschweige denn zu Hörmann etwas sagen kann.«

»Sie kann. Wetten, dass?« Wolf streckte ihr die Hand entgegen, doch Jo ging nicht darauf ein, sondern machte auf dem Absatz kehrt und marschierte zielstrebig die Treppe hinunter.

Sie stellten ihren Dienstwagen nahe dem Eingang zum Kreiskrankenhaus ab. Wolf erkundigte sich bei der Dame am Infoschalter, ob Frau Dr. Reichmann bereits mit der Obduktion angefangen habe.

»Wie soll ich das wissen? Anwesend ist sie jedenfalls schon seit acht«, antwortete sie schnippisch.

»Ein schlichtes Ja hätte mir schon genügt«, knurrte Wolf. Er machte sich auf den Weg ins Untergeschoss, in dem die Räume der Gerichtsmedizin untergebracht waren. Jo hatte Mühe, Schritt zu halten.

Als sie eintraten, strahlte die Pathologin über das ganze Gesicht. »Hab mich schon gefragt, wann ihr hier auf der Matte steht«, sagte sie gut gelaunt. Sie entledigte sich ihrer blutbefleckten Gummischürze und ging zu einem Handwaschbecken, bevor sie ihre Besucher begrüßte. Dann zuckte sie bedauernd mit den Schultern und sagte: »Tut mir leid, Leo, aber ich kann unglücklicherweise nicht hexen.«

In Wolfs Gesicht machte sich Enttäuschung breit.

»Ich hab Sie gewarnt, Chef«, lautete Jos Kommentar. »Entschuldigen Sie bitte, Dr. Reichmann, aber Sie wissen ja, wenn Herr Wolf sich etwas in den Kopf gesetzt hat …«

Die Pathologin lachte schallend. »Na sicher, das weiß ich doch.« Dann wurde ihre Miene wieder ernst. »Damit ihr nicht völlig umsonst gekommen seid, reden wir doch einfach über das, was ich nach flüchtiger Begutachtung schon sagen kann. Von Hörmanns unfallbedingten Verletzungen mal abgesehen, gibt es da etwas, auf das ich mir keinen Reim machen kann.« Sie machte eine Kunstpause.

»Nun reden Sie schon, Franzi«, drängte Wolf. Ihm dauerte das alles viel zu lange.

Dr. Reichmann tat, als fiele ihr soeben etwas Wichtiges ein. »Hab ich Ihnen eigentlich *den* schon erzählt, Leo …«

»Treiben Sie's nicht auf die Spitze«, drohte Wolf schmunzelnd. »Mir ist jetzt wirklich nicht nach Medizinerwitzen. Sagen Sie mir lieber, auf was Sie sich keinen Reim machen können.«

»Also gut, dann will ich Sie nicht länger auf die Folter spannen. An der linken Seite von Hörmanns Stirn habe ich eine kleine Wunde entdeckt. Nichts Ernstes. Trotzdem frage ich mich, woher sie wohl stammen mag.«

»Sie hängt also nicht mit dem Unfall zusammen?«, hakte Wolf noch einmal nach.

»Nein, eindeutig nicht.«

»Eine Schussverletzung vielleicht?«, schlug Jo vor.

»Ebenso eindeutig nein. Dafür ist sie nicht tief genug. Im Übrigen hätte ich – neben einem Schusskanal – auch eine Kugel oder ein vergleichbares Projektil finden müssen.«

»Und wenn es ein Streifschuss war?«

»Das können wir nach Art und Ausdehnung der Wunde ebenfalls ausschließen. Ich bin mir außerdem ziemlich sicher, dass die Spusi auch in dem Wrack nichts finden wird, was uns weiterhilft. Klingt mysteriös, ich weiß, aber derzeit habe ich keine plausible Erklärung.«

Einen Augenblick lang herrschte Schweigen. »Gut, lassen Sie mich das noch einmal repetieren«, sagte Wolf. »Der Tote weist eine Wunde an der linken Stirnseite auf, die keine direkte Folge des Unfalls ist und bei der es sich eindeutig nicht um eine Schussverletzung handelt – richtig?« Er rieb mit der linken Hand sein Kinn und ging nachdenklich ein paar Schritte auf und ab. Plötzlich hob er den Kopf und sah Dr. Reichmann fragend an. »Wenn sich schon nicht feststellen lässt, *wie* ihm die Wunde beigebracht wurde, können Sie dann wenigstens sagen, *wann* es war? Ich meine, um welche Uhrzeit?«

»Und wenn schon. Was fangen wir damit an?«, wollte Jo wissen.

»Ist im Moment nur so eine Idee. Also, Franzi: Lässt sich der Zeitpunkt eingrenzen, zu dem Hörmann die Wunde beigebracht wurde – von wem und durch was auch immer?«

Dr. Reichmann überlegte kurz. »Hm, zieht man die Beschaffenheit der Wunde und die Wundränder in Betracht ... ich würde sagen, ungefähr zum Zeitpunkt seines Todes, jedenfalls nicht viel früher. Hilft Ihnen das weiter?«

»Möglich. Apropos Tod: Was genau war denn nun die Todesursache?«

»Eine Fraktur des Dens axis. Auf gut Deutsch: Genickbruch. Der Mann muss mit dem Kopf gegen den rechten Fensterholm geprallt sein. Das deckt sich mit den Angaben im Unfallbericht. Darin steht, dass der Fahrer nicht angeschnallt war.«

Wolf stutzte. »Moment mal ... könnte die Verletzung, von der Sie eben sprachen, dann nicht doch bei dem Aufprall entstanden sein?«

»Auf keinen Fall. Die Verletzungen an der Stirn des Opfers befinden sich auf der rechten Seite. Die Wunde, von der ich sprach, ist aber links, genauer gesagt: schräg oberhalb des linken Ohrs.«

Merkwürdigerweise zeigte sich Wolf über die ablehnende Antwort befriedigt. Das rief Jos Neugier auf den Plan.

»Kommen Sie, Chef, nun lassen Sie schon die Katze aus dem Sack. An was denken Sie?«

Wolf winkte ab. »Lass mir noch etwas Zeit, bis ich klarer sehe. Franzi, vielen Dank für die Auskunft, Sie haben uns sehr geholfen. Also dann ... bis zum nächsten Mal.«

»Nicht so hastig, mein lieber Leo. So einfach kommen Sie mir nicht davon. Wenigstens diesen einen müssen Sie sich anhören. Also ...« Sie setzte ein verschwörerisches Lächeln auf. »Sitzen vier Ärzte am Stammtisch. Der Augenarzt steht auf und sagt: ›Ich gehe jetzt – man sieht sich.‹ Auch der Ohrenarzt erhebt sich und sagt: ›Ich komme mit – wir hören voneinander.‹ Darauf der Urologe: ›Ich verpiss mich ebenfalls.‹ Ruft ihnen der Gynäkologe nach: ›Grüßt eure Frauen – ich schau mal wieder rein.‹« Franzis Nasenflügel zitterten, sie konnte das Lachen kaum unterdrücken. »Na, wie finden Sie den?«

Wolf verzog keine Miene. »Ich lache später«, sagte er nachdenklich und ging zur Tür.

Auf dem Weg zum Wagen schnarrte Wolfs Handy. Er sah auf das Display.

Der Anruf kam aus der Polizeidirektion, aus dem Büro von Kriminalrat Ernst Sommer. Der Chef der Überlinger Kripo und Wolf waren über das reine Dienstverhältnis hinaus seit vielen Jahren befreundet.

»Wo bist du, Leo?«, wollte Sommer wissen, nachdem sich Wolf gemeldet hatte.

»Im Kreiskrankenhaus, hab grade die Pathologie verlassen. In spätestens zehn Minuten bin ich wieder im Büro.«

»Dann schau bitte zuerst bei mir vorbei.«

»Mach ich. Bis gleich.«

Sie erreichten die Polizeidirektion deutlich schneller – wie meist, wenn Jo am Steuer saß. Stets brachte sie das Kunststück fertig, das Äußerste aus dem Wagen herauszuholen, egal, aus welchem Stall er kam. So betraten sie bereits sieben Minuten nach Wolfs Telefonat das Polizeigebäude.

Dort trennten sich ihre Wege. Während Jo zu den Kollegen vom Betrugsdezernat wollte, steuerte Wolf das Büro des Kripochefs an.

»Ah, da bist du ja«, empfing ihn Ernst Sommer. Er stand auf und drückte Wolf die Hand. Dann wies er auf den Besucher, der ihm gegenübersaß. »Sieht so aus, als wäre heute dein Glückstag, Leo.« Er lächelte verschmitzt, bevor er fortfuhr: »Darf ich dich mit unserem neuen Kollegen bekannt machen: Kriminaloberkommissar Gerd Vespermann. Er wird ab morgen euer Dezernat verstärken.«

Der Neue erhob sich nun ebenfalls. Satte Zufriedenheit ausstrahlend, trat er auf Wolf zu und schüttelte ihm die Hand. »Auf gute Zusammenarbeit, Leo. Ich bin der Gerd ... oder Dicky, wie die Rottweiler Kollegen zu sagen pflegten.« Während er sprach, streifte sein Blick Wolfs Kopfbedeckung.

»Ah ja«, brummte Wolf. Er fühlte sich überrumpelt. »Hätt ich früher davon gewusst, hätte ich Jo gleich mitgebracht.«

»Mit Jo ist Kriminalhauptmeisterin Joanna Louredo gemeint«, erläuterte Sommer.

»Spanischstämmig?«, hakte Vespermann nach.

»Portugal. Wieso, hast du ein Problem damit?«, raunzte Wolf.

»Ich? Wo denkst du hin?«, beeilte sich Vespermann klarzustellen.

»Nein, ich frage nur aus Interesse. Schließlich leben wir in einer Multikulti-Gesellschaft, da möchte man seine neuen Kollegen gleich richtig einordnen … sozusagen.«

»Ah ja«, wiederholte Wolf gedehnt. Unterdessen hatte er den Neuen näher ins Auge gefasst. Sein Urteil fiel wenig schmeichelhaft aus. Der Kerl war knapp eins siebzig groß, hatte braune Haare und ebensolche Augen und verfügte über ausgeprägte Geheimratsecken. Auffallender aber war etwas anderes, nämlich seine stattliche Wampe; ihr hatte er wohl auch den Spitznahmen »Dicky« zu verdanken. Vermutlich haute er rein wie ein Scheunendrescher.

Dem Neuen waren Wolfs Blicke nicht entgangen. Anstatt pikiert zu reagieren, lächelte er. »Ich weiß, was du jetzt denkst, Leo.« Liebevoll tätschelte er seinen Bauch. »Das ist in gewisser Weise mein Markenzeichen«, erklärte er. »Ich koche für mein Leben gern. Und was auf den Teller kommt, das wird auch gegessen – so halte ich das schon immer. Ich hoffe jedoch«, fügte er ernst hinzu, »dass ich hier nicht nach meinem Äußeren beurteilt werde, sondern ausschließlich danach, was ich kann und wie ich mich einsetze.«

Bums! Das saß.

Wenigstens ist er kein Duckmäuser, dachte Wolf. Die Zeit wird zeigen, was hinter der Fassade steckt. »Entschuldige, Kollege, war nicht so gemeint. Bei uns kann jeder nach seiner Fasson selig werden«, brummte er.

»So ist es«, pflichtete Sommer ihm bei. »Und jetzt lasst uns die Präliminarien auf ein andermal verschieben. Einen Kaffee?« Die Frage war an Wolf gerichtet. Der nickte.

Sie nahmen Platz, und Frau Bender brachte eine weitere Tasse. »Wie immer schwarz und ohne Zucker, Herr Wolf?«

»Ganz genau. Danke, Frau Bender.«

»Darf ich wissen, welche Fälle gerade anliegen?«, erkundigte sich Vespermann.

»Gute Frage. Willst du sie beantworten, Leo? Auf diese Weise erfahre ich den neuesten Stand, und unser Kollege bekommt einen ersten Einblick.«

Wolf schilderte die beiden aktuellen Fälle und ihre im Laufe der letzten Stunden gewonnenen Erkenntnisse. Sommer und Vespermann waren ganz Ohr, nur gelegentlich stellten sie eine Zwischenfrage. Kurz vor Ende seiner Ausführungen klingelte Sommers Telefon. Der reichte Wolf bereits nach wenigen Worten den Hörer. »Für dich, Leo. Die Spurensicherung.«

Wolf meldete sich und hörte einen Moment lang zu. Dann erwiderte er: »Ich komme«, reichte Sommer den Hörer zurück und erhob sich von seinem Stuhl. »Kann ich meinen Bericht später nachreichen, Ernst? Die Spusi ist in Hauschilds Wohnung auf eine wichtige Spur gestoßen, das will ich mir ansehen. Scheint so, als lägen wir richtig mit unserer Vermutung, dass Hauschild nicht durch einen Unfall aus dem Leben schied.«

»Aber klar. Der Fall hat Vorrang«, nickte Sommer und wandte sich an Vespermann. »Wie sieht's aus: Haben Sie Zeit? Wollen Sie gleich ins kalte Wasser springen?«

Schneller, als Wolf es ihm zugetraut hätte, war der Neue auf den Beinen. »Nichts lieber als das. Ich habe in Rottweil offiziell abgemustert, bin also selbst Herr meiner Zeit.« Erwartungsvoll sah er zu Wolf hinüber.

»Also gut«, stimmte der etwas lustlos zu. »Ich möchte jedoch darauf hinweisen, dass wir auch zu dritt auf Dauer nicht gleichzeitig in zwei Mordfällen ermitteln können. Sollte meine Befürchtung zutreffen, dass die beiden Banker keines natürlichen Todes gestorben sind – und im Augenblick spricht einiges dafür –, dann werden wir wohl einen der beiden Fälle an ein anderes Dezernat abgeben müssen. Es sei denn …«, er machte eine kleine Pause und sah Vespermann an. »Es sei denn, wir teilen uns auf. Jo und ich führen die Ermittlungen bei den Bankern fort, während Gerd sich schwerpunktmäßig um den Barmann kümmert.«

»Gute Idee«, stimmte Sommer nach kurzem Überlegen zu. »Ich verlass mich auf euch. Und noch was, Leo: Vielleicht kannst du mal einen Blick in diese Akte hier werfen. Die Markdorfer Kollegen bitten uns um Stellungnahme.«

Wolf, der schon ungeduldig von einem Fuß auf den anderen getreten war, griff nach der Akte und öffnete die Tür. »Geht klar, Ernst.« Schon war er draußen. Zu seiner Verwunderung hielt Vespermann mühelos Schritt.

***

»In nomine patris et filii et spiritus sancti.«

»Amen.«

Nach dem Segen des Pfarrers und der üblichen Bekreuzigung strebte das Häuflein der Trauernden dem Ausgang zu.

Bereits während der Trauerrede waren Karin Zweifel gekommen, ob die Teilnahme an der Beerdigungszeremonie ihr wirklich weiterhelfen konnte. Bei dem Toten handelte es sich um einen Handwerksmeister, der sich Zeit seines Lebens mit dem Herstellen von Fenstern und Türen beschäftigt hatte. Nach allem, was sie wusste, hatte er ein stinknormales Leben geführt, ohne sonderliche Höhen und Tiefen. Es gab nichts, was auffällig oder gar verdächtig gewesen wäre.

Beim Verlassen der Aussegnungshalle nahm sie die kleine Trauergemeinde genauer unter die Lupe. Vorneweg gingen die offenbar einzigen Angehörigen des Toten, seine Schwester und deren Mann; sie hatten die Todesanzeige im »Seekurier« geschaltet. Draußen standen sie mit versteinerten Mienen ein paar Schritte abseits, unnahbar, so empfand es Karin, als wollten sie jeden Annäherungsversuch im Keim ersticken.

Bei der Trauergemeinde handelte es sich dem Augenschein nach um die übliche Klientel: Freunde, Nachbarn, Arbeitskollegen, allesamt bieder und bodenständig und ohne die geringste Auffälligkeit – bis auf eine kleine, stämmige Frau vielleicht, die sich dezent im Hintergrund hielt. Sie wirkte gepflegt und war gut gekleidet. Trotz ihres Alters – Karin schätzte sie auf um die sechzig Jahre – trug sie hochhackige Schuhe; an ihrem rechten Arm hing eine Tasche von Louis Vuitton. Ihre dunklen Augen waren tränenumflort, alle Augenblicke führte sie unter hörbarem Schniefen ein Taschentuch an die Augen.

Sie schien die einzige wirklich Trauernde zu sein.

In welcher Beziehung mochte die Frau zu dem Toten gestanden haben? Jedenfalls in einer nahen, so viel stand für Karin fest. Vielleicht, überlegte sie, war von ihr etwas in Erfahrung zu bringen – etwas, mit dem sich der Selbstmord hinreichend erklären ließ? Sie nahm sich vor, die Frau bei passender Gelegenheit anzusprechen.

Karin hatte inzwischen mehrfach den Standort gewechselt und hier ein Wort und dort einen Satz aufgeschnappt, doch nichts, was irgendwie von Belang gewesen wäre. Alles schien vieldeutig und nichtssagend zugleich. Endlich hatte sich der kurze Trauerzug formiert. Karin wartete, bis sich die Frau mit der Louis-Vuitton-Tasche auf ihrer Höhe befand, bevor sie sich unauffällig neben ihr einreihte. Über endlos scheinende Wege folgten sie dem schlichten Sarg, den vier grau uniformierte Männer zuvor aus der Aussegnungshalle getragen und auf einen Wagen gesetzt hatten.

Der Predigt am offenen Grab hörte sie nur mit halbem Ohr zu. Doch kaum hatten die Männer den Sarg in die Grube gelassen und der Priester den abschließenden Segen erteilt, da erwachte ihr Jagdinstinkt wieder zum Leben. Sie wollte die neben ihr stehende Frau in ein Gespräch verwickeln, damit ihr Gastspiel hier nicht völlig für die Katz war.

Noch während sie sich eine unauffällige Einleitung zurechtlegte, kam ihr der Zufall zu Hilfe. Beim letzten »Amen« schluchzte die Frau laut auf und begann, wie ein Rohr im Wind zu schwanken. Reflexartig legte ihr Karin den Arm um die Schultern und hielt sie fest.

So schnell der Schwächeanfall gekommen war, so schnell war er auch wieder vorüber. Mit feuchten Augen blickte die kleine Frau zu ihr hoch. »Tut mir leid, wenn ich Sie erschreckt habe. Danke für Ihre Hilfe.«

»Ich bitte Sie, das ist doch selbstverständlich. Sie haben den Verstorbenen wohl gut gekannt?«

»Oh ja, Herr Seitz und ich, wir waren Nachbarn«, sagte die Frau, während sie langsam in Richtung Ausgang gingen. »Und Sie? Gehören Sie zur Familie? Darüber hat er nämlich nie gesprochen ... als wäre ihm das Thema unangenehm gewesen.«

»Nein, nein«, beeilte sich Karin zu sagen, »ich hatte ein Problem mit einer Tür, nichts Großes. Er hat es wieder gerichtet.«

»Ja, Herr Seitz war ein guter Handwerker«, stimmte sie zu, »und ein guter Mensch. Zwanzig Jahre lang haben wir nebeneinander gewohnt. Er war immer so herzlich und aufgeschlossen. Bis seine Frau verstarb. Seitdem ging's nur noch bergab mit ihm.« Sie stieß einen langen Seufzer aus.

»Was Sie nicht sagen. Mir schien er über die Maßen unternehmungslustig, so voller Pläne ...«

Überrascht hob die Frau den Kopf und sah Karin an. »Unternehmungslustig? Finden Sie?«, fragte sie skeptisch. »Davon hab ich nichts gemerkt, ganz im Gegenteil.«

»Oh doch«, setzte Karin noch eins drauf. »Demnächst wollte er sich sogar einen neuen Wagen anschaffen, einen S-Klasse-Mercedes, glaube ich. ›Noch einmal so richtig die Sau rauslassen‹, hat er gesagt und gelacht.«

Abrupt blieb die Frau stehen. »Ein neuer Wagen?« Ihre Stimme klang schrill. »Sind Sie sicher, dass wir beide von demselben Mann reden, meine Liebe?«

»Wieso? Zweifeln Sie etwa daran?«

»Natürlich nicht.« Ratlos schüttelte die Frau den Kopf, bevor sie sich wieder in Bewegung setzte. »Aber dass er Ihnen diese Geschichte erzählt hat … Flunkern passt gar nicht zu ihm«, sagte sie mehr zu sich selbst.

»Warum soll er geflunkert haben?«, fragte Karin.

»Weil er am Ende war. Finanziell, meine ich. Schon seit einigen Wochen. Am Schluss hatte er nicht mal mehr was zum Beißen. Ich habe ihm – aber bitte behalten Sie das für sich! – sogar Geld geliehen, damit er über die Runden kam. Zum Glück hat mir mein verstorbener Mann, Gott hab ihn selig, genügend hinterlassen.«

»Ist das wahr?«

»Wenn ich's Ihnen sage. Warum sonst sollte er seinem Leben ein Ende machen?«

»Ach, dann stimmen die Gerüchte also doch? Und ich hatte den Eindruck, seine Geschäfte laufen ganz gut. Tja, so kann man sich irren. Aber warum … ich meine, was ist denn passiert? Wieso war er zuletzt so knapp bei Kasse?«

Mit gerunzelter Stirn blickte die Frau auf Karin. »Warum wollen Sie das wissen?«, fragte sie misstrauisch.

»Entschuldigen Sie, ich wollte nicht neugierig erscheinen. Ich … nun, ich versteh einfach nicht, wie ich mich so in ihm täuschen konnte. Dabei hab ich mir immer was auf meine Menschenkenntnis eingebildet. Vergessen Sie die Frage einfach, ja?«

»Nein, ich muss mich entschuldigen«, lenkte die Frau rasch ein. Sie überlegte kurz, ehe sie fortfuhr. »All die Jahre über hat der Ewald, ich meine, der Herr Seitz, solide gewirtschaftet. Und dann dieser plötzliche Abstieg. Ich glaube, er hat es überhaupt nicht kommen sehen. Wenige Tage zuvor hatte er mir noch erzählt, so ein bisschen Zocken sei ganz schön einträglich.«

»Zocken? Hat er das wirklich so gesagt?«

»So hat er es genannt, ja.«

»Was meinte er damit?«

»Er hat nicht über Details gesprochen, wahrscheinlich hätte ich es auch nicht verstanden.« Sie dachte kurz nach. »Eine Zeit lang kam relativ häufig so ein Mann zu ihm nach Hause. Sahin hieß der, ich glaube, es war ein Türke.«

»Sie haben zusammen gespielt, meinen Sie?«

»Ach was, wo denken Sie hin? Sie haben irgendwas besprochen. Dieser Sahin muss ihm einen Floh ins Ohr gesetzt haben, denn hinterher war Herr Seitz immer so … na ja, so euphorisch eben. Doch plötzlich, nach ein paar Wochen, war Schluss mit lustig. Irgendetwas muss da in die Hosen gegangen sein. Fragen Sie mich nicht, was. Jedenfalls war das der Anfang vom Ende.«

Inzwischen hatten sie den Friedhofsausgang erreicht. Die Frau reichte Karin die Hand. »Hat mich gefreut, meine Liebe. Vielleicht sehen wir uns ja mal wieder.«

»Dann aber hoffentlich aus einem freudigeren Anlass«, erwiderte Karin. »Auf Wiedersehen und alles Gute.«

* * *

»Hier, schau dir das an. Ist das nicht monströs?« Mayer zwo wies auf den aufgeklappten Schnellhefter, der vor ihnen auf dem Schreibtisch in Hauschilds Arbeitszimmer lag – allerdings erst, nachdem er sich davon überzeugt hatte, dass die neu hinzugekommenen Kollegen sich ebenfalls Latexhandschuhe übergezogen hatten. Schon beim Nähertreten sprang Wolf das Wort »Expertise« ins Auge, darunter prangte das Bild eines grünlich schimmernden Elefanten. Darüber hinaus enthielt das Deckblatt eine stichwortartige Objektcharakterisierung, beglaubigt durch Stempel nebst Unterschrift eines Hamburger Auktionshauses. Es folgte eine vierseitige detaillierte Beschreibung, ergänzt durch Farbfotos der Skulptur aus unterschiedlichen Blickwinkeln einschließlich einiger Detailaufnahmen. Zuunterst lag die Rechnung des Auktionshauses.

»Elefantös würde eher passen«, erwiderte Wolf, nachdem er die Blätter überflogen hatte.

»Zweihundertvierzigtausend Euro für eine einzige Skulptur – das muss man sich mal reinziehen. Da muss eine alte Frau verdammt lange für stricken.« Mayer zwo tat, als würde er Vespermann erst jetzt bemerken. »Und wer ist das?«, fragte er, mit spitzem Finger auf den Neuen deutend.

Wolf entschuldigte sich und machte ihn mit Vespermann bekannt. Die beiden gaben sich die Hand.

»Wieso bekommt ausgerechnet ihr Verstärkung?«, fragte Mayer zwo verzwungen lächelnd, »warum nicht die Spurensicherung, kannst du mir das mal sagen? Seit Monaten renn ich dem Personalamt die Bude ein, um einen zusätzlichen Mann zu bekommen, aber nee … Irgendetwas muss ich wohl falsch machen.«

»Was meinst du, wieso haben die Diebe die Expertise nicht mitgenommen?«, fragte Wolf, ohne darauf einzugehen. »Mit diesem Schriftstück hat die Skulptur doch einen viel höheren Wert.«

»Ganz einfach: Hauschild verwahrte die Unterlagen in seinem Wandtresor, ein Modell der Klasse zwei. Daran hätten sie sich vermutlich die Zähne ausgebissen. Vielleicht fehlte ihnen aber auch nur die nötige Zeit, oder sie scheuten den Lärm, den das Aufbrechen verursacht hätte, wer weiß?«

Verständnislos schüttelte Wolf den Kopf. »Verrückt! Da erwirbt dieser Mensch eine Figur für sage und schreibe eine Viertelmillion, und dann lässt er das Ding ungesichert in seiner Wohnung herumstehen. Ist das zu glauben?«

Vespermann schien seine Einschätzung nicht zu teilen. »Was soll daran verwunderlich sein?«, fragte er. »Solange er dem Dickhäuter kein Preisschild auf den Hintern pappt, finde ich das voll in Ordnung. Auf diese Weise hatte er das gute Stück ständig vor Augen und konnte sich daran erfreuen. Und er muss in das Ding geradezu vernarrt gewesen sein, sonst hätte er sicher nicht so viel Geld dafür hingeblättert. Den Bildern nach zu urteilen, sieht man dem Dickhäuter die Viertelmillion außerdem nicht unbedingt an, oder was meint ihr?«

»Da magst du recht haben«, stimmte Mayer zwo zu. »Den wahren Wert dürfte nur ein Fachmann erkennen.«

»Und der Besitzer der Expertise«, ergänzte Vespermann.

»Trotzdem wurde das Ding geklaut«, knurrte Wolf, von dem Neuen genervt. Am liebsten wäre er kurz rausgegangen und hätte sich eine Gitanes angesteckt, um sich zu beruhigen. Er sah auf die Uhr. »Verdammt, gleich Mittag. Dabei hatte ich heute so viel vor. Wie sieht's aus, kann ich das Zertifikat mitnehmen?«

Mayer zwo nickte. »Kannst du. Zu treuen Händen.«

»Okay. Dann verschwinden wir wieder. Wir werden als Erstes mit dem Auktionshaus Kontakt aufnehmen, die sollen uns den Kauf und die Echtheit der Unterlagen bestätigen. Danach überprüfen wir Hauschilds Konten – nur zur Sicherheit. Habt ihr sonst noch was auf der Pfanne, irgendwelche Spuren, die uns bei der Suche nach den Tätern und dem Tatverlauf weiterhelfen könnten?«

»Mehr als genug: Fingerabdrücke, Hautpartikel, Haare, textile Mikrospuren – die ganze Palette. Nachdem wir über die DNA den Wohnungsbesitzer zweifelsfrei ausgegrenzt haben, müsst ihr lediglich die Entsprechungen zu den verbleibenden Spuren finden, und schon habt ihr die Diebe.«

»Deinen Sarkasmus kannst du dir sparen«, fuhr Wolf ihn an. »Sag mir lieber, wann ihr die Spuren ausgewertet habt.«

»In spätestens zwei Tagen hast du meinen Bericht«, entgegnete Mayer zwo leicht pikiert.

»Ich glaub, es geht los!«, polterte Wolf. »Ich brauch den Bericht morgen früh. Und zwar spätestens.«

»Vergiss es.« Mayer zwo wandte sich beleidigt ab und wollte den Raum verlassen.

»Mensch, Hardy«, versuchte Wolf einzulenken, »du kannst uns doch jetzt nicht hängen lassen.« Als Mayer zwo nicht reagierte, fügte er rasch hinzu: »Also gut, dann will ich mal nicht so sein. Morgen Mittag, zwölf Uhr. Ist das ein Wort?«

»Du glaubst wohl, wir arbeiten nur für das D1?«

»Quatsch. Aber möglicherweise haben wir es hier mit zwei raffiniert angelegten Morden *eines* Täters zu tun, und niemand weiß, ob es die letzten waren. Wie aber sollen wir weitere Opfer verhindern, wenn uns die Auswertung der Spuren fehlt, kannst du mir das mal sagen?«

Immerhin, Mayer zwo blieb stehen. Dann drehte er sich um. »Also gut, weil du's bist. Morgen, vierzehn Uhr. Mein letztes Wort. Okay?«

»Danke, Hardy. Hab gewusst, dass man mit dir reden kann.« Ein feines Lächeln schlich sich in Wolfs Gesicht. »Werd beim Chef ein gutes Wort für dich einlegen.«

»Nach dem Motto: Eine Hand wäscht die andere, was? Nee, nee, mein Lieber, das lass mal sein. Nachher heißt es noch, wir hätten was miteinander.«

Amüsiert verzog Wolf das Gesicht. »Wie du meinst.« Er gab Vespermann ein Zeichen. »Los, Gerd, wir machen die Fliege. Bis demnächst, Hardy.« Nachdem er sich vergewissert hatte, dass sein Barett richtig saß, setzte er sich in Bewegung, doch ein Zuruf von Mayer zwo hielt ihn zurück.

»Moment, Leo, ich hab noch was vergessen.« Er hielt Wolf einen DIN-A4-Bogen unter die Nase. »Hier, das könnte dich ebenfalls interessieren.«

»Was ist das?«

»Sieh's dir an.«

Mit spitzen Fingern ergriff Wolf das Blatt und überflog die wenigen handschriftlich geschriebenen Zeilen. Dann las er sie laut vor. »Schuldschein. Der Unterzeichnete bestätigt mit seiner Unterschrift, dem Inhaber dieses Schriftstücks die Summe von Euro 34.000,– zu schulden. Der Betrag wird spätestens am 15. März 2012 fällig. Die Folgen einer Fristüberschreitung sind dem Unterzeichner bekannt.‹ Unterschrift: Thorsten Hauschild. Gefolgt vom Datum sowie Hauschilds Adresse.« Wolf hob den Kopf und sah seine Kollegen ratlos an. »Jetzt versteh ich gar nichts mehr«, sagte er. »Wie passt das mit dieser Wohnung hier zusammen – die stinkt doch förmlich nach Geld, oder nicht? Dieser Todesfall wird immer mysteriöser.«

»Darf ich mal?« Vespermann griff nach dem Schriftstück und unterzog es einer kurzen Prüfung. »Das ist nur eine Kopie«, sagte er lapidar, bevor er das Blatt zurückreichte.

»Was sonst?«, entgegnete Wolf genervt. »Das Original liegt natürlich beim Gläubiger.« Nachdenklich fügte er hinzu: »Möchte gar zu gern wissen, wer das ist.«

»Wie sieht's aus, Herrschaften, braucht ihr mich noch?«, warf Mayer zwo dazwischen. »Ansonsten empfehle ich mich.«

Wolf nickte nur stumm und holte, kaum dass Mayer zwo verschwunden war, sein Handy hervor.

»Jo, wo bist du?«

»Ich steh vor dem Antiquitätenhaus Goldmann, Chef, wegen der Jade-Figur. Tipp von Marsberg.«

»Verstehe. Hör zu: Wir waren noch einmal in Hauschilds Wohnung …«

»Wir? Wer ist ›wir‹?«, unterbrach sie ihn.

»Erklär ich dir später. Jedenfalls gibt es neue Erkenntnisse, den Fall

der beiden toten Banker betreffend. Sieh also zu, dass du bald zurück bist.«

»Geht klar, Chef. Aber ehrlich, das klingt gar nicht gut. Haben wir
jetzt noch einen Mordfall an der Backe? Wann soll ich mich dann um
den Barmann kümmern?«

Wolf seufzte vernehmlich. »Vergiss den Barmann. Alles Weitere
nachher. Ende.«

8

Rolf Marsberg hatte recht gehabt: Die Firma Goldmann & Co. machte auf den ersten Blick einen außerordentlich respektablen Eindruck. Kaum zu glauben, dass dieser Laden in krumme Geschäfte verwickelt sein sollte.

Der Antiquitätenhändler residierte in einem aufwendig restaurierten Fachwerkhaus, das kurz nach Ende des Dreißigjährigen Krieges als Ölmühle erstellt worden war und heute zu den prägenden Gebäuden der Überlinger Altstadt zählte.

Jo, die das Gebäude vom Auto aus eingehend musterte, war nahe daran, den Motor anzulassen und wegzufahren – doch ihre Skepsis behielt die Oberhand. Für eine Kripobeamtin, noch dazu im Dezernat für Kapitalverbrechen, waren Überraschungen an der Tagesordnung. Häufig trog der Schein – diese Lektion hatte sie inzwischen gelernt.

Auf ihre Anfrage hin hatte Marsberg ihr zwei Antiquitätenhändler genannt, die in jüngster Zeit wegen des Verdachts auf Hehlerei aufgefallen waren. Zwar war es nicht zu einer Anklage gekommen, ein »Geschmäckle« aber war doch hängen geblieben.

Die erste Adresse hatte sie bereits abgehakt – leider ergebnislos. Den Leuten dort hatte in mehrfacher Hinsicht die Voraussetzung gefehlt, ein Geschäft in der Größenordnung des Hauschild'schen Jade-Elefanten abzuwickeln – selbst auf legale Weise.

Da war Goldmann & Co. schon ein anderes Kaliber, umso mehr, als deren Schwerpunkt eindeutig bei Asiatika lag, wie Jo der Website des Händlers entnommen hatte. Goldmanns Ruf in der Branche und krumme Geschäfte schlossen sich auf den ersten Blick zwar gegenseitig aus, doch Marsberg hatte glaubhaft versichert, dass der Händler in seinem Dezernat schon lange nicht mehr über jeden Zweifel erhaben war.

Was aber, wenn er sich irrte?

Es half alles nichts: Sie musste sich Gewissheit verschaffen. Den Leuten auf den Zahn fühlen. Entschlossen zog sie den Wagenschlüssel ab und machte sich auf den Weg.

Beim Betreten des Hauses erlebte sie eine herbe Enttäuschung.

Offenbar hatten die Mittel zur Renovierung nur für die Außenfront gereicht; das Innere war in seinem ursprünglichen Zustand belassen worden. Zwar übten die grob behauenen Stützbalken und die rustikalen Bodendielen im Zusammenspiel mit den Butzenscheiben einen eigenartigen Reiz auf Jo aus, zumal die Optik des Raumes mit der ausgestellten Ware aufs Beste harmonierte. Und dennoch schien das Ganze unvollkommen.

Dann wusste sie plötzlich, was es war: Es fehlte an Licht.

Wieso, fragte sie sich, hatte man ausgerechnet an der Beleuchtung gespart? Wie viel besser würden die wertvollen Möbel und Gerätschaften zur Geltung kommen, wenn man an den richtigen Stellen ein paar Strahler anbringen würde. Nach ihrer Meinung hatten die Leute von Goldmann durchaus ein Händchen für Antiquitäten. Davon, wie man sie in Szene setzte, schienen sie jedoch nicht viel zu verstehen. Zu allem Überfluss glichen die Räume einem vollgestopften Möbellager. Da standen Schränke neben Truhen und Vitrinen, dazwischen Tische und Sitzmöbel in den unterschiedlichsten Größen und Ausführungen. Freie Flächen waren mit Stichen und Büchern belegt.

Das Einzige, was fehlte, waren Asiatika. Sollte Goldmanns Website nicht auf dem neuesten Stand gewesen sein? Oder war die Asien-Abteilung in einer anderen Etage untergebracht? Hier im Erdgeschoss schien alles um das alte Europa zu kreisen, wobei auf eine Sortierung der Stücke nach Stilepochen aus unerfindlichen Gründen verzichtet worden war.

Jo machte sich ihren eigenen Reim darauf: Vermutlich sollten die Liebhaber antiken Interieurs zum Stöbern animiert und auf diese Weise der Umsatz gesteigert werden. Allerdings wäre dieser Plan gründlich danebengegangen, denn die Kundschaft glänzte durch Abwesenheit – zumindest im Augenblick.

Dafür war etwas anderes zahlreich vorhanden, nämlich Kameras, unübersehbar an der Decke montiert. Vermutlich wurde der Verkaufsraum lückenlos erfasst. Jo kannte das. In dieser Branche gehörte Videoüberwachung zu den üblichen Sicherheitsstandards.

Interessiert sah sie sich einige Exponate genauer an. Sie betrachtete gerade einen kolorierten Kupferstich, der den Bodensee unter seinem alten Namen *Lacus Brigantinus* darstellte, als sie in ihrem Rücken eine forsche Stimme vernahm.

»Guten Tag, meine Dame. Was kann ich für Sie tun?«

Vorsichtig legte Jo das Blatt zurück und drehte sich um. Vor ihr stand ein groß gewachsener junger Mann, der sie freundlich musterte.

»Gehe ich recht in der Annahme, dass Sie nicht Herr Goldmann sind?«, fragte sie und lächelte ebenso freundlich zurück.

»Leider nicht. Ich meine, ja, Sie haben recht, der bin ich nicht. Kosch ist mein Name, Christian Kosch.« Er reichte ihr seine Visitenkarte, ehe er fortfuhr: »Aber ich versichere Ihnen, ich werde Sie ebenso kompetent beraten. Sie interessieren sich für alte Stiche?«

»Nun, genau genommen bin ich auf der Suche nach einer chinesischen Jade-Skulptur.«

»Oh, wir sind auch in Asiatika stark. Die haben wir allerdings im Untergeschoss. Wenn Sie bitte mit mir zum Aufzug kommen möchten …«

»Nehmen Sie's mir nicht übel, Herr …« Sie sah kurz auf die Visitenkarte, »… Herr Kosch, aber ich muss Herrn Goldmann persönlich sprechen. Würden Sie ihn herholen, bitte?«

Ein Schatten huschte über sein Gesicht. »Tut mir leid, aber das geht nicht.«

»Soll das heißen, er ist nicht da?«

»So könnte man es nennen. Herr Goldmann gehört nicht mehr unserem Hause an.«

»Nicht mehr Ihrem Hause an? Wie soll ich das verstehen?« Jo sah ihn überrascht an. »In Ihrem Internetauftritt wird er als Inhaber und Geschäftsführer genannt.«

Christian Kosch winkte ab. »Nun, wie soll ich sagen … Manche Angaben darin sind etwas überholt. Herr Goldmann hat die Firma vor gut vier Monaten verkauft, Knall auf Fall und überdies sehr zum Bedauern der Angestellten.«

»Was Sie nicht sagen. Und wem gehört das Ganze jetzt?«

»Herrn Peschke, meinem neuen Chef. Einen Moment bitte, ich hole ihn her.«

Schon war er im Gewirr der Schränke verschwunden. Kurz darauf tauchte er im Gefolge eines stämmigen Mittfünfzigers wieder auf. Der wandte sich, wie ein Honigkuchenpferd strahlend, sogleich an Jo. »Schönen guten Tag, junge Frau, ich bin Jörg Peschke. Sie suchen eine Jade-Skulptur, höre ich? Da sind Sie bei uns goldrichtig.«

Jo konnte ihre Skepsis nicht verbergen. »Ich sehe hier allerdings nur —«

»Ach, lassen Sie sich durch das hier nicht beirren«, schnitt Peschke ihr das Wort ab. Dabei wies er mit einer weit ausholenden Armbewegung auf das vor ihnen liegende Möbelsortiment. »Unsere Asiatika-Abteilung liegt im Untergeschoss. Darf ich fragen, was genau Sie sich vorstellen?« Als wollte er ihre Bonität taxieren, wanderte sein Blick über Jos Körper. Offenbar fiel das Ergebnis zu seiner Zufriedenheit aus, denn er fügte selbstgefällig hinzu: »Glauben Sie mir, Sie werden in ganz Süddeutschland keine größere Auswahl finden, was Asiatika angeht. Unter Umständen können wir Ihnen auch preislich etwas entgegenkommen, aber das sehen wir dann.«

Hoppla, dachte Jo, der ist ja von der ganz schnellen Truppe. Wird Zeit, dass ich ihn auf den Boden der Tatsachen zurückhole. Mit aller gebotenen Freundlichkeit erwiderte sie sein Zahnpastalächeln. »Tut mir leid, Herr Peschke, aber hier liegt offenbar ein Missverständnis vor. Ich bin von der Kripo Überlingen, Louredo ist mein Name. Hier ist mein Dienstausweis.« Sie hielt ihm ihre Identifikationskarte unter die Nase. »Wir ermitteln gerade in einer Diebstahlsache, bei der die Täter eine wertvolle Jade-Skulptur mitgehen ließen. Und da wir nicht ausschließen können, dass sie möglicherweise mit Händlern in der Gegend Kontakt aufnehmen, möchten wir Sie um Ihre Mithilfe bitten.«

Immer noch lächelnd, wenn auch mit deutlicher Schärfe, hob Peschke die Hand. »Wenn Sie damit andeuten wollen, unser Haus könnte mit Hehlerware zu tun haben …«

»Oh nein, nichts liegt uns ferner als das, Herr Peschke. Aber der Tatverlauf legt den Verdacht nahe, dass die Täter das gute Stück mitgehen ließen, um es zu Geld zu machen. Deshalb bin ich hier, genau wie übrigens auch bei Ihren Kollegen. Wenn Sie mir nun also …«

Erneut hob Peschke die Hand, wandte sich diesmal aber überraschend an seinen Mitarbeiter. »Herr Kosch, Sie könnten doch derweil zum Postfach gehen. Lassen Sie sich im Büro die Schlüssel geben, ja?« Während Kosch belämmert von dannen schlich, fuhr Peschke mit deutlich frostigerem Lächeln fort: »Also, was wollen Sie wissen?«

»Zunächst nur eines: Wurde Ihrem Haus eine Skulptur aus Jade angeboten? Sie soll aus China stammen, ungefähr 17. Jahrhundert.«

»Eine Jade-Skulptur? Hm, aus dem 17. Jahrhundert, sagen Sie?

Eindeutig nein, davon müsste ich wissen. Wann, sagen Sie, soll das gewesen sein?«

»Frühestens am Samstag.«

Peschke furchte die Stirn, ehe er antwortete: »Wie gesagt: ein glasklares Nein.«

»Hätten Sie etwas dagegen, mir Ihre Asiatika zu zeigen? Ich möchte mir gerne ein Bild von der Beschaffenheit dieser Stücke machen.«

Peschke schien mit sich zu ringen. Dann gab er sich einen Ruck. »Also gut, wir haben schließlich nichts zu verbergen.« Er setzte sich in Bewegung. »Kommen Sie«, rief er über die Schulter zurück. Er steuerte eine zweiflügelige Aufzugtür an, neben der ein antiquiert wirkendes Wandtelefon hing, nahm den Hörer ab und drückte eine Taste. »Ja, Peschke hier. Ich schicke euch eine Frau Louredo von der Kripo Überlingen runter. Zeigt ihr alles, was wir aus Jade im Haus haben. – Nein, nein, hat nichts mit uns zu tun, reine Routine. Irgendwelche Nachforschungen im Zusammenhang mit einem Diebstahl. Ich komme gleich nach, hab nur kurz was zu erledigen. Alles klar? – Also dann, ich schicke den Aufzug.«

Er hängte den Hörer ein und bat Jo in die Kabine. »Sie werden unten erwartet«, erklärte er. »Und passen Sie auf, dass Sie nicht über eines der Pakete hier stolpern.« Er wies auf eine Reihe stabiler Kartons, die in der Kabine lagerten. Dann drückte er einen Knopf und schloss die Tür. Ruckelnd und ratternd setzte sich das Gefährt in Bewegung.

Jo sah sich in dem dämmrigen Käfig um. Offenbar handelte es sich um einen jener behäbigen Lastenaufzüge, die schon mehr als ein halbes Jahrhundert auf dem Buckel hatten, aber in zahlreichen alt-ehrwürdigen Firmendomizilen noch immer ihren Dienst versahen. Der Innenraum war gut und gerne zwölf Quadratmeter groß, wenn auch stark ramponiert und ohne den geringsten Komfort. Viel wichtiger aber war für Jo, dass er funktionierte. Immerhin, er hatte sich auf Knopfdruck in Bewegung gesetzt. Und was hing da neben dem Bedientableau? Ein TÜV-Aufkleber, wenn auch reichlich vergilbt und ohne Jahreszahl. Na also.

Langsam, aber stetig sank der Käfig nach unten. Gleich würde die Wand mit der Parterretür aus Jos Blickfeld verschwinden. Schon tauchte der Ausstieg ins Untergeschoss auf, da passierte es: Ein kurzer Ruck, der Aufzug blieb stehen, das Licht ging aus. Lähmende Stille.

Jo war weit davon entfernt, beunruhigt zu sein. Ein Kurzschluss, na und? So was passierte immer mal wieder und besonders häufig bei älteren Anlagen wie dieser hier. Gleich würde irgendwo ein Notstromaggregat anspringen. Falls nicht, würde Alarm ausgelöst, man würde die Kabine manuell zum nächstgelegenen Ausgang kurbeln und sie befreien. Peschke hatte sie schließlich im Untergeschoss avisiert, sie wurde von seinen Leuten dort erwartet. Warum sich also Sorgen machen?

Jo zählte bis zwanzig. Es blieb dunkel und still. Sie fing noch einmal von vorne an. Nichts. Leicht beunruhigt begann sie, in ihrer Tasche zu kramen. Wo war ihre kleine Maglite? Ah, hier, das musste sie sein. Sie ertastete den Schalter und schob ihn nach vorn. Ein feiner Lichtstrahl flammte auf und irrte suchend umher, bis er schließlich an dem abgegriffenen Bedientableau hängen blieb. Jo trat näher, um die Knöpfe in Augenschein zu nehmen. Der unterste, ein roter, war mit »Alarm« beschriftet. Sie drückte ihn, erst einmal, dann mehrmals hintereinander. Nichts tat sich. Na klar doch, was sollte sich auch tun? Ein Kurzschluss setzte den gesamten Stromkreis außer Betrieb, auch den Alarmknopf. Wenn Sie Pech hatte, lag das gesamte Untergeschoss im Dunkeln, wenn nicht gar das ganze Gebäude. Bei diesen alten Schuppen wusste man nie …

Ob hier unten ihr Handy funktionierte? Dann könnte sie wenigstens Wolf informieren. Sie drückte eine Kurzwahltaste. Keine Verbindung.

Nun blieb ihr nur noch, sich durch Klopfen und Rufen bemerkbar zu machen. Doch schon nach zwei Minuten stellte sie ihre Bemühungen wieder ein. Trotz wiederholter Versuche hatte sie keine Antwort bekommen. Saßen die Leute auf ihren Ohren? Oder rannten sie wie aufgescheuchte Hühner im Haus umher, um den Kurzschluss zu beheben?

Da, endlich, eine Stimme, leise und dumpf. Sie schien von oben, vom Zustieg im Erdgeschoss zu kommen. »Haaallo, Frau Loureeedo! Können Sie mich hören?«

Das hörte sich nach Peschkes jungem Mitarbeiter an, Christian Kosch war sein Name, wenn sie sich recht erinnerte. Sie legte ihre Hände wie einen Schalltrichter an den Mund, ehe sie antwortete: »Ja, ich kann Sie hören. Was ist passiert?«

»Es gab einen Kurzschluss, er wird gerade behoben. Falls das zu lange dauert, werden wir Sie mit der Handwinde hochkurbeln. Der Monteur ist bereits verständigt. Bitte bleiben Sie ganz ruhig, Sie werden bald erlöst. Haben Sie mich verstanden?«

»Verstanden!«, rief sie zurück und fügte halblaut »Dein Wort in Gottes Ohr« hinzu. Ergeben setzte sie sich auf einen der Kartons und löschte ihre Lampe.

Ein bisschen merkwürdig ist das alles schon, dachte sie. Erst Peschkes Zögern, als sie ihn gebeten hatte, die Asiatika sehen zu dürfen, und dann der Kurzschluss. Vielleicht hatte der ja ihren Besuch im Untergeschoss verhindern sollen. War die ganze Geschichte etwa inszeniert? Gemach, Louredo, ermahnte sie sich, das würde sich gegebenenfalls feststellen lassen; wozu gab es die Sachverständigen des TÜV oder der Feuerwehr? Vielleicht sollte sie sich auch einfach mal den jungen Christian Kosch vorknöpfen. Wenn sie nicht alles trog, war er auf Peschke nicht gut zu sprechen. Und unzufriedene Mitarbeiter waren oftmals die ergiebigsten Quellen.

Jetzt aber musste sie erst mal hier raus. Ob die Kabine in der Decke wohl eine Wartungsklappe hatte? Sie leuchtete mit ihrer Maglite nach oben, und tatsächlich zeichnete sich dort eine entsprechende Fuge ab. Flugs stellte sie einige der herumstehenden Kartons pyramidenartig aufeinander und kletterte vorsichtig hinauf. Nach einigen fruchtlosen Versuchen gelang es ihr schließlich, die Klappe zu öffnen. Der Weg war frei.

Durch die Öffnung drückte stickige Luft aus dem Schacht herein. Jo leuchtete nach oben, konnte jedoch nicht viel erkennen. Kurz entschlossen streckte sie die Arme durch das Loch und suchte nach einem Halt auf dem Dach der Kabine. Nach mehreren Versuchen gelang es ihr, sich hochzuziehen und hindurchzuzwängen. Echt gruselig hier, dachte sie und verdrängte ihr Unbehagen. Im Schein ihrer Maglite war über ihr die Erdgeschosstür zu erkennen. Wenn sie sich streckte, konnte sie die Unterkante berühren.

Ehe sie ihr weiteres Vorgehen überlegen konnte, flammte unter ihr in der Kabine das Licht wieder auf. Na endlich, dachte sie und atmete erleichtert aus. Lieber wollte sie in den verdammten Kasten zurück, als auch nur eine Sekunde länger in dem engen nachtschwarzen Schacht zu verweilen. Sie machte gerade Anstalten, sich wieder durch die Luke zu zwängen, da setzte ein Brummen und Schwirren ein und die Standfläche unter ihren Füßen begann zu ruckeln. Einen kurzen Moment lang hatte sie das Gefühl, sie würde mitsamt der Kabine im freien Fall nach unten stürzen, dann wusste sie, dass das nicht passieren würde. Nach ein, zwei Metern war die Fahrt bereits wieder zu Ende; offenbar hatte die Kabine das Untergeschoss erreicht.

Gedämpfte Stimmen waren zu hören, die Aufzugstür wurde aufgerissen – und abermals breitete sich lähmende Stille aus.

»Was ist los?«, fragte jemand im Hintergrund.

»Sie ist leer … die Kabine ist leer«, antwortete eine zweite Stimme.

»Wie, leer? Was soll das heißen?«

»Komm her und sieh selbst.« Es klang fassungslos.

»Ich wusste, dass das Auftreten von diesem Luca Ärger bedeutet. Der Chef hätte die Skulptur gar nicht annehmen sollen«, nörgelte der andere, während sich rasche Schritte näherten.

»Frau Louredo, sind Sie da oben?«, rief kurz darauf eine dritte Person. Offenbar hatte man die offene Luke über dem Kartonstapel entdeckt.

Jo bückte sich und steckte den Kopf durch die Luke. Drei maßlos erstaunte Gesichter starrten sie an. Eines davon gehörte Jörg Peschke.

»Was machen Sie denn da oben?«, rief er ihr finster zu.

»Wenn die Herren kurz die Kartons wegräumen könnten«, antwortete sie freundlich. »Ich würde mir ungern etwas brechen, wenn ich gleich runterspringe.«

Wenig später stand sie den drei Männern im Untergeschoss gegenüber. Kampflustig stemmte sie die Hände in die Hüften. »Ich hoffe, Sie haben eine gute Erklärung für diesen Vorgang, Herr Peschke.« Inzwischen war sie sich sicher, dass der Kurzschluss absichtlich ausgelöst worden war, um sie hinzuhalten und im Untergeschoss »aufzuräumen«.

Peschke stellte sich dumm. »Welchen Vorgang denn?«, fragte er. »Ein Kurzschluss, mehr war nicht, Frau Kommissarin. Oder was wollen Sie mir unterstellen?«

Jo überging seine Frage. Auch über den Zwischenfall im Aufzug verlor sie kein weiteres Wort. Längst war ihr klar, dass sich die Skulptur, die sie suchte, bei Goldmann nicht – oder nicht mehr – finden lassen würde. Ein bisschen herumschnüffeln konnte dennoch nicht schaden. Leichthin fragte sie: »Da ich endlich unten angekommen bin – wo finde ich denn nun die Artikel aus Jade?«

Peschke lächelte dünn, ehe er sich an seinen Nebenmann wandte, einen dunkelhaarigen Mittdreißiger mit Dreitagebart. »Jens, zeig ihr, was sie sehen will«, forderte er ihn auf, bevor er sich entfernte.

»Wenn Sie mir bitte folgen wollen«, erklärte der Bärtige und ging voraus.

***

Die Beerdigung lag inzwischen fast eine Stunde zurück. Nervös trommelte Karin Winter auf das Lenkrad ihres Cabrios. Warum ging Matuschek nicht ans Telefon? War er bereits in der Mittagspause?

Gerade als sie die Aus-Taste drücken wollte, meldete er sich.

»Matuschek.«

»Jörg, es geht um die Selbstmordgeschichte. Bitte hör mir kurz zu. Ich war doch vorhin auf dieser Beerdigung …«

»Weiß ich«, unterbrach er sie. »Und?«

»Lass mich halt ausreden. Es hat sich ein interessanter Ansatzpunkt ergeben, den wir unbedingt weiterverfolgen sollten. Kann ich an der Sache dranbleiben?«

»Du fragst mich vorher? Das sind ja ganz neue Töne«, spöttelte er. »Kannst du mir wenigstens ein Stichwort nennen? Du weißt, ich kaufe ungern die Katze im Sack.«

Sie lachte ironisch auf. »Mein lieber Jörg, falls du's nicht bemerkt haben solltest: Das Leben ist ein Risiko. Aber gut: Der Mann, den wir heute Vormittag begraben haben, hat einmal einen gut gehenden Handwerksbetrieb geführt. Aus irgendeinem Grund stand er am Ende völlig mittellos da. Das hat mir seine Nachbarin versichert. Mehrmals soll er von einem Mann aufgesucht worden sein, einem gewissen Sahin, angeblich, um zu zocken, was immer damit gemeint war. Nun bin ich bei meinen nachfolgenden Recherchen auf einen türkischstämmigen Mann namens Mesut Sahin gestoßen, der bis vor eineinhalb Jahren bei der Spielbank Lindau für das Finanzwesen zuständig war.«

»Wie kommst du an diese Information?«

»Ich hab da so meine Quellen. Dieser Sahin scheint ihn jedenfalls nach Strich und Faden ausgenommen zu haben – so sehr, dass er am Ende vollkommen bankrott war und sich das Leben nahm.«

»Und jetzt meinst du, die anderen Selbstmorde könnten nach demselben Muster abgelaufen sein, oder was?«

»Genau. Ich will diesen Sahin befragen. Und ich will wissen, ob – und wenn ja, wie weit – er bei den anderen Fällen involviert war. Also, kann ich dranbleiben?«

»Gegenfrage: Weißt du, wo sich der Typ sich im Augenblick aufhält?«

»In Meersburg. Dort soll er ein Boot liegen haben.«

»Hm.« Matuschek dachte einen Augenblick lang nach, ehe er sich zu einer Antwort entschloss. »Also gut, mach weiter. Aber geh vorsichtig zu Werke. Weiß der Geier, was hinter der Sache steckt.«

9

»Nehmen wir die Treppe?«, fragte Wolf scheinheilig, kaum dass er mit Vespermann wieder in die Polizeidirektion zurückgekehrt war. Skeptisch glitt sein Blick über Vespermanns Körpermitte. Wie kann man sich nur so einen Ranzen anfressen?, dachte er, noch dazu als Polizist. Aber gut, er würde diesen Schnarchzapfen schon lehren, auf seine Linie zu achten.

Zu Wolfs Verwunderung erhob Vespermann keinen Einspruch. »Wenn du meinst – mir soll's recht sein«, erklärte er ungerührt, und schon eilte er, zwei Stufen auf einmal nehmend, an Wolf vorbei.

»Angeber«, grummelte Wolf und biss die Zähne zusammen, bemüht, mit dem leichtfüßig Vorauseilenden Schritt zu halten. Doch Vespermann baute von Treppenabsatz zu Treppenabsatz seinen Vorsprung aus.

Mit erklecklichem Rückstand erreichte Wolf den ersten Stock. Um nicht völlig aus der Puste zu kommen, verharrte er erst mal auf der Stelle und zog – sozusagen als Alibi – Hauschilds Schuldschein aus der Tasche. Wie suchend fuhr er mit dem Zeigefinger über das Blatt, bevor er es wieder wegsteckte und seufzend weiterging.

»Kann ich helfen?«, rief ihm Vespermann von oben zu.

»Wieso? Bin ich dir zu tattrig?«, gab Wolf scharf zurück. Am liebsten wäre er dem Neuen an die Gurgel gegangen.

»Aber nein, Leo, du verstehst mich falsch. Hab dich lediglich mit dem Schuldschein in der Hand da unten stehen sehen … es war doch der Schuldschein, oder? Jedenfalls hatte ich den Eindruck, du hättest eine Ungereimtheit entdeckt, einen bestimmten Zusammenhang.«

»So könnte man sagen«, stimmte Wolf finster zu, kaum dass er die letzte Stufe bewältigt hatte. Vespermanns Antwort hatte ihn nicht unbedingt versöhnlicher gestimmt. »Dem Wisch nach wäre die Summe am Fünfzehnten fällig gewesen, also vor fünf Tagen«, fuhr er fort. »Drei Tage nach Fälligkeit war Hauschild tot. Da darf man doch wohl ins Grübeln kommen, meinst du nicht?«

»Du hast recht, dieser Zusammenhang drängt sich auf«, nickte Vespermann

Schnellmerker, dachte Wolf. »Offensichtlich hat Hauschild die Frist bewusst verstreichen lassen, weiß der Teufel, warum.«

»Weil sonst der original Schuldschein im Safe gelegen hätte?«

»Eben nicht. Hätte Hauschild den Betrag fristgerecht zurückgezahlt …«

»… hätte er vom Gläubiger das Original zurückerhalten. Sag ich doch.«

Herrgott noch mal, er kapiert's einfach nicht, schimpfte Wolf im Stillen. Laut sagte er: »Also gut, oberflächlich betrachtet hast du recht. Solche Geschäfte werden unter den Beteiligten Zug um Zug abgewickelt. Er hätte also tatsächlich zunächst den original Schuldschein zurückerhalten. Jetzt aber kommt's: Hauschild hätte das Original samt Kopie noch in derselben Sekunde zerrissen, verstehst du? Andernfalls liefe er ständig Gefahr, ein weiteres Mal zur Kasse gebeten zu werden. Ist doch logisch, oder?« Als Vespermann ihn nur zweifelnd ansah, fügte Wolf grantig hinzu: »Es ist so, glaub mir einfach. Hab ich x-mal erlebt.«

Sie waren während ihrer Unterhaltung langsam den Flur entlanggegangen. Jetzt öffnete Wolf eine Tür und schob Vespermann in den dahinterliegenden Raum, das Durchgangszimmer zu seinem Büro. »Hier wirst du wohnen; der leere Schreibtisch gehört dir«, erklärte er.

Vespermann schenkte seinem neuen Arbeitsplatz nur einen flüchtigen Blick. »Gut, nehmen wir an, du hast recht«, nahm er den Faden wieder auf, »stellt sich dann nicht die Frage nach dem Warum? Präziser: *Warum* hat Hauschild nicht zurückgezahlt? Am fehlenden Kleingeld kann es ja kaum gelegen haben, wenn ich mir seine Wohnung in Erinnerung rufe.«

Endlich kommt er auf den Trichter, dachte Wolf und nickte erleichtert. »Tja, warum?«

»Wenn ich das weiterspinne – und vor allem, wenn ich mir in Erinnerung rufe, dass du Hauschilds Unfall mitnichten für gesichert hältst …«

»Mitnichten«, pflichtete Wolf ihm bei.

»Also, was ich sagen will … wäre das nicht ein klassisches Mordmotiv?«

»Schon möglich«, antwortete Wolf. »Doch solange wir den Gläubiger nicht kennen, bringt uns das nicht viel. Deshalb sollten wir an genau diesem Punkt den Hebel ansetzen.«

»Du meinst …«

»Ich meine, die Spurenlage in Hauschilds Wohnung muss ab sofort neu bewertet werden. Wir brauchen neben einem Verbindungsnachweis seiner letzten Telefonate vor allem eine Genehmigung zur Konteneinsicht. Möglicherweise geben auch die sichergestellten Unterlagen Aufschluss darüber, von wem er die fragliche Summe erhalten hat. Und wenn alle Stricke reißen, bleibt uns noch die Befragung der Menschen aus seiner Umgebung. Allerdings …« Hier stockte er.

»Allerdings?«

»Allzu viel würde ich mir von diesen Maßnahmen nicht versprechen.«

»Ja, wie denn nun? Hältst du das Motiv nicht für ausreichend genug, oder was?«

»Mitnichten, um dein schönes Wort noch einmal zu gebrauchen. Natürlich sind vierunddreißigtausend Euro ein ausreichendes Mordmotiv – wir beide wissen, dass so mancher schon für eine weit geringere Summe um die Ecke gebracht wurde. Andererseits spricht eine Reihe von Gründen dagegen. Unter anderem der äußere Augenschein. Nach meiner Einschätzung wäre die Schuldsumme für Hauschild ein Pappenstiel gewesen. Du fragst also zu Recht, warum er sie nicht fristgemäß zurückbezahlt hat. Erste Möglichkeit: Er hat den Zahlungstermin schlicht und einfach verpennt. Das halte ich allerdings für unwahrscheinlich. So etwas würde einem Banker kaum passieren. Zweite Möglichkeit: Er hat den Zahlungstermin bewusst ignoriert. Aber wieso? Und wer käme überhaupt als Täter in Frage? Der Gläubiger? Halte ich für abwegig. Der will in erster Linie sein Geld, da lässt er nicht die Quelle versiegen. Immerhin scheinen wir es mit einem Profi aus dem kriminellen Milieu zu tun zu haben. Solche Leute achten akribisch darauf, alle Spuren hinter sich zu verwischen. Nimm nur den Schuldschein. Du findest nicht den geringsten Hinweis auf den Gläubiger darauf. Mit anderen Worten: Wir schwimmen, und zwar im Kreis.«

»Okay. Nehmen wir mal an, du hättest recht: Wie passt dann die fehlende Skulptur ins Bild?«

Wolf sah auf die Uhr, während er mit den Schultern zuckte. »Im Augenblick überhaupt nicht – ebenso wenig wie der zweite tote Banker. Aber ich bin sicher, dass alles irgendwie zusammenhängt.

Doch darüber will ich jetzt nicht auch noch spekulieren. Wir sollten uns lieber konkreteren Dingen zuwenden ...«

»Hab schon verstanden. Du meinst den Mord an dem Barmann, ja?«

In diesem Augenblick marschierte Jo herein. Als sie Vespermann sah, blieb sie wie angewurzelt stehen. »Oh, Sie haben Besuch, Chef? Dann geh ich kurz in die Kantine. Mir hängt der Magen bereits am großen Zeh.«

Schon wollte sie umkehren und den Raum verlassen, als ein »Stopp!« von Wolf sie zurückrief. »Bleib bitte. Darf ich dir unseren neuen Kollegen vorstellen: Das ist Kriminaloberkommissar Bernd Vespermann.«

Noch ehe sich Jo von ihrer Überraschung erholt hatte, streckte Vespermann ihr die rechte Hand entgegen. »Gerd. Ich heiße Gerd«, meinte er mit einem Seitenblick auf Wolf. »Alsdann, auf gute Zusammenarbeit.«

»Joanna Louredo.« Sie nickte ihm zu. »Für die Kollegen bin ich Jo.« Verzweifelt war sie bemüht, das Gesicht nicht zu verziehen, während Vespermann ihre Hand wie mit einem Schraubstock zusammenpresste. Sie hatte einen kraftlos-teigigen Händedruck erwartet – und nun das.

»Weiß ich, Jo, auch dass du aus Portugal kommst. Schönes Land, war schon zweimal dort. Hab ein paar tolle Rezepte mitgebracht ...«

»Äh, ab sofort wird Gerd das D1 verstärken«, fuhr Wolf dazwischen. »Er wird zunächst schwerpunktmäßig im Fall des toten Barmanns tätig sein. Das bedeutet, dass wir beide uns voll auf die Banker konzentrieren können. Ich schlage vor, Gerd macht sich zunächst mit dem Fall vertraut. Würdest du ihm die Berichte übergeben? Wir beide setzen uns dann in zehn Minuten in meinem Büro zusammen.« Damit wandte er sich wieder Vespermann zu. »Selbstverständlich stehen Jo und ich dir bei Rückfragen zur Verfügung. Und die Vorstellung bei den anderen Dezernaten holen wir in Kürze nach, versprochen. So, und jetzt entschuldigt mich bitte, ich habe noch etwas Dringendes zu erledigen.«

Sprach's und entschwand in sein Büro.

***

Auf dem Parkplatz der Fernfahrer-Raststätte »TruckStop« an der vielbefahrenen B31 nahe Meersburg drängte sich Lastzug an Lastzug. Mittendrin, auf der Suche nach einem freien Stellplatz, ein unauffälliger schwarzer Volvo. Endlich fand sich, unweit des Eingangs, eine ausreichend große Lücke.

Der Wagen war kaum zum Stillstand gekommen, da wurden auch schon die vorderen Türen geöffnet. Zwei schwarz gekleidete Hünen mit kahlgeschorenem Schädel stiegen aus. Argwöhnisch musterten sie die Umgebung, bevor sie die wenigen Stufen zum Eingang hinaufstiegen und in der Raststätte verschwanden.

Schon beim Betreten des Restaurants schallte ihnen lautes Stimmengewirr entgegen, es war stickig warm und die Luft zum Schneiden. Wie stets um die Mittagszeit waren so gut wie alle Tische belegt. Wer nicht vor einem Teller saß, klebte am Fernseher oder an den Spielautomaten.

Noch während sie sich suchend umsahen, trat aus dem Hintergrund ein Mann mit verwegenem Dreitagebart auf sie zu. Obwohl bereits jenseits der Fünfzig und einen guten Kopf kleiner als die beiden, schien er vor Selbstbewusstsein zu strotzen. »Verdammt«, zischte er, »ich hab euch schon tausendmal gesagt, ihr sollt die Hintertür nehmen. Geht das nicht in euer Spatzenhirn rein?« Unsanft fasste er die beiden am Arm und versuchte, sie zur Seite zu ziehen.

»Lass los, Borowski«, knurrte der Größere der beiden. »Sag uns lieber, warum du uns herbestellt hast.«

Von jetzt auf gleich schien Borowskis Unmut verflogen, er rang sich ein kühles Lächeln ab. »Aber Igor, doch nicht hier«, entgegnete er spöttisch, »es sei denn, du willst unser Gespräch morgen in der Zeitung lesen. Kommt, wir gehen nach hinten«, bestimmte er. Ohne sich weiter um sie zu kümmern, drehte er sich um und ging davon. Geschickt umkurvte er das Menschenknäuel an der Theke, um gleich darauf durch eine Tür mit der Aufschrift »Privat« zu verschwinden. Zögernd folgten ihm die beiden Männer.

Sie durchquerten einen spärlich beleuchteten Gang, der nach wenigen Schritten in einen Quergang mündete. Von diesem gingen mehrere Türen ab. An der letzten Tür wartete Borowski auf sie.

Der fensterlose Raum, in den er sie führte, war ebenso sparsam wie zweckmäßig eingerichtet: Sechs ovalförmige Spieltische, von jeweils acht Stühlen umstanden, an denen die Spieler zu späterer Stunde ihrer Pokerleidenschaft frönten – mehr gab es nicht zu sehen, einmal abgesehen von den unauffällig montierten Kameras, mit deren Hilfe Borowskis Leute das Geschehen in den Spielzimmern und draußen auf den Gängen kontrollierten. Über jedem der sechs Tische war eine Lampe angebracht, deren Schirm das Licht auf die Tischoberfläche warf.

Kaum hatten die Männer ihre Stühle zurechtgerückt, wiederholte Igor seine Frage: »Also, Borowski, weshalb sind wir hier?«

Borowski fasste ihn scharf ins Auge. »Kannst du dir das nicht denken? Die Sache Hauschild ist noch nicht vom Tisch. Jedenfalls nicht für mich.«

»Hauschild ist tot. Schon vergessen?«

»Seine Schulden leben weiter.«

»Na und? Sollen wir ihn etwa wiederbeleben – ist es das, was du willst?«, fragte Igor spöttisch.

Igors Begleiter lachte meckernd auf. Ein Blick von Borowski brachte ihn zum Schweigen.

»Ich will mein Geld zurück«, erklärte Borowski schneidend, »alles andere interessiert mich nicht. Lasst euch was einfallen, wenn ihr weiterhin für mich arbeiten wollt.«

Mit hochrotem Kopf sprang Igor auf und wandte sich zur Tür, gefolgt von seinem Partner.

»Was soll das werden, wenn's fertig ist?«, fragte Borowski amüsiert.

»Wie sollen wir mit einem reden, der die Realität ignoriert, kannst du mir das mal sagen?«, rief Igor ihm zu. »Womöglich verlangst du noch, dass wir das Testament von Hauschild fälschen, oder was?«

»Wer sagt denn, dass ihr das Geld bei Hauschild holen sollt?«

Überrascht hielt Igor inne. Dann kehrte er an den Tisch zurück. »Wie … ich verstehe nicht … bei wem denn sonst?« Sein Gesicht glich einem einzigen Fragezeichen.

»Ich werd's euch erklären. Jetzt setzt euch wieder.« Borowski wusste, dass die beiden es sich nicht leisten konnten, mit ihm zu brechen. Seine Spielhöllen sorgten permanent für Nachschub an säumigen Zahlern – und davon lebten sie schließlich, noch dazu nicht schlecht.

Als die beiden schließlich seiner Aufforderung folgten, fuhr er in jovialem Plauderton fort: »Na seht ihr, so redet sich's doch gleich viel gemütlicher, findet ihr nicht? Also, hört zu: Sagt euch der Name ›Goldmann‹ etwas?«

»Der Antiquitätenhändler in Überlingen?«

»Korrekt.«

»Was ist mit ihm?«

»Das werd ich euch sagen …«

***

Wolf ließ sich mit einem Seufzer an seinem Schreibtisch nieder. Er öffnete den Unterschrank und entnahm ihm einen unauffälligen Ordner, dessen Rücken die Aufschrift »Sonderfälle« trug. Eine schlanke, unetikettierte Flasche kam zum Vorschein. Sie war zur Hälfte mit einer hellgelb opalisierenden Flüssigkeit gefüllt. Es handelte sich um Pastis, jenen typisch französischen Anisschnaps, von dem er sich bei jedem Urlaub im Nachbarland ein paar Flaschen mitbrachte. Er goss ein kleines Quantum davon in ein bereitstehendes Glas, gab geschätzte sechs Teile Mineralwasser hinzu und führte das Glas langsam an die Lippen – eine Kulthandlung, die er nicht oft genug zelebrieren konnte.

Und die sich sogar noch steigern ließ. Indem er eine Gitanes dazu rauchte. Das wäre herrlich entspannend. Er griff nach der Packung.

Leider blieb der erhoffte Effekt für dieses Mal aus. Schuld daran war Jo, die ohne Vorwarnung plötzlich in der Tür stand – deutlich vor der verabredeten Zeit. In den Händen balancierte sie zwei Tassen Kaffee, die sie auf dem Besprechungstisch absetzte.

Grimmig steckte Wolf die Gitanes wieder weg. »Hatte ich nicht was von zehn Minuten gesagt?«, brummte er.

»Hatten Sie, Chef. Aber der Neue, also ich weiß nicht …«

»Guter Futterverwerter, was?«, lachte Wolf. »Tja, nicht umsonst bekam er den Spitznamen Dicky verpasst.«

»Dicky?« Nun grinste auch Jo. »Er, äh … also Dicky studiert gerade noch die Berichte. Würde mich aber nicht wundern, wenn er bald mit einem Fragenkatalog bei uns aufkreuzt.«

»Dann lass uns rasch beginnen, ehe er uns die Suppe versalzt. Und danke für den Kaffee. Wer fängt an?«

»Sie, Chef.«

»In Ordnung.« Er nahm einen Schluck Kaffee, bevor er ausführlich schilderte, was er in Hauschilds Wohnung erfahren hatte. Zu guter Letzt legte er den Schuldschein vor sie hin. Während Jo ihn las, bildeten sich senkrechte Falten zwischen ihren Augen.

»Das ist ja hochinteressant.« Sie hatte das Blatt sinken lassen und dachte kurz nach. »Wenn ich richtig rechne, ist Hauschild drei Tage nach Verstreichen der Frist aus dem Leben geschieden, richtig?«

»Korrekt.«

»Gut. Das hieße aber …«, hier schloss sie kurz die Augen, »… das hieße, Sie hätten recht gehabt, Chef. Hauschild hat sich nicht selbst getötet, er wurde umgebracht. Und hier«, aufgeregt schwenkte sie das Blatt hin und her, »haben wir das geradezu klassische Mordmotiv.«

»Nicht so schnell, liebe Kollegin«, wehrte Wolf ab. »Was ist, wenn Hauschild die Forderung fristgerecht beglichen hat?«

»Das fragen Sie jetzt nicht im Ernst, Chef, oder? Dann hätte er doch den Schuldschein mitsamt dieser Kopie hier in tausend Fetzen zerrissen. Und zwar stante pede. Oder sehen Sie das anders?«

Wolf nickte befriedigt. »D'accord. Wollte dich nur testen.« Nachdenklich legte er einen Zeigefinger an die Lippen, ehe er fortfuhr: »Unterstellen wir mal, du hättest recht. Wie passt dann die verschwundene Skulptur ins Bild?«

»Ganz einfach: Die Täter haben sie spontan mitgehen lassen. Sie wissen doch, Gelegenheit macht Diebe. Sagt schon der Volksmund.«

»Wäre in der Tat eine Möglichkeit. Hast du bezüglich des Rüsseltiers schon etwas in Erfahrung bringen können?«

»Und ob.« Minutiös schilderte Jo die zurückliegenden eineinhalb Stunden, beginnend mit Ihrer Konsultation bei Marsberg bis hin zur Horrorfahrt in Goldmanns Untergeschoss. »Die Jade-Sammlung dort ist wirklich beeindruckend«, urteilte sie, »alle Achtung. Ein Stück schöner als das andere. Nur eines war nicht darunter: unser Elefant. Wenn Sie mich fragen, war der Zwischenfall mit dem Aufzug von A bis Z inszeniert. Von wegen Kurzschluss, dass ich nicht lache! Ich gehe jede Wette ein, dass einer der Mitarbeiter das Rüsseltier, wie Sie es nennen, weggeschafft hat, während ich zwischen den Stockwerken feststeckte. Dieser Peschke wusste genau, worauf ich aus war. Ich schlage vor, wir lassen ihn zur Vernehmung herholen – und seinen Angestellten, den jungen Kosch, gleich mit dazu.

Der würde als Erster reden, schätze ich. Außerdem sollten wir mal den Fahrstuhl unter die Lupe nehmen. Wenn der Kurzschluss tatsächlich fingiert war, können unsere Techniker das auch nachweisen. Ich will ja nicht behaupten, dass die Goldmann-Leute an dem Mord an Hauschild beteiligt waren. Aber wenn sie die Skulptur in ihrem Besitz hatten, kennen Sie vermutlich den Täter. Vorausgesetzt, wir nehmen sie tüchtig in die Mangel, erfahren wir ziemlich sicher den Zeitpunkt des Erwerbs und den Namen des Verkäufers. Oder was meinen Sie, Chef?«

Wolf nippte an seinem Kaffee. »Lass uns nichts überstürzen. Zunächst einmal solltest du Marsberg über den Vorgang unterrichten, schließlich wildern wir in seinem Revier. Und was die Maßnahmen gegen Goldmann angeht: Ich kann deine Beweggründe durchaus verstehen – noch haben wir aber zu wenig in der Hand.«

»Ein Grund mehr, uns die Leute zur Brust zu nehmen«, eiferte sich Jo, »schließlich besteht akute Verdunkelungsgefahr.«

»Umgekehrt wird ein Schuh draus. Wenn die auch nur halb so gewieft sind, wie du befürchtest, dann haben sie alles Belastende längst weggeschafft. Nicht umsonst hatte Marsberg sie bereits am Wickel, ohne etwas gegen sie ausrichten zu können. Und diesmal geht es nicht nur um Hehlerei – wenn es dumm läuft, wird man ihnen sogar Beihilfe zum Mord anhängen. Da gehen sie sicher umso gründlicher vor. Zudem bräuchten wir einen Durchsuchungsbeschluss, und den würden wir bei der momentanen Beweislage wohl kaum bekommen.«

Jo kaute missmutig auf ihrer Unterlippe. »Vermutlich haben Sie recht. Demnach hätte mich Peschke also ungestraft reingelegt.«

»Du machst mir Spaß, seit wann lassen wir uns von persönlichen Animositäten leiten? Du weißt, die trüben den Blick. Im Übrigen ist dieser Peschke ja nicht aus der Welt – oder würdest du ihm Fluchtgefahr unterstellen?«

»Nein, wohl eher nicht.«

»Siehst du.« Wolf erhob sich und trat ans Fenster, um einen Blick auf den wolkenverhangenen Himmel zu werfen. »Trübe Aussichten«, erklärte er, wobei offenblieb, ob sich sein Urteil auf Peschke oder das Wetter bezog. »Ich frage mich, ob es überhaupt richtig ist, der Skulptur so viel Bedeutung beizumessen. Wir sollten wohl doch mal überprüfen, ob auch bei Hörmann etwas fehlt. Hast du im Barmann-Fall heute Morgen übrigens irgendwelche Fortschritte gemacht, von denen ich wissen sollte?«

»Ja, wann denn, Chef?«, protestierte Jo. »Ich kann mich nicht zerreißen. Sie wissen doch …«

»Beruhige dich, war ja nur 'ne Frage. Ich weiß selbst, dass wir hoffnungslos unterbesetzt sind.« Wolf drehte sich wieder zu ihr um und schlug sich die Hand vor die Stirn. »Stimmt ja gar nicht … Oder genauer gesagt, es stimmt nicht *mehr*. Jetzt haben wir ja Dicky.« Er brachte ein verkrampftes Lachen zustande.

»Erst mal abwarten, wie er sich so schlägt«, wandte Jo ein.

»Immerhin, die Kollegen in Rottweil haben ihn in den Himmel gelobt. Sommer hat mir Vespermanns Personalakte gezeigt. Der Mann muss in jeder Beziehung erste Sahne sein.«

Ob der Doppeldeutigkeit in Wolfs Worten lachte nun auch Jo. Dann nahm sie den Faden wieder auf. »Zurück zu unserem Fall. Wenn ich Sie recht verstehe, Chef …«

»Die Antwort ist Nein.«

»Welche Antwort? Ich hab doch noch gar nichts gefragt.«

»Wie ich dich kenne, wolltest mir gerade vorschlagen, nach Hagnau zu Hörmanns Wohnung zu fahren. Die Antwort ist Nein, das mach ich nämlich selbst. *Du* kannst dir inzwischen diesen Bericht hier zu Gemüte führen.« Während er sprach, schob er Jo den Schnellhefter zu, den ihm Sommer kurz zuvor in die Hand gedrückt hatte.

»Was ist das?«

»Gestern Abend wurde am Bodensee-Airport ein Mann in seinem Wagen entführt. Es handelt sich um einen gewissen Mesut Sahin aus Überlingen. Alles Weitere steht in dem Bericht. Die Entführung konnte rechtzeitig vereitelt werden – anscheinend hatte Kommissar Zufall die Hand im Spiel. Allerdings hat der Wagen des Opfers nur noch Schrottwert.«

»Und warum landet der Fall bei uns?«

»Tut er nicht. Die Kollegen haben uns den Vorgang nur zur Kenntnisnahme geschickt. Schließlich hat das Opfer seinen Wohnsitz in Überlingen.«

»Was ist mit dem Entführer? Wurde er gefasst?«

»Leider nein. Er ist auf dem Motorrad eines Komplizen entkommen. Dieser Sahin hatte sich zwar das Kennzeichen der Maschine gemerkt, aber umsonst – die Entführer hatten sie am selben Abend in Friedrichshafen gestohlen. Sieh die Akte einfach mal durch und sag mir deine Meinung.«

Jo schien über die zusätzliche Aufgabe wenig erfreut. »Klar, Chef, ich hab ja sonst nichts zu tun. War's das dann von Ihrer Seite?«

»Nicht ganz. Zwei Dinge noch. Erstens: Wir brauchen dringend das Ergebnis von Hörmanns Obduktion. Frag Dr. Reichmann bitte auch, ob sie Hauschild schon auf dem Tisch hat.«

»Wie ich sie kenne, wird sie mich jubelnd empfangen«, meinte Jo mit säuerlicher Miene. »Und das Zweite?«

»Hauschilds Finanzen. Besorg uns eine Genehmigung zur Konteneinsicht. Wir müssen rauskriegen, was hinter dem Schuldschein steckt. Und vergiss nicht, den Bericht über deinen Besuch bei Goldmann zu schreiben. Besonders die Dialoge mit dem Personal möchte ich Wort für Wort darin wiederfinden.«

»Hab ich schon einmal einen Bericht vergessen?«, fragte Jo aufgebracht.

Wolf schmunzelte. »Nicht, dass ich wüsste. Ich will nur vorbauen.«

»Okay. Sonst noch was?«

»Ja, eines, aber das übernehme ich selbst.«

»Und zwar?«

»Ein Besuch in der Kantine. Ich kann dir ja was mitbringen, wenn du mir sagst, wonach dich gelüstet?«

10

Nachdem Wolf seinen in der Kantine erstandenen Leberkäsweck verdrückt hatte, besorgte er sich einen Dienstwagen und fuhr nach Hagnau. Unweit der Kirche stellte er den Wagen ab.

Beim Aussteigen musterte er skeptisch den Himmel. Was er sah, war wenig vertrauenerweckend. Windböen – Vorboten eines Unwetters? – trieben dunkle Wolkenfetzen vor sich her, das Schweizer Ufer verbarg sich hinter Nebelschleiern. Noch war es trocken. Würde es halten? Er entschied sich für Ja.

Ein fataler Irrtum, wie sich bald zeigen sollte, denn auf halbem Weg zu Hörmanns Haus setzte ein Platzregen ein. Zwar fand er in einem Hauseingang Unterschlupf, dennoch fühlte er sich in Sekundenschnelle wie durchs Wasser gezogen.

So schnell, wie er gekommen war, war der Spuk auch wieder vorüber.

»Dreckswetter, verdammtes«, knurrte Wolf im Weitergehen. Kurz darauf hatte er die gesuchte Adresse erreicht. Schon der erste Augenschein bestätigte seine Vermutung: Das Gebäude stand, zumindest was die Architektur und die Außenanlage betraf, der Hauschild'schen Bleibe am Überlinger Strandweg in nichts nach. Er folgte dem mit Travertinplatten belegten Weg, der zum Eingang führte.

»Wenden Sie sich an den Hausmeister«, hatte Jo ihm mit auf den Weg gegeben, »der verfügt über einen Generalschlüssel und lässt Sie rein.« Da sie weder in Hörmanns Kleidung noch in seinem Wagen irgendwelche Schlüssel gefunden hatten, bliebe ihnen so der Schlüsseldienst erspart.

Wolf überflog das Klingeltableau, das aus sieben Tasten bestand. Die Beschriftung »Hausmeister« konnte er auf keiner entdecken. Dann sah er sich die Sache genauer an – und musste schallend lachen.

Auf dem unteren Schildchen stand »Concierge«.

Gestelzter geht's nimmer, dachte er und drückte die Taste.

Der Hausmeister erwies sich als vielbeschäftigter Mann. Kaum hatte er die Tür zu Hörmanns Wohnung geöffnet, verabschiedete er sich auch schon wieder. »Meine Kundschaft ist anspruchsvoll, da kann ich mir keinen Leerlauf leisten«, meinte er mit einem Achselzucken, bevor er verschwand.

Wolf sah ihm grinsend nach. Dann betrat er die Wohnung.

Der Anblick, der sich ihm bot, war mehr als ernüchternd. Es unterschied sich nicht nur die Einrichtung diametral von Hauschilds Penthaus – Ralf Hörmann schien auch in puncto Ordnung jedes Maß verloren zu haben. Im Bad lag, über den ganzen Fußboden verstreut, getragene Wäsche, in der Küche Stapel gebrauchten Geschirrs. Dazwischen, in unregelmäßigem Wechsel, volle Aschenbecher und leere Flaschen jeder Art. Als Wolf einen flüchtigen Blick in den Kühlschrank riskierte, verzog er angewidert das Gesicht. Jede Menge abgelaufener Joghurts neben Wurst- und Käseresten, einige davon bereits angeschimmelt. Den Inhalt der offenen Milchpackungen wagte er sich gar nicht erst vorzustellen.

Nur auf eines schien Hörmann großen Wert gelegt zu haben: auf seine Garderobe. Die Schuhe, vierzehn Paar an der Zahl, waren ausnahmslos italienische Modelle, blank gewienert bis zum Gehtnichtmehr. Im Garderobenschrank hingen, auf Bügeln ordentlich aufgereiht, an die zwei Dutzend Hemden, ebenso viele Seidenkrawatten und neun Maßanzüge nach neuestem Schnitt.

Zog man außerdem das Siebzigtausend-Euro-Auto in Betracht, dann hatte sich der gute Hörmann in Wolfs Augen soeben als Showman geoutet, als Aufschneider, Blender, Gernegroß. Außen hui und innen pfui, wie der Volksmund sagt.

Doch deshalb war er nicht hergekommen. Es galt abzuklären, ob auch hier, ähnlich wie in Hauschilds Penthaus, Kunstgegenstände oder andere Dinge von Wert abhandengekommen waren. Dafür hatte er bislang keinen Anhaltspunkt entdecken können; es gab in der gesamten Wohnung weder Spuren, die auf ein vormaliges Vorhandensein solcher Gegenstände schließen ließen, noch Hinweise darauf, dass Hörmann sich überhaupt etwas aus Kunst gemacht hatte. Eines allerdings gab Wolf zu denken: Wie in Hauschilds Wohnung fand sich auch hier weder ein Handy noch ein PC.

Während er zum Auto zurückging und noch überlegte, ob er die Spusi herbestellen sollte, klingelte sein Handy.

»Chef, wie weit sind Sie?«, wollte Jo wissen. Sie klang aufgekratzt.

»Bin durch. Hörmanns Wohnung können wir vergessen. Ich wüsste nicht, was man aus dieser vergammelten Bude mitnehmen sollte. Warum fragst du?«

»Sie sollten so schnell wie möglich zurückkommen. Es gibt wichtige Neuigkeiten.«

»Was denn?«

»Es geht um diesen Sahin, Sie erinnern sich?«

»Natürlich erinnere ich mich. Was ist mit dem?«

»Er ist der dritte Mann.«

»Ach! Und ich dachte immer, das wäre Orson Welles.«

»Mir ist nicht zum Spaßen, Chef. Hauschild und Hörmann führten ihr Büro für Finanzberatung gemeinsam mit einem dritten Partner, nämlich Mesut Sahin.«

»Sag das noch mal.«

»Ich denke, Sie haben mich verstanden, Chef.«

»Warte kurz.« Wolf nahm das Handy vom Ohr und fummelte es in die Freisprechanlage. »So, jetzt sitz ich im Wagen und fahre los. Äh, wo waren wir? Ah ja, Sahin. Wie kommt es, dass wir erst jetzt davon erfahren?«

»Ganz einfach: Die uns vorliegende Auskunft über die gemeinsame Tätigkeit von Hauschild und Hörmann bezog sich auf den Zeitpunkt der Auflösung ihrer Firma. Da hat Sahin schon nicht mehr dazugehört, er war schon zum 30. September des Vorjahres ausgestiegen.«

»Trotzdem … das ist eine Riesenschlamperei, ist das. Entschuldige, Jo, damit bist nicht du gemeint.« Wolf war völlig aus dem Häuschen, und er hielt damit nicht hinter dem Berg. »Hast du auch nur eine entfernte Ahnung davon, was das bedeutet?«

»Chef, ich bin keine Anfängerin mehr. Natürlich sehe ich den Zusammenhang. Hauschild und Hörmann wurden im Abstand von wenigen Tagen ermordet – jedenfalls deutet alles darauf hin. Und nun Sahins Entführung …«

»… *missglückte* Entführung«, korrigierte Wolf.

»Okay, dann also Sahins *missglückte* Entführung – das wird kein Zufall sein. Sahin hat unbeschreibliches Glück gehabt, dass die Kidnapper aufgrund eines anderweitig verursachten Polizeieinsatzes die Nerven verloren haben und geflüchtet sind, sonst hätten wir vermutlich bereits den dritten Toten.«

»Du sagst es.«

»Das Dumme ist nur: Sie werden es wieder versuchen.«

»Ab jetzt wird er sich hoffentlich vorsichtiger bewegen. Vermutlich weiß er bereits, was seinen beiden Kollegen widerfahren ist. Zumindest Hauschilds Tod stand ja heute in allen Zeitungen.«

»Ich gehe aber doch wohl recht in der Annahme, dass Sie sich damit nicht zufriedengeben wollen, Chef?«

»Natürlich nicht. Du hast es selbst gesagt: Die Täter werden es vermutlich noch einmal versuchen. Und ich schätze, wenn es so weit ist, kommt Sahin nicht so glimpflich davon. Ich habe keine Ahnung, was hinter den Anschlägen auf die drei Männer steckt, aber es muss wohl irgendwie mit ihrer gemeinsamen Tätigkeit zusammenhängen. Solange wir die Hintergründe nicht kennen, werden uns die Täter allerdings stets einen Schritt voraus sein. Wir sind zum bloßen Reagieren verdammt, und das gefällt mir überhaupt nicht. Wie ist die Adresse von diesem Sahin?«

»Was haben Sie vor?«

»Hast du sie oder hast du sie nicht?«

»Er wohnt in Überlingen, allerdings nicht in den eigenen vier Wänden, sondern in einer Hotelsuite.«

»Welches Hotel?«

»›Badhotel‹. Falls Sie ihn aufsuchen wollen: Den Weg können Sie sich sparen. Inzwischen ist er auf seinem Boot, irgendwo draußen auf dem See.«

»Woher hast du diese Information?«, hakte Wolf erstaunt nach.

»Ooch, hab ich mir so nebenbei beschafft. Frauen sind Multitasker, wussten Sie das nicht?«

»Lass diesen Quatsch. Also?«

»Ich wollte ihn durch eine Streife hierherholen lassen. Dachte, die Gefahr, in der er schwebt, sei ihm womöglich nicht bewusst. Im Hotel hat man den Kollegen gesagt, Sahin sei vermutlich auf seinem Boot. Daraufhin hab ich den Hafenmeister in Meersburg angerufen, doch ich kam zu spät. Sahin war bereits ausgelaufen. Also hab ich mich mit der Wapo in Verbindung gesetzt und sie gebeten, ihn aufzuspüren, doch er antwortet einfach nicht. Es ist, als stelle er sich tot.«

»Nach Lage der Dinge das Beste, was er machen kann«, knurrte Wolf. »Also gut, wenn er nicht zu uns kommt, dann kommen eben wir zu ihm.«

»Wenn ich einen Vorschlag machen darf, Chef: Sie fahren auf dem schnellsten Weg zum Mantelhafen, dort werden nämlich gerade zwei Wapo-Boote zum Auslaufen vorbereitet. Wenn Sie sich beeilen, kommen Sie noch rechtzeitig. Ich werde Sie telefonisch avisieren. Ist Ihnen das recht?«

»Sehr recht. Hoffentlich treiben wir ihn unversehrt auf. Vielleicht lässt er sich ja auf Personenschutz ein? Mal sehen.« Mit diesen Worten setzte Wolf das mobile Blaulicht auf das Wagendach und drückte das Gaspedal durch.

»Viel Erfolg.«

»Danke. Kann ich gebrauchen. Ist sonst noch was?«

»Einiges, deshalb hätte ich Sie gern hier gehabt. Die Genehmigung zur Einsicht in Hauschilds Konten habe ich ohne Probleme bekommen …«

»Dann sprich mit seiner Bank beziehungsweise seinen Banken.«

»Schon geschehen. Ich habe mir eine umfassende Übersicht über sein Vermögen und die Kontenbewegungen der letzten sechs Monate ausdrucken lassen.«

»Sehr gut, aber lass uns später darüber reden.«

»Außerdem hat mir Dicky, wie befürchtet, einen ganzen Fragenkatalog zum Barmann-Fall vorgelegt. Rührig ist er ja, der neue Kollege, das muss man ihm lassen.«

»Später, Jo. Ich bin gleich am Mantelhafen.« Er drückte die Aus-Taste, die Verbindung war unterbrochen.

***

Mesut Sahin hatte das offene Fahrwasser kaum erreicht, da drehte der Wind. Er kam jetzt aus West. Und er frischte auf. Erleichtert atmete er durch. Hier, auf der »Anisha«, da fühlte er sich sicher. Hier war er Herr des Geschehens. Hier verlor sich seine Angst.

Nur mit Grausen dachte er an die vergangene Nacht zurück. Ums Haar wäre er auf der Strecke geblieben. Erst viel später, als er sich bereits in Sicherheit wusste, hatte ihn das große Zittern überkommen.

Ein Beamter hatte ihn nach Hause gefahren und ihn bis zu seiner Suite begleitet, nachdem sie ihn über eine Stunde lang vernommen hatten. Als er die Tür hinter sich abgeschlossen hatte, ausgepowert und doch hellwach, war er, ohne sich zu entkleiden, aufs Bett gefallen. Stunde um Stunde hatte er an die Decke gestarrt, bis er endlich, gegen Morgen, doch noch eingenickt war ... nur, um bald darauf wieder hochzuschrecken. Weg! Er musste weg! Die Gefahr war noch nicht vorüber.

Wer immer an ihm interessiert war – er würde es wieder versuchen.

Ruhelos war er durch die Räume seiner Suite getigert, während er Fluchtplan um Fluchtplan entwickelte und wieder verwarf. Dabei war er nur immer nervöser geworden. Irgendwann hatte er ein Taxi bestellt und war zum Überlinger Jachthafen gefahren. Nur an Bord der »Anisha« wäre er vor weiteren Anschlägen sicher, das wusste er. Spätestens draußen auf dem See würden sie seine Spur verlieren.

Niemand kannte sein Ziel, denn er hatte keines. Und aus dem Funkverkehr würde er sich tunlichst raushalten.

Es sei denn ...

Erste Zweifel begannen an ihm zu nagen. Was, wenn die Entführer ihn beschatteten? Wenn sie ihm unbemerkt gefolgt waren und sich ebenfalls ein Boot genommen hatten? Vielleicht waren sie sogar in der Lage, ihn über sein Handy zu orten? Er nahm es aus der Tasche und schaltete es aus.

Immer wieder musterte er misstrauisch seine Umgebung. Doch weit und breit war nichts und niemand zu sehen. Ohnehin tummelten sich so früh im Jahr kaum Boote auf dem See, insbesondere bei der herrschenden Witterung.

Inzwischen hatte der Wind noch einmal zugelegt, längst trugen die Wellen weißgeschäumte Kronen. Kein Zweifel, er hatte es mit einem strammen Fünfer zu tun. Schon blinkten drüben am Ufer die Lichter der Sturmwarnung und warnten vor Starkwind.

Eilig barg er die Fock. Mit gerefftem Großsegel und mit Hilfe seines Diesels erreichte er schließlich den Konstanzer Trichter. Querab, einen guten Kilometer entfernt, erkannte er Münsterlingen am schweizerischen Ufer.

Geschafft! Hier, im Windschatten von Staad und Petershausen, war der See weniger aufgewühlt, hier konnte er, ohne sich und das Schiff zu gefährden, seinen Gedanken nachhängen.

Eine gute halbe Stunde lang hatte er sich ausschließlich auf die

Segel und das Steuer konzentriert. Entsprechend überrascht reagierte er, als hinter ihm unvermittelt ein Geräusch erklang. Ruckartig drehte er den Kopf – und erschrak bis ins Mark. Einen Lidschlag lang fürchtete er, einfach umzukippen; seine Hand löste sich kraftlos vom Steuerrad.

Träumte er, oder war es Wirklichkeit?

Auf der Schwimmplattform im Heck des Bootes stand eine schwarze Gestalt, in der Hand hielt sie eine Harpune. Ihr Äußeres verriet, wie sie an Bord gelangt war: Sie trug einen eng anliegenden Neoprenanzug. Die dazugehörige Ausrüstung hatte vermutlich beim An-Bord-Klettern gestört und war kurzerhand dem See geopfert worden.

Langsam zog sich die Gestalt die Maske vom Gesicht.

Wenn Sahin hätte sagen sollen, was ihn eher lähmte, das Gesicht des Mannes oder die Druckluftharpune in seiner Hand – er hätte sich ohne Zögern für das Gesicht entschieden. Dieses Gesicht hätte er unter Zigtausenden wiedererkannt, es war bis in alle Ewigkeit auf seiner Netzhaut eingebrannt.

Es war das Gesicht seines Entführers.

»Sie?«, brachte Sahin mit erstickter Stimme hervor.

»Da schaust du, was? Hast mich wohl nicht so schnell zurückerwartet.« Mit zwei schnellen Schritten trat der Mann auf Sahin zu und drückte ihm die Spitze der Harpune auf die Brust. »Motor aus«, forderte er mit eisiger Stimme.

Ohne Widerrede kam Sahin seiner Aufforderung nach.

»Gut so. Und jetzt runter in die Kabine mit dir … wird's bald, oder soll ich nachhelfen?«

Sahin hatte den Mann bereits zur Genüge kennengelernt; er wusste, dass Widerstand zwecklos war. Auch von außen war keine Hilfe zu erwarten; weit und breit war kein anderes Boot in Sicht. Mit erhobenen Händen, jede hastige Bewegung vermeidend, stieg er die Stufen zur Kabine hinab. Er hatte sie noch nicht richtig betreten, da erhielt er von hinten einen heftigen Stoß, sodass er der Länge nach auf den Boden schlug. Ehe er reagieren konnte, rammte ihm der Mann sein Knie ins Kreuz.

»Die Arme auf den Rücken«, befahl er barsch. »Gut so. Und jetzt die Hände übereinander.«

Sekunden später hatte er ihn mit einem Kabelbinder gefesselt.

»Okay, du kannst dich jetzt wieder umdrehen und aufsetzen«, schnauzte der Mann. Ohne sich weiter um ihn zu kümmern, verschwand er für eine kurze Weile in der Achterkabine. Sahin fragte sich besorgt, was er dort wohl suchte.

Er war kaum zurück, da drang von draußen ein Wummern zu ihnen in die Kabine – als hätte an Steuerbord ein Boot angelegt. Fast gleichzeitig hörten sie eine Frauenstimme rufen.

»Hallo! Hallo, Herr Sahin, kann ich an Bord kommen? Ich muss Sie sprechen.«

Mit beiden Händen umkrampfte der Mann die Harpune, den Finger schussbereit an den Abzug gelegt. »Erwartest du jemanden?«, zischte er.

»Nicht, dass ich wüsste«, antwortete Sahin tonlos.

***

Wäre der heutige Tag ein Fisch gewesen, Jörg Peschke hätte ihn wieder ins Wasser zurückgeworfen. Nachdem die Kommissarin – glücklicherweise unverrichteter Dinge – wieder verschwunden war, glaubte er, das Schlimmste überstanden zu haben. Doch da irrte er.

Zum zweiten Mal an diesem Tag bekam er denkwürdigen Besuch. Auch diesmal war es Kosch, der ihn in den Verkaufsraum holte, und auch diesmal schien alles ganz harmlos zu beginnen.

Zugegeben, ein bisschen erschrocken war er schon, als Christian Kosch ihm die beiden martialisch gekleideten Riesenbabys vorstellte. Diese Typen namens Igor und Buddy sollten sich für Antiquitäten interessieren? Schwer zu glauben. Doch Peschke befand, irren sei menschlich, und schon die erste Frage des Wortführers der beiden schien ihm recht zu geben.

»Wir suchen Geschenk für unsere Freund, Preis spielt keine Rolle. Ist für neue Haus, wissen Sie? Vielleicht ein ... äh, wie heißt jetzt ...«

»Skulptura«, sprang der andere ein.

»Genau, vielleicht ein Skulptura?«, erläuterte Igor. »Unsere Freund lieben Skulptura – und er lieben Asien. Wie ist, haben Sie kein Skulptura aus Asien? Japan, China, Sie verstehen?«

»Ah! Sie meinen vermutlich eine Statue, eine Statue aus einem asiatischen Land. Aber natürlich haben wir das. Wir sind gewissermaßen die Nummer eins in Asiatika, zumindest hier am Bodensee. Wenn Sie mir bitte folgen wollen?«

Igor schien nicht zu verstehen. »Asiatika?«

»So heißen die Stücke, die aus Asien kommen«, erläuterte Peschke. Was für Hinterwäldler, dachte er auf dem Weg zum Lift. Nun, wenigstens brauchte er sich für seinen museumsreifen Lastenaufzug bei denen nicht zu entschuldigen.

Ohne Zwischenfälle erreichten sie das Untergeschoss, wo Peschke sie zu einem deckenhohen weißen Wandregal mit geräumigen Fächern führte. »So, meine Herren, hier haben wir, was Sie suchen. Statuen aus China, Japan, Indien –«

»Wo ist Chinaabteilung?«, fiel ihm Igor ins Wort.

Peschke wies auf eine bestimmte Reihe im Regal, worauf Igor die dort stehenden Statuen flüchtig in Augenschein nahm.

»Das ist alles?«, fragte er sichtlich enttäuscht.

»Wie wär's, wenn Sie mir genauer beschreiben würden, was Sie suchen? Offenbar haben Sie eine bestimmte Vorstellung, oder irre ich mich?« Peschke, inzwischen leicht genervt, beobachtete aus den Augenwinkeln Buddy, der scheinbar ziellos durch den Verkaufsraum spazierte, zwischendurch immer wieder den Schritt verhielt und prüfend einen Artikel in der Hand wog.

»Ganz einfach. Ich suche Statue aus … wie heißen die grüne Stein? Richtig, aus Jade. Eine Tier würde meine Freund gefallen … vielleicht eine Elefant? Ja, eine Elefant, ungefähr diese Größe. Habe gehört, Sie hätten so was.« Mit verschränkten Armen baute er sich vor Peschke auf und durchbohrte ihn mit seinen Blicken.

Peschke war über die Wendung, die das Verkaufsgespräch nahm, alles andere als glücklich. Im Gegenteil, sein Gesicht drückte Besorgnis aus – oder war es Furcht? Umso zufriedener zeigte sich Igor, der offenbar genau diese Reaktion erwartet hatte. »Haben Sie?«, hakte er noch einmal nach.

»Äh … ich weiß nicht recht, was Sie meinen.«

Igor zeigte sich verwundert. »Wie, Sie kennen keine Elefant? Ist so Tier mit Rüssel.« Mit ausgestrecktem Arm ahmte er ein Rüsseltier nach. Dann fügte er mit zunehmender Schärfe hinzu: »Eine Elefant, aus Jade, ungefähr so hoch, 17. Jahrhundert, Sie verstehen. Freund von uns sagen, Sie hätten Elefant erworben. Stimmt doch, oder?«

»Also, das wäre mir neu, da handelt es sich eindeutig um eine Falschmeldung. Ich verstehe nicht, wie Ihr Freund so etwas behaupten kann, das ist völlig aus der Luft –«

»Aus der Luft gegriffen«, hatte er sagen wollen, als ein lautes Klirren in seinem Rücken ihn unterbrach. Erschrocken fuhr Peschke herum. Ein paar Schritte hinter ihm stand der andere Riese und sah bedauernd auf den Boden, der von bunten Glassplittern förmlich übersät war.

Peschke stürzte vor. »Sind Sie verrückt, Mann? Das war eine venezianische Vase. Die müssen Sie mir ersetzen!«

Einen Augenblick lang sah es so aus, als wollte er Buddy an den Kragen.

Doch ehe es dazu kommen konnte, wurde er nach hinten weggezogen. Igor tauchte in seinem Blickfeld auf und schüttelte missbilligend den Kopf. »Tss, tss. Was wollen Sie, Herr Peschke? Ist Malheur passiert, na und? Sie müssen verstehen, Buddy hat nicht so gern, wenn ich werde angelogen.« Er sprach wie ein Vater zu seinem missratenen Kind.

»Anlügen? Wie … wie kommen Sie darauf, ich …«, stotterte Peschke.

»Sie wollen nicht wissen, wie Freund heißt, von dem wir das wissen?«

Peschke nahm all seinen Mut zusammen und straffte sich. »Ihr Freund interessiert mich einen feuchten …«

»Luca.«

Als hätte ihm Igor ein Zauberwort genannt, verstummte Peschke. Sein Mund klappte zu, er bekam große Augen. Angelockt von dem entstandenen Lärm, hatten sich in der Zwischenzeit einige Goldmann-Mitarbeiter eingefunden. Mit einer unwilligen Handbewegung wies Peschke sie an, wieder an ihre Arbeit zu gehen.

»Wen meinen Sie mit Luca?«, fragte er Igor so beiläufig wie möglich, bestrebt, seine Bestürzung nicht allzu deutlich werden zu lassen.

»Ach, kommen Sie, lassen Sie uns nicht um … wie heißt bei Ihnen …«

»Heißer Brei«, half Buddy aus.

»Ah ja, um heißen Brei herumreden. Freund von uns wollen Skulptura zurück. Man hat ihm gestohlen, Sie wissen schon …«

»Hören Sie, ich weiß überhaupt nichts ...«, begehrte Peschke auf. Abermals wurde er unterbrochen. Doch im Gegensatz zu dem vergleichsweise geringen Verlust einer venezianischen Vase wenige Minuten zuvor musste diesmal ein komplettes Regal dran glauben: Voll gestellt mit Glas- und Porzellangegenständen kippte es aus scheinbar unerfindlichen Gründen vornüber.

Der Brust des Antiquitätenhändlers entrang sich ein wilder Schrei, sekundenlang war er unfähig, sich zu rühren.

Buddy hob bedauernd die Schultern. »Ich kann nichts dafür«, behauptete er. Sein verschlagenes Grinsen strafte seine Worte Lügen.

Jörg Peschke schloss die Augen und holte tief Luft. Endlich gab er sich einen Ruck. »Okay, reden wir Tacheles. Was wollt ihr wirklich?«

»Tja, wie soll ich sagen ...« Ein Schatten schien über Igors Gesicht zu gleiten. »Du hast von Luca Elefantenskulptur gekauft. Bestimmt er hat dir Namen von Vorbesitzer genannt. Dieser Mann stehen ... äh, *stand* bei unsere Klient in ... in ... wie sagt man ...«

»In Kreide«, sprang ihm Buddy bei.

»Richtig, in Kreide. Mit fünfzigtausend Euro, um genau zu sein. Spielschulden, du verstehen?«

»Na und, was habe ich damit zu tun?«, protestierte Peschke, der langsam wieder Farbe gewann.

»Och nein, komm mir nicht so«, wehrte Igor ab. Seine Stimme troff vor Sarkasmus. »Du weißt sehr gut, was du hast zu tun damit. Aber gut, ich werde dir trotzdem erklären. Alter Besitzer von Skulptura ist tot, leider.« Theatralisch faltete er die Hände und hob sie gen Himmel. Kaum hatte er sie wieder sinken lassen, fuhr er ungerührt fort: »Hatte keine Zeit mehr, seine Spielschulden zurückzuzahlen. Dummerweise kann unser Klient nicht auf Betrag ... äh ...« Buddy öffnete den Mund, doch Igor winkte ab. »Ja, ich weiß, muss heißen verzichten. Fünfzigtausend Euro, wer kann darauf schon verzichten? Und siehst du, genau deshalb wir sind hier.«

Doch Peschke blieb störrisch wie zuvor. »Noch einmal: Ich hab mit dieser Sache nichts zu tun, tut mir leid.«

Igor blieb die Ruhe selbst. Ohne eine Miene zu verziehen oder die Stimme zu heben, rief er: »Buddy.«

Schon ertönte in Peschkes Rücken ein Scheppern und Klirren.

Er fuhr herum. Mit sichtlichem Vergnügen machte sich Buddy gerade daran, ein zweites Regal aus seiner Verankerung zu reißen und umzukippen. Peschke sprang hinzu, doch er konnte den Frevel nicht mehr verhindern.

»Seid ihr wahnsinnig geworden?«, kreischte er. »Ihr habt sie doch nicht mehr alle! Dafür zeig ich euch an …«

Wieder fühlte sich Peschke am Kragen gepackt; Igors Augen bohrten sich in die seinen. »Du uns anzeigen, eh?«, sagte der Hüne gefährlich ruhig. »Umgekehrt wird Schuh draus, mein Lieber. Wer selbst Dreck am Stecken hat, sollte nicht mit Bullen drohen, du verstehen? Sonst wir könnten Bullen die Augen öffnen.«

»*Ihr* wollt den Bullen die Augen über mich öffnen, ausgerechnet *ihr*? Dass ich nicht lache! Worüber denn, wenn ich fragen darf? Was habt ihr denn schon gegen mich in der Hand?«

Obschon Peschke bewusst einen forschen Ton anschlug, blieb Igor seine tiefe Verunsicherung nicht verborgen. So hielt er denn mit seiner Antwort auch nicht lange hinter dem Berg. Grinsend zählte er auf: »Über dubiose Geschäftspartner zum Beispiel, darunter Luca und Sam. Oder über Ankäufe illegaler Ware, darunter die Jade-Skulptur eines Elefanten. Sehr wertvoll, aber leider, leider ohne … äh, ohne Kaufbeleg und Expertise, nicht wahr? Oh nein, du nicht brauchst abzustreiten. Wir können beweisen.«

Peschke war immer blasser geworden – als hätten sie ihn stehend k. o. geschlagen.

Ausgerechnet Buddy, der sein zerstörerisches Werk vorübergehend eingestellt und sich zu den beiden gesellt hatte, schien so etwas wie Mitleid mit Peschke zu empfinden. »Musst keine Angst haben«, beruhigte er ihn. »Igor will sagen: Wenn Spielschulden beglichen, dann unser Klient zufrieden. Alles bleiben unter uns, Bullen nichts erfahren. Wir machen doch alle mal … wie sagt man?«

»… nicht ganz astreine Geschäfte«, half nun Igor aus. »Genau so ist es«, fügte er abschließend hinzu. »Du zahlen – danach alles paletti. Wir schweigen wie Grab. Ehrlich.« Mit erhobener Hand deutete er einen Schwur an.

Peschke, der während der letzten Worte teilnahmslos auf den Boden gestiert hatte, hob langsam den Kopf. Ob durch die mehr oder weniger stichhaltigen Argumente seiner Widersacher überzeugt oder aus der Einsicht heraus, dass sie am längeren Hebel saßen, war nicht auszumachen. »Ich muss also für die Spielschulden des Vorbesitzers aufkommen, dann bin ich aus dem Schneider. Hab ich das richtig verstanden?«

»Völlig richtig«, bekräftigten Igor und Buddy wie aus einem Mund.

»Und welche Sicherheit habe ich, dass ihr eure sogenannten Tipps nicht trotzdem an die Bullen weitergebt?«

»Unser Wort, lieber Freund.«

»Ein bisschen wenig, findet ihr nicht?«

Ungerührt zuckte Igor mit den Schultern. »Du hast keine Wahl.«

Mit den Händen in den Taschen und gesenktem Kopf mahlte Peschke sekundenlang mit den Zähnen, ehe er kleinlaut beigab. »Also gut.« Er nickte. »Fünfzigtausend?«

»Exakt«, bestätigte Igor.

»Ich schreibe euch einen Scheck aus.«

»Wir wollen in bar.«

»Entschuldigt, aber so viel habe ich nicht im Haus.«

»Du hast. Wir wissen«, behauptete Igor.

»Nun geh schon. Je schneller du erledigen, desto schneller wir sind weg«, drängte Buddy.

Mit schmalen Lippen kam Peschke der Forderung nach. »Also gut. Einen Moment, ich hol euch das Geld.«

»Wir kommen mit.«

»Aber …«

»Keine Widerrede.«

Wenig später saßen Igor und Buddy wieder an einem der Spieltische im »TruckStop«.

»Und, wie ist es gelaufen?«, wollte Borowski wissen.

»Kein Problem«, erwiderte Igor.

Borowski nickte. »Hab nichts anderes erwartet.«

»Schließlich hatten wir gute Argumente.« Buddy grinste verschlagen.

»Wo er recht hat, hat er recht«, stimmte Igor zu. »Ohne deine Tipps hätten wir andere Saiten aufziehen müssen. Ich frage mich allerdings, wie du an diese Informationen gekommen bist?«

Borowski lachte laut auf. »Aber Igor, du erwartest doch nicht im Ernst, dass ich euch meine Quellen verrate?« Übergangslos wurde sein Gesicht wieder ernst, er hielt die Hand auf. »Mein Geld«, verlangte er.

Igor überreichte Borowski einen prall gefüllten Umschlag. »Vierunddreißigtausend plus Zinsen, wie vereinbart. Zähl nach.«

Borowski steckte das Geld ein und stand auf. »Schon gut, ich vertraue euch. Also Jungs, was darf's sein? Ich denke, ihr habt euch einen Drink verdient.«

11

Vom Überlinger Münsterturm schlug es Viertel nach vier, als Wolf am Mantelhafen seinen Wagen abstellte. Sein Ziel waren die Bootsliegeplätze der Wasserschutzpolizei. Gerade noch rechtzeitig hatte Jo Geza Horvath erreicht und veranlasst, dass sein Boot auf ihn warten würde.

Schon von Weitem winkte ihm Horvath zu.

»Ja, ja, immer mit der Ruhe«, brummte Wolff, der die Geste als Aufforderung deutete, sich gefälligst zu beeilen, und rief: »Bin ja schon da«, als er endlich den Rand des Hafenbeckens erreichte. Mit sichtlichem Unbehagen schielte er auf die stählerne Leiter, die an der Kaimauer zu dem tiefer liegenden Bootsdeck hinabführte. Hühnerleiter nannte er diese Stiegen. Wie er sie hasste! Sicherheitshalber zog er sein Barett etwas tiefer in die Stirn, bevor er sich an den Abstieg machte.

Erleichtert betrat er wenige Augenblicke später das Deck. Horvath begrüßte ihn mit einem kräftigen Händedruck und gab seinem Kollegen am Steuer einen Wink. Die bisher spürbaren Vibrationen verstärkten sich, das Boot entfernte sich von der Mauer. Langsam setzte es sich in Richtung Hafenausfahrt in Bewegung.

»Nicht, dass du denkst, ich hätte den Einsatz verpennt«, setzte Wolf zu einer Entschuldigung an.

»Geschenkt.« Horvath winkte grinsend ab. »Es ist nur …«

»Ich weiß, wir kommen in die Dämmerung hinein. Tut mir leid, ich kann's nicht ändern. Und sonst, wie sieht's aus? Ist unser Mann mit seinem Boot wirklich ausgelaufen?«

»Der Hafenmeister sagt Ja. Um vierzehn Uhr dreißig hat er den Überlinger Jachthafen verlassen. Allein. Danach ist er, ohne ein Ziel anzugeben, in östlicher Richtung davongesegelt. Komm, lass uns ins Steuerhaus gehen, hier draußen wird's langsam ungemütlich, finde ich.«

»Einverstanden.«

Kaum hatten sie sich im Steuerhaus festen Halt verschafft, nahm Wolf den Faden wieder auf. »Nach Osten, sagst du.« Er überlegte kurz, ehe er fortfuhr: »Ist nach Lage der Dinge wohl das Beste für ihn. Wenn der Törn so eine Art Flucht sein sollte, ist er raus auf den Obersee. Nur dort kann er sich einigermaßen sicher fühlen.«

»Falls ihm wirklich jemand auf den Fersen ist.«

Wolf lachte bitter auf. »Das ist für mich so sicher wie das Amen in der Kirche. Vergangene Nacht hätte ihm ein Kidnapper fast das Lebenslicht ausgeblasen, wäre nicht im letzten Moment ein Verkehrsunfall dazwischengekommen.«

Horvath stutzte. »Das muss ich jetzt aber nicht verstehen, oder?«, fragte er.

Wolf winkte ab. »Ich erklär's dir später. Jedenfalls wird es der Kidnapper noch einmal versuchen, davon bin ich fest überzeugt.«

Horvath beugte sich nach vorne und rief dem Kollegen am Radar etwas zu. Der schüttelte nur den Kopf, und Horvath wandte sich wieder Wolf zu. »Weder wir noch die Kollegen von Boot zwei haben bis jetzt Sicht- oder Radarkontakt zu einem Boot, das der ›Anisha‹ gleicht.«

Anstelle einer Antwort fasste sich Wolf an die Stirn. »Ich Rindvieh! Dass ich da nicht schon früher draufgekommen bin.« Er zog sein Handy aus der Tasche und drückte eine Kurzwahltaste. »Jo, ich bin's. Sag mal, haben wir Sahins Mobilfunknummer? – Wie? Du hast was? – Ja, und? Was ist dabei herausgekommen? – Also nichts. Trotzdem, ich muss schon sagen, du wirst mir langsam unheimlich, Mädchen.« Anerkennung schwang in seiner Stimme mit. »Nein, nein, natürlich hab ich nichts dagegen. Lieber tausendmal so als andersrum. Also, tschau dann.« Er wollte das Gespräch bereits beenden, als ihm noch etwas einfiel. »Halt, bist du noch da? – Habt ihr auch die Handys von Hauschild und Hörmann zu orten versucht? – Nicht? Dann veranlasse das. Ich melde mich wieder, sobald es bei uns etwas Neues gibt. Ende.«

Zufrieden wandte er sich wieder Horvath zu. »Schön, wenn man sich auf seine Kollegen verlassen kann.« Als Horvath die Augenbrauen hochzog, setzte er hinzu: »Jo hat versucht, Sahins Handy zu orten, doch das Ding ist leider ausgeschaltet. Wär auch zu schön gewesen.«

An Steuer und Radar kam mit einem Mal Unruhe auf. »Möglicherweise haben wir sie«, rief einer der Beamten über die Schulter zurück. Er hielt ein starkes Fernglas an die Augen. »Ja, es ist die ›Anisha‹«, bestätigte er. »Auf zwei Uhr, Entfernung zirka acht-null-

null. Irgendetwas scheint dort vor sich zu gehen. Wir sollten uns beeilen.«

»Dann nichts wie ran.« Horvath nickte und trat zum Steuerstand. »Volle Kraft voraus. Wenn wir dort sind, längsseits gehen.«

Der Kollege am Steuer bestätigte den Befehl.

»Wie lange noch?«, wollte Wolf wissen.

»Sechs, sieben Minuten, dann sind wir drüben«, antwortete Horvath. Plötzlich lachte er. »Das Übersetzen aufs andere Boot wird leider etwas unruhig werden.«

»Übersetzen? Bei diesem Wellengang?« Wolf legte besorgt die Stirn in Falten.

»Tut mir leid, Leo. Besseres Wetter kann ich dir nicht bieten. Aber du schaffst das schon.«

***

Karin Winter kamen der Wind und das unruhige Wasser mehr als ungelegen. Unter diesen Umständen war ein sanftes Anlegen am Heck der »Anisha« so gut wie ausgeschlossen. Und tatsächlich kollidierte das Motorboot mehrfach mit der Bordwand des Seglers. In ihrer begreiflichen Aufregung hatte sie nicht an die Fender gedacht, die den Aufprall hätten verhindern oder wenigstens mildern können. Na ja, Sahin würde ihr schon nicht den Kopf abreißen, schließlich war an seinem Boot kein Schaden entstanden.

Wo hielt sich der Skipper eigentlich auf? Das Deck war leer, auch das Steuerrad lag verlassen – ungewöhnlich, insbesondere bei der herrschenden Wetterlage. Vermutlich steuerte der Autopilot.

»Hallo!«, rief sie laut, »Hallo, Herr Sahin, kann ich an Bord kommen? Ich muss Sie sprechen.« Nach einer kurzen Pause fügte sie hinzu: »Ich bin Karin Winter vom ›Seekurier‹.«

Schon fürchtete sie, nicht gehört worden zu sein, als die Kabinentür sich doch noch öffnete. Ein junger Mann blickte heraus; der ihr vorliegenden Beschreibung nach musste es sich um Sahin handeln.

»Guten Tag, Herr Sahin. Falls Sie mich nicht verstanden haben: Ich bin Karin Winter vom ›Seekurier‹. Ich weiß, unser Zusammentreffen ist etwas ungewöhnlich, aber dürfte ich Ihnen trotzdem ein paar Fragen stellen? Es geht um Ihre Verbindung zu dem verstorbenen Handwerker Ewald Seitz im Zusammenhang mit Ihrer Tätigkeit für die Spielbank Lindau.«

Mesut Sahin zeigte nicht die geringste Reaktion – als hätte er sie überhaupt nicht wahrgenommen. Mit unbewegtem Gesicht, die Hände auf dem Rücken, stand er reglos unter der Tür und starrte in ihre Richtung.

»Hallo, Herr Sahin? Sind Sie einverstanden? Darf ich mein Boot festmachen und an Bord kommen?«

Nach schier endlosen Sekunden schüttelte er unvermittelt den Kopf. »Gehen Sie«, stieß er hervor.

Immerhin, er schien sie verstanden zu haben. Aber irgendetwas stimmte hier trotzdem nicht. Entweder war der Kerl stockbesoffen, oder er hatte gekifft. Und das auf einer Segeljacht, noch dazu bei diesem Wetter – das konnte schlimme Folgen haben. Während Karin noch überlegte, wie sie vorgehen sollte, machte Sahin überraschend ein paar kurze Trippelschritte nach vorn.

Erst jetzt ging ihr auf, was die ganze Zeit über nicht gestimmt hatte: Sahin war nicht allein an Bord. Unmittelbar hinter ihm trat ein zweiter Mann aus der Kabine – zumindest vermutete sie, dass es sich um einen Mann handelte, denn allzu viel konnte sie von ihm nicht erkennen. Er war von kräftiger Statur und dunkel gekleidet. Über sein Gesicht hatte er eine wollene Sturmhaube gezogen, in die auf Höhe der Augen zwei Schlitze geschnitten waren. Unsanft stieß er Sahin in den Rücken, sodass dieser nach vorne stolperte und bäuchlings auf den Boden fiel. Als er den Kopf hob, blutete er aus einer Wunde auf der Stirn.

»Warum sind Sie nicht weggegangen?«, herrschte Sahin sie an – weiter kam er nicht, denn der Maskierte trat ihm mit dem Fuß in den Rücken.

»Halt die Schnauze«, zischte er den am Boden Liegenden an. »Du redest nur, wenn ich dich dazu auffordere.« An Karin gewandt fügte er hinzu: »Kommen Sie rüber und setzen Sie sich da hin.« Er wies auf die linke Außenbank.

So schnell es ging, machte Karin ihr Boot fest und wechselte in einem günstigen Moment zur »Anisha« hinüber. Jetzt erkannte sie auch den dunklen Gegenstand in der Hand des Mannes, eine Druckluftharpune, wie sie Taucher zum Jagen von Fischen benutzen – eine tödliche Waffe, das wusste sie.

Er zog etwas aus der Tasche und warf es Karin vor die Füße. »Hier, legen Sie sich das um die Knöchel. Ein bisschen fix, wenn ich bitten darf.«

Karin setzte sich und hob den Gegenstand auf. Es war ein stabiler weißer Kabelbinder.

»Hören Sie …«, setzte sie zu einer Erwiderung an.

Der Mann fuhr herum und richtete die Waffe auf ihren Kopf. »Schnauze! Sie tun, was ich sage, sonst haben Sie die längste Zeit Ihre Schmierenartikel geschrieben. Ist das klar?«

Während Karin noch überlegte, ob der Mann sie wohl kannte, hakte er nach: »Ob das klar ist, hab ich gefragt?« Sie spürte das kalte Metall der Harpunenspitze an ihrer Stirn.

»Aber ja.« Mehr brachte sie im Augenblick nicht heraus – der Kerl schien es wirklich ernst zu meinen. Immerhin, ihr Denkvermögen funktionierte noch: Hatte sie sich vorhin nicht selbst zu erkennen gegeben? Natürlich. Der Mann hatte alles mitgehört. Kein Wunder also, dass er über ihre Tätigkeit Bescheid wusste. Und noch etwas anderes fiel ihr auf: Irgendetwas an seiner linken Hand schien nicht in Ordnung zu sein. Der Handschuh spannte sich dort weniger und schien schlaff und unbewegt – als würde ihm der kleine Finger fehlen.

»Aufstehen und umdrehen«, befahl der Maskierte. »Und jetzt die Hände auf den Rücken.« Gehorsam kam sie seiner Forderung nach. Er legte einen Kabelbinder um ihre Handgelenke und zog ihn kräftig zu, nachdem er ihn noch einmal auf korrekten Sitz überprüft hatte. Nur mit Mühe konnte Karin einen Schmerzensschrei unterdrücken. Dann stieß er sie zurück auf die Bank.

Das war's dann wohl, dachte sie beklommen. Der Gedanke, diesem Menschen hilflos ausgeliefert zu sein, wirkte lähmend auf sie. Schon drohte Panik sie zu erfassen – als der Mann mit einem Laut der Überraschung plötzlich in den Knien einknickte. Einen Moment lang fürchtete sie, unter ihm begraben zu werden, doch noch im Fallen setzte er zu einer Drehung an, und sein rechter Arm schnellte nach vorne und federte den erwarteten Aufprall etwas ab – nicht ganz schmerzlos allerdings, wie sein Stöhnen verriet.

Nun, da er Karin nicht mehr die Sicht verdeckte, erkannte sie, was die Ursache war. Mesut Sahin hatte den Moment genutzt, in dem der Maskierte ihr die Fesseln anlegte. Unbemerkt hatte er sich auf den Rücken gedreht, dann die Beine angezogen und dem Mistkerl die Füße in die Kniekehlen gerammt. Allerdings hatte sich Sahin zu früh gefreut. Rascher, als Karin erwartet hätte, war der Maskierte wieder auf den Beinen. Sein linker Arm hing zwar schlaff herab, offenbar hatte er sich eine starke Prellung zugezogen. Dafür war er mit dem rechten umso aktiver. Er hatte die Harpune nicht eine Sekunde aus der Hand gelassen. In dem sicheren Gefühl, die Lage trotz der Gegenwehr seiner Opfer zu beherrschen, richtete er sie nun wieder auf Sahin. Und je mehr dieser ängstlich von ihm abzurücken versuchte, umso größeres Vergnügen schien der Maskierte zu empfinden.

»Wie du siehst, mein Freund, hat sich das Blatt schon wieder gewendet«, meinte er amüsiert. »Hast wohl geglaubt, mich übertölpeln zu können, was? Da musst du schon etwas früher aufstehen.«

Sahin setzte sich auf, dabei wie gebannt auf die Harpune starrend. »Was soll das alles? Geht's Ihnen um Geld? Dann sagen Sie mir, wie viel Sie wollen. Ich verspreche Ihnen, den Überfall danach zu vergessen, ehrlich.«

»Oh, wie großzügig. Vergessen, dass ich nicht lache!« Mit höhnischem Unterton wandte er sich Karin zu. »Was meinen Sie, Lady? Da darf man doch lachen, oder nicht? Dieses Greenhorn hier bietet mir Geld – als ob ich den ganzen Zinnober für Geld veranstalten würde. Pah!« Empört schüttelte er den Kopf.

»Weshalb tun Sie's *dann*?«, platzte Karin, ihrer Angst zum Trotz, heraus.

»Ah ... sieh an, die Lady macht sich Gedanken. Sie suchen wohl eine Story für Ihr Schmierenblatt, was? Na gut, die sollen Sie haben. Sie werden nicht enttäuscht sein, das versprech ich Ihnen. Allerdings frage ich mich, ob Sie die Story noch schreiben wollen, wenn das hier vorüber ist.«

Und dann ging alles sehr schnell.

Mit einer kaum merklichen Seitwärtsbewegung richtete der Maskierte die Harpune aus und drückte ab. Sahin stieß einen markerschütternden Schmerzensschrei aus und klappte wie ein Taschenmesser in der Hüfte zusammen – sein Plan, sich freizukaufen, war zerplatzt. Mit schreckgeweiteten Augen starrte er auf seinen linken Oberschenkel, aus dem, durch ein rotes Rinnsal markiert, das gefiederte Ende des Harpunengeschosses ragte.

Ohne sich weiter um Sahins Zustand zu kümmern, zog der Maskierte den wimmernden Banker in die Kabine.

Bei seiner Rückkehr schlug er die Tür hinter sich zu. »Wir steigen um«, eröffnete er Karin brüsk und wies auf das Motorboot, das kurz zuvor von ihr selbst am Heck der »Anisha« vertäut worden war. Ein Wink mit der Harpune sollte seiner Forderung Nachdruck verleihen.

»Was haben Sie mit mir vor?«, fragte sie mit dünner Stimme, von der Rohheit des Maskierten zutiefst entsetzt.

Finster starrte er sie an, bevor er aus seinem Gürtel ein Messer zückte, vor ihr niederkniete und ihre Fußfessel durchtrennte. »Quatschen Sie nicht lange, steigen Sie um – oder brauchen Sie eine schriftliche Einladung?«

Karin, die rasch um sich geblickt hatte, während er mit dem Durchtrennen des Kabelbinders beschäftigt war, ahnte den Grund für die plötzliche Eile. Offensichtlich war auch ihm das Schiff nicht entgangen, das aus nordwestlicher Richtung direkt auf sie zugestampft kam. Was Wunder, dass er Vorkehrungen für seine Flucht treffen wollte, eine Flucht, bei der ihr offenbar eine wichtige Rolle zukam: die Rolle der Geisel, die im Ernstfall sein Entkommen ermöglichte. Sie fragte sich, ob sie sich seinen Befehlen verweigern sollte, doch sie verwarf den Gedanken sogleich wieder. Hatte der Mann nicht zur Genüge demonstriert, zu welcher Skrupellosigkeit er fähig war?

Als wollte er die Dringlichkeit seiner Aufforderung unterstreichen, wechselte er mit einem gewagten Sprung auf das Motorboot hinüber. Dort inspizierte er kurz das Armaturenbrett und die Steueranlage. »Wie praktisch«, rief er höhnisch zu Karin hinüber, »Sie haben den Zündschlüssel gleich stecken lassen! Dann hab ich mich wohl umsonst auf die Leibesvisitation bei Ihnen gefreut.« Er lachte freudlos, während er den Motor anließ. »So, Lady, letzter Aufruf. Oder wollen Sie mit dem Kahn dort drüben absaufen?«

Im ersten Moment dachte Karin, sie hätte sich verhört. Absaufen? Was meinte er mit absaufen?

Ein schrecklicher Verdacht keimte in ihr auf.

★★★

Zusammen mit Horvath und einem weiteren Beamten stand Wolf im Steuerhaus des Wapo-Kreuzers. Mit starken Nachtgläsern starrten sie zur »Anisha« hinüber.

»Am Heck der Jacht liegt ein Motorboot«, sagte Wolf alarmiert. »Jetzt springt eine Gestalt von der Jacht auf das Motorboot, der Statur nach ein Mann. Komisch, der hat doch … ja, ich würde sagen, der hat eine Sturmhaube auf.«

»Genau«, antwortete Horvath, ohne das Glas abzusetzen.

Unruhig trat Wolf von einem Fuß auf den andern. »Teufel noch mal, ich fürchte, wir kommen zu spät. Könnt ihr nicht noch einen Zahn zulegen, Geza?«

»Wir fahren bereits volle Kraft. Da, jetzt springt eine zweite Person auf das Motorboot, seht ihr's?«

»Ja, eine Frau«, pflichtete Wolf ihm bei. »Offenbar sind ihre Hände auf dem Rücken gefesselt. Jetzt fahren sie los. Ich begreif das alles nicht.« Verzweifelt kurbelte er an seinem Glas herum, in der Hoffnung, das Bild noch etwas schärfer zu bekommen. »Moment mal«, stieß er plötzlich hervor, »die kenn ich doch … das ist … ja, das ist Karin Winter, die Reporterin vom ›Seekurier‹. Was, in drei Teufels Namen, macht die da drüben?«

»Geduld, Leo, auch wenn's schwer fällt. In einer guten Minute haben wir sie erreicht«, versuchte Horvath ihn zu trösten.

»Das wird ja immer toller!«, rief in diesem Augenblick Horvaths Kollege. Die Jacht wurde wie von Geisterhand plötzlich hochgehoben, eine Sekunde lang glaubte Wolf sogar, den Kiel zu erkennen, bevor sie schwer ins Wasser zurückfiel und massive Verdrängungswellen verursachte.

»An Bord der Jacht muss eine Explosion stattgefunden haben. Was geht da bloß vor?«

»Du hast recht, das war eine Explosion.« Horvaths Stimme überschlug sich fast. »Kein Zweifel, der Kerl versenkt die Jacht!«

»Tatsächlich, sieht ganz so aus. Aber was ist mit Sahin? Ich kann ihn nirgends entdecken. Haben sie ihn etwa schon vorher in das Motorboot geschafft? Er wird sich doch hoffentlich nicht unter Deck aufhalten?«, fragte Wolf erregt.

»Ich fass es nicht«, rief Horvath verblüfft. »Da muss ein Riesenleck im Rumpf entstanden sein. So schnell kannst du gar nicht gucken, wie der Kasten absäuft.«

Während der Rumpf der Segeljacht immer tiefer ins Wasser sank, hatte das sich entfernende Motorboot Fahrt aufgenommen. Es hielt auf das gut einen Kilometer entfernte Schweizer Ufer zu.

»Kursänderung. Den schnappen wir uns, bei der Jacht kommen wir eh zu spät«, entschied Horvath kurz entschlossen. »Kontrollboot klarmachen«, fügte er hinzu.

»Neuer Kurs. Kontrollboot klarmachen«, wiederholte sein Kollege.

Gegen die Maschine des Polizeikreuzers hatte das Motorboot keine Chance. Meter um Meter schmolz sein Vorsprung dahin. Horvath schaltete die Blinklichter und den Lautsprecher ein.

»Hier spricht die Wasserschutzpolizei«, dröhnte es über die gischtenden Wellen. »Stoppen Sie unverzüglich Ihr Boot. Ich wiederhole: Stoppen Sie Ihr Boot.«

Der Maskierte machte keine Anstalten, der Aufforderung zu folgen. Stur behielt er seine Geschwindigkeit bei.

Noch einmal schaltete Horvath den Lautsprecher ein.

»Ich fordere Sie nochmals auf anzuhalten. Ich wiederhole: Halten Sie sofort an.«

Wolf, der unverwandt durch sein Nachtglas starrte, wurde plötzlich von einem Gefühl ohnmächtiger Wut übermannt. Halblinks, am Rand seines Blickfelds, lag der Rumpf der »Anisha« bereits mehr als zur Hälfte unter Wasser; nur noch kurze Zeit, und der See würde sie schlucken.

Geradeaus war ihr Zielobjekt, das fliehende Motorboot, dessen Vorsprung von Sekunde zu Sekunde kleiner wurde. Er fragte sich, wie die Winter, dieses Teufelsweib, auf Sahins Boot gekommen war. Vermutlich hatte sie wieder einmal den Polizeifunk abgehört und auf diese Weise von Sahins Entführung erfahren. Dass die Jagd nach Informationen so aus dem Ruder laufen würde, damit hatte sie, objektiv betrachtet, nicht rechnen können.

Wenn sie Pech hatte, kostete sie ihr Coup das Leben. Bei dem Gedanken daran fand Wolf wieder in die Wirklichkeit zurück.

Zwischenzeitlich war der Wapo-Kreuzer auf Steinwurfweite an das Motorboot herangekommen. Doch noch immer machte der Maskierte keine Anstalten, seine Geschwindigkeit zu drosseln.

Wolf ahnte, warum: Der Mann setzte auf seine Geisel. Die personelle und technische Überlegenheit der Polizeikräfte ließ ihm keine Wahl. Karin Winter war sein Faustpfand, sie garantierte ihm das Entkommen. Offen war, *auf welche Weise* er sich aus der Affäre ziehen wollte.

Und unter welchen Opfern.

Blieb zu hoffen, dass Horvath keine unüberlegten Entscheidungen traf. Ab sofort hatte die Sicherheit der Geisel höchste Priorität. Die vorangegangenen Ereignisse auf der Jacht wagte Wolf sich gar nicht auszumalen; insbesondere Sahins Schicksal musste er beiseiteschieben.

Inzwischen trennten sie nur noch zwanzig Meter von dem Motorboot. Längst hatte der Maskierte die Chance verspielt, noch rechtzeitig das rettende Ufer zu erreichen. Vorsorglich zog Wolf seine Dienstwaffe aus dem Holster und entsicherte sie, da legte sich von hinten eine Hand auf seine Schulter.

»Nicht doch, Leo. Überlassen wir das dem Profi.« Mit einer Handbewegung wies Horvath auf einen seiner Kollegen, der, mit Schutzweste und Helm bekleidet, draußen auf dem Vordeck Stellung bezogen hatte, ein vollautomatisch repetierendes Sturmgewehr mit Infrarot-Zieleinrichtung im Anschlag.

»Was der Kerl wohl tun wird?«, fragte Wolf mit Blick auf das Motorboot.

»Na was wohl? Der Geisel die Waffe an die Schläfe halten, um freies Geleit für sich zu erpressen. Falls er eine Waffe hat. Und davon können wir wohl ausgehen.«

Wolf knurrte etwas Unverständliches.

Dann war es so weit, der Maskierte entschloss sich zu handeln. Er erhob sich von seinem Platz hinter dem Steuer und stemmte sich mit aller Kraft gegen den Wind, bevor er sich zur Seite beugte und die sich heftig wehrende Karin Winter über die Bordwand stieß. Sekunden später saß er wieder hinter dem Steuer. Ungestüm riss er es herum, sodass sich das Boot zur Seite neigte und eine scharfe Rechtskurve beschrieb. Dann jagte er parallel zum Seeufer in Richtung Konstanz davon.

»Kreuzteufel noch mal«, fluchte Wolf höchst überrascht; mit dieser Wendung hatte wohl keiner von ihnen gerechnet. Offensichtlich verfügte der Kerl neben krimineller Energie auch über ein vielseitiges Repertoire ausgefeimter psychologischer Fähigkeiten.

»Maschine stopp und Kontrollboot aussetzen«, bellte Horvaths

Stimme über die Bordlautsprecher. »Wir nehmen die Frau aus dem Motorboot auf. Decken und ärztliche Notversorgung bereithalten.«

»So schwer es fällt, Geza, wir müssen ihn ziehen lassen. Die Rettung der Geisel geht vor«, meinte Wolf. Grimmig fügte er hinzu: »Trotzdem ... den Kerl krieg ich noch, da bin ich mir sicher.«

***

Im Konferenzraum des »Seekuriers« hatte sich eine illustre Viererrunde zusammengefunden. Neben Kaffee und süßen Plätzchen wurden San Pellegrino, ein kräftiger Roter und warme Schinkenhörnchen gereicht; besonders Letztere fanden, wie nicht anders zu erwarten, bei den Anwesenden regen Zuspruch.

Nachdem der erste Hunger gestillt und alle Teilnehmer mit Getränken versorgt waren, klopfte Chefredakteur Jörg Matuschek mit einem Löffel an seine Tasse.

»Lieber Herr Teufel. In Anbetracht Ihres angespannten Zeitplanes bitte ich um Nachsicht, wenn ich ohne Umschweife auf den Anlass Ihres heutigen Besuches bei uns zu sprechen komme. Wir haben Sie – ich darf sagen: wieder einmal – zu einem Interview überreden können.« Gut gelaunt fügte er hinzu: »Was nicht heißen soll, dass die Herren die Finger von den Appetizern und den Getränken lassen müssen – ganz im Gegenteil. Wie heißt es doch so schön: Essen und Trinken hält Leib und Seele zusammen. Womit wir auch gleich beim Thema wären.«

Jörg Matuschek blickte kurz zu seinen beiden Redaktionskollegen hinüber, bevor er sich wieder dem rechts von ihm sitzenden freundlich lächelnden älteren Herrn zuwandte, der dem früheren baden-württembergischen Ministerpräsidenten Erwin Teufel wie aus dem Gesicht geschnitten war.

»Es ist ja längst kein Geheimnis mehr, Herr Teufel, dass Sie mit unserem schönen Bodensee eng verbunden sind. Unseren Lesern, den Überlingern im Besonderen, ist hinlänglich bekannt, dass Sie vor Langem schon Ihren Zweitwohnsitz hier in Überlingen eingerichtet haben. Wir wissen auch, dass der süffige Bodenseewein Ihre Entscheidung nicht unwesentlich beeinflusst hat ...« Er hob sein Glas und prostete Teufel zu.

»Nun mal halblang, Herr Matuschek, Sie stempeln mich ja zum Säufer ab«, erwiderte Teufel lachend.

»Aber ich bitte Sie, nichts liegt mir ferner«, sagte Matuschek und fiel in das Lachen ein.

»Sie haben ja recht«, gestand Teufel. »Wie könnte ich als rechter Schwabe etwas gegen einen guten Tropfen haben? In Maßen, versteht sich. Leider hat die Natur meine Heimatstadt Spaichingen in dieser Hinsicht etwas stiefmütterlich behandelt. Dafür wachsen bei uns die größten Kartoffeln ... sagt man zumindest. Aber entschuldigen Sie, ich wollte Sie nicht unterbrechen.«

Einer der beiden Redakteure ergriff nun das Wort. »Lassen Sie mich gleich zu Beginn ein heikles Thema ansprechen, Herr Teufel, nämlich die desolate Situation in Ihrer Partei. Damit meine ich nicht nur den selbstherrlichen Regierungsstil von Stefan Mappus, der – zumindest vordergründig – bei den Landtagswahlen im vergangenen April zum Verlust der jahrzehntelangen CDU-Vorherrschaft geführt hat. Kenner der baden-württembergischen Parteienlandschaft haben diese Entwicklung seit Längerem kommen sehen, und nach ihrer Auffassung trägt dafür nicht nur Stefan Mappus die Schuld. Es heißt, die Abnutzungserscheinungen und die verkrusteten Strukturen innerhalb Ihrer Partei seien die Ursache des Niedergangs, der sich – und hier zitiere ich die ›Frankfurter Allgemeine‹ – mit der Regierung von Erwin Teufel deutlich beschleunigt habe. Möchten Sie zu dieser Rückschau etwas sagen, Herr Teufel?«

Teufel, dessen Lächeln bei dieser harschen Einleitung förmlich zu gefrieren schien, räusperte sich erst mal ausgiebig, ehe er antwortete. »Nun, in gewisser Weise haben Sie recht – und doch wieder nicht. Im Nachhinein ist es immer leicht –«

Er brach ab, als die Tür aufgerissen wurde und eine verstört blickende junge Frau eintrat. Unschlüssig blickte sie auf Matuschek.

»Ja, was ist denn, Rosi? Ich hab doch gesagt, keine Störungen – entschuldigen Sie bitte, Herr Teufel.«

Die junge Frau trat an Matuschek heran und flüsterte ihm mit vorgehaltener Hand etwas ins Ohr. Matuschek blieb zunächst regungslos sitzen, bevor er nickte und ein mattes »Danke, Rosi« zustande brachte. Mit gesenktem Kopf eilte die junge Frau hinaus.

Als hätte ihn das Schließen der Tür wieder in die Wirklichkeit zurückgeholt, hob Matuschek den Kopf und wandte sich Erwin Teufel zu. »Tut mir leid, Herr Teufel, ein Notfall. Unsere Kollegin Karin Winter ist das Opfer einer Entführung geworden ... Sie ist, wie ich höre, nur knapp dem Tod entkommen.« Seine sonst so forsche Miene drückte Ratlosigkeit aus. Abrupt stand er auf und fixierte seine Kollegen. »Sie müssen das Interview leider ohne mich weiterführen, meine Herren. Bitte haben Sie Verständnis, Herr Teufel.« Er lächelte schmal. »Sie sehen, uns Zeitungsleuten geht es nicht viel besser als Ihnen in der Politik: Immer wieder macht uns die Realität einen Strich durch die Rechnung.«

Leicht außer Atem erreichte Matuschek eine knappe Viertelstunde später die Anmeldung des Überlinger Krankenhauses.

»Guten Abend, Matuschek ist mein Name«, rief er der jungen Frau hinter dem Schalter zu. »Ich komme wegen Frau Winter, Karin Winter. Man hat mich angerufen.«

»Ah ja, ich weiß Bescheid. Sekunde bitte, eine Kollegin führt Sie zu ihr.«

Kurz darauf wurde er zu einem Einzelzimmer am Ende des Ganges geleitet. Sein Blick fiel durch die offene Tür auf einen weiß gekleideten jungen Mann, der vor einem Krankenbett stand und gestenreich auf eine Patientin einredete. Neben ihm, von einem Fuß auf den andern tretend, ein hochgewachsener Mittsechziger, seinen grauen Trenchcoat lässig über die Schulter gelegt. Es war Kommissar Wolf, wie Matuschek erleichtert feststellte. Als er Matuschek sah, kam er ihm entgegen.

»Gut, dass ich Sie noch antreffe, Herr Wolf. Sagen Sie, hab ich das richtig verstanden: eine Entführung? Karin Winter wurde draußen auf dem See entführt? Von wem denn? Wurde der Täter gefasst? Und wie geht es Frau Winter jetzt?«

»Offenbar schon wieder besser«, knurrte Wolf. »Sie will das Krankenhaus so schnell wie möglich verlassen. Vielleicht gelingt es ja Ihnen, sie zur Vernunft zu bringen. Die Ratschläge des Arztes jedenfalls hat sie in den Wind geschlagen.« Wolf schien ernstlich aufgebracht.

»Das ist gut, das ist sehr gut«, erwiderte Matuschek grinsend. Als Wolf ihn verständnislos anblickte, zuckte er mit den Schultern. »Trösten Sie sich, so ist sie eben. Immer mit dem Kopf durch die Wand.« Er seufzte. »Nehmen wir's als ein Zeichen, dass sie wieder auf dem Damm ist.«

»Verstehe. Nun, ich muss los. Muss mir dringend trockene Klamotten anziehen«, meinte Wolf im Gehen. »Lassen Sie sich von Frau Winter berichten, was passiert ist.« Er hob grüßend die Hand und eilte davon. Kopfschüttelnd sah Matuschek ihm nach, bevor er sich umdrehte und auf Karins Krankenbett zuging.

Der Arzt kam ihm ein paar Schritte entgegen. »Herr Matuschek, Sie sollten Ihrer Mitarbeiterin ins Gewissen reden«, beschwor er ihn, nachdem Matuschek sich vorgestellt hatte. »Zwar hat sie, soweit wir festgestellt haben, keine Verletzungen davongetragen, abgesehen von ein paar Hämatomen und Schürfwunden durch die Fesselung. Aber auch mit einem posttraumatischen Belastungssyndrom ist nicht zu spaßen. Bitte reden Sie ihr aus, dass sie das Krankenhaus innerhalb der nächsten vierundzwanzig Stunden verlässt.«

In der Zwischenzeit hatte sich Karin aufgesetzt. »Wird aber auch Zeit, Jörg! Vielleicht hörst ja *du* auf mich. Ich will raus hier, würdest du das bitte dem Herrn mal klarmachen? Mir geht's schon wieder prima.«

»Hör mal, Karin …«, versuchte Matuschek, sie zu besänftigen, als der Arzt ihn unterbrach.

»Frau Winter, das ist Ihr subjektives Empfinden«, belehrte er sie. »Ich muss ganz entschieden dafür plädieren, dass Sie die nächsten vierundzwanzig Stunden zur Beobachtung hier auf der Station bleiben. Erst dann können wir sicher sein, dass Sie nicht mit unerwarteten Folgen zu rechnen haben. Bitte glauben Sie mir.«

»Ich weiß, lieber Doktor, Sie meinen es gut, aber ich möchte darüber nicht verhandeln. Bringen Sie mir Ihr Formular. Ich unterschreibe Ihnen, dass ich auf eigene Verantwortung das Krankenhaus verlasse. In Ordnung?«

»Karin, sei vernünftig, mit einem Schock ist nicht zu spaßen. Bleib wenigstens bis morgen früh. Einverstanden?«

»Ihr Chef hat recht. Alles ist besser, als gleich zu gehen. Im Übrigen: Was haben Sie davon, wenn Sie sich selbst entlassen und in der Folge dann eine psychotherapeutische Behandlung notwendig wird?«

Mit zusammengezogenen Brauen kaute Karin missmutig auf ihrer Unterlippe. Dann setzte sie ein schiefes Lächeln auf. »Okay, ihr habt gewonnen. Bis morgen früh um acht. Keine Sekunde länger.«

Der Arzt atmete auf. »Na gut, wenigstens etwas. Ich schau später noch einmal nach Ihnen.« Er nickte Matuschek zu, bevor er sich entfernte.

Kaum waren sie allein, beugte sich Matuschek zu Karin hinunter. Mit gedämpfter Stimme fuhr er sie an: »Sag mal, was sollte denn das?«

»Ich verstehe nicht … was meinst du?«

»Mir machst du nichts vor, meine Liebe. Deine Weigerung, im Krankenhaus zu bleiben, hat doch einen Grund. Ich frag mich nur, welchen? Na komm schon, spuck's endlich aus.«

Nach kurzem Überlegen bat sie ihn, die Tür zu schließen. Als er wieder an ihr Bett zurückgekehrt war, gab sie sich einen Ruck. »Also gut. Es ist so: Hinter dieser Selbstmordsache scheint sich eine noch größere Story zu verbergen, als ich erwartet habe.«

»Hab ich mir's doch gedacht …«, begann er zu wettern, doch Karin fiel ihm sogleich ins Wort.

»Siehst du, genau deshalb wollte ich nicht darüber reden.« Sie verschränkte die Arme vor der Brust und verzog schmollend den Mund. Matuschek kannte diese Geste. Er wusste, wenn er jetzt nicht klein beigab, ging sie auf Tauchstation.

»Okay«, steckte er zurück, »du hast gewonnen, ich halte mich raus. Versprochen.«

Als wäre nichts gewesen, fuhr sie fort: »Erinnerst du dich an den Einspalter im Lokalteil der heutigen Ausgabe, über diesen Banker, der von seiner Dachterrasse stürzte?«

»Dunkel. Was ist damit?«

»Dem wurde eine wertvolle Skulptur gestohlen.«

»Ach, und deshalb hat er sich in die Tiefe gestürzt?«

»Quatsch. Der Diebstahl passierte erst *nach* seinem Tod. Und über die Ursache des Sturzes ist die Polizei noch am Rätseln.«

»Woher hast du das alles?«, staunte Matuschek.

»Hat mir Wolf gesteckt. Im Gegenzug musste ich ihm verraten, was ich von Sahin wollte.«

»Aha. Ihr habt mal wieder einen Deal ausgehandelt, ja?« Er lachte glucksend.

»Deinen Spott kannst du dir sparen. Bisher hast du die Geschichten, die sich aus meinen Deals ergaben, noch immer mit Kusshand angenommen – oder etwa nicht?«

»Du hast ja recht, entschuldige bitte. Hab ich das übrigens gerade richtig verstanden: Der Kerl, der von seiner Terrasse stürzte, war Banker?«

»Ja.«

»Muss ich mir dabei was denken? Ich meine ... dieser Sahin gehörte doch derselben Zunft an, wenn ich mich nicht irre.«

»Da liegst du richtig. Die Antwort ist: Ich weiß es nicht. *Noch* nicht. Wenn man Wolfs Worten Glauben schenken darf, ist es noch zu früh, zwischen den beiden Todesfällen einen Zusammenhang herzustellen. Aber ich werd's rauskriegen, verlass dich drauf.«

»Du willst also in dieser Sache weitergraben? Ja, hast du denn noch nicht genug? Mensch, Karin, das heute war ein Schuss vor den Bug! Du legst dich da nicht mit irgendwelchen harmlosen Gaunern an – diese Leute sind Schwerkriminelle, die gehen über Leichen.«

»Weiß ich. Deshalb brauche ich deine Unterstützung.«

»Bist du bescheuert? Keine zehn Pferde bringen mich in die Nähe dieser Leute. Das ist Sache der Polizei.«

Sie lachte. »Keine Sorge, ich verlange ja nicht, dass *du* deine Haut zu Markte trägst, du Hasenfuß.«

»Sondern wer?«

»Charles.«

»Charles de Boer?«

»Genau der.«

Charles de Boer, einer der Pressefotografen beim »Seekurier«, war ein blonder, unauffällig wirkender Holländer mit ausgeprägter Stirnglatze und einem besonderen Faible für Undercoveraufnahmen. Er war kein Mann vieler Worte. Doch wenn's drauf ankam, konnte man sich hundertprozentig auf ihn verlassen. Auf ihn – und seine Taekwondo-Künste.

Nachdenklich die Hände auf dem Rücken verschränkt, ging Matuschek mit gesenktem Kopf ein paar Schritte hin und her, bevor er sich wieder vor Karin aufbaute. »Also gut, du kannst ihn haben«, knurrte er. »Unter einer Bedingung.«

»Und die wäre?«

»Ihr geht kein Risiko ein. Unter keinen Umständen, hörst du?«

»Gebongt.«

»Ich mein es ernst.«

»Jörg ... bist du so weltfremd oder tust du nur so? Schon an den Fall zu denken, ist ein Risiko.«

Matuschek schluckte. »Okay. Was genau gedenkst du zu unternehmen?«

»Weiß ich noch nicht.«

»Willst du mich verarschen?«, fuhr er auf. »Du hast doch einen Plan, das seh ich dir an der Nasenspitze an. Ich will wissen, wie der aussieht.«

Karin ließ sich nach hinten ins Kissen fallen, kaute auf ihrer Unterlippe und sah zur Decke hoch. Dann endlich hatte sie sich zu einer Entscheidung durchgerungen. Sie setzte sich wieder auf und sah ihn herausfordernd an.

»Also gut. Hör zu.«

12

Auf der Rückfahrt hatte Wolf eine Tüte Butterbrezeln besorgt. Nachdem er sie auf einen Teller geschichtet hatte, platzierte er diesen auf dem Besprechungstisch. »Wo treibt sich eigentlich Dicky herum?«, fragte er nebenbei.

»Ist in Sachen Barmann unterwegs«, antwortete Jo überraschend einsilbig. Sie hatte – trotz der vorgerückten Zeit – nun schon zum dritten Mal an diesem Tag Kaffee gekocht, goss ihn in die bereitstehenden Tassen und stellte Milch und Zucker dazu. Vespermanns Tasse ließ sie leer.

»Geht's vielleicht etwas ausführlicher?«, fragte Wolf leicht genervt.

»'tschuldigen Sie, Chef, mehr weiß ich auch nicht. Er könne nicht tatenlos hier herumsitzen, während wir ermitteln, meinte er. Wenn ich richtig verstanden habe, wollte er sich den Tatort hinter der ›Roxy-Bar‹ einmal persönlich ansehen.«

»Weiß er von unserem Termin?«

»Aber sicher. Ich hab ihm gesagt, dass Sie für neunzehn Uhr eine Lagebesprechung anberaumt haben. Er meinte, bis dahin sei er längst zurück.«

In diesem Augenblick wurde im Büro nebenan die Tür aufgerissen, jemand warf etwas auf einen Schreibtisch, dann trappten ein paar schnelle Schritte. Sekunden später erschien Vespermann in der Verbindungstür. »Herrje, Kaffee mit Butterbrezeln! Das ist ja wie im Schlaraffenland«, jubelte er und setzte sich auf den Stuhl vor der leeren Tasse. »Darf ich?«, fragte er leicht außer Atem. Ohne auf eine Antwort zu warten, griff er nach der Kanne. »War recht erfolgreich, das muss ich schon sagen. Eigentlich ist der Fall so gut wie gelöst … na ja, beinahe wenigstens. Also, wo soll ich anfangen?« Erwartungsvoll sah er zu Wolf hinüber.

Der hob abwehrend beide Hände. »Immer schön der Reihe nach, lieber Bert …«

»Gerd. Ich heiße Gerd.«

»Entschuldige, Gerd, aber der andere Fall hat inzwischen absolute Priorität.« Er nippte an seiner Tasse, bevor er sie bedächtig abstellte.

Jo, die zunehmend kribbeliger wurde, ergriff das Wort. »Spannen Sie uns nicht länger auf die Folter, Chef. Was hat sich draußen auf dem See getan? Haben Sie Sahin gefunden? Hat er den Personenschutz akzeptiert?«

Wolf winkte ab. »Nicht so hastig. Ein alter Mann ist doch kein D-Zug.«

»Gibt's schon lange nicht mehr«, knurrte Vespermann muffig.

»Was?«

»Na, den von dir angesprochenen D-Zug. Der heißt jetzt ICE.«

»Ach nee.« Wolf setzte zu einer harschen Antwort an, besann sich dann aber. Es machte wenig Sinn, den Neuen gegen sich aufzubringen. Möglicherweise tat er ihm sogar unrecht – zumindest dann, wenn seine Einlassungen weniger als Retourkutsche denn als Bemühen um sprachlich korrekte Ausdrucksweise aufzufassen waren. Ein bisschen pedantisch war ihm der Kerl ja gleich vorgekommen. »Okay, Schwamm drüber«, lenkte er ein. »Unser Fall ist weiter denn je von einer Lösung entfernt. Genau genommen ist der Einsatz draußen auf dem See so ziemlich aus dem Ruder gelaufen.«

»Was? Wieso?«, fragten Jo und Dicky wie aus einem Mund.

»Nun, nach der Durchsuchung von Hörmanns Wohnung – ein Dreckstall, wie er im Buche steht – bin ich mit dem Wapo-Boot rausgefahren, und es dauerte auch nicht lange, bis wir die ›Anisha‹ gefunden hatten.« Er schilderte den Ablauf der Fahrt in allen Einzelheiten, ebenso die Geschehnisse auf der Jacht, von denen ihm Karin Winter berichtet hatte. Gespannt hörten Jo und Vespermann zu.

Als er endlich zum Ende kam, hakte Jo nach: »Und was ist mit der Winter? Ist sie okay?«

»Tja, die hat sich überraschend schnell erholt, obwohl der Notarzt ein posttraumatisches Belastungssyndrom – auf gut Deutsch: einen Schock – diagnostiziert hat. Aber du kennst ja die Winter, die ist hart im Nehmen.«

»Die Jacht ist also gesunken und der gesuchte Sahin mit ihr, hab ich das richtig verstanden?«, vergewisserte sich Vespermann.

»So ist es.«

»Gibt es Hinweise auf die Identität des Täters?«

»So gut wie keine. Der Mann trug bis zuletzt eine Sturmhaube, sein Gesicht hat die Winter nie gesehen. Alles, was wir haben, ist eine vage Personenbeschreibung in Bezug auf Größe und Statur. Ach ja, an seiner linken Hand fehlt vermutlich der kleine Finger. Das war's denn auch schon.«

»Was passiert jetzt mit Sahin und der Jacht?«, wollte Jo wissen.

»Ein Bergungsschiff ist unterwegs. Allerdings muss erst mal der Sturm etwas abflauen. Die Wapo will aber versuchen, Sahins Leichnam noch in der Nacht mit Tauchern hochzuholen. Sobald sie es geschafft haben, bekommen wir Bescheid. Spusi und KTU sind informiert.«

»Können wir davon ausgehen, dass es sich bei dem Maskierten um denselben Mann handelt, der in der Nacht von Samstag auf Sonntag Sahin entführt hat?«

»Vermutlich ja. Genau wissen wir das aber erst, wenn es uns gelingt, auf der Jacht DNA-Spuren von ihm sicherzustellen. Nach Fingerabdrücken brauchen wir erst gar nicht zu suchen, der Mann trug nämlich Handschuhe.«

Jo horchte auf. »Und trotzdem hat die Winter das Fehlen des kleinen Fingers bemerkt?«

»Warum nicht? Wenn einer unmittelbar vor deinen Augen herumhantiert, dann kannst du das vermutlich gar nicht übersehen. Am besten setzt du dich gleich morgen früh mit den Kollegen aus Markdorf in Verbindung. Deren Bericht über die vereitelte Entführung erscheint mir … nun, wie soll ich sagen … ein bisschen dürftig. Vielleicht erfährst du ja etwas, was uns hilft, den Mann zu identifizieren. Nimm außerdem Sahins Hotelsuite gründlich unter die Lupe. Ich will wissen, ob Kunstgegenstände fehlen oder sonstiger Besitz. Und ob ausnahmsweise mal ein PC oder ein Notebook da ist. Gut wäre auch sein Terminkalender, Bankunterlagen, Schriftwechsel, das ganze Programm eben. Ach ja, nimm am besten einen Kollegen von der Spusi mit. Und verhaltet euch diskret, nicht, dass wir noch Ärger mit dem Hotel bekommen.«

»Ich mach so was ja nicht zum ersten Mal«, entgegnete Jo spitz. »Nach meiner Erfahrung sind neben dem Empfangschef übrigens vor allem Zimmermädchen und Putzfrauen ergiebige Quellen. Natürlich versuche ich, die ebenfalls anzuzapfen. – Ja, diskret, ich weiß, Chef.«

»Das will ich hoffen. So, und jetzt bist du dran. Gerd und ich sind ganz Ohr. Erzähl uns, was du weißt.«

»Entschuldigt, mir ist da etwas nicht ganz klar«, fuhr Vespermann dazwischen. »Wieso war diese Winter eigentlich hinter Sahin her?«

»Gute Frage.« Wolf, inzwischen halbwegs geneigt, dem Neuen seine aufmüpfige Art zu vergeben, nickte anerkennend. »Die Antwort darauf ist nicht ganz einfach«, fuhr er nachdenklich fort, nachdem er einen Schluck aus seiner Tasse genommen hatte. »Aus unerfindlichen Gründen ist ihr aufgefallen, dass die Zahl der Selbstmorde in Überlingen in jüngster Zeit überproportional angestiegen ist. Im Zuge ihrer Nachforschungen hat sie von der Nachbarin eines der Toten ein paar interessante Details aufgeschnappt. Der Mann soll finanziell am Ende gewesen sein, woran ein früherer Angestellter der Spielbank Lindau – dort pikanterweise für die Finanzen zuständig – angeblich nicht ganz schuldlos war.«

»Und dieser Mann war Sahin?«

»So ist es. Alles Weitere könnt ihr euch selbst zusammenreimen, und wer die Winter kennt, weiß auch, dass sie keine halben Sachen macht. Sie hat Sahin ausfindig gemacht und wollte ihn dazu befragen, doch der Maskierte war bereits an Bord. Na ja, das Ende kennt ihr ja.«

Das Telefon auf Wolfs Schreibtisch begann schrill zu klingeln. »Gerd, gehst du mal bitte ran?«, bat Wolf. Vespermann stand auf und nahm das Gespräch an.

»Noch Kaffee, Chef?« Jo schüttelte die Kanne, die sich als leer erwies. »Ich mach gern noch mal frischen, wenn Sie mögen.«

»Nee, danke, lass mal, mir reicht's für heute.«

»Mit einem Pastis und einer Gitanes kann ich leider nicht dienen«, raunte sie ihm zu und grinste dabei. »Aber vielleicht tut's ja auch ein Wasser?«

Wolf sah sie forschend an, bevor er die Frage verneinte. »Womit hab ich mir so viel Fürsorge bloß verdient? Dabei dachte ich schon, du wärst stocksauer, weil dir wieder mal ein Date durch die Lappen geht.« Dabei schielte er auf seine Uhr.

Resigniert winkte Jo ab. »Daran hab ich mich längst gewöhnt. möchte nur wissen, ob ich meine Überstunden jemals abfeiern kann.«

Vespermann hatte zu Ende telefoniert und setzte sich wieder zu Ihnen an den Tisch. »Ein Kollege aus Konstanz«, erläuterte er. »Sie haben das Motorboot gefunden, mit dem sich der Maskierte abgesetzt hat. Lag an einem unzugänglichen Strandabschnitt nahe Wallhausen. Keine Auffälligkeiten.«

»Soll ich die Spusi verständigen?«, fragte Jo.

Wolf winkte resigniert ab. »Da der Täter Handschuhe trug, dürfte das kaum was bringen. So, jetzt aber zu dir, Jo. Du hast die Konten von Hauschild und Hörmann überprüft?«

»Ja, hab ich …«

Ehe Jo weiter ausholen konnte, öffnete sich einen Spalt weit die Tür, und Ernst Sommer streckte den Kopf herein. »Sieh an, sieh an! Das D1 wieder in alter Kampfstärke«, tönte er. »Das gefällt mir. Was liegt an?« Wolf bot ihm einen Stuhl an, doch Sommer wehrte ab. »Danke, Leo, aber ich will gleich wieder weg. Muss morgen früh um sieben in Tübingen sein. LKA-Tagung, diesmal zum Thema Computerkriminalität.«

In knappen Sätzen informierte ihn Wolf über die Ereignisse draußen auf dem See.

»Bereits der dritte Tote also«, sinnierte Sommer, um nach kurzer Pause hinzuzufügen: »Gibt es schon Hinweise auf ein Motiv? Ich meine, warum gerade diese drei Männer? Wenn ich recht informiert bin, handelt es sich ausnahmslos um Banker, nicht wahr?«

»Richtig. Was das Motiv angeht: Frag mich was Leichteres, da tappen wir nach wie vor im Dunkeln, auch was die möglichen Täter betrifft. Wir gehen ein paar vagen Hinweisen nach, aber es wäre verfrüht, von einer Spur zu sprechen.«

»Irgendetwas stößt mir auf bei der Geschichte. Warum ausgerechnet auf einem Schiff? Warum erschießt der Täter diesen Sahin nicht einfach auf der Straße? Oder in seiner Wohnung? Wäre doch wesentlich einfacher für ihn gewesen … Na ja, ich will euch nicht aufhalten. Wir sehen uns morgen Nachmittag bei der Dezernatsleiterbesprechung, Leo. Also dann, guten Abend beisammen.«

Einen Augenblick später war Sommer verschwunden. Zurück blieb ein nachdenklich wirkender Wolf. Sommer hatte den Finger in eine Wunde gelegt. Warum ausgerechnet auf einem Schiff? Eine gute Frage. So gut, dass er sie sich bereits mehr als einmal selbst gestellt hatte. Er war sogar noch einen Schritt weiter gegangen: Warum hatte Hörmann ausgerechnet in seinem Wagen den Tod gefunden? Warum Hauschild in seiner Penthauswohnung? Verbissen suchte er nach einem tieferen Sinn, nach der Klammer, die alles zusammenfasste.

Wenn es wirklich eine Verbindung zwischen den drei Todesfällen gab, dann mussten sie etwas Entscheidendes übersehen haben. Wenn!

Und wenn nicht? Wenn es sich lediglich um eine Häufung von Zufällen handelte?

»Was ist, Chef? Wollen Sie nun hören, was die Kontoprüfung bei Hauschild ergeben hat?«

»Wie? Äh, ja, natürlich. Entschuldige bitte, mir ging nur gerade etwas durch den Kopf.«

»Hab's gemerkt. Also gut, dann will ich Sie mal nicht länger auf die Folter spannen. Hauschild unterhielt bei einer hiesigen Bank ein Girokonto, über das er seine regelmäßigen Ausgaben bestritt. Ich habe hier eine Aufstellung aller Buchungen der letzten drei Monate.« Sie schwenkte einen stattlichen Packen DIN-A4-Blätter. »Das Konto wies bis gestern ein Guthaben von fast vierzigtausend Euro auf. Des Weiteren existiert beim selben Institut ein Wertpapierdepot auf seinen Namen; eine detaillierte Auflistung aller Anlagen liegt uns ebenfalls vor. Bei der Durchsicht der Unterlagen bin ich auf mindestens zwei weitere Bankverbindungen gestoßen, eine davon bei der Züricher UBS.« Sie holte tief Luft.

Wolf nutzte die kleine Pause für eine Zwischenfrage. »Was hat sich seit gestern auf dem Girokonto geändert?«

Jo begann zu kichern. »Ich wusste, dass Sie das fragen würden, Chef. Seit gestern Nachmittag vierzehn Uhr bis vor ungefähr zwei Stunden wurden von diesem Girokonto etwas mehr als zwanzigtausend Euro abgehoben. An insgesamt achtzehn verschiedenen Geldautomaten.« Triumphierend sah sie von Wolf zu Vespermann, bevor sie ergänzend hinzufügte: »Das dürfte meine Raubmordthese wohl eindrücklich bestätigen – unabhängig von der gestohlenen Skulptur.«

Fragend zog Wolf die linke Augenbraue hoch. »Das heißt, dass die Täter bei allen Karten über die PIN-Nummern verfügten.«

»Ja, und? Ist für Profis kein Problem, da dranzukommen – zumindest, solange die Banken nicht flächendeckend Anti-Skimming-Module an ihren Automaten installieren.«

Während Wolf sich die neuen Fakten durch den Kopf gehen ließ, meldete sich Vespermann zu Wort. »Hatte die Winter eigentlich auch Hauschild auf dem Kieker, oder galt ihr Interesse ausschließlich diesem Türken ... Sahin ist doch Türke, oder irre ich mich da?«

Wolf, noch immer mit den Finanzen der Opfer beschäftigt, brauchte einen Moment, um zu realisieren, dass die Frage an ihn gerichtet war. Vorsichtig wählte er seine Worte. »Zunächst einmal: Sahin ist kein Türke. Er ist türkischstämmig, das ist etwas anderes. Gerade wir als Polizisten sollten vorsichtig sein mit Formulierungen, die man als Diskriminierung auslegen kann. Und nun zu deiner ersten Frage: Der ›Seekurier‹ hat über Hauschilds Tod eine kurze Notiz gebracht, daher wusste sie davon, allerdings ohne einen Zusammenhang zwischen ihm und seinen früheren Partnern Hörmann und Sahin herzustellen. Wie ich schon sagte: Auf Sahin ist sie bei ihren Nachforschungen wegen der signifikant gestiegenen Selbstmordrate gestoßen.«

»Entschuldige mal, aber nach allem, was ich über die Dame von dir gehört habe, hört sie sogar das Gras wachsen. Und ausgerechnet *ihr* sollen die näheren Umstände von Hauschilds Tod verborgen geblieben sein? Da verschwindet aus seiner Penthauswohnung eine Skulptur im Wert von nahezu einer Viertelmillion Euro, und *sie* soll keine Kenntnis davon gehabt haben, obwohl sie von seinem Tod wusste? Das kann ich nicht glauben.« Vespermann zog ein Gesicht, als hätte man ihm ein Schnitzel aus Gammelfleisch vorgesetzt.

Wolf holte erst mal tief Luft. Ganz ruhig bleiben, ermahnte er sich, vielleicht will er ja nur den Advocatus Diaboli spielen. »Die Dame, wie du sie zu nennen beliebst, war höchst überrascht, als ich ihr vom Raub der Skulptur erzählte ...«

»Wie«, fuhr ihm Vespermann erregt ins Wort, »*du* hast der Winter das preisgegeben? Einer Journalistin? Findest du das nicht ... nun, ein bisschen riskant?«

»Nein, finde ich nicht. Aber wir schweifen ab. Gibt es sonst noch etwas, was uns weiterbringen könnte, Jo? Liegen die Ergebnisse aus der Pathologie schon vor? Und was ist mit dem Bericht von Mayer zwo über Hauschilds Penthauswohnung?«

»Liegt alles auf Ihrem Tisch. Allerdings sollten Sie sich nicht zu viel davon versprechen. Die Pathologieergebnisse enthalten nicht mehr, als wir ohnehin schon wussten. Und der Spusibericht strotzt von Spuren der unterschiedlichsten Art. Allerdings fand ich in den

Datenbanken von LKA und BKA keine Entsprechung. Mit anderen Worten: Wir sind so schlau als wie zuvor.«

Wolf seufzte. »Wär auch zu schön gewesen.«

»Auf die Gefahr hin, mich zu wiederholen, Chef: Wir sollten uns die Leute von Goldmann noch einmal vorknöpfen. Ich bin sicher, dieser Peschke nennt uns den Verkäufer des Jade-Elefanten. Wir müssen ihn nur richtig in die Zange nehmen.«

»Sicher, das wäre eine Möglichkeit. Trotzdem, wir warten noch etwas.« Seinem Bauchgefühl nach war die Lösung des Falles woanders zu suchen. Aber wo? »Erledige erst mal das, was wir eingangs besprochen haben.« So gewann er etwas Zeit. Zeit zum Nachdenken.

»Okay, wie wär's dann jetzt mit meiner Geschichte vom schwarzen Mann?«, brachte sich Vespermann in Erinnerung.

Wolf stutzte. »Wer soll das sein?«

»Na, der schwarze Mann im Barmann-Fall natürlich. Ich hole etwas weiter aus, dann versteht ihr, was ich meine. In Ordnung?«

»Bitte.«

»Also, die Vorgeschichte setze ich mal als bekannt voraus, und sicher erinnert ihr euch auch an die letzten Worte des Opfers. ›Der Schwarze‹, hat er gesagt – nichts weiter als: ›Der Schwarze.‹ Mit so einer Aussage fängt man nicht viel an. War ein Neger gemeint? Oder ein Kaminfeger? Oder vielleicht gar ein Pfarrer?« Er gab ein paar kurze Kicherlaute von sich. »Ein mordender Pfarrer, das klingt irgendwie … aber lassen wir das. Jedenfalls: Der Kollege, der den Bericht verbrochen hat, konnte mir auch nicht weiterhelfen – klar, war ja kein Ohrenzeuge. Er hat lediglich nach der Tat die Aussagen des Barpersonals aufgenommen. Es half also alles nichts, wenn ich weiterkommen wollte, musste ich noch einmal zum Tatort fahren.«

Bei den letzten Worten hatte er nach seiner Tasse gegriffen. Als er merkte, dass sie leer war, hielt er sie Jo hin, die ihn mit einem bedauernden »Tut mir leid, Kaffee ist alle« abwies und sich wieder ihren Notizen zuwandte.

Er stutzte kurz, fuhr dann aber fort: »Bei meinen Vernehmungen bin ich an eine Barfrau geraten, die mir der Schlüssel zu den Vorgängen in der fraglichen Nacht zu sein scheint. Dieser Barfrau sind einige Tage vor dem Mord zwei Besucher aufgefallen, die mit dem Barbesitzer in einen heftigen Streit verwickelt waren.« Hier legte er eine kurze Kunstpause ein, während der sein Blick auffordernd über die Gesichter seiner Kollegen wanderte.

»Und? Was hatte es mit denen auf sich?«, konnte Jo schließlich nicht mehr an sich halten zu fragen.

»Sie hat mir die beiden Männer folgendermaßen beschrieben: groß, um nicht zu sagen hünenhaft, mit Vollglatzen und – jetzt kommt's! – schwarz gekleidet.«

»Ja, und?« Wolf tat, als hätte er nicht verstanden.

»Ja, kapiert ihr denn nicht? Schwarz gekleidet. Von Kopf bis Fuß schwarz.« Die Begriffsstutzigkeit seiner Kollegen schien Dicky unbegreiflich. »Einer der beiden muss ›der Schwarze‹ gewesen sein, den der Ermordete direkt vor seinem Tod erwähnte.«

»Hat die Barfrau mitbekommen, worum es bei dem Streit ging?«, fragte Wolf.

»Sieht aus, als hätte der Barbesitzer Schulden gehabt. Wenigstens glaubt sie, dieses Wort verstanden zu haben, ehe ihr Chef sie rausgeschickt hat. Ich nehme an, die beiden ›Schwarzen‹ waren zur Eintreibung dieser Schulden gekommen.«

»Klingt einleuchtend«, stimmte Wolf zu. »Zwei Tage später sind sie dann ein zweites Mal aufgekreuzt und haben die Forderung erneut geltend gemacht. Der Barbesitzer wollte oder konnte aber nicht bezahlen, die Auseinandersetzung eskalierte und schwupp, schlug einer der Geldeintreiber zu. Ja, so oder so ähnlich könnte es abgelaufen sein.«

Vespermann nickte. »Ich habe mir den Terminkalender des Barbesitzers geben lassen. Dort fand ich einen Eintrag unter dem Datum seiner Ermordung: ›MI‹. Nichts weiter, nur diese beiden Buchstaben.«

»Um welche Uhrzeit?«

»Dreiundzwanzig Uhr.«

»Das deckt sich mit dem ungefähren Todeszeitpunkt«, erklärte Jo. Wolf machte ein ratloses Gesicht. »MI – was könnte das heißen?«

»Keine Sorge, das krieg ich auch noch raus«, meinte Vespermann zuversichtlich, lehnte sich zurück und verschränkte zufrieden die Hände vor dem Bauch.

★★★

Peschke fühlte sich angeschlagen. Seit sie weg waren, hatte er seine Zeit damit zugebracht, die Identität der beiden Glatzenträger zu lüften. Dabei ging es ihm nicht um die fünfzig Mille, die die Gangster ihm aus den Rippen geleiert hatten; Beträge dieser Größenordnung pflegte er aus der Portokasse zu bezahlen. Auch die Folge ihrer rüden Geschäftsmethoden – die Hälfte der in dem umgestürzten Regal gelagerten Artikel war zu Bruch gegangen – warf ihn nicht aus der Bahn. Ein bedauerlicher, aber unvermeidlicher Kollateralschaden, nicht mehr. Ohnehin würde er sich den größeren Teil des Verlustes von der Versicherung zurückholen.

Nein, was ihm zu schaffen machte, war etwas anderes: Wie war es möglich, dass diese beiden Affen gänzlich ungeniert in seinen Laden spazieren und ihn vor versammelter Belegschaft unter Druck setzen konnten, ohne dass er auch nur die geringste Handhabe gegen sie gehabt hatte? Wer hatte sie geschickt, woher stammte ihr Wissen? Fragen, die ihm keine Ruhe gelassen hatten.

Warum hatte Luca diesen verdammten Jade-Elefanten ausgerechnet ihm anbieten müssen? Auf diesem Ding – so wertvoll es auch sein mochte – schien ein Fluch zu lasten. Zuerst führte es ihm die Bullen ins Haus, kurz darauf die beiden glatzköpfigen Affen. Hätte er doch bloß die Finger davon gelassen! Doch was geschehen war, war geschehen, da half alles Jammern nichts. Das Beste wäre, sich von dem heißen Eisen zu trennen, ehe er sich vollends die Finger daran verbrannte. Aber wie? Und wem könnte er es andrehen?

Vor allem aber: Wo war die undichte Stelle, wem konnte er noch trauen? Einen kurzen Moment lang fragte er sich, ob Luca eventuell selbst geplaudert hatte. Dieser Igor hatte eine entsprechende Andeutung gemacht. Doch schnell verwarf er den Gedanken wieder. Luca hatte geschworen, den Deal für sich zu behalten. Nicht, dass Peschke auf Lucas Wort große Stücke hielt; doch flöge die Sache auf, hätte er am meisten zu verlieren.

Wenn aber nicht Luca, wer dann? Etwa ein Mitwisser aus seinem eigenen Umfeld, einer, der mehr oder weniger zufällig Zeuge des Deals geworden war? Möglich, aber unwahrscheinlich.

Er hatte sich ans Telefon gehängt und ein paar Freunde und Geschäftspartner angerufen. Die Jade-Figur hatte er dabei mit keinem Wort erwähnt, auch der Name Luca war nicht zur Sprache gekommen. Es ging niemanden etwas an, mit wem er Geschäfte machte, schon gar nicht, wenn es um Hehlerware ging.

Seine Einstellung zum Geschäft mit Hehlerware änderte der Vorfall nämlich keineswegs – hier winkten schließlich die größten Gewinnspannen, und der Teufel sollte ihn holen, wenn er freiwillig darauf verzichtete. Diesmal allerdings lag die Sache ein wenig anders. Wenn er Pech hatte, konnte er in einen Mordfall hineingezogen werden. Ganz offensichtlich hatte ihm Luca nicht die volle Wahrheit gesagt. Die Figur stamme aus einem Penthaus, hatte er treuherzig versichert, er habe sie unbemerkt mitgehen lassen. Peschke, ein Schnäppchen witternd, hatte ihm das abgekauft – zumindest bis heute früh. Da war er im »Seekurier« auf eine Notiz gestoßen, die ihn stutzig machte. In einer kurzen Meldung wurde da von einem jungen Banker berichtet, der am Vortag beim Sturz von seinem Penthaus zu Tode gekommen war. Bestand da etwa ein Zusammenhang?

Die Telefonate hatten ihn volle zwei Stunden gekostet, doch das Ergebnis war den Zeitaufwand allemal wert gewesen. Mehrere Gesprächspartner hatten trocken aufgelacht, als er die Rede wie beiläufig auf die beiden schwarzen Affen gebracht hatte.

»Na klar kenn ich die«, hatte unisono die Antwort gelautet. »Sag bloß, du hast noch nie von ›Moskau-Inkasso‹ gehört?«

Stets hatten seine Gesprächspartner ihre Aussage um einige drastische Schilderungen ergänzt, die die Arbeitsweise der Geldeintreiber treffend illustrierten. Von Drohungen über Nötigung bis hin zu körperlicher Gewalt reichte angeblich deren Repertoire.

Zugegeben, das klang nicht sonderlich ermutigend. Aber wenigstens wusste er jetzt, mit wem er es zu tun hatte.

Die entscheidende Frage allerdings blieb nach wie vor offen: Wie waren die Kerle an ihre Detailkenntnisse gekommen? Mit Schaudern erinnerte sich Peschke daran, dass sie nicht nur über den Verkäufer der Skulptur Bescheid gewusst hatten, sondern auch über deren Vorbesitzer und die Hintergründe des Deals mit Luca. Musste er den Spitzel vielleicht sogar unter den eigenen Angestellten suchen? Nährte er eine Schlange an seiner Brust? Ein äußerst beunruhigender Gedanke. Im Geiste ging er die Reihe seiner Mitarbeiter nach Auffälligkeiten durch – vergebens. Er erinnerte sich an so gut wie keine Begebenheit, die auf einen Maulwurf in den eigenen Reihen hätte schließen lassen. Allerdings gehörte ihm der Laden erst seit einigen Monaten, sodass er sich noch kein sicheres Urteil über die Loyalität seiner Mitarbeiter zutraute.

Im Übrigen: Mit Mutmaßungen fing er nicht viel an. Was er brauchte, waren Beweise, hieb- und stichfeste Beweise. Er beschloss, sich zunächst auf Moskau-Inkasso zu konzentrieren. Wenn die Kerle wirklich so repressiv agierten, wie man ihm erzählt und wie er am eigenen Leib erfahren hatte, dann mussten sie auch woanders Spuren hinterlassen haben – Hinweise auf Straftaten, auf Klienten, auf Kontakte und Querverbindungen. Und wo fand er die? Im Internet.

Peschke setzte sich an sein Notebook und begann zu googeln.

Vier Stunden später schaltete er den Rechner wieder aus. Es war inzwischen weit nach Mitternacht, und der Schlaf drohte ihn zu übermannen. Mit geschlossenen Lidern senkte er den Kopf und massierte seinen Nacken, bevor er aufstand und zum Fenster ging. Während er zum nahen Münsterturm hinüberblickte, versuchte er, ein Fazit zu ziehen.

Alles in allem hatte sich das Starren auf den Bildschirm gelohnt. Er wunderte sich, dass er nicht schon früher auf die Leute gestoßen war. Wer hartnäckige Schuldner gefügig machen wollte, der kam an Moskau-Inkasso kaum vorbei – und das, obwohl die Leute über keine Zulassung verfügten und in der Vergangenheit mehrfach zum Ziel von Ermittlungen diverser Staatsanwaltschaften geworden waren. Zu ihren Kunden zählten Autohäuser, Fachhändler und Hausbesitzer ebenso wie Anwälte, Immobilienmakler oder die Betreiber von Spielhallen.

Er fuhr wie elektrisiert zusammen. Spielhallenbetreiber … hatte in dem Web-Artikel wirklich Spielhallenbetreiber gestanden? Er sah auf seinen Notizblock. Ja, genau so hatte er es notiert. Er musste sich wieder setzen. Als hätte er einen Schalter betätigt, stand die nachmittägliche Szene wieder vor seinen Augen. Hatte dieser Igor nicht etwas von Spielschulden gefaselt? Aber klar doch, das Wort war gefallen, er erinnerte sich genau. So genau, als wäre es gerade eben gewesen. Der Affe hatte Spielschulden erwähnt, die der Vorbesitzer der Skulptur gemacht und wohl noch immer nicht beglichen hatte. Beglichen an wen? Den Namen, verdammt noch mal, er brauchte den Namen … Doch in diesem Punkt ließ ihn sein Gedächtnis im Stich.

Abermals sprang er auf, seine Müdigkeit war verflogen. Aufgeregt lief er einige Schritte hin und her, versuchte verzweifelt, sich an den Wortlaut von Igors Suada zu erinnern. Doch sosehr er sich auch den Kopf zermarterte: Der Name des Schuldners wollte und wollte ihm nicht einfallen. Schlimmer noch: Inzwischen war er sich fast sicher, dass er gar nicht gefallen war.

Konzentrier dich, Junge, nimm deinen Grips zusammen – was fällt dir zum Thema Glücksspiel ein? Wo würdest du hingehen, wenn dir nach einem Spielchen wäre? Natürlich in eine Spielbank, wohin denn sonst. Also Lindau, Konstanz oder Baden-Baden? Ja. Aber würden die sich bei der Eintreibung ihrer Außenstände der Dienste von »Moskau-Inkasso« bedienen? Wohl kaum. Also schieden sie aus. Was blieb übrig? Die Illegalen. Dazu fielen ihm auf Anhieb zwei Namen ein: Das »Pique-As« in Weingarten, das einem Asiaten gehörte, der, wenn er sich recht erinnerte, Charly Fu oder so ähnlich hieß und der außerdem im benachbarten Ravensburg ein Stundenhotel führte, und als Zweites der »TruckStop« nahe Meersburg direkt an der B 31. Der »TruckStop« war bei durchfahrenden Truckern äußerst beliebt und für den Besitzer, Fred Borowski, eine geradezu ideale Tarnung. Peschke hatte, wenn er sich recht erinnerte, das Lokal ein- oder zweimal besucht – die Gasträume wohlverstanden, die zur B 31 hin lagen. Noch immer hatte er den abgestandenen Essensgeruch in der Nase, und beim Gedanken an den Lärmpegel schmerzte sein Trommelfell. Von den wirklich scharfen Sachen hatte er leider nichts mitbekommen; die fanden wohl in den rückwärtigen Räumen statt.

Die Frage war: Welcher der beiden hatte ihm die Affen geschickt, Charly Fu oder Fred Borowski? Über die Antwort musste er sich nicht groß den Kopf zerbrechen. Wenn er es richtig bedachte, kam nur Borowski in Frage – aus einem einleuchtenden Grund: Warum sollte ein Überlinger seine Spielsucht in Weingarten befriedigen, wenn er im »TruckStop«, quasi gleich um die Ecke, dasselbe geboten bekam?

Am Ende gab Borowskis Ruf den Ausschlag. Er sollte, was seinen Reibach betraf, sogar über Leichen gehen, hörte man. Also würde er bei Borowski beginnen – gleich morgen Vormittag. Er hatte sogar schon einen Plan, wie er ihn unter Druck setzen und ihm den Namen seines Informanten entlocken könnte. Denn entweder fand er den Maulwurf in den eigenen Reihen – oder er konnte seinen Laden dichtmachen.

Borowski würde sich noch wundern.

Zufrieden mit seiner Entscheidung wollte Peschke seinen Rechner ausschalten, als auf dem Bildschirm ein kleines Fenster aufpoppte. Eine neue E-Mail war eingegangen. Peschke staunte – um diese Zeit? Ohne weiter darüber nachzudenken, öffnete er sein Mailprogramm und las die Nachricht. Kaum fertig, begann er noch einmal von vorn. Schließlich lehnte er sich zurück und schüttelte ungläubig den Kopf.

Sehr geehrter Herr Peschke, stand da, *auch wenn wir uns bisher noch nicht persönlich begegnet sind, so bin ich doch in der Vergangenheit schon mehrfach auf Ihren Namen gestoßen – nicht in meiner beruflichen Eigenschaft als Strafverteidiger an deutschen Gerichten, Gott bewahre, sondern als Sammler asiatischer, speziell chinesischer Kunst. Unter anderem ist es mir gelungen, eine durchaus respektable Sammlung chinesischer Jade-Skulpturen aus dem 17. und 18. Jahrhundert zusammenzutragen, was ich aus Gründen, die rein privater Natur sind, aus dem öffentlich zelebrierten Kunstmarkt bislang heraushalten konnte.*

Nun habe ich von einem gut unterrichteten Mittelsmann erfahren, dass Sie derzeit im Besitz eines ausgesuchten Exponates sein sollen – eines Jade-Elefanten, der sich gleichermaßen durch seine außergewöhnliche Schönheit wie durch seine ungewöhnliche Größe auszeichnet.

Der langen Rede kurzer Sinn: Wenn meine Information zutrifft und Sie für das Stück einen solventen Käufer suchen, dann bitte ich Sie höflich um rasche telefonische Kontaktaufnahme. Allerdings wäre mir an einer äußerst vertraulichen Abwicklung gelegen. Daher möchte ich Sie bitten, mich ausschließlich über die untenstehende Mobilfunknummer anzurufen. Während der Arbeitszeit werden Sie zunächst mit meinem Vorzimmer verbunden. Meine Sekretärin ist jedoch angewiesen, Anrufe über diese Nummer sofort an mich durchzustellen, gleichgültig, wo ich mich gerade aufhalte.

Es wäre schön, wenn ich möglichst bald mit Ihrem Anruf rechnen dürfte.

Mit den allerbesten Empfehlungen
Dr. Müller-Hohenstein, Ravensburg

PS: Ach ja, fast hätte ich es vergessen: Über den Preis werden wir uns garantiert einig, da haben Sie mein Wort.

Peschke war wie vom Schlag gerührt. Je länger er las, desto blasser wurde er. Ja, spielte denn plötzlich die ganze Welt verrückt? Wie hatte dieser Mensch von dem Ankauf erfahren? Einen kurzen Moment lang kam er sich vor wie auf einem Jahrmarkt, wo er inmitten eines Meeres grüner Skulpturen stand und laut rufend seine Ware anpries: »Jade-Elefanten, schöne Jade-Elefanten, frisch eingetroffen, greifen Sie zu …«

Obwohl die Nachtschaltung die Bürotemperatur deutlich heruntergefahren hatte, war ihm heiß geworden. Er zwang sich zur Ruhe. Dieser Müller-Dingsbums konnte ihm gestohlen bleiben. Gleich in der Früh würde er die Skulptur an einen sicheren Ort schaffen … ach was, am besten jetzt gleich. Wer weiß, überlegte er, vielleicht sind die Bullen bereits im Anmarsch? Die würden seinen Laden gründlich auseinandernehmen – und wehe, sie fänden den verdammten Elefanten, dann wäre er dran. Also nichts wie los.

Und was die Sache mit Borowski anging: Die war mit dieser Mail noch dringlicher geworden. Mehr noch, ab sofort hatte sie allerhöchste Priorität.

Das Loch, aus dem die Infos über den Jade-Elefanten an die Öffentlichkeit gesickert waren, musste ein für alle Mal gestopft werden. Sonst konnte er gleich auswandern.

13

Am folgenden Morgen erreichte Wolf nach kurzem Fußmarsch die belebte Kreuzung, die gleichzeitig die Mitte des Überlinger Ortsteils Nußdorf markierte. Im Vorübergehen hatte er bei seinem Bäcker den neuen »Seekurier« erstanden. Er wollte wissen, was die Zeitung über ihren Fall berichtete. Im Gehen blätterte er flüchtig die Seiten durch, als unmittelbar neben ihm ein Wagen zum Stehen kam – ein blassroter, in die Jahre gekommener Fiat der Mittelklasse. Wolf faltete seine Zeitung zusammen. Mit spitzen Fingern öffnete er die Wagentür und ließ sich in den Beifahrersitz fallen.

»Morgen, Leo. Ausgeschlafen?«, röhrte Vespermann, der hinter dem Steuer saß und die Kupplung zurückschnellen ließ, kaum dass Wolf die Tür zugeschlagen hatte.

Anstelle einer Antwort rümpfte Wolf die Nase. »Grieche?«, presste er hervor.

»Nein, Italiener«, antwortete Vespermann und tätschelte mit der Rechten liebevoll das Lenkrad. »Genauer gesagt: Fiat. Kommt aus Turin. Du weißt schon, die Trüffelstadt.«

Wolf atmete hart aus, ehe er fragte: »Hast du mal ein Pfefferminz?«

»Hab ich. Hier unten rechts müssten welche liegen. Bedien dich ruhig.« Er sah Wolf kurz von der Seite an. »Zähneputzen vergessen, was?«, fragte er unbekümmert.

»Dein dickes Fell möchte ich haben«, brummte Wolf halblaut, während er unter dem Armaturenbrett herumwühlte. Schließlich förderte er einen Beutel mit Pfefferminzpastillen zutage, den er Vespermann hinhielt. »Du nimmst jetzt so ein Ding, oder ich steig aus«, forderte er. »Nein, nimm gleich zwei ... oder besser noch ein halbes Dutzend.«

»Ach so.« Vespermann war sichtlich amüsiert. »Du spielst auf den zarten Knoblauchduft an, stimmt's?«

»Zart nennst du das?«

»Warum sagst du das nicht gleich? Einen Moment, da kann ich Abhilfe schaffen.« Er fummelte an einem Knopf herum, und kurz darauf setzte ein orkanähnliches Brausen ein, sodass Wolf die Haare nur so um die Ohren flogen. Fast schlagartig sank die Temperatur um ein paar Grad. »Na, was sagst du, das ist doch mal ein Gebläse, das seinen Namen verdient, nicht wahr?« Vespermann sah um Anerkennung heischend zu Wolf hinüber.

»Halt an.«

»Anhalten? Aber wieso?« Vespermann schien bestürzt. »Das ist jetzt nicht dein Ernst, Leo, oder?«

»Mein voller Ernst. Halt sofort an – oder ich qualm dir den Wagen voll.«

»Na gut, wenn du mir so kommst. Gib das Zeug schon her.« Unwirsch riss er Wolf den Beutel aus der Hand und schüttete sich einige der Pastillen in die Hand.

Da der Vorgang den Gebrauch beider Hände erforderte, fuhr der Wagen währenddessen steuerlos dahin. Als der Straßenrand immer näher kam, konnte Wolf nicht mehr an sich halten und griff ins Lenkrad. »Die Polizei, dein Freund und Helfer … immer mit gutem Beispiel voran«, meinte er sarkastisch. Inzwischen bedauerte er, sich für Vespermann als Begleiter entschieden zu haben. Als ihn am Vorabend die Meldung der Wapo erreicht hatte, Sahins Segeljacht würde noch in der Nacht gehoben und zum Konstanzer Hafen geschleppt, da war ihm die Idee durchaus vorteilhaft erschienen. Warum sollte er frühmorgens nach Überlingen strampeln, nur um anschließend via Fähre nach Konstanz zu düsen – über Nußdorf, wohlgemerkt, seinen Heimatort? Auf die Idee, dass Vespermann statt mit einem Dienstwagen mit seiner Privatgurke antanzen würde, wäre er im Leben nicht gekommen.

Inzwischen hatte Vespermann die Pastillen in seinen Mund bugsiert und wieder das Steuer übernommen. »Keine Sorge, hab alles im Griff«, behauptete er. Mit einem kritischen Seitenblick auf seinen Beifahrer fügte er hinzu: »Entschuldige, Leo, aber die höheren Weihen der mediterranen Küche scheinen dir abzugehen. Äh … wie muss ich eigentlich fahren?«

Wolf kratzte sich am Kopf, ohne das Barett abzunehmen. »Gleich da oben kommst du auf die B 31. Die Einmündung ist etwas haarig, also pass auf. Danach immer geradeaus bis zur Ausfahrt Meersburg. Die Zufahrt zur Fähre ist ausgeschildert.«

»Wo waren wir stehen geblieben?«, fuhr Vespermann fort, als sie die Bundesstraße erreicht hatten. »Ah ja, die mediterrane Küche.

Gestern Abend zum Beispiel hab ich mir eine Moussaka gemacht …
delikat, sag ich dir.« Sein Gesicht nahm einen verklärten Ausdruck
an, genießerisch führte er die Fingerspitzen der linken Hand an die
zum Kussmund geformten Lippen, dazu schnalzte er mit der Zunge. »Und weißt du, was das Geheimnis ist? Na? Richtig: der Knoblauch. Du musst eine oder zwei Zehen mehr nehmen, als im Rezept
steht. Ach, ich könnte sterben für Moussaka.« Theatralisch hob er
beide Hände.

»Na ja, zur Not kannst du ja deinen Sitz weiter nach hinten stellen – falls das noch geht«, bemerkte Wolf mit Blick auf Dickys Wampe. Und in der Tat: Zwischen die bemerkenswerte Wölbung und das
Lenkrad passte kein kleiner Finger mehr. Dass Vespermann ob solcher Bemerkungen nicht eingeschnappt war, erstaunte Wolf immer
wieder aufs Neue.

»Nur kein Neid, wer hat, der hat«, antwortete Vespermann aufgeräumt, bevor er übergangslos geschäftlich wurde. »Wo ist eigentlich Jo?«

»Nimmt die Hotelsuite von Sahin auseinander.«

»Aha. Und um was genau geht es nachher in Konstanz? Da soll
ein Boot gehoben werden, hab ich das richtig verstanden? Deine
Nachricht gestern Abend klang etwas wirr. Es kann sich ja wohl
kaum um das Boot dieser Zeitungstante gehandelt haben.« Er grinste. »Pardon, ich meine natürlich von Frau Winter.«

Wolf hatte nicht die Absicht, sich provozieren zu lassen. Bei so
viel Ignoranz ist Hopfen und Malz verloren, dachte er. Einen Augenblick lang spielte er ernsthaft mit dem Gedanken, sich eine Gitanes anzuzünden. Er hatte die Schachtel schon halb aus der Tasche
gezogen, als er sie doch wieder zurücksteckte. Er wollte und konnte Dicky nicht verprellen, dazu war ihre Personaldecke einfach zu
dünn. Also gab er sich einen Ruck und wiederholte in knappen Sätzen, was sie in Konstanz erwartete.

Zwischenzeitlich hatten sie die Oberstadt von Meersburg durchfahren und rollten auf der kurvenreichen Straße zum See hinab. Wenig später reihten sie sich in die Wartespur zur nächsten Fähre ein.

Vespermann hatte den Fiat kaum zum Stehen gebracht, da riss
Wolf auch schon die Tür auf. Raus, nur noch raus aus dem betäubenden Knoblauchdunst. Ob es nun daran lag, dass er beim Aussteigen
zu viel Schwung entwickelte oder die Proportionen des Fiat

überschätzt hatte – er schlug mit dem Kopf gegen den Türholm, und sein Barett fiel auf die Fahrbahn. Schnell bückte er sich und setzte es wieder auf. Doch der kurze Moment hatte genügt, um Vespermanns Aufmerksamkeit zu wecken.

»Du liebe Zeit ... wer hat dich denn skalpiert?«

»Dienstunfall«, brummte Wolf. Er hatte gehofft, die Kahlstelle auf seinem Kopf könnte Vespermann entgangen sein und ärgerte sich über dessen Dickfelligkeit. Doch schon im nächsten Augenblick hatte er eine Gitanes zwischen den Lippen und paffte genießerisch vor sich hin, dabei langsam ein paar Schritte um den Wagen gehend.

»Weißt du, was mir die ganze Zeit im Kopf herumgeht?«, fragte Vespermann durchs offene Wagenfenster.

»Du wirst es mir gleich sagen, nehme ich an.« Wolf tat desinteressiert und spuckte einen Tabakkrümel aus.

»Das Gespräch mit Sommer, du erinnerst dich?«

»Du meinst seine Frage, warum der Täter sich mit dem Anschlag auf Sahin so viel Mühe gemacht hat?«

»Ja. Er hätte den Türken auf bedeutend einfachere Weise um die Ecke bringen können.«

»Kann man so sehen«, antwortete Wolf, das Wort »Türke« großzügig überhörend. »Vielleicht hat der Täter sein Vorgehen gewählt, um möglichst wenig Aufsehen zu erregen? Genauso gut könnte man dann aber auch fragen, warum es Hauschild in seinem Penthaus und Hörmann in seinem Wagen traf. Das bringt uns im Moment nicht weiter, finde ich.«

»Du hast recht.« Nach kurzem Nachdenken fuhr Vespermann fort: »Vielleicht sollten wir uns auch mal ernsthaft fragen, weshalb der Täter ausgerechnet drei Banker ausgewählt hat?«

Wolf musste zugeben, dass da was dran war. »Diesen Aspekt hätten wir längst durchleuchten sollen«, gestand er zerknirscht ein. »Das sollten wir schleunigst nachholen.«

»Vielleicht«, grübelte Vespermann weiter, »waren die drei ja keine Banker, sondern Bankster?« Er lachte scheppernd über den vermeintlichen Witz.

Wolf allerdings war nicht zum Lachen zumute. Auf diesen Gedanken hätte er auch selbst kommen können.

Inzwischen war die Auffahrt zur Fähre freigegeben worden, die

Wagen vor ihnen setzten sich in Bewegung. Mit ein paar schnellen Schritten lief Wolf um den Fiat herum und ließ sich auf den Beifahrersitz fallen – nicht ohne diesmal auf seinen Kopf zu achten.

Knapp dreißig Minuten später hatten sie ihr Ziel erreicht. Schon von Weitem stach Wolf der Ausleger des Schiffshebekrans ins Auge. Er lag an dem langen Pier, der in den See hinausragte und an dessen Ende die Imperia stand. An seinem Haken hing die »Anisha«, an der Wolf zunächst nichts Ungewöhnliches feststellen konnte. Erst beim Näherkommen waren verschiedene Beschädigungen zu erkennen, insbesondere ein großes Loch, das in der Bordwand klaffte und vermutlich die Ursache für den Untergang des Bootes gewesen war.

Vespermann fuhr bis an das Flatterband heran, das den Liegeplatz und damit den gesamten Pier für Neugierige absperrte. Der Kran hatte die Jacht so weit abgelassen, dass die Kollegen von der Spusi und der Kriminaltechnik das Bootsdeck vom Pier aus gefahrlos betreten konnten. Sie stiegen aus und schlüpften unter dem Flatterband hindurch. Der Erste, den sie trafen, war Mayer zwo, der gerade zwei Utensilienkoffer in einen Dienstwagen hievte.

»Ihr habt mir gerade noch gefehlt«, begrüßte er sie mit verkniffenem Mund.

»Schon was gefunden?«, fragte Wolf.

»Schön wär's. Wir sind zwar schon seit fünf Uhr in der Früh zugange, aber außer ein paar Fingerabdrücken und Mikrospuren haben wir nichts Brauchbares entdeckt. Ach ja, die Leiche natürlich. Sieht ziemlich übel aus, der Mann, du kannst ihn dir ja ansehen. Der Täter hatte ihm die Hände auf dem Rücken gefesselt, bevor er ihn in die Tiefe schickte.«

»Das heißt, der Mann ist elendiglich ersoffen?«

»So ist es.« Mayer zwos Kopf ruckte herum. Offenbar hatte er aus den Augenwinkeln mitbekommen, dass Vespermann auf die Segeljacht zu klettern versuchte. »Ja, wie haben wir's denn, Kollege?«, brüllte er zu ihm hinüber. »Das ist ein Tatort – also weg von dem Wrack, bis wir es freigegeben haben. Hat man euch das in Rottweil nicht beigebracht?« An Wolf gewandt, fügte er halblaut hinzu: »Diese verdammten Landeier. Sollten lieber auf Ihre Linie achten … ist doch wahr, oder?«

Er hatte tatsächlich »Landeier« gesagt, als ob sich Vespermann bislang als Dorfpolizist durchs Leben geschlagen hätte – wo doch Rottweil im Hinblick auf die Einwohnerzahl deutlich vor Überlingen rangierte. Wolf musste an sich halten, um nicht laut herauszulachen.

Während sie beide in Richtung Wrack marschierten, ergänzte Mayer zwo: »Ach ja, Leo, das dürfte dich noch interessieren: Wir haben Sahins Notebook an Bord gefunden. Wenn der Täter vorhatte, es mitgehen zu lassen, wurde dieser Plan wohl vom überraschenden Auftauchen der Journalistin und des Wapo-Bootes durchkreuzt.«

»Das nenn ich mal eine gute Nachricht«, meinte Wolf. »Können wir das Ding haben?«

»Klar. Sobald die KTU das Passwort geknackt hat. Und sein Smartphone bekommt ihr als Dreingabe dazu. Sind wir nicht lieb zu euch?«

»Ich werd's mir merken. Je schneller wir das Zeug kriegen, desto besser. Wir treten, ehrlich gesagt, bei unseren Ermittlungen ziemlich auf der Stelle. Ach ja, wie ist denn deiner Meinung nach das Loch im Rumpf entstanden? Ich meine: Welchen Sprengstoff hat der Täter benutzt? Es war doch ein Sprengstoff, oder?«

»Vermutlich C4, ein Plastik- oder, präziser gesagt, ein plastischer Sprengstoff. Bei der dünnen Wandung reichte bereits eine kastaniengroße Menge, um den Kahn zum Sinken zu bringen. Die genauen Ergebnisse einschließlich der Auswertung des Zünders findest du in unserem Bericht. Und frag mich jetzt nicht –«

»Hab ich was gesagt?«, unterbrach ihn Wolf grinsend.

Mayer zwo wandte sich zum Gehen, als ihm Vespermann den Weg versperrte. »Sag mal, findest du das richtig, deine Kollegen so abzukanzeln?«

»Ja«, beschied ihn Mayer zwo und schob ihn beiseite.

»Tss, tss«, war alles, was Vespermann zustande brachte.

»Was ist los? Hat es dir etwa die Sprache verschlagen?«, fragte Wolf, als sie wenig später die Rückfahrt antraten.

»Wenn's nur das wäre«, antwortete Vespermann. Seine sonst so rosige Gesichtsfarbe war einer kränklich wirkenden Blässe gewichen.

Wolf musterte ihn kritisch. »Na ja, so lange du nicht an Appetitlosigkeit leidest …«

»Entschuldige mal, aber man bekommt nicht jeden Tag eine Wasserleiche vorgesetzt, noch dazu eine, die unter solchen Umständen zu Tode kam.«

»War ein übler Anblick, da hast du recht. Andererseits hat der Augenschein den Bericht der Winter voll bestätigt. Möglicherweise bringt uns der vom Täter verwendete Sprengstoff ja auch irgendwie weiter.«

»Ich will hoffen, dass der liebe Kollege Mayer zwo doch noch seinem Ruf gerecht wird – indem er zum Beispiel DNA-Spuren findet oder irgendwas anderes, was uns weiterbringt.«

»Wenigstens haben wir Sahins Notebook und sein Smartphone, das ist doch schon was. Vielleicht entpuppt sich eines der Teile ja sogar als Blackbox und gibt uns Aufschluss über Sahins letzte Tage?«

»Dein Wort in Gottes Gehörgang«, seufzte Vespermann.

***

»Guten Tag, Sie sind verbunden mit dem Sekretariat der Anwaltskanzlei Dr. Müller-Hohenstein, was kann ich für Sie tun?« Nach der langen Ansage musste Karin Winter erst mal Luft holen.

Niemand meldete sich.

»Hallo … mit wem spreche ich bitte?«, hakte Karin nach.

Endlich vernahm sie ein Räuspern. »Äh, ja … sagen Sie, bin ich mit dem Vorzimmer von Dr. Müller-Hohenstein verbunden?«, hörte sie eine männliche Stimme fragen.

»Ja. Mit wem spreche ich, bitte?«

»Mein Name tut nichts zur Sache.«

»Entschuldigen Sie, aber …«

»Richten Sie Dr. Müller-Hohenstein aus, ich möchte ihn wegen des Elefanten sprechen. Er weiß dann Bescheid.«

»Ah ja, ich verstehe. Einen Moment bitte.«

Karin drückte die Haltetaste, bevor sie den Daumen hochreckte und das Handy an ihren Kollegen Charles de Boer weiterreichte, der ihr schon mehr als eine Stunde gespannt gegenübersaß. Da sie nicht wissen konnten, ob Peschke überhaupt an einer Kontaktaufnahme interessiert war, und falls ja, wann sie mit seinem Anruf zu rechnen hatten, war ihnen nichts anderes übrig geblieben, als sich seit dem frühen Morgen bereitzuhalten.

De Boer räusperte sich kurz, dann drückte er die Verbindungstaste. »Müller-Hohenstein hier, guten Morgen, Herr Peschke … Sie sind es doch, oder?«

»Genau, hier spricht Peschke. Guten Tag, Herr Dr. Müller-Hohenstein. Sie baten um meinen Anruf, habe ich das richtig verstanden?«

»So ist es, ja, und Sie wissen auch, warum. Allerdings wäre es mir lieber, wenn wir das Thema hier nicht vertiefen würden … nicht am Telefon, meine ich. Vielleicht sagen Sie mir zunächst nur, ob meine Information überhaupt zutrifft – und wenn ja, wann und wo wir uns treffen können?«

»Zu Ihrer ersten Frage: Ja. Und was ein Treffen anbelangt – nun, das liegt ganz bei Ihnen. Allerdings möchte ich nicht verhehlen, dass der Artikel sehr gefragt ist.«

»Das überrascht mich nicht. Ich möchte Sie aber bitten, keinen Verkauf zu tätigen, ehe Sie mein Angebot kennen. Ich bin ganz sicher, dass wir uns einigen werden. Also, wann und wo?«

Peschke lachte. Es klang erleichtert. »Von mir aus gleich. Je eher wir uns einigen, desto besser. Ich kann aber auch …«

»Nein, nein, das würde mir durchaus passen. Moment noch, ich lasse rasch meine Termine checken.« De Boer drückte die Haltetaste und machte für Karin das Victory-Zeichen, worauf diese in stillem Jubel die Arme hochriss. Nach einer angemessenen Frist stellte er den Kontakt wieder her. »Hören Sie, Herr Peschke … ich erfahre gerade, dass sich für den späten Vormittag ein Klient angesagt hat, aber das ließe sich verschieben. Sagen wir, um zehn bei Ihnen, wäre Ihnen das recht?«

»Gut, um zehn bei mir. Bis später also. Auf Wiederhören, Herr Dr. Müller-Hohenstein.«

De Boer unterbrach das Gespräch. Karin sah gespannt zu ihm hinüber. »Und, hat er angebissen?«

»Aber klar doch. Der Mann ist nach meiner Einschätzung ganz wild darauf, die Skulptur loszuwerden.«

»Kann ich verstehen.«

»Um zehn wird sich zeigen, ob unser Plan aufgeht.«

»Das wird er, Charles, verlass dich drauf. So, und jetzt setze ich mich mit Wolf in Verbindung. Ich hoffe, dass er mitzieht.«

»Er wird. Etwas Besseres kann dem doch gar nicht passieren. Wir servieren ihm einen Hehler samt hochkarätigem Beweisstück. Und wer weiß, was da noch alles dranhängt.«

»Vergiss nachher deine Kamera nicht. Ich brauche gute Bilder.«

Eine knappe Stunde später fuhr eine schwarze Mercedes-Limousine der E-Klasse – eine Leihgabe von Matuschek – vor dem Goldmann'schen Firmengebäude vor. Charles de Boer stieg aus, aktivierte die Zentralverriegelung und strebte, eine Collegemappe aus schwarzem Cabretta-Leder unter dem Arm, gemessenen Schrittes dem Eingang zu. Im salopp geschnittenen Businessanzug und dem weißen Seidenhemd – auf eine Krawatte hatte er bewusst verzichtet – gab de Boer einen durchaus überzeugenden Anwalt ab. Lediglich seine Körpergröße und die muskulösen Arme – eine Folge regelmäßig betriebenen Kampfsports – fielen etwas aus dem Rahmen.

Gleich hinter der Tür kam ihm ein junger Angestellter entgegen und fragte ihn nach seinen Wünschen.

»Mein Name ist Dr. Müller-Hohenstein. Ich bin mit Herrn Peschke verabredet. Hier meine Karte.«

Der junge Mann war sichtlich beeindruckt. Mit den Worten »Einen Augenblick, bitte, ich werde Herrn Peschke sofort holen« eilte er davon.

***

Jörg Peschke hatte sich – ganz entgegen seiner ursprünglichen Überzeugung – noch in der Nacht zur Kontaktaufnahme mit dem Ravensburger Anwalt entschlossen. Er wollte die verdammte Skulptur aus dem Haus haben, je schneller, desto besser.

Der Name Müller-Hohenstein war ihm durchaus nicht unbekannt. Mehr oder weniger regelmäßig berichteten Zeitungen und Fernsehen über dessen aufsehenerregende Strafprozesse. Der Mann wäre mit Sicherheit solvent genug, ein Objekt im Wert von einer runden Viertelmillion zu stemmen. Dass er sich gleichzeitig als Sammler seltener Asiatika geoutet hatte, machte die Sache nur noch spannender.

Den Ausschlag aber hatte letztlich das telefonische Vorgespräch gegeben. Spätestens jetzt war er von der Seriosität des Anwalts überzeugt. Und die Bitte um streng vertrauliche Abwicklung des Deals kam Peschke ohnehin sehr entgegen.

Doch Peschke wäre nicht der, der er war, hätte er es dabei bewenden lassen. Aus dem Telefonbuch hatte er die Nummer der Kanzlei herausgesucht. Kaum hatte Kosch ihn wie verabredet über das Eintreffen des Anwalts informiert, wählte er sie über sein Handy an. Er musste nicht lange warten.

»Guten Morgen, mein Name ist ...«, meldete sich eine forsche Frauenstimme. Es folgte die übliche nervtötende Litanei, ehe er endlich zu Wort kam.

»Guten Morgen, Autohaus Sorge, Hans-Peter Sorge mein Name. Ich müsste sofort Herrn Dr. Müller-Hohenstein sprechen – es eilt, ich habe die Polizei im Haus.«

»Oh, das tut mir leid, aber Herr Dr. Müller-Hohenstein ist im Augenblick nicht im Haus. Darf ich Sie vielleicht mit unserem Herrn ...«

»Nein, danke«, fuhr Peschke ihr harsch ins Wort, »ich werde es später noch einmal versuchen.«

Erleichtert unterbrach er das Gespräch. Offenbar hatte alles seine Richtigkeit. Er stand auf, rückte seinen Blazer zurecht und fuhr sich mit den Fingern durch das Haar. Dann machte er sich auf den Weg zu seinem zahlungskräftigen Kunden.

Wenig später stand er de Boer alias Dr. Müller-Hohenstein gegenüber. Peschke kannte den Anwalt nicht persönlich, aber er war beim Googeln auf ein paar Bilder von ihm gestoßen. Etwas grob gepixelt, das musste er zugeben. Und doch – oder gerade deshalb? – zweifelte er keine Sekunde daran, den echten Müller-Hohenstein vor sich zu haben, auch wenn er ihm jetzt in natura irgendwie kräftiger vorkam und die Stirnglatze ... nun, etwas ausgeprägter. Doch wer wusste schon, wie alt die Bilder im Internet wirklich waren?

Nachdem sie sich begrüßt und die üblichen Belanglosigkeiten ausgetauscht hatten, kam de Boer ohne Umschweife auf ihr gemeinsames Anliegen zu sprechen. Natürlich ahnte er nicht, wie knapp er durch Peschkes Anruf an einer Pleite vorbeigeschlittert war.

»Bevor ich mir das gute Stück ansehe«, sagte er, »muss ich Sie noch einmal um Vertraulichkeit bitten. Ich hoffe, ich kann mich da auf Sie verlassen, Herr Peschke.«

Der hob bekräftigend beide Hände. »Aber ich bitte Sie, Herr Dr. Müller-Hohenstein – was wäre mein Geschäft ohne absolute Vertraulichkeit?« Er zauberte ein verschwörerisches Lächeln auf sein Gesicht. »Da könnte ich ja gleich einpacken.«

»D'accord«, antwortete de Boer, »dann lassen Sie uns zur Tat schreiten.«

»Sehr wohl. Wenn Sie mir bitte folgen wollen.«

Er führte ihn in sein Büro. Nachdem er die Tür abgeschlossen hatte, klappte er wortlos ein an der Wand hängendes Bild zur Seite. Dahinter kam ein Tresor zum Vorschein. Umständlich öffnete er die komplizierte Schließung und förderte einen Gegenstand zutage, der dick in silberfarbenen Vliesstoff eingeschlagen war.

»Entschuldigen Sie die unkonventionelle Art der Lagerung«, führte Peschke aus, »aber das Stück ist zu wertvoll und auch zu empfindlich, als dass wir es offen in unserer Asiatika-Abteilung präsentieren könnten.«

Mit gebührender Vorsicht stellte er das Paket auf dem Schreibtisch ab.

»Bitte sehr. Sehen Sie sich das Stück in aller Ruhe an. Falls Sie Ihre Mappe abstellen wollen ...« Er wies auf einen mit Goldbrokat bezogenen Sessel.

De Boer winkte ab – wie hätte er Peschke auch verklickern sollen, dass die Mappe eine versteckte Kamera enthielt, die jede Einzelheit seines Aufenthaltes dokumentierte?

Beim Anblick des Elefanten jedenfalls stieß er hörbar die Luft aus. Nicht etwa, dass ihn Kunstwerke aus dem fernen Osten über Gebühr interessiert hätten – im Gegenteil, seine Kenntnisse auf diesem Gebiet lagen nahe bei null. Doch als Peschke den Vliesstoff zurückschlug, musste er zugeben, selten etwas so atemberaubend Schönes gesehen zu haben. In gewisser Weise verstand er sogar, warum Liebhaber für so was über Leichen gingen.

Ohne Eile umrundete er mehrere Male den Tisch und beugte sich zwischendurch immer wieder weit nach vorne, als wolle er bestimmte Details des Stückes näher in Augenschein nehmen. »Außergewöhnlich, ganz außergewöhnlich«, murmelte er halblaut vor sich hin. Plötzlich lag, wie hingezaubert, eine Lupe in seiner Hand. Gezielt richtete er sie auf den Rüssel und die Stoßzähne des Elefanten – bis er sich unvermittelt aufrichtete und an Peschke wandte.

»Ich kann doch davon ausgehen, dass ein Echtheitszertifikat vorliegt, oder etwa nicht?«

Als Peschke sich wand und nach einer schlüssigen Antwort suchte, gelang es de Boer, einen Ausdruck ungläubigen Erstaunens in sein Gesicht zu legen. »Wollen Sie damit sagen ...« Bedeutungsschwanger ließ er den Rest des Satzes in der Luft hängen.

»So ist es, leider, Herr Dr. Müller-Hohenstein«, gestand Peschke zerknirscht. »Das ist mit ein Grund, warum ich Ihrer Bitte um absolute Vertraulichkeit spontan zugestimmt habe.«

De Boer zog die Augenbrauen zusammen. »Was wollen Sie damit andeuten?«

»Natürlich nichts!«

»Das will ich hoffen. Nun, ich bin Fachmann genug, um die Echtheit dieses Stückes selbst beurteilen zu können, dafür brauche ich kein Zertifikat.« Er machte eine kleine Pause, um mit listigem Lächeln hinzuzufügen: »Sie könnten mir ja auf andere Weise entgegenkommen ... beim Preis zum Beispiel. Rundheraus gefragt, Herr Peschke: Welche Summe haben Sie sich vorgestellt? Nennen Sie mir einen fairen Preis, und wir sind im Geschäft. Eins sage ich Ihnen nämlich gleich: Ich hasse es, lange feilschen zu müssen. Also?«

»Nun, in Anbetracht der Sachlage ... sagen wir zweihundertzwanzigtausend, und das Stück gehört Ihnen.«

»Zweihunderttausend«, antwortete de Boer, um eine feste Stimme bemüht.

»Zweihundertzehn.«

»Zweihunderttausend. Bar auf die Hand. Mein letztes Wort.«

Obwohl Peschke tat, als müsse er mit sich kämpfen, hätte er sich am liebsten die Hände gerieben. Trotz des Abschlags, der von ihm verlangt wurde, konnte er mehr als zufrieden sein. Luca hatte er mit lächerlichen zwanzigtausend abgespeist – also blieb ihm ein Gewinn von satten einhundertachtzigtausend Euro. Steuerfrei. Wahrlich ein Bombengeschäft. Nebenbei schlug er auf diese Weise zwei Fliegen mit einer Klappe, denn die verdammte Skulptur wäre endlich aus dem Haus.

»Also gut.« Um das Geschäft vollends zu besiegeln, hielt er de Boer die Hand hin. »Zweihunderttausend, bar auf die Hand. Und ohne Beleg.«

De Boer schlug ein. Dann zog er ein Mobiltelefon aus der Tasche. »Ich gebe rasch Bescheid, damit man den Boten mit dem Geld in Marsch setzt.«

Als Peschke diskret aus dem Büro gehen wollte, hielt de Boer ihn zurück. »Sie können ruhig bleiben«, meinte er. Gleich darauf kam die Verbindung zustande. »Alles klar, ich brauche zweihundert«, gab er halblaut durch, dann drückte er die Aus-Taste. Mit einem Blick auf Peschke setzte er hinzu: »Ich muss kurz zu meinem Wagen, bin gleich wieder da.«

Peschke nickte und begann in der Zwischenzeit damit, die Skulptur transportsicher zu verpacken. Zunächst schlug er sie wieder in den Vliesstoff ein. Danach beschaffte er einen stabilen Karton, den er zur Hälfte mit Schaumstoffflocken füllte, in die er die Skulptur bettete.

Noch während er den Karton mit den Flocken vollends auffüllte, wurde es im Vorraum unversehens laut. Eine kräftige Männerstimme ertönte, zwei andere hielten dagegen, und im Nu war ein erregter Disput im Gange, der beständig anschwoll – bis Peschke sich entschloss, nach dem Rechten zu sehen.

Er hatte die Tür noch nicht ganz erreicht, als sie unversehens von außen aufgerissen wurde. Ein hochgewachsener Mittsechziger stürmte in das Büro, zwei betreten schauende Mitarbeiter des Antiquitätenhändlers hinter sich lassend. Offenbar hatte es draußen eine Rangelei gegeben, denn seine frankophil anmutende Kopfbedeckung drohte abzurutschen. Ihm folgte ein kleinerer Mann, der auffallend füllig wirkte und neben einem stattlichen Bauch über markante Geheimratsecken verfügte.

»Tut uns leid, Herr Peschke, aber die Herren waren nicht aufzuhalten«, entschuldigte sich einer der Mitarbeiter.

»Wer sind Sie?«, herrschte Peschke die beiden Eindringlinge an.

»Der erste vernünftige Satz in diesem Haus«, antwortete der Hochgewachsene aufatmend, nachdem er sein Barett wieder zurechtgerückt hatte. Er zückte einen Ausweis und hielt ihn Peschke unter die Nase. »Kriminalhauptkommissar Wolf von der Kripo Überlingen. Hier neben mir mein Kollege, Oberkommissar Vespermann.«

»Ja, und? Was haben wir mit der Kripo zu schaffen?«, wollte Peschke wissen, der vergebens in Wolfs Gesicht zu lesen versuchte und nur mit Mühe seine innere Unruhe verbarg.

»Sind Sie Herr Peschke? Jörg Peschke, der Geschäftsführer von

Goldmann & Co.?«, fragte Wolf, derweil sich Vespermann interessiert im Raum umsah und sich schließlich dem Paket auf dem Tisch zuwandte.

»Ja, und? Weshalb sind Sie hier?«

Zwischenzeitlich hatte Vespermann wie nebenbei das Paket geöffnet und die Figur halb freigelegt. »Ei, was haben wir denn da? Leo, schaust du mal?«, rief er.

Vergebens versuchte Peschke, ihm in den Arm zu fallen. »Nehmen Sie sofort Ihre Finger weg, das ist ein Kunstwerk und äußerst kostbar«, bellte er.

Wortlos schob Vespermann ihn zur Seite und fuhr fort, die Jade-Figur freizulegen. Vorsichtig hob er sie aus dem Karton.

»Sieh mal an«, meinte Wolf ironisch, als er näher trat, »das Ding sieht dem Jade-Elefanten des ermordeten Herrn Hauschild verflucht ähnlich … man könnte glatt meinen, wir wären fündig geworden.« Er zog aus einer Manteltasche ein Schriftstück hervor. Nachdem er es auseinandergefaltet hatte, hielt er es Peschke hin.

»Was soll ich damit?«, fragte Peschke aufgebracht.

»Lesen«, befahl Wolf. »Sie haben dieses Schriftstück sicher sehnlichst vermisst. Ich schenke es Ihnen … es ist eine Kopie.«

»Eine Kopie von was?«

»Von einem Echtheitszertifikat. Genauer gesagt: Von dem Echtheitszertifikat zu dem Kunstwerk, das hier vor uns steht …«

»… und dessen Besitz Sie gegenüber unserer Kollegin vehement bestritten haben«, fügte Vespermann hinzu. »Gestern Mittag, Sie erinnern sich? Na klar tun Sie das. Ihr Theater mit dem kaputten Lastenaufzug soll ja sehr überzeugend gewesen sein, hahaha.« Er schien sich diebisch zu freuen. »Sie könnten sich einen Riesengefallen tun, Herr Peschke, indem Sie uns den Namen des Vorbesitzers beziehungsweise desjenigen verraten, von dem Sie die Figur erworben haben.«

»Dazu kann ich nichts sagen.«

»Sie können oder Sie wollen nicht?«

»Ich möchte zunächst meinen Anwalt sprechen.«

»Herr Peschke«, sagte Wolf und schlug dabei einen dienstlichen Ton an, »wir müssen Sie leider bitten, mit uns zu kommen.«

»Wieso? Bin ich jetzt verhaftet, oder was? Dann will ich den Haftbefehl sehen. Sie können mir nichts beweisen, überhaupt nichts.«

»Das wird sich herausstellen. Bitte kommen Sie.«

»Erst den Haftbefehl.«

»Wir verhaften Sie nicht. Wir nehmen Sie nur vorläufig fest, das ist etwas anderes. Und zwar wegen Gefahr im Verzug.«

»Dürfen Sie das überhaupt? Ich dachte immer, wir leben in einem Rechtsstaat.«

»Wir dürfen, glauben Sie mir.«

»Ich will sofort meinen Anwalt sprechen, hören Sie? Das ist mein gutes Recht.«

»Das will Ihnen ja keiner nehmen, Herr Peschke – aber alles zu seiner Zeit. Jetzt begleiten Sie uns erst mal zur Polizeidirektion, dann sehen wir weiter. Auf geht's ...«

Während Vespermann Peschke zu ihrem Wagen führte, klemmte Wolf sich die Jade-Figur unter den Arm und folgte den beiden.

14

Um kurz vor elf wurde Peschke in der Polizeidirektion abgeliefert. Zwei Vollzugsbeamte brachten ihn in eine U-Haft-Zelle – gerade noch rechtzeitig vor der von Sommer angesetzten Dezernatsleiterbesprechung. Die Teilnahme an diesen Treffen war für jeden Dezernatsleiter Pflicht, sie dauerte aber nur maximal eine halbe Stunde. Gleich im Anschluss, jedenfalls noch vor Mittag, plante Wolf, sich mit seinen Leuten zusammenzusetzen. Die Terminierung war eng, verdammt eng sogar, doch er hatte keine Wahl. Spätestens am Nachmittag musste Peschke einem ersten Verhör unterzogen werden, sonst konnte es passieren, dass der Staatsanwalt ihnen auf die Pelle rückte.

Außerdem hatte sich seit gestern eine Menge getan, das schleunigst resümiert und abgeklärt werden musste. Beileibe noch kein Durchbruch, Gott sei's geklagt. Immerhin, die Zahl der losen Fäden schien etwas kleiner geworden.

So kam es, dass Wolf um Schlag halb zwölf den Verhörraum betrat, in der Linken vier flache quadratische Pappkartons balancierend, auf denen eine zusammengefaltete Zeitung lag. Er nickte Jo und Dicky kurz zu, bevor er die Zeitung und einen der Kartons am Kopfende des Besprechungstisches abstellte, der den optischen Mittelpunkt des Verhörraumes bildete. Die restlichen drei Kartons platzierte er auf dem Sideboard gleich neben der Tür, auf dem auch das Festnetztelefon stand. Dann nahm er an der Stirnseite des Besprechungstisches Platz.

Als gelte es, eine kultische Handlung zu vollziehen, machte er sich vorsichtig an das Öffnen des Verpackungskartons. Zum Vorschein kam ein Dinnele, die badische Antwort auf den elsässischen Flammkuchen. Der Bäcker hatte es vorsorglich in handliche Segmente geteilt, von denen Wolf nun das erste in Angriff nahm. Zwei volle Kannen Kaffee zusammen mit Tassen und Besteck ergänzten das Arrangement auf dem Tisch.

»Diesmal«, nuschelte er, als sich auch Jo und Dicky gesetzt hatten, »hat sich die Winter gründlich verrannt. Hängt immer noch ihrer skurrilen Selbstmörderthese nach.« Leider hatte er im wörtlichen

Sinne den Mund etwas voll genommen, sodass er schwer zu verstehen war. Ratlos sahen sich seine beiden Kollegen an.

Wolf entschuldigte sich, nachdem er den Bissen hinuntergeschluckt hatte. Mit ausgestrecktem Zeigefinger tippte er auf den »Seekurier«, der mit der Lokalseite nach oben unter der Pappschachtel lag. Der Artikel, über den er sich echauffierte, fiel durch einen deutlich sichtbaren, handtellergroßen Fettfleck ins Auge.

»Bravo, ein sauberer Abdruck«, bemerkte Jo grinsend, während Vespermann nur ein abfälliges »Tss, tss« hören ließ.

Wolf griff bereits nach dem zweiten Stück, als er plötzlich innehielt. Er tat, als hätte er erst jetzt bemerkt, dass Jo und Vespermann ihm mit großen Augen beim Essen zusahen. »Hab ich euch etwa Appetit gemacht?«, fragte er scheinheilig. »Oder habt ihr schon gegessen?«

»Wie hätten wir uns was besorgen sollen – bei dieser Hektik heute morgen?«, nörgelte Vespermann.

»Riecht jedenfalls verdammt lecker«, kommentierte Jo.

»Hab ich mir fast gedacht«, meinte Wolf und wies auf die drei Kartons, die auf dem Sideboard standen. »Die sind für euch, also langt zu«, eröffnete er den überraschten Kollegen, während er sich ein weiteres Stück zwischen die Zähne schob.

Jo ließ sich das nicht zweimal sagen. »Bevor ich mich schlagen lasse …« Sie stand auf und griff nach einem der Kartons. »Was ist mit dir?« Ihre Frage war an Vespermann gerichtet.

Der schien mit sich zu kämpfen, doch schließlich nickte er. »Na gut, bring mir eins mit.«

»Keiner zwingt dich«, bemerkte Wolf kauend.

»Was ist mit der dritten Schachtel?«, fragte Jo.

In diesem Augenblick ging die Tür auf, und Marsberg kam herein, gefolgt von seinem Stellvertreter, Kriminaloberkommissar Hartmut Preuss.

Beim Anblick der Pappschachteln runzelte Marsberg die Stirn. »Sind wir hier bei einer Fressorgie gelandet, oder was? Was is'n das für 'ne Arbeitsauffassung?«

»Ihr kommt zu zweit?«, meinte Wolf verwundert. »Das bringt meine ganze Arithmetik durcheinander. Es ist nämlich nur noch *ein* Dinnele da. Müsst ihr eben teilen. Nehmt Platz, bitte.«

Marsberg und Preuss hatten nichts dagegen. »Mahlzeit«, antwor-

teten sie wie aus einem Mund und suchten sich, den vierten Din-
nelekarton in ihrer Mitte, zwei freie Stühle.

»Ich falle für ein paar Tage aus, deshalb hab ich Hartmut mitgebracht«, erklärte Marsberg wenig später kauend.

»Wieso das?«, erkundigte sich Wolf.

»Knie-OP, am Freitag. Knorpelschaden, du weißt schon, Leo.
Wird ambulant gemacht, angeblich kann ich eine Woche später bereits wieder zum Dienst.«

»Ich sag's ja immer, Sport ist Mord. Hat schon Churchill gesagt.«
Wolf spielte auf Marsbergs Jugendzeit an, in der er es bis zum süd-
deutschen Juniorenmeister im Vierhundert-Meter-Hürdenlauf gebracht hatte. »Na ja, deine Frau wird sich freuen, dich mal ein paar
Tage ganz für sich zu haben«, ergänzte er und schob den letzten Bissen in den Mund. »So, Leute, Schluss mit der Orgie«, verkündete er,
nachdem er ihn mit einem Schluck Kaffee runtergespült hatte. »Fangen wir an. Am besten mit dem Teil unseres Falles, der das D3 tan-
giert.« Mit knappen Sätzen schilderte er Marsberg und Preuss die
Ermittlungen rund um die gestohlene Elefanten-Skulptur.

»Ist dir die Winter also mal wieder zuvorgekommen?«, fragte Marsberg schmunzelnd.

»Meine Rede«, knurrte Vespermann halblaut. Der einzige Wer-
mutstropfen an der grandiosen Show bei Goldmann & Co. vorhin
war für ihn die Mitwirkung der Winter. Er fand, dass sie da schon
selbst dahintergekommen wären.

»Hast du was gesagt?«, fragte Wolf.

»Nichts, was ich nicht schon früher gesagt hätte. Aber ich wiederhole es gern noch einmal: Ich halte es für bedenklich, Insider-In-
formationen an Außenstehende weiterzugeben. Und dann noch an
eine Pressetante.«

»Warum regst du dich auf? Immerhin hat sie uns eine Menge Arbeit abgenommen, die ›Pressetante‹, wie du sie nennst. Ich werde sie
dir bei Gelegenheit vorstellen, vielleicht änderst du dann deine Meinung über sie. – Also, Leute, weiter im Text.«

Jo griff sich an den Kopf. »Ach ja, eh ich's vergesse, Chef.« Sie
reichte Wolf ein eng beschriebenes DIN-A4-Blatt.

»Was ist das?«, fragte er überrascht.

»Mein Bericht über die Recherchen bei Goldmann & Co. – bevor Sie ihn anmahnen.« Sie feixte.

Wolf verzog das Gesicht und legte das Schreiben fürs Erste zur Seite.

»Ihr habt keine Kenntnis darüber, von wem Peschke die Figur erworben hat, hab ich das eben richtig verstanden?«, hakte Marsberg nach.

»Wir hoffen, dass er es uns bei der Vernehmung heute Nachmittag erzählen wird«, erwiderte Vespermann. An Wolf gerichtet fügte er hinzu: »Übrigens hat Peschke Terror gemacht, er bestand darauf, seinen Anwalt zu sprechen zu dürfen. Schließlich hab ich ihm seinen Willen gelassen. Dachte, ehe wir Ärger mit der Staatsanwaltschaft bekommen.«

»Wer ist sein Anwalt?«

»Keine Ahnung, hab ja nicht mitgehört. Jedenfalls will er bei der Vernehmung zugegen sein.«

»Blöd, das wird die Sache nicht gerade vereinfachen. Aber sei's drum, wir können's nicht ändern. Wäre gut, wenn zumindest einer von euch dabei sein könnte«, fügte Wolf an Marsberg und Preuss gerichtet hinzu. »Wie's aussieht, landet der Fall später ohnehin auf eurem Tisch.«

»Geht klar. Wird die Anschuldigung für einen Haftbefehl ausreichen, was meinst du? Meiner Ansicht nach besteht bei Peschke erhöhte Verdunkelungsgefahr.«

»Seh ich genauso. Trotzdem, ich weiß nicht … Hängt immer davon ab, welcher Staatsanwalt den Fall auf den Tisch bekommt.«

»Okay, Freunde, dann wäre damit für uns alles klar. Gehabt euch wohl. Und gebt uns rechtzeitig Bescheid, bevor ihr die Vernehmung startet.« Mit diesen Worten verabschiedete sich Marsberg und verließ zusammen mit Preuss den nach Dinnele duftenden Verhörraum.

»Jetzt zu dir, Jo. Was kam bei deinen Recherchen bezüglich Sahin heraus?«

»Moment mal, Leo«, legte Vespermann Einspruch ein. »Sollten wir nicht nach Wichtigkeit vorgehen?«

»Mein lieber Gerd, das tun wir doch. Du kennst die Kommunikationsregel Nummer eins: Das Wichtigste zuletzt. Es wird einschlagen wie eine Bombe, glaub mir. – Also, Jo, schieß los.«

»Wenn Sie meinen, Chef.« Jo wirkte leicht irritiert. »Von den Markdorfer Kollegen hab ich in Bezug auf die missglückte Entführung nichts viel Neues erfahren … wenigstens anfangs nicht.«

»Und später?«

»Später wurde es allerdings interessant. Die Kollegen haben in dem zertrümmerten Cayenne jede Menge Abdrücke gefunden, darunter zweimal von einer linken Hand. Sie waren sich sicher, dass sie von dem Entführer stammen. Und jetzt kommt's: Bei beiden Abdrücken war die Hand nicht komplett.«

»Wie, nicht komplett ... was soll das heißen?«

»Ganz einfach: Beide Male sah es so aus, als fehle ein Finger.«

»Lass mich raten: Es war der kleine Finger der linken Hand.«

Jo nickte. »Genau. Die in Markdorf dachten zunächst an eine unorthodoxe Handhaltung, einen abstehenden Finger oder so. Jedenfalls haben sie dem weiter keine Bedeutung beigemessen.«

»Also handelt es sich bei Sahins Entführung am Bodensee-Airport wie auch bei dem Überfall auf seine Jacht um ein und denselben Täter«, folgerte Wolf. »Wäre das schon mal geklärt. Weiter im Text.«

Jo zog ihre Notizen zu Rate. »Okay, nächster Punkt. Sahins Wohnsitz, was in diesem Fall heißt: seine Hotelsuite. Der Mann scheint auf recht großem Fuß gelebt zu haben, und zwar in allen Bereichen, was für sich gesehen natürlich noch keinen Straftatbestand darstellt. Seine Suite quillt förmlich über von ausgesuchten Dekorationsstücken. Allerdings ist nichts wirklich Wertvolles dabei, soweit ich das beurteilen kann. Anders als bei Hauschild war der Täter aber nach meiner Einschätzung *nicht* in Sahins Räumen. Was uns allerdings nicht von einer genauen Untersuchung entbindet, und sei es nur zur Bestätigung, dass nichts angefasst und/oder mitgenommen wurde. Ich habe die Spusi darauf angesetzt, die Räume aber fürs Erste aus allen Blickwinkeln fotografiert. Was noch? Ach so, ja: Einen PC oder ein weiteres Notebook habe ich auch nach gründlichem Suchen nicht gefunden. Dafür einige andere Dinge, die uns weiterhelfen könnten, darunter mehrere Mappen mit Schriftwechseln und Bankunterlagen. Um diese Dinge kümmert sich auch gerade die Spusi. Dann hab ich – natürlich diskret – den Portier und das Zimmermädchen nach unserem Mann befragt. Mit magerem Ergebnis allerdings, was vor allem daran lag, dass der Portier mauerte und das zuständige Zimmermädchen gestern Spätschicht hatte. Ihr Dienst endete heute früh um acht Uhr. Da ich erst danach eintraf, konnte ich nur mit ihrer Vertretung reden. Der langen Rede kurzer Sinn: Niemand hat von auffälligen Verhaltensweisen oder gar irgendwelchen Exzessen berichtet. Ganz im Gegenteil, Sahin hat selten Besuch empfangen, abgesehen von Hauschild und Hörmann, die wohl gelegentlich vorbeigekommen sind.«

»Ach ja? Ist das gesichert?«

»Der Portier hat die beiden auf Fotos wiedererkannt. Übrigens sagte das Mädchen mir, in der Früh sei eine Dame von der Presse im Hotel gewesen und habe ihren Kolleginnen Fragen gestellt.«

»Sollte mich wundern, wenn das nicht diese Tante vom ›Seekurier‹ war«, knurrte Vespermann finster. »Pressegeschmeiß.«

»Moment mal, die lag da doch noch im Krankenhaus?«

»Irrtum, das hat sie bereits um halb acht verlassen, ich hab mich erkundigt«, stellte Jo richtig.

»Dann wird sie auf dem Weg in die Redaktion am Hotel vorbeigefahren sein«, überlegte Wolf.

»Gut möglich.« Auch Jo schien das Thema nicht vertiefen zu wollen. »Ach ja, ein Letztes noch. Seinen Wagen hatte Sahin wie immer, wenn er sich im Hotel aufhielt, in der Tiefgarage eingestellt. Dort gibt es eine Überwachungskamera – nur für den Fall, dass wir in dieser Hinsicht Nachforschungen anstellen müssen.«

»Nachforschungen welcher Art?«

»Nun, zum Beispiel ließen sich auf diesem Weg, wenn nötig, die Abfahrt- und Ankunftszeiten von Sahins Wagen in den zurückliegenden Tagen rekonstruieren.«

»Mit anderen Worten: Sahin ist ein unbeschriebenes Blatt«, fasste Wolf mit gerunzelter Stirn zusammen.

»Sieht ganz so aus, Chef. Zumindest Stand heute. Bezüglich der Ortung von Hauschilds Handy haben wir keine neuen Erkenntnisse, das Ding ist und bleibt tot. Anders sieht es hingegen bei den Konten von Hauschild und Hörmann aus. Bei beiden wurden weitere Abhebungen festgestellt, jeweils sechzehnhundert Euro, an verschiedenen Orten.«

»Ruf die Bank an. Sämtliche Konten der beiden müssen sofort gesperrt werden.«

»Mach ich, Chef. Ich bin mit meinen Ausführungen ohnehin am Ende. Wenn ihr mich kurz entschuldigen wollt, ich informiere rasch die beiden Banken. Bin gleich wieder da.«

Sie eilte aus dem Raum. Bereits drei Minuten später war sie wieder zurück. In der Zwischenzeit hatten sich Wolf und Vespermann Kaffee nachgeschenkt.

Wolf sah kurz auf die Uhr, dann nahm er Vespermann ins Visier. »So, du bist dran, Gerd. Ich hoffe, du lässt jetzt eine Bombe platzen.«

»Das will ich meinen.« Vespermann nickte selbstgefällig. Er lehnte sich zurück und verschränkte die Hände vor dem Bauch. »Erinnert ihr euch noch an MI – die beiden Großbuchstaben?« Er machte eine kurze Pause, vermutlich um die Spannung zu steigern. Als weder bei Wolf noch bei Jo gleich der Groschen fiel, zog er ungeduldig die Brauen zusammen. »Ihr wisst aber schon noch von dem Mord an dem Barmann, oder?« Als ein Ausdruck des Verstehens über ihre Gesichter flog, atmete er hörbar auf. »Gut. Dann erinnert ihr euch vielleicht auch noch an den Terminkalender des Opfers, von dem ich euch erzählt habe. Na? In dem diese Notiz stand ... in der Stunde seines Todes?«

Wolf winkte ab. »Ach, *das* meinst du.«

»Ja, genau das meine ich. Und ich weiß jetzt auch, was das heißt, MI.«

»Na, dann raus mit der Sprache, oder willst du ein Quiz draus machen?«

Vespermann lachte schief. »Na ja, da hättet ihr wohl schlechte Karten. Hier, seht mal, was weiter hinten in dem Terminkalender steckte.« Mit diesen Worten hielt er Wolf eine Visitenkarte hin.

Anstatt danach zu greifen, fragte Wolf allen Ernstes: »Ist das jetzt die erste Quizfrage?«

»Ach Quatsch. Hier, seht euch das an.«

Wolf griff nach der Karte und studierte sie. Neugierig sah ihm Jo dabei über die Schulter.

»Ich werd verrückt«, rief Wolf plötzlich aus. Er ließ die Karte sinken und brach in Lachen aus.

»Nicht wahr, da staunt ihr. MI steht für ›Moskau-Inkasso‹. Das sind Geldein...«

»Ja, ja, das seh ich«, unterbrach ihn Wolf, kaum dass er sich wieder beruhigt hatte. »Hier, Jo, sieh dir mal die Telefonnummer an ... fällt dir daran etwas auf?«

Jo nahm ihm die Karte ab und betrachtete sie genauer. »Das ist die Vorwahl von Konstanz ... und die Telefonnummer ... ja, irgendwie kommt sie mir bekannt vor, aber im Augenblick … nein, ich komm nicht drauf.«

»Na gut«, meinte Wolf nachsichtig, »dann geh mal eine Zeile tiefer. Zu der Mailadresse. Vielleicht fällt jetzt der Groschen?«

Jo plumpste in ihren Stuhl zurück. »Das glaub ich nicht«, stieß sie halblaut hervor, bis sie gleichfalls laut zu lachen anfing.

»Wie wär's, wenn die Herrschaften mich an dem Grund für ihre Heiterkeit teilhaben ließen?«, murrte Vespermann. Offensichtlich hatte er ein dickes Lob erwartet, und nun schienen die beiden sich über ihn lustig zu machen.

Wolf räusperte sich, bevor er Vespermann die Karte zurückgab. »Entschuldige, Gerd, du kannst das ja nicht wissen. Schon die Telefonnummer kam mir irgendwie bekannt vor. Spätestens bei der Mailadresse war mir dann alles klar.«

»›igor.balakow@kalaschnikow.com‹«, las Vespermann halblaut vor. Verärgert schüttelte er den Kopf. »Ja, und? Was soll daran witzig sein?«

»Pass auf: Es gibt da in Konstanz einen alten Kunden von uns, Kalaschnikow heißt er. Nein, stimmt nicht ganz, eigentlich heißt er Nikoff, Antonin Nikoff, ein Berliner russischer Abstammung. Irgendjemand hat irgendwann das ›Kalasch‹ davorgehängt. Die Kalaschnikow, also das Schießeisen, war mal sein Lieblingswerkzeug, wenn du verstehst, was ich meine. Heute betreibt er seine Geschäfte etwas weniger martialisch. Zuletzt hatte er sich auf Personenschutz und ähnlich dubiose Dienstleistungen verlegt. Offenbar hat er inzwischen auch das Eintreiben von Außenständen in sein Portfolio aufgenommen. Na ja, solange er damit nicht gegen das Gesetz verstößt …«

»Und wer ist Igor Balakow?«

»Kenn ich nicht. Dürfte einer seiner Geldeintreiber sein.« Er dachte kurz nach. »Dass der Fall des ermordeten Barmannes uns ausgerechnet zu Kalaschnikow führt …«, meinte er verwundert. »Dem Mann trau ich ja einiges zu – aber Mord? Nein, mit Mord hat Kalaschnikow ganz sicher nichts zu tun.«

»Du glaubst wohl noch immer an das Gute im Menschen, was?«, meinte Vespermann beißend.

Wolf tat, als überhörte er seine Bemerkung. Jetzt einen Pastis, dachte er, wenigstens einen klitzekleinen, und danach eine Gitanes reinziehen – das wär's. Ach ja, und einen anderen Kollegen, bitte. Stattdessen ... ach, was soll's.

Mit einer Handbewegung verscheuchte er seine trüben Gedanken. Dann stand er auf und ging ein paar Schritte hin und her, ehe er vor Vespermann Halt machte und auf ihn hinabsah. »Mir geht da gerade etwas ganz anderes durch den Kopf. Hatten die Leute von ›Moskau-Inkasso‹ den Barbesitzer nicht wegen seiner Spielschulden aufgesucht?« Ohne eine Antwort abzuwarten, ging er zu Jo hinüber. »Und bei Hauschild – haben wir es da nicht auch mit Spielschulden zu tun?« Nachdenklich kehrte er wieder an seinen Platz zurück und setzte sich, ehe er fortfuhr: »Ist das nun Zufall, oder besteht zwischen den beiden Fällen ein Zusammenhang? Wenn ja, steckt ›Moskau-Inkasso‹ dann auch hinter den anderen Morden oder hat irgendwie damit zu tun? Haben womöglich die Auftraggeber von ›Moskau-Inkasso‹ die Mordaufträge erteilt? Und wer sind die Auftraggeber? Vielleicht waren Hörmann und Sahin irgendwie in dasselbe Komplott verstrickt, und wir haben es nur noch nicht gemerkt.«

»Sie werden lachen, Chef, aber ich habe gerade in eine ähnliche Richtung gedacht ... obwohl ich, ehrlich gesagt, nur ungern von meiner Raubmordtheorie Abschied nehmen würde«, pflichtete Jo ihm widerstrebend bei.

»Da seht ihr mal, wie eine gute Recherche die Lösung eines Falles beschleunigt«, verkündete Vespermann mit vor Stolz geschwellter Brust. »Hätte ich nicht diese Karte ...«

»Lieber Gerd, niemand bestreitet deine Verdienste, was den Barmann-Fall angeht«, unterbrach ihn Wolf genervt. »Aber wir sollten die Kirche im Dorf lassen und nicht alle Mordopfer in einen Topf werfen – bildlich gesprochen, meine ich.«

»Moment mal«, verteidigte sich Vespermann, »du warst es doch, der sie vor wenigen Augenblicken in einen Topf geworfen hat, oder irre ich mich da?«

»Täte mir leid, wenn das so rüberkam«, entgegnete Wolf gelassen. »Ich habe lediglich die Frage in den Raum gestellt, ob die Tatsache, dass wir bei zwei Opfern aus eigentlich verschiedenen Fällen auf Spielschulden gestoßen sind, auf eine Verbindung zwischen den Morden schließen lässt – nicht mehr und nicht weniger. Sollten wir die Frage bejahen, müssen wir diesen Punkt schnellstens abarbeiten.

Sollte sich mein Verdacht aber als falsch erweisen … na, dann haben wir wenigstens einen losen Faden weniger. Können wir uns darauf einigen?«

»Finde ich logisch, ich bin dabei, Chef«, stimmte Jo zu.

Vespermanns Blick wanderte zwischen Wolf und Jo hin und her. »Na gut«, steckte er zurück. »Was schlägst du vor?«

»Wir beide, Gerd, machen uns jetzt auf die Socken und beehren Kalaschnikow mit unserem Besuch. Mal sehen, wie der alte Fuchs auf den Namen Igor Balakow reagiert.«

»Und was ist mit mir?«, wollte Jo wissen.

»Du übernimmst den schwierigsten Part: Du stellst fest, in welcher Spielhölle Hörmann und der Barmann gezockt haben könnten. Ich will alle Etablissements wissen, die dafür in Frage kommen. Namen, Adressen, Arbeitsweisen, bis hin zum Strafregister und sonstigen Auffälligkeiten, die ganze Palette. Konsultiere bitte auch die Kollegen vom D3. Ziel ist es, den Auftraggeber von ›Moskau-Inkasso‹ zu ermitteln. Klar?«

»Klar, Chef.«

»Dann los, Gerd. Aber tu mir bitte einen Gefallen und besorg uns einen Dienstwagen.«

***

Rosi Eichhorn, von den »Seekurier«-Mitarbeitern nur »das Eichhörnchen« genannt, galt als scharfzüngige Mittdreißigerin mit Haaren auf den Zähnen. Sie wachte wie ein Zerberus über Matuscheks Vorzimmer. Als Karin nach kurzem Anklopfen ihr Reich betrat und, ohne ihr einen Blick zu schenken, auf Matuscheks Tür zustrebte, sprang sie hinter ihrem Schreibtisch auf.

»Augenblick, Frau Winter, Herr Matuschek hat eine Sitzung, er darf nicht gestört werden«, stieß sie schrill hervor.

Sie kam zu spät. Schon schlug Matuscheks Tür vor ihrer Nase zu.

Karin staunte nicht schlecht, als sie ihren Chef erblickte. Fragend hob sie die rechte Augenbraue. »Weiß das Eichhörnchen eigentlich, was du bei deinen Sitzungen so treibst?«

Matuschek schien sie nicht zu hören. Wie sollte er auch? Mit Kopfhörern auf den Ohren hatte er sich vor seinem Schreibtisch aufgebaut, die Augen geschlossen, in der Rechten einen imaginären

Taktstock schwingend. Rhythmisch ruderte er mit den Armen, schneller und schneller schwangen sie auf und ab, offenbar war er beim Furioso des Stückes angelangt. Fehlte nur noch der Frack, und der Maestro wäre komplett gewesen.

Karin wusste um sein Hobby. Wann immer es seine Zeit erlaubte, schwang er den Taktstock. In der Redaktion jedoch hatte er es bislang noch nie praktiziert, zumindest hatte sie davon nichts mitbekommen.

Ihr Blick folgte dem Verlauf des Kabels von den Kopfhörern bis zu einem CD-Player, der auf einem Sideboard stand. Energisch drehte sie den Lautstärkeregler auf Null. Die Reaktion war verblüffend. Matuschek erstarrte mitten in der Bewegung, öffnete langsam die Augen und drehte den Kopf, bis Karin Winter in sein Blickfeld rückte.

»Hätte ich mir denken können, dass du das bist«, nölte er. »Was kann so wichtig sein, dass du mitten in mein Konzert platzt? Moment, lass mich raten. Du stehst noch unter Schock, richtig? Das ist aber auch die einzige Ausrede, die ich gelten lasse.« Während er sprach, ging er um den Schreibtisch herum, ließ sich in den Sessel fallen und griff nach seiner Tasse.

»Du könntest mir auch einen Kaffee anbieten«, meinte Karin, seine Frage ignorierend.

Matuschek drückte eine Taste. »Eichhörnchen, noch einen Kaffee, bitte. Ohne Zucker, mit wenig Milch.« Er legte auf. »War die Bestellung so korrekt?«, fragte er scheinheilig.

Sie nickte. »Ich hoffe, dein Eichhörnchen streut kein Gift hinein. Also gut. Du fragst, warum ich hier bin? Weil ich an der Sache dranbleiben will, auch wenn bestimmte Leute etwas dagegen haben.«

Das Eichhörnchen klopfte und brachte den Kaffee. Ohne Karin eines Blickes zu würdigen, stellte sie die Tasse vor Matuschek. Dann war sie wieder draußen.

»Sosehr ich uns in der Pflicht sehe, wenn es um die Aufklärung von Verbrechen und die Berichterstattung darüber geht ...«, begann er etwas schwülstig.

»Vergiss die Steigerung der Abonnentenzahlen nicht.«

»Wie? Na gut, meinetwegen auch das ... Jedenfalls könnte ich verstehen, wenn du mit Blick auf dein junges Leben nicht weitergraben willst. Es gäbe in diesem Hause eine Menge anderer Aufgaben für dich.«

»Quatsch, deshalb bin ich nicht hier, so weit müsstest du mich eigentlich kennen. Nein, es geht um Folgendes: Dieser Sahin …«

»Was ist mit ihm?«

»Er hatte keinen festen Wohnsitz.«

»Der Ärmste. Aber du wirst lachen: Darüber bin ich informiert. Komm endlich zur Sache.«

»Ich habe also in dem Hotel, in dem er eine Suite bewohnte, ein bisschen nachgeforscht – den Portier dort kenne ich ganz gut. Er hat mich mit dem Zimmermädchen, das für Sahins Suite zuständig war, bekannt gemacht, sodass ich ihr noch ein paar Fragen stellen konnte, bevor sie ihre Schicht beendete. Die Frau ist übrigens eine Wucht.«

»Was habe ich mir darunter vorzustellen? Ist sie fleißig, sieht sie umwerfend aus, ist sie besonders scharf, oder was?«

»Ich meine, als Informantin. Fakt ist demnach: Sahin hat häufiger, genauer gesagt etwa einmal pro Woche, Besuch von zwei Männern bekommen, bei denen es sich der Beschreibung nach um die beiden zu Tode gekommenen Banker Hauschild und Hörmann gehandelt haben könnte. Doch damit nicht genug. In unregelmäßigen Abständen wurde er von zwei spanisch sprechenden Männern aufgesucht, das letzte Mal am vergangenen Donnerstag. Bei diesen Besprechungen soll es zuweilen ordentlich zur Sache gegangen sein.«

»Zur Sache gegangen? Was hat sie damit gemeint? Streit, Saufgelage, Orgien?«

»Laute Auseinandersetzungen, Vorhaltungen, Streit, solche Dinge.«

»Aha. Wurden die Gespräche auf Spanisch geführt?«

»Scheint so. Aber es kommt noch besser: Das Zimmermädchen hat eines der Gespräche mitgekriegt, wenn auch den Inhalt nicht ganz verstanden. Jedenfalls soll es dabei um Geldgeschäfte gegangen sein, die sich negativ entwickelten, also rückläufig waren. Sie heißt übrigens Elena.«

»Dann ist sie Spanierin?« Matuschek schnalzte verstehend mit der Zunge. Plötzlich fiel ihm etwas ein: »Sag mal, wie kommt es, dass sie bei der Unterredung zugegen war? Gab es zwischen ihr und Sahin etwa eine Beziehung? Eine, die über die Pflege der Suite hinausging?«

Karin lachte hell auf. »Du hast es erfasst. Offenbar stand ihm das

Mädchen auch außerhalb der Dienstzeit zur Verfügung, was immer du dir darunter auch vorstellen willst. Ich habe sie vorsichtig danach befragt, sie ging jedoch nicht darauf ein. Jedenfalls erzählte sie mir, sie habe sich am Donnerstag beim überraschenden Eintreffen der spanischen Besucher in der Suite aufgehalten, worauf sie von Sahin in einen begehbaren Wandschrank geschoben wurde.«

»Könnte es sein, dass dadurch auch sie gefährdet ist – als Mitwisserin?«

»Glaub ich nicht, dafür gibt es im Moment keinerlei Anhaltspunkte.«

»Okay. Und was willst du jetzt von mir?«

»Deine Rückendeckung. Ich will an der Sache dranbleiben und weiter recherchieren. Selbstverständlich halte ich dich über jeden meiner Schritte auf dem Laufenden.«

»Darum möchte ich auch gebeten haben. Hast du eigentlich eine Waffe?«

»Eine Waffe? Ich? Wo denkst du hin?«

»Sehr gut. Sonst hätte ich sie dir nämlich abnehmen müssen. Spielzeuge dieser Art fördern nur die Risikobereitschaft. Es reicht, wenn du dein Pfefferspray bei dir hast. Versprich mir, dass du kein unnötiges Risiko eingehst, ja? Lieber lasse ich einen Knüller sausen, als dass ich eine gute Mitarbeiterin verliere.«

***

Um zwanzig nach eins fuhren sie in Staad von der Fähre, wenig später hatten sie bereits Konstanz erreicht. Kurz vor der Rheinbrücke bog Vespermann auf Wolfs Geheiß rechts ab, um die B 33 in Richtung Radolfzell zu nehmen. Bald erstreckte sich beidseits der Bundesstraße nur noch tristes Industrieareal. Irgendwann passierten sie rechts ein mit greller Neonreklame bestücktes Gebäude, das sie über die Art des Etablissements nicht lange im Unklaren ließ.

»Oha, betreibt dein Kalaschnikow etwa auch einen Puff?«, fragte Vespermann irritiert, als Wolf ihn anwies, die nächste Ausfahrt zu nehmen.

»Das täuscht«, antwortete Wolf, »das Geschäft mit der käuflichen Liebe überlässt er anderen.«

Mit einer Handbewegung lotste er Vespermann an dem Freudenhaus vorbei und wies ihn an, auf dem nachfolgenden Parkplatz ihr Auto abzustellen. An den mit wenigen Fahrzeugen älterer Bauart belegten Platz schloss sich ein düsterer Backsteinbau an, über dessen Eingang ein vergilbtes Schild mit der Aufschrift »Gaststätte Delphi« prangte.

»Diese zweifelhafte Spelunke soll also Kalaschnikows Firmensitz sein«, sagte Vespermann. »Na ja, passt irgendwie zu seinem Namen.«

»Wir nehmen den Hintereingang«, bestimmte Wolf. »So kann er uns nicht entwischen, falls der Wirt ihn vor uns warnt.«

Auf dem Weg zur Rückseite des Hauses mussten sie an einigen Abfallcontainern vorbei, aus denen es bestialisch stank. Offenbar gammelten hier Essensreste aus dem Restaurant vor sich hin. Angeekelt hielt Wolf sich die Nase zu, auch Vespermann schnitt eine Grimasse.

Der rückwärtige Eingang erwies sich als unverschlossen. Er führte in einen düsteren Flur, von dem aus eine ausgetretene Holztreppe nach oben führte. Am Ende des Flurs befand sich eine massive Feuerschutztür, die von nicht weniger als drei Einsteckschlössern gesichert wurde. Anstelle eines Türgriffs besaß sie einen feststehenden Knauf, in Augenhöhe war ein Türspion zu erkennen.

»Die Geschäfte scheinen nicht schlecht zu laufen – Kalaschnikow hat jedenfalls kräftig investiert«, meinte Wolf mit Blick auf die Tür. »Kein Vergleich zu meinem letzten Besuch.«

Aus dem Raum hinter der Feuerschutztür drang Stimmengewirr.

»Immerhin – die Leutchen scheinen da zu sein«, meinte Vespermann. Er versuchte, den Türknauf zu drehen, allerdings ohne Erfolg. »Sollten wir nicht doch lieber den Haupteingang nehmen?«, schlug er vor.

»Nein. Wir bleiben hier.«

Wolf klopfte an die Tür. Schlagartig verstummten die Stimmen, und die Lupe des Spions verdunkelte sich. Wolf hielt seinen Dienstausweis davor und rief: »Mach auf, Kalaschnikow. Ich bin's, Kommissar Wolf aus Überlingen. Ich brauche eine Auskunft von dir.«

Hinter dem Spion wurde es wieder hell, Schlüssel drehten sich in den Schlössern, und zögernd wurde die Tür einen Spalt weit aufgezogen. Ein misstrauisches Augenpaar musterte die Polizisten. Offenbar fiel die Prüfung zur Zufriedenheit aus, denn plötzlich schwenkte die Tür vollends auf und ein hünenhafter Zweizentnermann stand vor ihnen.

»Ich glaub's nicht – ist er das?«, flüsterte Vespermann und starrte verwundert auf das ungeschlachte Mannsbild, das, nur mit Unterhemd und Hose bekleidet, vor ihnen stand und einen animalischen Geruch verbreitete. Weit verblüffender aber war etwas anderes: die Ähnlichkeit des Kerls mit dem verstorbenen Schauspieler Gert Fröbe.

Wolfs nächster Satz beantwortete Vespermanns Frage, auch wenn er nicht an ihn gerichtet war.

»Was ist los, Kalaschnikow? Seid Ihr auf dem Kriegspfad, oder was?«

Mit dröhnender Stimme versetzte Kalaschnikow: »Vasteh'n Se dit nich falsch, Herr Kommissar, sind janz normale Vorsichtsmaßnahmen.« Er trat zur Seite und gab den Durchgang frei. »Immer rinn in de jute Stube.«

Ein Schwall heißer, stickiger Luft schlug ihnen entgegen, eine Mischung aus Schweiß, Zigarettenrauch und schalem Bier. Während sie den Raum betraten, huschte drüben auf der anderen Seite des Raumes eine Gestalt durch die Vordertür hinaus.

»Dein Besuch hat es aber eilig – doch nicht wegen uns?«

»Wo denken Se hin? Dit war Piet, meen Sohn. Unsa Bier is alle. Wie ick sehe, ham'se Vastärkung mitjebracht, Herr Kommissar.« Kalaschnikow wies auf Vespermann. »Muss ick mir etwa Sorjen machen?«

Wolf winkte ab. »Das ist mein Kollege Vespermann. Wie gesagt, wir sind nur wegen einer Auskunft hier.«

»Ick atme uff, Herr Kommissar! Sie kenn ma ja, wir arbeeten streng nach dem Buchstaben dit Jesetzes. Ick will ja nich meene Bewährung uff's Spiel setzen, wa? Also, wat woll'n Se wissen?«

»Wo finden wir Igor?«

Kalaschnikow tat, als denke er nach. »Igor? Wer soll dit sein?«

»Igor Balakow. Sag nicht, dass du ihn nicht kennst.«

»Und wenn Se mir totschlajen, Herr Kommissar …«

»Dann dürfen wir deinem Gedächtnis etwas auf die Sprünge helfen. Gerd, gib Kalaschnikow die Visitenkarte.«

Vespermann händigte sie dem Dicken aus. Während Kalaschnikow sie mit gerunzelter Stirn studierte, brachte Wolf die Sache auf den Punkt. »Wie kann Igor, den du angeblich nicht kennst, mit deiner Faxnummer und deiner E-Mail-Adresse Geschäfte machen, kannst du uns das erklären?«

Die Vordertür wurde geöffnet, und Piet kam zurück, einen vollen Kasten Bier mit sich schleppend. Unsanft stellte er ihn auf dem Fußboden ab, bevor er sich eine Flasche herausnahm und sie zischend öffnete. Dabei nickte er Wolf und Vespermann finster zu. Er wollte die Flasche eben an die Lippen setzen, als ihn Kalaschnikow unvermittelt anbrüllte: »Räum endlich deinen Dreck hier weg! Wat soll'n unsere Besucher von uns denken?« Wild gestikulierend wies er auf ein paar klapprige Stühle. Zusammen mit zwei gleichfalls klapprigen, aneinandergestellten Tischen bildeten sie so etwas wie den Mittelpunkt des fensterlosen Raumes. Während die Sitzmöbel jedoch eher als Kleiderablage missbraucht wurden, waren die Tischplatten mit Zeitschriften, leeren Flaschen und Aschenbechern vollgestellt.

Einen kurzen Moment lang schweifte Wolfs Blick durch den düsteren Raum. Nichts, aber auch gar nichts schien sich seit seinem letzten Besuch hier geändert zu haben. Noch immer quoll das Regal an der Außenwand von allerlei Krimskrams über, und wie damals bildete das verschlissene Ledersofa an der Wand den ultimativen Gipfel der Gemütlichkeit.

Widerwillig räumte Piet zwei Stühle frei und zündete sich eine Zigarette an, ehe er sich wieder seiner Flasche widmete.

»Was ist nun, Kalaschnikow?«, brachte Wolf sich in Erinnerung. »Du schuldest uns noch eine Antwort. Oder willst du immer noch behaupten, du kennst diesen Igor nicht?«

»Wat soll ick sagen, Herr Kommissar.« Er ließ sich auf einen der Stühle fallen und hob hilflos beide Hände, sein Blick glich dem eines waidwunden Rehs. Dann gab er sich einen Ruck. »Sie ha'm ja recht, Herr Kommissar, ick kenne ihn. Seine Familie stammt wie meene aus Jekaterinenburg; wir sind 1970 zusammen nach Deutschland jekommen. Vor eenem Jahr unjefähr hata seinen eijenen Laden uffjemacht. Räume braucht er ja keene als Inkassobüro, aber kommunieren mussa können …«

»Du meinst kommunizieren.«

»Sag ick doch, kommuni … also Fax und dit Zeug. Anfangs lief ja ooch allet jut, bis diese Jeschichte da passierte …«

»Du meinst die Sache hinter der ›Roxy-Bar‹?«

Kalaschnikow nickte betrübt. »Wenn Se dit eh schon wiss'n …
Wat is passiert, hab ick ihn jefragt, mir kannstet ja sagen. Aber nee,
der Idiot hat allet abjestritt'n, sagt, er hätte ihn nicht totjeschlag'n, es
sei nur een Unfall jewes'n. Un dit mir, seinem alten Kumpel.« An-
klagend hob er die Hände zur Decke empor.

Fehlt nur noch eine Träne im Augenwinkel, dachte Wolf. »Wir
werden das klären. Aber erst müssen wir mit Igor reden. Also mal ehrlich: Wo hält er sich auf? Komm schon, Kalaschnikow, raus mit der
Sprache.«

»Ehrlich, Herr Kommissar, Sie sehn ma ratlos.« Er hob die rechte Hand und deutete einen Schwur an. »Igor is wie vom Erdboden
verschwunden. Wen ick ooch frage, der schüttelt nur mitm Kopp.
Hier, Piet is meen Zeuje, fragn Se ihn. Er hat Igor eenen jeschlage-
nen Tag lang jesucht.«

Wolf winkte ab. »Vielleicht kommen wir später darauf zurück.
Dann sag mir wenigstens eins: Für wen hat Igor Geld eingetrieben?«

»Ick versteh nich, Herr Kommissar.«

»Du verstehst sehr wohl. Igor sollte bei dem Barmann Außenstände eintreiben, nicht wahr?«

»So unjefähr.«

»Wer war sein Auftraggeber? Den Namen, Kalaschnikow. Nenn
mir den Namen seines Kunden.«

»Ick hab mir nie um sein Jeschäft jekümmert. Ehrlich, Herr Kommissar, dit müssen'se mir glooben.«

»Nun hör mir mal genau zu, Kalaschnikow. Wenn du weiterhin
mauerst … also wenn du meine Fragen nicht beantwortest, dann
können wir unser Gespräch auch in der Polizeidirektion Überlingen
fortsetzen. Immerhin steht Igor unter Mordverdacht.«

»Und es ist nicht auszuschließen, dass sein Auftraggeber in der Sache mit drinhängt«, ergänzte Vespermann.

Kalaschnikow verschränkte die Arme vor der Brust und tat beleidigt. »Soll ick vielleicht eenen Namen erfinden? War ick nich im-
ma ehrlich zu Ihnen, Herr Kommissar?«

Piet stellte seine Flasche auf den Tisch und baute sich neben seinem Vater auf. »Hör mal, Pap, soll ick die beiden hinausbegleiten?«
Angriffslustig rieb er die linke Faust in der rechten Hand.

»Du hältst dich raus«, herrschte ihn Kalaschnikow an.

Wolf tat, als hätte er Piets wenig subtile Drohung gar nicht gehört. »Also gut«, fuhr er fort, »dein Freund Igor hat dir keinen Namen genannt. Aber du musst doch wenigstens eine Ahnung haben, um wen es sich handelt?«

»Dit jeht nich, Herr Kommissar, dit jeht wirklich nich. Wenn ick Ihnen dit sage, dann kann ick meinen Laden gleich dichtmachen. Sie woll'n doch nich, dass ick Hartz vier auf der Tasche lieje, wa?« Der sonst so umtriebige Kalaschnikow saß da wie ein Häufchen Elend.

»Kalaschnikow!«, donnerte Wolf.

»Wat denn?«, begehrte Kalaschnikow auf, knickte dann aber ein. »Ach, Scheiße. Ja, Igor hat mal een paar Andeutungen jemacht, nischt Jenaues und schon jar keenen Namen. Jedenfalls dachte ick, dass et sich … also, dass et sich um Borowski handeln könnte. So, jetzt isset raus. Aber Sie haben dit nich von mir! Borowski ist imstande und schickt ma seine Leute aufn Hals, und dit kann ick im Moment überhaupt nich jebrauchen.«

Wolf durchschaute Kalaschnikows Spiel. Es gehörte zur Strategie des alten Fuchses, eine Gefährdung seiner Geschäfte, und sei sie noch so vage, unter allen Umständen zu vermeiden – wenn es sein musste, sogar unter Preisgabe eines Namens. Wolf war fair genug, nicht weiter in ihn zu dringen. Er nahm ihm ab, dass er Igors Aufenthaltsort nicht kannte.

Kalaschnikow stand auf. »Vorschlag zur Jüte, Herr Kommissar. Ick schreib Ihnen jern Igors Adresse auf – aber wie jesagt, den Weg könn Se sich sparen. Deshalb machen wa wat Besseret: Ick lasse Igor für Sie suchen.«

»Du willst Igor für uns suchen?« Wolf lachte und tauschte einen Blick mit Vespermann. »Warum?«

»Warum? Janz einfach: Weil ick mit drinhänge, irgendwie.« Er gab Vespermann die Visitenkarte zurück. »Außerdem hab ick keene Lust, wegen Igor meene Bewährung uffs Spiel zu setzen.«

»So funktioniert das aber nicht. Mord ist ein Offizialdelikt, da *müssen* wir ermitteln und nach Verdächtigen fahnden – und zwar *wir*, die Kriminalpolizei, verstehst du? So will es das Gesetz.«

»Wenn Sie dit sagen, Herr Kommissar. Dann suchen wir eben beede.«

Als Wolf und Vespermann in die Polizeidirektion zurückkehrten, wurden sie noch auf dem Flur von Jo abgefangen, die am Kopierer beschäftigt war.

»Gut, dass Sie kommen, Chef. Kriminalrat Sommer hat nach Ihnen gefragt. Sie sollen sich gleich nach Ihrer Rückkehr bei ihm melden. Dringend, hat er gesagt.«

»Okay. Muss Peschke eben noch etwas warten.« An Vespermann gewandt fügte Wolf hinzu: »Gerd, würdest du inzwischen die Vernehmung vorbereiten? Lass dir von Jo die Berichte und Protokolle geben und lies dich ein. Und denk an das Tonbandgerät. Ich beeile mich.« Er war bereits im Weggehen, als er sich noch einmal umwandte. »Ach ja, gib dem D3 Bescheid, dass es gleich losgeht. Und vergiss die Fahndung nach Igor nicht. Am besten lässt du den einschlägigen Zeitungen ein Bild von ihm zukommen.«

Kurz darauf betrat er das Vorzimmer des Kripochefs. Im Vorbeieilen begrüßte er Frau Bender und lächelte ihr zu.

»Einen Kaffee, Herr Wolf?«, fragte sie.

»Danke, nein, bin gleich wieder weg. Ich hoff es zumindest.« Er klopfte flüchtig an Sommers Tür und betrat das Büro, ohne eine Antwort abzuwarten.

Als hätte er ihn just in diesem Moment erwartet, kam Sommer ihm mit ausgestreckter Hand entgegen. »Entschuldige den Überfall, Leo, aber wir müssen uns abstimmen. Du hast doch ein Viertelstündchen?« Er wies auf einen der Stühle am Besprechungstisch. »Kaffee?«, fragte er.

Unschlüssig wiegte Wolf den Kopf. »Also, ich weiß nicht …«

Da öffnete sich wie aufs Stichwort die Tür, und Frau Bender kam herein. Sie stellte eine Tasse schwarzen Kaffee vor Wolf auf den Tisch. »Hab mir gleich gedacht, dass Sie hier nicht so schnell wegkommen«, erklärte sie und lächelte verschmitzt. Schon war sie wieder verschwunden.

»Du kannst dir denken, worum es geht, Leo«, begann Sommer, als er sich mit seiner Tasse Wolf gegenübergesetzt hatte. »Ich werde bezüglich eures aktuellen Falles mit Presseanrufen bombardiert, die Sache beginnt inzwischen hochzukochen. Das ist das eine. Das andere aber scheint mir vor diesem Hintergrund fast noch wichtiger zu sein, nämlich: Kommst du klar mit deinen Leuten oder braucht ihr Verstärkung?«

Wolf nippte vorsichtig an seinem Kaffee. »Ich denke, wir schaffen das, zumal wir ja eng mit dem D3 kooperieren. Und was unseren aktuellen Fall betrifft: Du kennst den Hintergrund, Ernst, deshalb beschränke ich mich hier auf die Veränderungen seit heute früh. Zuerst die gute Nachricht: Den Fall des ermordeten Barmannes halte ich für so gut wie aufgeklärt.« Er schilderte Sommer den Ermittlungserfolg des Kollegen Vespermann, der sie zu Kalaschnikow geführt hatte. »Allerdings«, schloss er, »ist dieser Igor untergetaucht. Die Fahndung nach ihm läuft gerade an.«

»Gut. In wessen Auftrag war der Mann eigentlich unterwegs?«

»Laut Kalaschnikow im Auftrag von Borowski.«

»Borowski? Fred Borowski, der oben an der B 31 den ›TruckStop‹ betreibt?«

»Genau der. Damit wären wir beim nächsten Punkt: Es gibt eine Überschneidung mit dem D3. Marsberg hat ihn schon seit Längerem im Verdacht, dort eine illegale Spielhalle zu betreiben.«

»Ich weiß davon. Die Ermittlungen sind wohl schon recht weit gediehen.«

»Ein Grund mehr, uns mit dem D3 zusammenzutun. Es könnte außerdem sein, dass wir noch heute Abend einen Schritt weiterkommen, was den Hauschild-Fall betrifft. Wir haben nämlich den Hehler ermittelt, der diese Jade-Figur erworben hat. Er sitzt unten in einer U-Haft-Zelle und wartet darauf, befragt zu werden. Sollte sich unser Verdacht bestätigen – und davon gehe ich fest aus, schließlich liegen uns Bild- und Tonaufzeichnungen der Verhandlung zum Weiterverkauf vor –, dann wird dieser Fall sowieso bei Marsberg landen.«

»Das heißt, ihr habt die Jade-Figur sichergestellt?«

»Haben wir. Gleich im Anschluss an unser Gespräch werden wir uns den Mann gründlich vorknöpfen. Wenn wir wissen, von wem er das Stück erworben hat, haben wir vielleicht den Mörder – zumindest den Mörder von Hauschild. Wenn nicht … Aber so weit mag ich gar nicht denken. Außer dieser Spur haben wir nämlich nicht viel in den Händen. Genau genommen stochern wir noch immer im Nebel herum. So, das war jetzt die schlechte Nachricht, Ernst.«

»Und was soll ich der Presse erzählen? Die Leute lachen uns ja aus.«

»Ich weiß. Aber sollen wir eine Lösung herbeizaubern? Den sichergestellten Spuren nach könnte der Fall längst gelöst sein. Die Spusi hat von allen Tatorten Fingerabdrücke und Mikrospuren zuhauf, doch nichts davon ist bekannten Täterprofilen zuzuordnen, sämtliche Datenbanken melden Fehlanzeige. Allerdings sollten wir uns dadurch nicht zu der Annahme verleiten lassen, wir hätten es mit Anfängern zu tun. Meiner Einschätzung nach sind die Morde viel zu raffiniert eingefädelt. Außer im Fall Sahin gibt es ja bisher noch nicht einmal eindeutige Belege für die von uns aufgrund der obskuren Zusammenhänge unterstellte Fremdeinwirkung. Ich tippe viel eher auf eine routinierte Gang, die nicht nur mit hoher krimineller Energie, sondern auch mit entsprechender Erfahrung zu Werke geht. Immerhin, ein paar Eisen haben wir noch im Feuer, darunter das Notebook des letzten Opfers …«

»Sahin?«

»Genau.« Wolf wunderte sich immer wieder über Sommers phänomenales Namensgedächtnis. »Wie du weißt, gehen wir davon aus, dass der oder die Täter die Notebooks der beiden ersten Opfer mitgehen ließen. Bei Sahin sind wir ihnen zuvorgekommen. Gut möglich, dass wir so einen Einblick in die Geschäfte des Trios bekommen. Das könnte uns weiterhelfen.«

»Na gut, das hört sich schon etwas tröstlicher an.« Nach kurzem Überlegen runzelte Sommer die Stirn. »Es klingt vielleicht ein bisschen weit hergeholt, aber ich will trotzdem gefragt haben: Könnten die Leute von ›Moskau-Inkasso‹ auch den Tod der Banker verschuldet haben? Wenn ich mich richtig erinnere, hattest du bei diesem Hauschild etwas von Spielschulden erwähnt. Es könnte da doch vielleicht eine Verbindung geben.«

»Der Gedanke ist gar nicht so abwegig, ich hab mich das auch schon gefragt. Allerdings glaub ich nicht daran – ebenso wenig wie an die Raubmordthese.«

»Das sagt dir dein Bauch?«

Wolf nickte. »Leider ja. Ich kann dir hier und heute weder ein Motiv noch Tatverdächtige liefern, und schon gar keine Beweise. Aber selbstverständlich behalten wir auch diese Option im Auge. – So, Ernst, das war's dann, oder? Ich muss dringend zurück, Peschke, der Hehler, wartet. Nicht, dass wir noch Ärger mit der Staatsanwaltschaft bekommen.«

Sommer erhob sich. »Du hast recht, brechen wir hier ab. Aber halte mich bitte auf dem Laufenden. Ich brauche dringend Munition für die Presse.«

Auf dem Weg zum Vernehmungsraum stieß Wolf abermals auf Jo. »Na, hat mit Dicky alles geklappt«, fragte er sie.

»Denke schon«, antwortete Jo im Vorübergehen.

Wolf blieb kurz stehen und sah ihr nach. »Was ist der denn über die Leber gelaufen?«, murmelte er verwundert – so schroff hatte er sie noch nie erlebt. Na ja, vielleicht war sie mit ihren Gedanken auch einfach nicht bei der Sache gewesen. Egal, das wird sich schon wieder einrenken, dachte er und eilte weiter.

15

Als zerbräche er sich vergeblich den Kopf darüber, welches Schicksal ihn an diesen Ort verschlagen hatte, saß Jörg Peschke mit verschränkten Armen am Besprechungstisch und starrte Löcher in die Luft. Er hatte sich auf seinem Stuhl demonstrativ zur Seite gedreht. Auch Wolfs Erscheinen löste keine Reaktion bei ihm aus.

War der Kerl so abgebrüht oder tat er nur so? Vielleicht vertraute er ja darauf, dass sein Anwalt für ihn die Kohlen schon aus dem Feuer holen würde? Na, wenn er sich da mal nicht täuschte.

Wolf ließ sich Peschke gegenüber auf dem freien Stuhl zwischen Preuss und Vespermann nieder. Umständlich legte er seine Utensilien zurecht. Dann beschäftigte er sich eingehend mit dem Aufnahmegerät, als wollte er sich von dessen Funktionsfähigkeit überzeugen, bevor er sich wie die Kollegen in seine Notizen vertiefte. Das alles war Teil eines Vernehmungsrituals, das, vielfach erprobt, vor allem einem diente: den Delinquenten unruhig, unsicher oder unvorsichtig werden zu lassen.

»Wo bleibt der Anwalt?««, fragte Wolf irgendwann mit resoluter Stimme in die entstandene Stille hinein.

»Wollte um sechzehn Uhr hier sein«, knurrte Vespermann.

Wolf sah ostentativ auf seine Uhr und entschied: »Wir sind bereits zehn Minuten darüber. Wir fangen an.«

Zum ersten Mal wandte sich Peschke ihnen zu. Zunächst erwartete Wolf, er würde widersprechen. Doch er presste nur die Lippen zusammen und drehte sich wieder weg.

Wolf schaltete das Aufnahmegerät ein, nannte Datum und Uhrzeit sowie die Namen der drei Kommissare und des zu Vernehmenden, der noch immer kaum Notiz von seiner Umgebung nahm. Dann begann er das Verhör.

»Herr Peschke, im Rahmen unserer Ermittlungen in Ihren Geschäftsräumen haben wir Sie hierhergebeten …«

»Hergebeten nennen Sie das?«, widersprach Peschke ironisch, ohne allerdings näher darauf einzugehen. Ganz offensichtlich war er von seinem Anwalt zum Schweigen verdonnert worden. Umso bemerkenswerter fand Wolf die Tatsache, dass er sich schon zu Beginn der

Befragung, wenn auch nur mit einem Halbsatz, darüber hinweggesetzt hatte – wohl ein Indiz dafür, wie verunsichert er sich fühlte.

»Nennen Sie es, wie Sie wollen«, entgegnete Wolf ruhig. »Unstrittig ist jedenfalls, dass heute Vormittag eine Jade-Skulptur bei Ihnen sichergestellt wurde, die vor drei Tagen, genauer gesagt am vergangenen Samstag, unter ungeklärten Umständen aus der Wohnung des mutmaßlichen Mordopfers Thorsten Hauschild verschwand.«

Jemand klopfte von außen an die Tür und drängte sich, ohne auf eine Antwort zu warten, auch schon an dem davor postierten Uniformierten vorbei herein. Wolf blieb vor Überraschung fast der Mund offen stehen, als er ihn erblickte. Der Mann steuerte zielstrebig auf Peschke zu, dem die Erleichterung über sein Erscheinen ins Gesicht geschrieben stand. Die beiden schüttelten sich die Hand, und der Neuankömmling stellte seine Tasche auf den Tisch und entnahm ihr einige Unterlagen.

»Guten Tag, meine Herren«, schnarrte er und sah in die Runde. »Für den Herrn, der mich noch nicht kennt: Ich bin Dr. Pohl. Ich vertrete Herrn Peschke, sozusagen. Wie ich sehe, haben Sie die Befragung bereits –«

»Keine Befragung, Herr Dr. Pohl«, fiel ihm Wolf barsch ins Wort, während er gleichzeitig versuchte, in der Miene des Anwalts zu lesen. »Es handelt sich um eine Vernehmung. Hat Ihnen das Ihr Mandant nicht gesagt?« Mit Genugtuung beobachtete er, wie der Kopf des Anwalts kurz ins Rötliche changierte.

Bis auf einen schmalen dunklen Haarkranz war Pohls Schädel absolut kahl, und hätte er statt seines Anzuges eine wollene Kutte getragen, man hätte ihn glatt für einen mittelalterlichen Mönch halten können. Dieser Eindruck wurde durch seine stämmige Figur noch unterstrichen.

Wolf hoffte, dass seine Verblüffung bei Pohls Eintreten den Kollegen verborgen geblieben war. Wie hätte er auch ahnen können, dass sich Peschke unter allen Anwälten der Region ausgerechnet für Pohl entscheiden würde – jenen Windhund, mit dem er schon mehrfach zusammengerasselt war.

Täuschte er sich, oder wirkte Pohl bei aller zur Schau getragenen Forschheit ebenfalls irritiert? Nun, er hatte sich jedenfalls schnell wieder gefangen. Spöttisch sah er auf den vor ihm sitzenden Wolf hinab.

»Was Sie nicht sagen«, blaffte er.

Wolf widerstand der Versuchung, gleichfalls aufzustehen. Warum sollte er dem Anwalt den Triumph missgönnen, wenigstens einmal der Größere von ihnen beiden zu sein? Mit einer Körpergröße von eins vierundsechzig war Pohl im wahrsten Sinne des Wortes zu kurz gekommen. »Mann mit dem Kleinwuchssyndrom«, hatte Marsberg ihn getauft.

Ob er wohl deshalb so giftig reagierte? Ein Blick auf Pohls Füße bestätigte jedenfalls Marsbergs Diagnose: Nach wie vor latschte der Anwalt in Plateauschuhen herum.

Wolf fiel der Fall der missbrauchten Schülerinnen wieder ein, in dem Pohl eine mehr als unrühmliche Rolle gespielt hatte. Ums Haar war er um eine Anklage herumgekommen, der Teufel mochte wissen, wie er das angestellt hatte. Wie es hieß, sollte er eine Zeit lang mit dem Gedanken gespielt haben, alles hinzuschmeißen und aus Überlingen wegzuziehen. Letztlich hatte er sich aber offenbar anders entschieden.

»Bitte nehmen Sie zur Kenntnis«, drang erneut Pohls Stimme an sein Ohr, »dass über das widerrechtliche Festhalten meines Mandanten das letzte Wort noch nicht gesprochen ist. Das kann Sie teuer zu stehen kommen, sozusagen.«

»Entschuldigen Sie, Herr Anwalt, hat Ihnen Ihr Mandant überhaupt erzählt, was zu dieser Vernehmung geführt hat?«, fragte Vespermann, der glaubte, sich eben verhört zu haben.

Pohl, noch immer auf Wolf fixiert, steckte etwas zurück: »Na, dann lassen Sie mal raus, was Sie meinem Mandanten vorwerfen, sozusagen.« Er ließ sich neben Peschke nieder und sah, die Hände ineinander verschränkt auf der Tischplatte ruhend, erwartungsvoll auf Wolf.

Dem kam das aggressive Verhalten des Anwalts nicht ungelegen. Vielleicht, so spekulierte er, verleitete es ihn zu einem Fehler. Mit einem Nicken forderte er Vespermann auf, die Vernehmung zu beginnen.

Vespermann ließ sich das nicht zweimal sagen.

»Kann ich davon ausgehen, Herr Anwalt, dass Sie über den Tod des Anlageberaters Thorsten Hauschild, der am Überlinger Strandweg ein Penthaus bewohnte, informiert sind?«, begann er das Gespräch.

»Sie meinen den Unfall vom vergangenen Samstag, richtig? Bin im Bilde. Und weiter?«

»Nun, der Mann wurde auf einem Freisitz, der sich auf der Rückseite des Gebäudes befindet, tot aufgefunden. Zunächst sprach tatsächlich alles für einen Unfall. Die gründliche Auswertung aller Spuren hat allerdings ergeben, dass Hauschild eines gewaltsamen Todes gestorben ist. Präzise gesagt: Er wurde von seiner Dachterrasse gestürzt.«

»Was hat das mit meinem Mandanten zu tun? Sie werden ihm wohl kaum eine Beteiligung an diesem Mord unterstellen wollen – falls es denn einer war.«

Der Anflug eines Lächelns erschien auf Vespermanns Gesicht. »Tja, wär schön, wenn die Sache so einfach wäre. Ist sie aber nicht. Immerhin haben wir den begründeten Verdacht, dass Ihr Mandant uns zu dem Täter führen kann ...«

»Klingt etwas abenteuerlich, finden Sie nicht?«, warf Pohl süffisant dazwischen. »Darf ich fragen, was Ihren Verdacht begründet?«

»Wenn Sie mich ausreden lassen würden, Herr Anwalt, wäre das bereits geschehen. An besagtem Samstag wurde eine wertvolle chinesische Jade-Skulptur aus der Hauschild'schen Wohnung entwendet. Als Dieb kommt nach unseren Recherchen nur der Mörder oder einer seiner Komplizen – falls es welche gab – in Frage.«

Pohl zog zweifelnd eine Augenbraue hoch. »Das mag sein, gewiss – aber mir erschließt sich immer noch nicht, warum mein Mandant hier festgehalten wird. Es sei denn, Sie können einen Zusammenhang zwischen dem Diebstahl der Skulptur und meinem Mandanten beweisen. Würden Sie also bitte zur Sache kommen?«

»Um es kurz zu machen«, übernahm nun wieder Wolf das Wort: »Wir haben die Skulptur heute Vormittag sichergestellt. Und zwar in den Geschäftsräumen und im Beisein Ihres Mandanten. Da Herr Peschke keine Aussage über den Vorbesitzer beziehungsweise die Hintergründe des Erwerbs machen wollte, mussten wir ihn bitten, mit uns zu kommen.«

»Sehen Sie, sehen Sie ... nun kommen wir der Sache schon näher, meine Herren«, entgegnete Pohl scharf. »Sie haben Herrn Peschke also mitgenommen, sagen Sie. Wie genau sah dieses Mitnehmen denn aus? Haben Sie ihn zu einer Anhörung gebeten? Oder zu einer Vernehmung? Haben Sie Herrn Peschke seine Verhaftung mitgeteilt und ihn belehrt, wie das Gesetz es vorschreibt? Falls ja, dann möchte ich den Haftbefehl sehen. Falls nein … nun, dann hoffe ich für Sie, dass Herr Peschke nach angemessener Frist dem Haftrichter vorgeführt wurde. Alles andere wäre nämlich Freiheitsberaubung, sozusagen. Und ich muss Ihnen wohl nicht erklären, was das für Ihre Vernehmung bedeuten würde … Überlegen Sie sich gut, was Sie darauf antworten, Herr Wolf.«

★★★

Wo war der Fehler? Irgendetwas stimmte nicht. Verzweifelt hieb Jo auf die Tasten ihres Computers ein. Immer wieder hob sie den Kopf und starrte auf den Monitor, doch der weigerte sich beharrlich, die erlösende Meldung zu bringen.

Enttäuscht verschränkte sie die Arme vor der Brust, dann schloss sie die Augen. Langsam lehnte sie sich zurück. Zum x-ten Male rief sie sich die Szene in dem Lastenaufzug von Goldmann & Co. in Erinnerung.

Sie sah sich auf dem Dach der stählernen Kabine stehen, über ihr der nachtschwarze Aufzugsschacht, vor ihr, direkt zu ihren Füßen, die aufgeklappte Wartungsluke, durch die sie wenige Minuten zuvor die Kabine verlassen hatte. Stimmen klangen auf, die Aufzugtür wurde aufgerissen, jemand fragte, was los sei, und ein anderer antwortete, die Kabine sei leer. Dann redeten mehrere Leute durcheinander … und dann kamen die beiden Sätze mit dem alles entscheidenden Hinweis: »Ich wusste, dass das Auftreten von diesem Luka Ärger bedeutet. Der Chef hätte die Skulptur gar nicht annehmen sollen.« Luka. Es hatte Luka geheißen. Da war sie ganz sicher. Also blieb nur noch eins: Sie hatte keinen Hör-, sondern einen Denkfehler begangen. Womöglich hatte sie das Wort falsch assoziiert?

Mit einem Mal wusste sie, wo der Fehler gelegen hatte. Nicht zu fassen, dass sie da nicht schon früher draufgekommen war!

Jo tippte den Namen ein und stieß einen Jubelruf aus. Das war's. Sie musste sofort zu Wolf damit.

Sie raffte ihre Unterlagen zusammen und machte sich auf den Weg zum Vernehmungsraum.

★★★

Wolf rang sich ein Lächeln ab, bevor er in gemütlichem Plauderton auf die Frage des Anwalts antwortete. »Es ehrt Sie, Herr Pohl, dass Sie sich so für Ihren Mandanten ins Zeug legen – aber wir sollten auch mal die andere Seite sehen. Wir haben einen Mord aufzuklären, nicht mehr und nicht weniger. Und dabei sind Sie, Herr Peschke«, bewusst sprach er zum ersten Mal seit Beginn der Vernehmung Peschke direkt an, »in das Fadenkreuz unserer Ermittlungen geraten. Wie Sie's auch drehen und wenden: Die Tatsache, dass wir ausgerechnet bei Ihnen die bei dem Mord an Hauschild gestohlene Jade-Skulptur gefunden haben, lässt sich auch durch Spitzfindigkeiten nicht aus der Welt schaffen.«

»Spitzfindigkeiten nennen Sie das?«, fiel ihm Pohl ins Wort, worauf Wolf ihm mit einer scharfen Handbewegung kurzerhand das Wort abschnitt.

»Lassen Sie mich ausreden, Herr Pohl.«

»*Dr.* Pohl, bitte, Herr Wolf. So viel Zeit müssen Sie sich nehmen.«

»Bitte sehr, wenn Ihnen die zwei Buchstaben so viel bedeuten, Herr *Dr.* Pohl.« Wolfs Lächeln wurde womöglich noch eine Spur breiter. »Meinen ›Titel‹ dürfen Sie getrost weglassen, *ich* brauche ihn nicht. Und jetzt lassen Sie mich endlich zur Sache kommen. Ihr Mandant ist uns nicht nur eine Erklärung darüber schuldig geblieben, wie und wo er die Hehlerware erworben hat – um eine solche handelt es sich nämlich. Nein, er macht sich zudem der Mittäterschaft an einem Mordkomplott verdächtig – es sei denn, er hätte für den vergangenen Samstag, und zwar für die Zeit von sieben Uhr dreißig bis acht Uhr dreißig, ein Alibi. Haben Sie das, Herr Peschke?«

Peschke, der bei Wolfs letzten Worten zunehmend die Farbe gewechselt hatte, sprang auf. »Ja, spinnen Sie jetzt vollends, Mann?«, schrie er wütend.

Als hätte er Peschkes Reaktion geahnt, war Pohl fast gleichzeitig mit ihm aufgesprungen. Er packte seinen Mandanten an den Oberarmen und versuchte, ihn durch Schütteln zur Besinnung zu bringen. »Herr Peschke, merken Sie nicht, welches Spiel hier getrieben wird? Man will Sie verunsichern, um Ihnen eine unbedachte Aussage zu entlocken. Bitte halten Sie sich an das, was wir verabredet haben. Lassen Sie *mich* reden. Und nur mich. Okay?«

Peschke atmete mehrmals tief durch. Dann streifte er Pohls Hände ab; er schien sich einigermaßen beruhigt zu haben. »Okay, hab verstanden, Dr. Pohl«, antwortete er, »wird nicht wieder vorkommen.«

»Gut so.« Pohl nickte und wandte sich wieder den Polizisten zu. »Wie Sie wissen, meine Herren, steht es meinem Mandanten nach dem Gesetz frei, sich zu der erhobenen Beschuldigung der Mittäterschaft an einem Mordkomplott zu äußern beziehungsweise zur Sache auszusagen. Im Klartext: Mein Mandant macht von seinem Aussageverweigerungsrecht nach Paragraf 163 a, Absatz 4 Strafprozessordnung Gebrauch. Aus diesem Grund beantrage ich, bis zur Vorlage relevanten Beweismaterials zu allen hier erhobenen Vorwürfen meinen Mandanten unverzüglich freizulassen, oder ersatzweise die sofortige Vorführung beim zuständigen Haftrichter.« Mit selbstgefälligem Lächeln lehnte Pohl sich zurück, und auch Peschke atmete hörbar auf.

Kopfschüttelnd nahm Wolf den Antrag zur Kenntnis. »Sie verkennen die Lage, Herr Anwalt«, widersprach er ruhig. »Es liegen durchaus Beweise vor, zumindest was den widerrechtlichen Besitz der bei der Ermordung von Thorsten Hauschild entwendeten Jade-Skulptur betrifft.«

Einen Moment lang spielte Wolf mit dem Gedanken, Pohl und Peschke das Video vorzuspielen, das de Boer bei seinem »Ankaufgespräch« mit Peschke gedreht hatte. Dieses »Beweisstück« war jedoch ein zweischneidiges Schwert, vor allem deshalb, weil sein Zustandekommen auf der missbräuchlichen Namensverwendung eines bekannten Strafverteidigers basierte. Müller-Hohenstein könnte Karin Winter und de Boer kalt lächelnd in die Pfanne hauen. Das wollte Wolf, wenn irgend möglich, vermeiden.

»Einspruch, Herr Kommissar. Nach meiner Auffassung ist ebenfalls zu beweisen, dass die Skulptur überhaupt in Tateinheit mit dem Todesfall von Hauschild entwendet wurde. Und selbst wenn: Für die Beteiligung meines Mandanten an Hauschilds Tod gibt es nicht den geringsten Anhaltspunkt.«

»Sie sollten genauer zuhören, Herr Anwalt«, antwortete Wolf leicht genervt. »Meine Darstellung bezog sich ausdrücklich auf den widerrechtlichen Besitz der Skulptur, auf nichts sonst. Was diesen Tatbestand angeht, werden Sie die Mitwirkung Ihres Mandanten kaum in Abrede stellen können, dafür gibt es Beweise. Ich möchte noch einmal betonen, und das sag ich ausdrücklich an die Adresse von Herrn Peschke gerichtet: Wir haben Sie in die Polizeidirektion mitgenommen, weil Sie sich geweigert haben, uns den Namen des Vorbesitzers beziehungsweise des Überbringers der Skulptur zu nennen. Da diese Person des Mordes an Thorsten Hauschild verdächtigt wird, zumindest aber Hinweise dazu geben kann, die geeignet sind, den Mordfall aufzuklären, hielten wir diesen Schritt für zwingend erforderlich. Deshalb wiederhole ich noch einmal in aller Deutlichkeit die Frage, Herr Peschke …«

»Einspruch!« Pohl fuhr verärgert in die Höhe. »Herr Wolf, Sie ignorieren bewusst das Verweigerungsrecht meines Mandanten, indem Sie ihn widerrechtlich zu einer Aussage nötigen.«

Auch Pohls neuerlicher Einwand konnte Wolf nicht aus der Ruhe bringen. »Von wem, Herr Peschke, haben Sie die Skulptur erworben?«, fragte er, ohne den Blick von dem Antiquitätenhändler zu nehmen.

Das wollte Pohl nicht auf sich sitzen lassen. »Herr Wolf, ich mache Sie zum letzten Mal darauf aufmerksam …«

Wieder klopfte es an der Tür. Wie bestellt, dachte Wolf, bevor er »Herein« rief. Jo streckte den Kopf durch die Tür.

»Entschuldigung, Chef, ich muss Sie dringend sprechen.«

Wolf erhob sich. »Augenblick bitte, es geht gleich weiter«, erklärte er.

Kaum hatte er die Tür zum Vernehmungsraum von außen geschlossen, da sprudelte es aus Jo heraus: »Ich hab die Vernehmung von außen verfolgt, Chef. Könnte es sein, dass wir diesmal bei Pohl den Kürzeren ziehen?«

Wolf knurrte etwas Unverständliches.

»Deshalb wollte ich Sie gleich informieren …«

»Über was?«

»Lassen Sie mich halt ausreden! Ich weiß jetzt, von wem Peschke die Jade-Figur bekommen hat. Luca Maroni heißt der Mann.«

»Luca? Diesen Namen hab ich doch schon mal gehört.«

»Oder vielleicht gelesen?«, unterbrach ihn Jo. »Als ich gestern bei Goldmann war, da hab ich ihn aufgeschnappt. Steht so in meinem Bericht.«

»Und warum ist dir der Name jetzt erst wieder eingefallen?«

Jo zog eine Schnute. »Ist er natürlich nicht. Seit meiner Rückkehr von Goldmann versuche ich, den Namen zu recherchieren. Dabei ist mir … ja, da ist mir ein Fehler unterlaufen: Ich habe nämlich nach einem Luca mit k gesucht. Ich war auf einer völlig falschen Schiene, hab nur an Lukaschewski, Lukaschenko oder so gedacht, also an einen Nachnamen … dabei handelt es sich um einen südländischen Vornamen, und der schreibt sich mit c. Blöd von mir, ich weiß, und eigentlich unentschuldbar …«

»Komm zur Sache, Mädchen, ich muss wieder rein. Was dann?«

»Als ich vorhin die richtige Schreibweise in den Computer eingab, erzielte ich drei Treffer, also drei verschiedene Familiennamen, jeweils mit dem Vornamen Luca. Darunter auch Luca Maroni –«

»Und weiter?«, fuhr Wolf ihr ungeduldig ins Wort. »Hast du eine Münze geworfen, oder was? Wieso glaubst du, dass ausgerechnet Maroni der Richtige ist?«

»Ganz einfach: Einer der drei Namensträger ist vor drei Wochen verstorben …«

»Okay. Da waren's nur noch zwei. Und weiter?«, drängte Wolf.

»Von diesen beiden wiederum wurde einer, nämlich Luca Casale, vor drei Wochen in Mannheim wegen eines Diebstahldeliktes zu fünf Monaten ohne Bewährung verurteilt. Dort sitzt er auch ein. Womit wir beim Letzten wären, eben Luca Maroni. Der Mann ist, wie die beiden anderen, italienischer Abstammung und hat eine beeindruckend lange Vorstrafenliste, das geht bis hin zu schwerem Raub und räuberischer Erpressung. Und man höre und staune: Kunstgegenstände sind sein bevorzugtes Betätigungsfeld.« Sie sah Wolf erwartungsvoll an. »Verstehen Sie jetzt, warum ich mich auf Maroni festgelegt habe?«

Wolf brummte zustimmend. »Geht aus dem Eintrag sein Aufenthaltsort hervor?«

»Was das betrifft, ist die Auflistung merkwürdig lückenhaft«, gab Jo etwas ratlos zu. »Aber da kümmere ich mich gleich drum. So, und jetzt tun Sie mir einen Gefallen, Chef: Gehen Sie wieder rein und geben Sie dem Pohl ordentlich eins auf die Waffel.«

Ein Grinsen machte sich auf Wolfs Gesicht breit. »Und ich hatte schon geglaubt, es wäre Matthäi am Letzten«, platzte er heraus. »Heureka! Du bist ein Schatz, Mädchen. Ab sofort hast du etwas gut bei mir. Na, dann werde ich das den beiden da drin mal um die Ohren schlagen.«

Mit neuem Elan kehrte er in den Vernehmungsraum zurück, geflissentlich Pohls fragende Blicke übersehend.

»Wo waren wir stehen geblieben?«, sagte er wie zu sich selbst, um nach kurzem Überlegen fortzufahren: »Wissen Sie, Herr Peschke, was ich mir die ganze Zeit überlege? Hehlerei ist *eine* Sache, diese Anschuldigung werden Sie überleben, da bin ich mir sicher. Möglicherweise kommen Sie sogar mit einem blauen Auge davon, je nachdem, wie sehr Sie sich bei der Aufarbeitung des Falles engagieren …«

»Zum allerletzten Mal«, fuhr ihm Pohl wütend ins Wort, »mein Mandant verweigert die Aussage. Wann wollen Sie das endlich zur Kenntnis nehmen?« Der Kopf des Anwalts glich inzwischen beängstigend einer reifen Tomate.

Pohls Einspruch prallte ungehört an Wolf ab. »Beihilfe zum Mord allerdings, das ist schon eine andere Dimension, das werden Sie sehr schnell merken. Ich wage mal eine Prophezeiung: Noch ehe der Strafprozess beginnt, müssen Sie Ihren Laden dichtmachen. Unbeschadet kommen Sie aus der Sache jedenfalls nicht mehr heraus. Deshalb geben Sie sich einen Ruck und kooperieren Sie mit uns – zumal wir längst über Informationen darüber verfügen, von wem Sie die Skulptur erworben haben. Glauben Sie mir: Wenn *Sie* nicht reden, die anderen tun es garantiert. Was denken Sie, wie lange Ihre Mitarbeiter einem Einzelverhör standhalten? Eine Minute, zehn Minuten? Und Luca? So schnell können Sie gar nicht schauen, wie der Sie unterbuttert, wenn wir ihn in die Mangel nehmen.«

Vespermann, der wie Preuss verwundert die Brauen hochgezogen hatte, als Wolf wie beiläufig den Namen »Luca« erwähnte, versuchte, noch einen obendrauf zu setzen: »Für Sie, Herr Peschke, dürfte der Zug dann allerdings abgefahren sein.«

Hatte Peschke zu Beginn der Vernehmung noch ablehnend und verschlossen gewirkt, so veränderte sich seine Miene nun zunehmend. Sein Gesicht spiegelte die unterschiedlichsten Empfindungen wider – von unbelehrbar und rechthaberisch über zweifelnd und hoffnungsvoll bis hin zu verhalten optimistisch. Endlich schienen Wolfs Worte auf fruchtbaren Boden zu fallen.

Nicht so bei Pohl. Der letzte Satz war noch nicht verhallt, da sprang er auf und verkündete mit grauem Gesicht: »Das ist ungeheuerlich, Herr Wolf, wirklich ungeheuerlich. Sie legen es bewusst darauf an, den Willen meines Mandanten zu brechen … äh, sozusagen. Das wird Folgen für Sie haben. Sie können sich schon jetzt auf eine saftige Dienstaufsichtsbeschwerde …«

Pohls Standpauke wurde von der Person abgewürgt, von der es niemand erwartet hätte: Peschke legte die rechte Hand auf Pohls Arm und den Zeigefinger der Linken an die Lippen. »Sie halten jetzt mal die Klappe, Herr Anwalt, ja? Sie haben nun wirklich genug Stuss geredet. Ich denke, ich werde künftig auf Ihren Rat verzichten. Die Bullen haben recht: Warum soll ich stillhalten, wenn ich mir dadurch nichts als Nachteile einhandle? Wo die doch sowieso schon alle Fakten auf dem Tisch haben. Da wäre ich mit Ihrer Verweigerungsstrategie bald vollends im Arsch. Ich bin doch nicht plemplem!«

Pohl hatte ihm mit wachsender Empörung zugehört. Jetzt raffte er seine Unterlagen zusammen und stopfte sie in seine Tasche. Dann beugte er sich noch einmal zu Peschke hinab. »Betrachten Sie Ihr Mandat an mich als niedergelegt, sozusagen. Meine Rechnung geht Ihnen zu.« Er richtete sich wieder auf. »Gehaben Sie sich wohl, meine Herren.«

Wer hätte gedacht, dass wir den so elegant loswerden?, dachte Wolf erfreut und erhob sich von seinem Stuhl. An Peschke gewandt verkündete er: »Schön, dass Sie nun mit den Ermittlungsbehörden kooperieren wollen, Herr Peschke. Sie werden sehen, das vereinfacht die Sache und beschleunigt alles. Es dürfte sich zudem bei einer späteren Verhandlung positiv für Sie auswirken. Wir nehmen jetzt Ihre Aussage zu Protokoll. Dazu wird Sie mein Kollege in sein Büro mitnehmen. Sobald Sie das Protokoll unterschrieben haben, können Sie gehen. Aber halten Sie sich jederzeit zu unserer Verfügung, verlassen Sie Überlingen nicht. Die Sache ist für Sie noch nicht ausgestanden. Preuss, übernimmst du bitte Herrn Peschke? Wir besprechen uns in dieser Sache dann morgen früh, wenn's recht ist. Jo wird dir den genauen Termin noch mitteilen.«

Peschke zögerte kurz, als er nach seiner Jacke griff. »Eine Frage hätte ich nun aber doch noch: Woher wissen Sie, dass die Skulptur von Luca stammt?«

Wolf winkte ab. »Das werden Sie noch rechtzeitig erfahren, Herr Peschke.«

Währenddessen war Pohl unter der Tür mit Jo zusammengestoßen. Mit gerunzelter Stirn sah sie dem verärgert enteilenden Anwalt nach.

»Na, zufrieden mit dem Ausgang?«, wollte Wolf von ihr wissen, nachdem auch Preuss und Peschke den Raum verlassen hatten.

»Nun ja, einerseits schon«, antwortete sie merkwürdig bekümmert.

»Was soll das heißen, einerseits? Du machst mir vielleicht Spaß! Viel besser hätte es doch gar nicht laufen können … Jetzt sag nicht, dass du ein Haar in der Suppe findest.« Er musterte sie prüfend.

»Also gut, dann lass es raus. Was ist schiefgelaufen?«

Auch Vespermann spitzte interessiert die Ohren.

»Die Sache ist die, Chef«, erklärte Jo zögernd. »Der Luca … Luca Maroni, mein ich … nun, er ist …«

»Jetzt spann uns nicht so auf die Folter. Was ist mit dem Mann?«

»Luca Maroni sitzt ebenfalls ein. In der JVA Konstanz. Seit gut einem Jahr. Und er wird dort mindestens noch weitere vier Jahre verbringen.«

Wolf ließ sich rücklings auf einen der Stühle fallen. »Ja, Sack und Asche! Sag, dass das nicht wahr ist«, meinte er sichtlich geknickt. »Hast du das verifiziert?«

»Würde ich es sonst sagen?«, antwortete Jo pikiert.

»Soll ich Peschke zurückholen?«, fragte Vespermann scheinheilig und grinste sich eins. »Aus welchem Hut hast du übrigens diesen Luca gezaubert?«

Wolf gab Jo einen Wink. »Sag's ihm.«

Sie erzählte in aller Kürze, was es mit Luca auf sich hatte.

»Das nenn ich einen Volltreffer«, musste Vespermann zugeben.

Wolf stieß einen Seufzer aus und erhob sich von seinem Stuhl. Wie ein Tiger im Käfig lief er ein paar Schritte hin und her, bis er unvermittelt stehen blieb und seine Kollegen der Reihe nach ansah. »Wenn Luca Maroni wirklich einsitzt, ist unser einziger Verdächtiger passé – seid ihr euch darüber im Klaren? Dann fangen wir wieder von vorne an. Eine gottverdammte Scheiße ist das …«

Jo und Vespermann schienen die Lage ähnlich einzuschätzen, denn keiner hatte eine schnelle Antwort parat.

»Lasst uns Punkt für Punkt noch einmal durchgehen. Wer macht den Anfang?«

»Für mich steht fest«, begann Vespermann, »dass wir die Spielschulden von Hauschild und dem Barmann ausgrenzen können. Nach meinem Dafürhalten handelt es sich dabei um einen separaten Motivkreis.«

»Das scheint mir auch so«, schloss Jo sich an. »Der Barmann-Fall hat mit unseren drei Toten im engeren Sinn nichts zu tun.« Nachdenklich kaute sie auf ihrer Unterlippe. »Natürlich könnte man argumentieren, dass dieser Igor von Moskau-Inkasso sich die drei Banker vornahm, nachdem er spitzgekriegt hat, dass bei denen was zu holen ist. Sie wollten nicht zahlen, die Sache eskalierte, woraufhin Igor sie, wie den Barmann, um die Ecke brachte.«

»Ausgeschlossen. Bei dem Barmann handelt es sich nach meinem Ermessen um einen Unfall, im schlimmsten Fall um Totschlag. Die Morde an den Bankern hingegen waren eiskalt geplant. Im Übrigen ist Balakow untergetaucht, er wird an die Sache hinter der ›Roxy-Bar‹ wohl kaum noch drei Morde drangehängt haben.«

»Und was, wenn sogar Borowski mit drinhängt?«, spann Jo den Faden weiter.

Wolf schüttelte vehement den Kopf. »Nun mal langsam, Herrschaften, das klingt mir alles zu abenteuerlich. Wir sollten uns an die Fakten halten. Und Fakt ist, dass der Jade-Elefant im Zusammenhang mit Hauschilds Tötung von dem Täter beziehungsweise den Tätern aus der Wohnung mitgenommen wurde – alles andere ergibt keinen Sinn. Wenn wir das mal so stehen lassen, wer war dann der Kerl, der die Figur an Peschke verscherbelt hat? Ich denke, Peschkes Reaktion auf den Namen Luca war nicht gespielt, die war verdammt echt. Er hat mit seiner Frage, woher ich weiß, dass er die Figur von Luca hat, ja quasi zugegeben, dass es so ist. Also waren wir auf dem richtigen Dampfer – nur dass es sich dabei vermutlich nicht um Luca Maroni handelt, der, wie wir inzwischen wissen, in Konstanz einsitzt. Sondern um jemanden, der zufällig denselben Vornamen führt oder …«

»… sich für Luca Maroni ausgegeben hat. Da könnten Sie recht haben, Chef.«

Wolf nickte. »Mehr denn je ist für mich die Tötung der drei Banker ein zusammenhängender Tatkomplex. Da fällt mir ein: Haben wir über die gemeinsame Firma schon Erkenntnisse, die uns weiterhelfen? Müssen wir das Mordmotiv vielleicht bei ihren Kunden suchen?«

»Ich fürchte, Chef, in dieser Sache kommen wir erst weiter, wenn die KTU Sahins Notebook zum Laufen gebracht hat. Zumal ich mit den Recherchen, die Finanzagentur betreffend, noch nicht weitergekommen bin.«

»Dann mach den Kollegen ordentlich Druck. Gerd, könntest du bitte gleich morgen früh noch einmal bei Peschke aufkreuzen? Frag ihn gezielt nach dem ominösen Luca aus. Selbst das kleinste Detail kann uns helfen, das Geheimnis um die Identität des Mannes zu lüften. Nimm vorsorglich jemanden von der Spusi mit.«

»Mach ich.«

»Dann ist vorerst alles klar? – Gut. Ach so, was mich betrifft: Ich werde der JVA Konstanz noch heute Abend einen Besuch abstatten. Mir macht die Dopplung unseres italienischen Vornamens zu schaffen. Vielleicht ergeben sich ja Anhaltspunkte, weshalb wir es im illegalen Kunstgewerbe plötzlich mit zwei Lucas zu tun haben, einem, der einsitzt, und einem, der währenddessen fröhlich wie dieser Hehlerware verschachert. Vor allen Dingen will ich Maronis Akte einsehen. Die enthält garantiert ein Foto des Delinquenten, das bringe ich mit und lege es dir auf den Platz, Gerd. Bin gespannt, wie Peschke darauf reagiert.«

»Sie können sich das Ganze auch einfacher machen, Chef«, sagte Jo lächelnd. »Gehen Sie in Maronis Zelle und werfen Sie einen Blick auf seine linke Hand«

»Seine linke Hand?«

»Na ja ... wenn ihm der kleine Finger fehlt, dann ist er unser Mann.«

***

»Tut mir leid, verehrter Herr Doktor«, sagte der Portier bedauernd, »aber die ›Fahrt in den Frühling‹ auf der ›MS Lindau‹ ist komplett ausgebucht – nichts mehr zu machen. Soll ich es über die Warteliste versuchen?«

Das ältere Ehepaar an der Rezeption zeigte sich ratlos. Schließlich nickte der Mann.

»Also gut, versuchen Sie's, Hasler. Aber halten Sie uns auf dem Laufenden, ja?« Eine Banknote wechselte diskret die Seite. »Wir verlassen uns auf Sie, Hasler.«

»Aber gewiss, Herr Doktor. Und verbindlichen Dank.« Der Portier deutete eine Verbeugung an.

Während das Ehepaar durch die Halle in Richtung Ausgang entschwand, wandte Hasler sich an eine junge Kollegin. »Erin, halten Sie bitte mal die Stellung. Ich bin kurz in der Tiefgarage.« Er griff nach einem größeren gelben Umschlag. Mit schnellen Schritten eilte er davon.

Obwohl die Tiefgarage des Hotelkomplexes über insgesamt achtundsechzig Stellplätze verfügte, musste Hasler nicht lange suchen. Er hatte den blauen Sportwagen rasch ausgemacht. Misstrauisch sah er sich um, bevor er sich in Bewegung setzte. Sekunden später schlug die Wagentür hinter ihm zu.

Er übergab den Umschlag der Frau hinter dem Steuer. »Du bringst mich in Teufels Küche, weißt du das?«, grollte er.

»Weiß ich, Onkel Max«, besänftigte ihn Karin Winter und reichte den Umschlag nach hinten weiter. »Glaub mir, es ist für einen guten Zweck.«

»Ja, ja, das sagst du immer.«

Auf dem Rücksitz entstand ein kurzes Geraschel, dann verkündete eine Männerstimme mit leicht holländischem Akzent: »Das Datum auf der Kassette stimmt. Wenn das Video auch die Nachmittags- und Abendstunden umfasst, wovon ich ausgehe, kann ich loslegen.«

»Morgen früh muss ich die Kassette wiederhaben«, teilte Hasler ihnen mürrisch mit. »Und zwar vor sieben Uhr, sonst droht die Sache aufzufliegen. Unser Security-Mann ist ein scharfer Hund.«

»Du kannst dich auf mich verlassen, Onkel Max. Und danke noch mal für deine Hilfe.«

Minuten später stand Hasler wieder hinter der Rezeption.

***

Enttäuscht starrte Karin Winter auf den Computerbildschirm. Ihre Befürchtung hatte sich bewahrheitet: Der Flugplan des Bodensee-Airports gab keine Auskunft über ankommende Flüge, die länger als einen Tag zurücklagen. Also musste sie die gesuchte Maschine telefonisch erfragen.

Sie wollte eben den Hörer aufnehmen, als de Boer neben ihr auftauchte und einen Stapel Bilder vor sie auf den Schreibtisch legte. Obendrauf packte er eine graue Videokassette.

»Hier die Kassette zurück und meine Ausschnittvergrößerungen, wie wir's besprochen haben. Du hattest recht, die beiden Männer sind in einem Wagen mit FN-Kennzeichen vorgefahren, es dürfte sich also um einen Mietwagen handeln. Auf einem der Bilder ist am Heckfenster ein kleiner Avis-Aufkleber zu erkennen. – Hast du einen Kaffee für mich?«

»Aber klar doch.« Sie besorgte eine frische Tasse und füllte sie aus einer Warmhaltekanne. Während de Boer vorsichtig trank, legte Karin die Videokassette zur Seite und sah sich die Bilder an. »Sehr gut. Datum und Uhrzeit sind auf jedem Foto eingeblendet – so hab ich mir das vorgestellt. Gute Arbeit, Charles.«

Ein jungenhaftes Grinsen huschte über sein Gesicht. »Der Rest ist für dich ein Kinderspiel. Du ziehst einfach von der dort angegebenen Uhrzeit die Zeit ab, die die beiden Männer für das Auschecken und die Fahrt von Friedrichshafen nach Überlingen benötigt haben – schon hast du den ungefähren Zeitpunkt der Landung. Dann reicht ein Blick in den Flugplan, und du weißt, wo die Maschine gestartet ist.«

Karin sah ihn skeptisch an. »Das reicht leider nicht. Ich brauche Namen, Charles, keine Flugdaten, verstehst du?«

Nachdenklich rieb er sich das Kinn, er schien verstanden zu haben. »Du meinst, die Angestellten des Flughafens oder der Fluggesellschaft rücken keine Namen heraus?«

»Im Leben nicht. Die verstecken sich hinter dem Datenschutz.«

»Auch dann nicht, wenn du ihnen die Flugnummer nennen und die gesuchten Fluggäste beschreiben kannst – vielleicht mit einem netten Geschichtchen garniert? Um Geschichten warst du doch noch nie verlegen.«

Mit einer Handbewegung brachte Karin ihn zum Schweigen. »Moment, Charles … lass mich nachdenken.«

Abwesend sah sie zur Decke hoch, bevor wieder Leben in sie kam. Sie griff nach den Bildern und sah sie hastig durch, bis sie unvermittelt innehielt; offenbar hatte sie gefunden, was sie suchte. Sie führte das Bild näher an die Augen. »Tatsächlich, du hast recht«, rief sie zufrieden aus, »ein Avis-Aufkleber. Und hier, auf dem nächsten

Bild, das Kennzeichen des Fahrzeugs. Sehr gut.« Wieder verlor sich ihr Blick in der Ferne, bis de Boer der Geduldsfaden riss.

»Hätten Gnädigste vielleicht die Güte, mich an ihren Gedanken teilhaben zu lassen? Oder soll ich ein andermal wiederkommen?«

»Nein, bleib«, wehrte sie hastig ab. »Mir kam nur gerade eine Idee. Warum soll ich den Umweg über die Flughafenleute machen? Die wimmeln mich am Ende ja doch nur ab. Warum halte ich mich nicht gleich an Avis? Der Mieter eines Fahrzeugs muss doch seine Daten hinterlassen, bevor er vom Vermieter die Wagenschlüssel erhält, oder etwa nicht? Und ein passendes Geschichtchen, wie du es nennst, das fällt mir allemal ein. Lass mich nur machen.« Unvermittelt legte sie die Stirn in Falten. »Weißt du, ich frage mich gerade, ob die beiden Männer nur Sahin aufgesucht haben? Angenommen, es gäbe einen Zusammenhang zwischen den drei Todesfällen, könnte es dann nicht sein, dass sie auch Hauschild und Hörmann mit ihrem Besuch beehrt haben?«

»Was würde das ändern?«

»Es würde zumindest den Zusammenhang bestätigen – was immer man davon auch ableiten mag.«

»Hm … ich könnte ja im Umfeld von Hauschild und Hörmann ein wenig recherchieren. Vielleicht erinnert sich jemand an die Männer.«

»Gute Idee. Am besten machst du dich gleich auf die Socken. Und nimm eines der Fotos mit.«

»Klaro.«

***

Wolf war nicht sonderlich erpicht darauf gewesen, noch am selben Abend nach Konstanz zu fahren. Er hatte sich müde und ausgelaugt gefühlt. Aber die offenen Fragen wollten geklärt werden, und sie brauchten unbedingt ein Foto von Luca Maroni. Außerdem hatte ihm der stellvertretende Leiter der Justizvollzugsanstalt, Regierungsamtmann Karl-Heinz Grabert, eröffnet, an den kommenden zwei Tagen leider nicht zur Verfügung stehen zu können. Vorlesungen an der Uni Freiburg. Unaufschiebbar. Und die Rückkehr des Leiters der Haftanstalt, Regierungsdirektor Keller, sei ungewiss, der nehme an einem Kongress in Salzburg teil. Falls sein Anliegen also wirklich dringend sei, gäbe es zu einem Treffen noch an diesem Abend leider ohnehin keine Alternative. Was ihn beträfe, so sei er gern dazu bereit.

Zu allem Überfluss war ihm beim Verlassen seines Büros auch noch Sommer über den Weg gelaufen. Natürlich hatte er nach dem Verlauf von Peschkes Vernehmung gefragt, und natürlich war er über die neueste Entwicklung nicht gerade erfreut gewesen. Immerhin hatte er ihre weitere Vorgehensweise gutgeheißen und personelle Verstärkung in Aussicht gestellt. Er hatte sogar angeboten, Wolf nach Konstanz zu begleiten, doch der hatte nur müde abgewinkt. »Danke, Ernst, aber es reicht, wenn sich einer von uns den Abend um die Ohren schlägt.«

All das ging ihm noch einmal durch den Kopf, als er kurz nach Verlassen der Fähre über die hell erleuchtete Rheinbrücke fuhr. Gleich dahinter zweigte er zum Rheinsteig ab, um nach weiteren hundert Metern nach links in die Untere Laube einzubiegen, die als zweibahnige Allee die Innenstadt in Nord-Süd-Richtung durchquerte. Die JVA lag in der Wallgutstraße, unmittelbar hinter dem Amtsgericht.

Bereits wenig später parkte er seinen Dienstwagen auf dem JVA-Parkplatz und meldete sich an der Pforte.

»Bitte gedulden Sie sich einen Moment, Herr Kommissar«, beschied ihn der grün Uniformierte hinter der Scheibe, als er den Telefonhörer zurückgelegt hatte. »Der Herr Regierungsamtmann wird Sie gleich abholen.«

Wolf ging ein paar Schritte auf und ab, da ertönte hinter ihm eine freundliche Stimme: »Ich hoffe, Sie nehmen es mir nicht übel, Herr Wolf, dass ich Sie so spät noch nach Konstanz gelotst habe.«

Zwar hatte Wolf sich schon mehrfach in der JVA aufgehalten, in der Regel zur Vernehmung einsitzender Delinquenten. Mit Grabert jedoch hatte er, anders als mit Keller, bisher noch nichts zu tun gehabt. Er sollte, so ging die Rede, mit einer bekannten Molekularbiologin verheiratet sein – so bekannt immerhin, dass sie zu den jährlichen Tagungen der Nobelpreisträger auf der Mainau eingeladen wurde. Er meinte sogar, sich an den Namen erinnern zu können: Sennefeldt oder so ähnlich. Ja, er war sich ganz sicher: Professor Dr. Sennefeldt.

Während sie sich die Hände schüttelten und einem unweit liegenden Besprechungsraum zustrebten, musterte er Grabert kurz. Der Mann war um die fünfzig, mittelgroß und abgesehen von einem leichten Bauchansatz für sein Alter bemerkenswert schlank. Das markante, wenn auch blasse Gesicht wurde von dunklen, leicht schütteren Haaren umrahmt. Graberts Augen blickten wach. Gelegentlich zuckte sein rechtes Augenlid. Bekleidet war er mit einem grauen Businessanzug, einem marineblauen Hemd und einer unauffälligen Krawatte.

»Sie wollten Maronis Akte einsehen, nicht wahr? Hier ist sie«, eröffnete Grabert das Gespräch und legte einen roten Schnellhefter vor ihn hin. Er trug auf der Vorderseite das Landeswappen Baden-Württembergs, den Namen des Inhaftierten sowie das Datum der Einlieferung und das der voraussichtlichen Entlassung. Rechts oben war ein rechteckiges Feld ausgespart, das den Blick auf das Porträtfoto des darunter liegenden Personalbogens freigab. »Darf ich fragen, was Sie an Maroni interessiert? Es kommt schließlich nicht alle Tage vor, dass die Kripo sich bei Ermittlungen in einem aktuellen Fall für einen unserer Gäste interessiert.« Er kicherte erheitert.

Wolf weihte ihn kurz in die Zusammenhänge ein und schloss: »Nicht, dass wir etwa an Ihrer Auskunft gezweifelt hätten, Herr Grabert, aber die Verdachtsmomente gegen Maroni waren so stark, dass ich mir vor Ort ein Bild machen wollte.«

»Heißt das, Sie wollen Maroni sehen?«

»Das kann ich noch nicht sagen. Das mit dem Bild war übrigens wörtlich gemeint. Existiert von Maronis Foto in der Akte ein Duplikat?«

»Sie wollen ein Bild von ihm?«

»Nun, um jeden Zweifel auszuschließen, wäre eine Gegenüberstellung mit dem Antiquitätenhändler der sicherste Weg. Allerdings möchten wir den Aufwand zunächst in Grenzen halten, deshalb erst mal ein Foto.«

»Ich verstehe. Selbstverständlich mache ich Ihnen von Maronis Bild beliebig viele Duplikate, wenn Sie wollen, auch als Vergrößerung – sagen Sie mir einfach, was Sie benötigen. Wir verfügen über einen erstklassigen Farbkopierer, der auch Halbtöne einwandfrei wiedergibt. Trotzdem, entschuldigen Sie bitte, bin ich einigermaßen verwundert. Oder sollte ich besser befremdet sagen? Trauen Sie unserem Sicherheitswesen nicht? Tut mir leid, Herr Wolf, aber anders kann ich Ihre Anfrage nicht interpretieren. Glauben Sie mir: Maroni war seit seiner Einlieferung bis heute nicht einen Tag abgängig. Auch beim heutigen Abendappell war er zugegen, ich hab ihn selbst gesehen.«

»Kein Freigang in den letzten zwei Wochen?«

»Nein, davon wüsste ich. Ich hab zwar zwei Tage in der Woche außer Haus zu tun – ich bin Lehrbeauftragter an der juristischen Fakultät der Uni Freiburg, müssen Sie wissen –, aber Maroni und Freigang? Das hätte ich erfahren«, bestätigte Grabert.

»Dann würde ich jetzt gern einen Blick in seine Akte werfen.«

»Aber selbstverständlich. Schauen Sie sich in Ruhe alles an. Wenn Sie mehr Zeit brauchen – kein Problem, ich kann mich so lange anderweitig beschäftigen.«

»Nein, nein«, wehrte Wolf hastig ab und griff nach der Akte, »es wird nicht lange dauern.« Rasch blätterte er den Inhalt durch, nur bei einer Seite verweilte er etwas länger. Dann reichte er die Unterlagen zurück. »Sie hatten recht, Herr Grabert, Maroni ist nicht der von uns gesuchte Mann. Wär auch wirklich zu schön gewesen.«

Grabert nickte zufrieden. »Hab's mir gleich gedacht, wie sollte der Mann auch an Ihren Tatort kommen? Kein Mensch kann gleichzeitig an zwei Orten sein. Trotzdem: Wenn Sie wollen, können Sie Maroni sehen und auch mit ihm sprechen, kein Problem.«

»Nicht nötig, Herr Grabert, die Aktenlage ist eindeutig. Ich unterstelle mal, dass bei eventuellen Änderungen – zum Beispiel die besonderen Kennzeichen des Inhaftierten betreffend – seine Akte berichtigt worden wäre, nicht wahr?«

»Sprechen Sie etwas Bestimmtes an?«

»Nein, ich meine es ganz allgemein.« Als Grabert schließlich nickte, fuhr er fort: »Entschuldigen Sie, wenn wir Ihnen Ungelegenheiten bereitet haben, aber alle Spuren schienen auf diesen Mann hinzudeuten.« Wolf war froh, dass Grabert sein rasches Einschwenken nicht näher hinterfragte.

»Nicht der Rede wert«, winkte Grabert ab. »Wollen Sie trotzdem ein Foto von Maroni haben?«

»Ja, bitte zwei – und sei es nur für die Akten.«

***

De Boer hatte die Redaktionsräume kaum verlassen, da hatte sich Karin ins Internet eingeklinkt und zu googeln begonnen. Jetzt überflog sie noch einmal ihre Notizen und legte sich einen Plan zurecht. Entschlossen griff sie zum Telefon.

»Guten Tag, hier spricht Frau Hensche, Gabriele Hensche. Hab ich das recht verstanden eben: Ich bin mit der Autovermietung Avis verbunden, ja?«

»Richtig. Was können wir für Sie tun, Frau Hensche?«, wollte die Frau am anderen Ende wissen.

»Nun, wie soll ich Ihnen das beibringen … Wenn es Ihnen recht ist, fang ich einfach vorne an, ja? Sie haben doch in Ihrem Wagenpark so einen beigefarbenen Mercedes?«

»Verstehe. Und den würden Sie gerne bei uns mieten – ist es das, was Sie mir sagen wollen?«

»Ich? Wie käme ich dazu? Nein, die Sache ist die: Diesen Wagen müssen vor fünf Tagen zwei spanisch sprechende Männer bei Ihnen angemietet haben. Jedenfalls haben diese Männer vergangenen Donnerstag bei uns eine Bestellung aufgegeben – ach ja, ich vergaß zu sagen, dass wir ein Antiquitätenhaus sind, nebenbei ein sehr renommiertes …«

»Entschuldigen Sie, wenn ich Ihnen ins Wort falle, Frau Hensche, aber können Sie mir nicht klipp und klar sagen, worum es eigentlich geht?«

Karin Winter lachte leise in sich hinein, ihre Strategie schien aufzugehen. Sie beschloss, das Spiel noch eine Weile weiterzutreiben. »Sie sollten mich ausreden lassen, gute Frau! Wo war ich … ach so, ja. Die beiden Spanier haben bei uns eine Uhr bestellt, genauer gesagt eine Wiener Portaluhr, erste Hälfte des 19. Jahrhunderts, ein schönes Stück, mit verglastem Gehäuse und so Säulen drum herum, Jugendstil eben, Sie verstehen schon …«

»Frau Hensche, noch einmal …«

»Das gute Stück kostet fünfhundert Euro, und ob Sie's glauben oder nicht, der Käufer – also einer der beiden Spanier – hat im Voraus bezahlt. Wir sollten das Werk noch einmal durchsehen und dann alles gut verpacken. Er würde es dann am folgenden Tag persönlich abholen. Nun, wer nicht kam, war der Käufer. Auch an den darauffolgenden Tagen – bis heute – hat er sich nicht blicken lassen. Nun weiß ich nicht, was ich machen soll.«

»Tut mir sehr leid, Frau Hensche, aber da sind Sie bei uns an der falschen Adresse.«

»Aber warum denn? Ich habe mir gedacht, ich bringe die Uhr zu Ihnen, und Sie händigen Sie dem Käufer aus, wenn er den Wagen zurückgibt. Oder hat er ihn etwa schon abgegeben? Sie sind bestimmt in der Lage, das festzustellen, nicht wahr? Schließlich wollten die beiden von Friedrichshafen aus wieder zurückfliegen, wenn ich das richtig verstanden habe. Die sprachen so ein schlechtes Deutsch, aber das wissen Sie sicher.«

»Hat Ihnen der Käufer denn keine Adresse hinterlassen?«

»Würde ich Sie sonst belästigen?«

Die Frau am anderen Ende der Leitung schien kurz zu überlegen. »Und Sie wissen auch nicht, wo sich die Männer eingemietet hatten?«

»Nein. Ich wollte nicht neugierig erscheinen, also hab ich nicht danach gefragt. Es schien ja alles klar zu sein. Das Einzige, was ich habe, ist die Autonummer, die hab ich mir gemerkt. Ich habe ein wirklich gutes Zahlengedächtnis, müssen Sie wissen.« Karin nannte der Avis-Angestellten das Kennzeichen des Mercedes.

»Bleiben Sie mal kurz dran«, antwortete die Frau hörbar genervt. Kurz darauf kam sie wieder an den Apparat. »Eigentlich dürfte ich Ihnen das gar nicht sagen, aber die Männer haben bereits am nächsten Tag den Rückflug angetreten – jedenfalls wurde der Wagen am Freitag um die Mittagszeit zurückgegeben.«

»Das ist ja 'n Ding! Und was soll ich jetzt tun?«

»Das kann ich Ihnen auch nicht sagen, Frau Hensche, tut mir leid.«

»Wie wäre es, wenn ich Ihnen die Uhr vorbeibringen lasse, ordentlich verpackt natürlich, und Sie schicken sie dem Eigentümer zu? Sie haben doch sicher seine Adresse?«

»Das, liebe Frau Hensche, müssen Sie schon selbst tun. Das können wir Ihnen nicht abnehmen, dazu fehlt uns die Zeit. Sie sind ja selbst Geschäftsfrau, wenn ich das richtig verstanden habe, dann wissen Sie auch –«

»Aber das würde ich ja gern. Doch wohin soll ich die Uhr schicken? Der Käufer hat uns ja keine Adresse hinterlassen, haben Sie das etwa schon vergessen?«

Die Frau atmete hart durch, offenbar war sie mit ihren Nerven am Ende.

Halblaut, fast flüsternd, fuhr sie nach kurzer Pause fort: »Sie bringen mich in Teufels Küche, liebe Frau! Also gut, ich mache Ihnen einen Vorschlag: Ich sage Ihnen die Adresse der beiden Männer, und wir vergessen das Ganze. Einverstanden?«

»Verstehe, Datenschutz«, antwortete Karin mit Verschwörerstimme. »Schießen Sie los, ich schreibe mit …«

Als Karin aufgelegt hatte, stieß sie einen Juchzer aus, der einem Jodelkönig alle Ehre gemacht hätte. Konsterniert hoben einige Kollegen die Köpfe. Ohne sich weiter um sie zu kümmern, wählte sie die Nummer des Chefredakteurs.

»Jörg, kann ich dich kurz sprechen? Dauert nur zwei Minuten.« Als sie sein Zögern spürte, fügte sie hastig hinzu: »Es gibt Neues von den ermordeten Bankern.«

»Gut«, antwortete er, »zwei Minuten, keine Sekunde länger.«

Wenig später stand sie ihm in seinem Büro gegenüber. »Um es kurz zu machen: Ich möchte nach Palma de Mallorca fliegen.«

»Wüsste nicht, dass dein Name auf der aktuellen Urlaubsliste steht – oder sollte ich da was übersehen haben?«

»Wieso Urlaub? Ich rede von einer Dienstreise.«

»Karin, für Späße dieser Art hab ich im Augenblick keinen Nerv.«

»Gut. Dann lass mich erklären.« Sie schilderte, was sie in Erfahrung gebracht hatte, und schloss: »Falls du mich fragen solltest, was genau da eigentlich abläuft – sorry, da muss ich passen. Ich weiß nur eines: Hier am See ist eine Riesenschweinerei im Gange, die Menschenleben fordert. Und wie's aussieht, sitzen die Drahtzieher in Palma de Mallorca. Mir ist klar, dass Recherchen vor Ort – zumal im Ausland – einen unverhältnismäßig hohen Aufwand erfordern. Aber umsonst ist nun mal der Tod, und der kostet …«

»Danke, ich weiß, was uns der Spaß kostet. Wie lange wirst du weg sein?«

»Einen, höchstens zwei Tage, schätze ich. Darf ich deine Frage als Einverständnis deuten?«

»Nein, meine Liebe. Aber ich werd's mir durch den Kopf gehen lassen. Und selbst wenn ich es befürworte, muss ich noch das Okay des Verlegers einholen. Sorry, aber das steht nun mal so in unseren Statuten. War's das?«

»Ja. Ich höre von dir?«

»So rasch es geht.«

Karin kannte Matuschek gut genug, um zu wissen, dass seine Antwort einem Okay gleichkam. Er war der Letzte, der sich eine solche Geschichte entgehen lassen würde.

Kaum war sie wieder an ihrem Schreibtisch zurück, da griff sie zum Telefon. Wenig später war sie stolze Besitzerin eines Flugtickets. Eine Chartermaschine würde sie morgen früh nach Palma de Mallorca mitnehmen. Einen Haken hatte die Sache allerdings: Sie musste um fünf Uhr am Bodensee-Airport sein – für Karin eine grauenhafte Vorstellung.

16

Um kurz nach fünf in der Früh bekam Fiona einen Rappel. Haken schlagend jagte sie mehrfach über Wolfs Bettstatt hinweg, als wollte sie einer ganzen Mäuseschar den Garaus machen. Es fehlte nicht viel, und er wäre aus dem Bett gefallen.

»Verfluchtes Katzenvieh«, schimpfte er wutentbrannt und warf ein Kissen nach der Übeltäterin.

Er spielte kurz mit dem Gedanken, sich noch einmal hinzulegen, kam jedoch schnell wieder davon ab; jetzt würde es sich nicht mehr lohnen, zumal sein Tag mehr als ausgefüllt sein würde. Grollend ging er in die Küche, um Kaffee zu kochen, da folgte bereits der zweite Schock: Die Kaffeedose war so gut wie leer. Mist, verdammter.

Und jetzt? Kamillentee? Nee, danke. Dann lieber ein Tässchen Dünnkaffee.

Als er wenig später rasiert und angekleidet die Kühlschranktür öffnete, musste er abermals einen herben Rückschlag hinnehmen. Auch hier starrte ihn gähnende Leere an. Kein Wunder, vor das Essen hatten die Götter das Einkaufen gesetzt, und genau das hatte er in den letzten Tagen sträflich vernachlässigt. Auch für Fiona war nur noch wenig Futter da.

Es half alles nichts, ein Einkaufszettel musste aufgesetzt werden. Auch der Stapel an frischen Hemden war auf ein Minimum zusammengeschrumpft. Also notierte er: *Edeka, Bäcker, Metzger, Reinigung.* Hoffentlich konnte er am Abend rechtzeitig das Büro verlassen, sonst wäre seine Liste Makulatur und Fiona müsste wieder einmal mit Fischkonserven vorlieb nehmen.

Wenigstens würde sich sein akutes Magenknurren, der Polizeikantine sei Dank, rasch und nachhaltig beheben lassen. Ob dieser Erwartung besänftigt, setzte er sich an den Küchentisch und nippte an seiner Kaffeetasse. Dabei ging ihm der gestrige Abend noch einmal durch den Kopf.

Nach seiner Rückkehr aus Konstanz hatte er hinter der Polizeidirektion den Dienstwagen abgestellt und die Büros aufgesucht, um Maronis Foto auf Gerds Platz zu legen. Danach war er zu seinem

Fahrrad gegangen. Gerade hatte er das Bügelschloss entfernt und schwungvoll in den Sattel steigen wollen, als er beinahe auf die Nase gefallen wäre.

Ja, Gottverdammich – was war jetzt das?

Er hatte einige Sekunden gebraucht, bis ihm klar geworden war, was nicht stimmte. Ungläubig hatte er seinen Drahtesel angestarrt. Der Sattel fehlte. Sein schöner Sattel!

Jemand hatte das Ding gestohlen. Ihm, einem Polizisten!

Schließlich war ihm nichts anderes übrig geblieben, als erneut den Dienstwagen zu nehmen und damit nach Hause zu fahren. Etwas Gutes hatte das Ganze ja: So brauchte er heute früh nicht nach Überlingen zu strampeln.

Er trank aus, stellte die Tasse in die Spüle und machte sich auf den Weg.

Eine gute halbe Stunde später betrat er sein Büro. Bis zum Eintreffen der Kollegen hatte er ausreichend Zeit, um seine Mails zu sichten und, wenn nötig, zu beantworten. Außerdem konnte er sein Berichtswesen auf Vordermann bringen.

Um Viertel nach sieben erklangen Schritte im benachbarten Büro, eine Tasche wurde auf einen Tisch geworfen, und Jo erschien in der Verbindungstür. »Morgen, Chef«, grüßte sie. »Haben Sie Ihren Fahrradsattel heute mit hochgenommen? Ist auch sicherer so. Wie man hört, werden die Dinger gern geklaut.« Noch ehe Wolf darauf eingehen konnte, fügte sie hinzu: »Wie sieht's aus, fangen wir gleich an?«

»Lass uns warten, bis Preuss auftaucht, dann muss ich nicht alles zweimal erzählen.«

»Das kann noch dauern. Er hat sich entschuldigt, er wird etwas später zu uns stoßen. Das D3 hatte in der vergangenen Nacht einen SEK-Einsatz in Borowskis ›TruckStop‹.«

»Woher weißt du das?«

»Flurfunk«, antwortete sie knapp. Als Wolf mit dieser Auskunft nicht zufrieden schien, fügte sie hinzu: »Hab ihn eben im Treppenhaus getroffen.«

»Also haben sie die Spielhölle endlich hochgenommen?«

»Ja. Borowski sitzt in Untersuchungshaft. Und Gerd wird so bald auch nicht auftauchen, der ist bei Peschke.«

»Ich weiß. Und er hat sogar an das Foto gedacht – zumindest liegt es nicht mehr auf seinem Platz. Okay, fangen wir an. Hol deine Unterlagen.«

Beide siedelten um an den Besprechungstisch.

»Und? Was haben Sie in der JVA Konstanz erfahren, Chef?«, fragte Jo gespannt, als sie Wolf gegenübersaß.

»Nicht viel. Leider. Luca Maroni ist jedenfalls aus dem Schneider, die Fingerabdrücke in seiner Akte waren komplett – der kleine Finger der linken Hand eingeschlossen.«

Es klopfte an Wolfs Bürotür. Es war Preuss, dem man ansah, dass er vergangene Nacht wenig Schlaf bekommen hatte. Wolf wiederholte das Wenige, was sie bis jetzt besprochen hatten.

Sie waren gerade fertig, da klingelte das Telefon. Jo sprang auf und lief zu Wolfs Schreibtisch. Wenig später kam sie wieder an ihren Platz zurück. »Es war Gerd. Peschke hat Luca Maroni nicht erkannt. Und was noch schlimmer ist: Offenbar hat ihm Luca nicht mal seinen Nachnamen verraten«, teilte sie ihnen mit. »Er wird bald hier sein.«

»Wenn das stimmt, hat sich unser Hauptverdächtiger endgültig in Luft aufgelöst«, knurrte Wolf.

»Na und? Es haben sich immerhin zwei neue Aspekte ergeben, die, zumindest für mich, recht vielversprechend klingen. Zum einen hat sich gestern Abend bei der Bereitschaft ein Zeuge gemeldet, der Igor Balakow und dessen Kompagnon am Samstag, also an Hauschilds Todestag, vor dessen Haus gesehen haben will.«

Ruckartig hob Wolf den Kopf. »Was du nicht sagst. Irrtum ausgeschlossen?«

»Ja. Der Zeuge, achtundfünfzig Jahre, ist absolut seriös. Finanzbeamter, gleichfalls am Strandweg wohnend. Er hat den Trubel vor Hauschilds Haus hautnah mitbekommen. Dabei ist ihm in geringer Entfernung ein schwarzer Volvo aufgefallen, dessen Insassen das Geschehen interessiert beobachtet haben. Er beschrieb sie als ›zwei dunkel gekleidete Riesenbabys mit Glatze‹, die aufgrund ihres skurrilen Aussehens sein Misstrauen geweckt hätten. Als er dann am Montag die Notiz im ›Seekurier‹ las, entschloss er sich, seine Beobachtung der Polizei zu melden. Ich finde, wir sollten die Spur weiterverfolgen – vorbehaltlich einer Gegenüberstellung, wenn wir Igor gefasst haben. Bis jetzt verlief die Fahndung allerdings ohne Ergebnis.«

Wieder öffnete sich Wolfs Bürotür, diesmal ohne vorheriges Klopfen. Gerd Vespermann meldete sich zurück – mit einem großen Teller voller Butterbrezeln.

»Greift zu, Kollegen. Viel mehr hab ich allerdings nicht mitgebracht, ich sag's gleich. Mein Besuch bei Goldmann & Co. ging aus wie das Hornberger Schießen.«

»Dass Peschke um diese Zeit schon in seinem Laden war ...«, bemerkte Wolf verwundert.

»War er natürlich nicht. Aber er wohnt darüber, also hab ich ihn rausgeklingelt.«

Sieh an, der Mann ist ja doch lernfähig, dachte Wolf, dem angesichts der Brezeln das Wasser im Mund zusammenlief. Er war geneigt, Dickys Knoblauchfahne bis auf Weiteres gönnerhaft zu tolerieren.

»Und was meinte der Kollege von der Spurensicherung?«

Vespermann winkte ab. »Vergiss es. Laut Peschke war dieser Luca nicht lang genug im Haus, um Spuren zu hinterlassen; die beiden sind sich angeblich rasch einig geworden. Nein, nein, wenn überhaupt, kommt als Spurenträger nur die Jade-Figur in Frage. War eben noch schnell bei Mayer, der wird sich darum kümmern – so Gott will.« Er verzog den Mund und fügte abfällig hinzu: »Die Kollegen von der Spusi scheinen mir nicht gerade die Schnellsten zu sein. Na ja, kein Wunder ...« Der Rest des Satzes erstarb in Gemurmel.

Wolf tat, als hätte er das überhört. Gedankenverloren schob er sein Barett nach hinten. »War von Peschke irgendetwas zu erfahren, was uns helfen könnte, die Identität des mysteriösen Luca zu lüften?«

»Nichts. Außer der Bestätigung, dass es sich bei unserem Luca nicht um Luca Maroni handelt. Peschke hat jede Ähnlichkeit mit dem Mann auf unserem Foto zurückgewiesen. Auch Lucas Nachnamen will er nicht gekannt haben. Den habe er auch nicht wissen wollen, schließlich sei er daran interessiert gewesen, den Handel schnell und formlos abzuwickeln.«

Wolf knurrte ob Vespermanns Auskunft nur Unverständliches vor sich hin. In der Zwischenzeit hatte Jo ein Tablett mit Geschirr, einer Kaffeekanne und den üblichen Zutaten hereingebracht.

»Jo, du hast da vorhin von *zwei* Aspekten gesprochen«, ergriff Preuss nun das Wort. »Den ersten hast du uns genannt. Was ist mit dem zweiten?« Wie nebenbei hatte er nach einer Brezel gegriffen, in die er herzhaft hineinbiss.

»Richtig.« Wolf nickte und griff gleichfalls zu.

»Der zweite Aspekt könnte für uns noch zielführender sein. Der KTU ist es nämlich gelungen, Sahins Notebook wieder zum Sprechen zu bringen – pardon, aber so haben sich die Kollegen von der Technik eben ausgedrückt. Sie haben die Festplatte extern gesichert und uns zusammen mit dem Notebook eine Liste aller abgespeicherten Dateien überlassen. Wichtig davon scheint mir im Moment vor allem eine zu sein. Dabei handelt es sich um eine tabellarische Aufzählung, vermutlich Kundenadressen, etwa neunzig an der Zahl, zusammen mit Geldsummen, vermutlich Anlagebeträge. Hier habt ihr einen Ausdruck davon.« Sie überreichte jedem von ihnen zwei zusammengeheftete, eng beschriebene DIN-A4-Blätter. »Allerdings muss ich eure Erwartungen etwas dämpfen. Sahin hatte nämlich die Angewohnheit, vieles zu verschlüsseln oder abzukürzen – beim Studium der Dateien ist also Kreativität gefragt. Ich denke, es geht hier um den Verkauf von Geldanlageprodukten. Inwieweit Hauschild und Hörmann in das Geschäft involviert waren, ist nicht ersichtlich. Jedenfalls muss es nach erstem Augenschein recht einträglich gewesen sein. Nehmt nur mal die Position eins auf dem obersten Blatt. Hier heißt es, ich lese grade mal vor: ›Andreas Kimmich aus Reutlingen‹, es folgt die genaue Adresse, dahinter eine Summe, im vorliegenden Fall zweihundertfünfzigtausend Euro. Oder hier, fünf Zeilen weiter unten: ›Andrea Sennefeldt aus Konstanz, vierhundertsechzigtausend Euro‹. Happig, was?«

»Sack Zement, eine halbe Million! Manche Zeitgenossen haben's wirklich dicke«, meinte Wolf bass erstaunt.

»Vielleicht sollte man sich mit diesen Leutchen mal unterhalten, was meint ihr?«, warf Vespermann ein. »Möglicherweise interessiert sich auch die Steuerfahndung für die Liste?«

»Da bin ich mir sicher.« Preuss nickte. »Dummerweise ist keiner der Positionen ein Datum zugeordnet.«

»Genau. Auch die Währung ist nicht angegeben. Ich unterstelle mal, dass es sich um Euro handelt. Die Summen auf der Liste variieren jedenfalls zwischen einhundertzwanzig- und vierhundertsechzigtausend.« An dieser Stelle machte Jo eine kurze Pause, um den Kollegen Gelegenheit zu geben, sich näher mit der Liste zu befassen. Währenddessen füllte sie die leeren Tassen.

Nach einer guten Minute brach Wolf das Schweigen. »Hat eigentlich schon jemand die Zahlen addiert? Ich meine, um welche Gesamtsumme handelt es sich hier … wenigstens ungefähr?«

»Gehen Sie mal von fünfundzwanzig Millionen aus, Chef. Dabei ist keineswegs sicher, dass nicht noch weitere Listen auftauchen.«

»Oi, oi, oi, mir scheint, da kommt Arbeit auf uns zu«, stöhnte Vespermann und sah der Reihe nach seine Kollegen an.

»Das hast du richtig erkannt«, sagte Jo und grinste. »Leider fehlen auch Angaben zu den genauen Konditionen, also Zinssätze, Fristen, Tilgungsraten und -termine und so weiter. Überhaupt scheint Sahin nur das aus seiner Sicht Wichtigste festgehalten zu haben – oder er hat die Angaben auf verschiedene Dateien verteilt, für den Fall, dass sie in unberufene Hände geraten. Das heißt, dass wir vor einer endgültigen Bewertung den gesamten Inhalt von Sahins Notebook kennen und alle sich ergänzenden Daten zusammenführen müssen, um uns ein abschließendes Bild machen zu können – falls das überhaupt möglich ist.«

Wieder trat andächtige Stille ein, alle waren mit ihrer Liste beschäftigt. Abermals war es Wolf, der das Schweigen brach. »Diese Papiere könnten ein Geschenk des Himmels sein …«

»Ich würde eher sagen, Sprengstoff«, kommentierte Preuss.

»Wie dem auch sei, für unsere Ermittlungen markieren sie so was wie einen Wendepunkt. Oder anders ausgedrückt: Wir haben endlich eine echte Perspektive.«

»Nachdem sich Luca als Verdächtiger Nummer eins verabschiedet hat«, fügte Vespermann ironisch hinzu.

»Gut, Kollegen, ich schlage vor, wir legen eine kleine Pause ein. Währenddessen kann sich jeder mit der neuen Sachlage vertraut machen. Wir treffen uns wieder … sagen wir um neun Uhr, also in einer halben Stunde. Einverstanden?«

Wolf hatte seine Kollegen eben hinauskomplimentiert, da suchte er aus dem Telefonbuch eine Nummer heraus. Er nahm den Hörer ab und drückte die entsprechenden Tasten.

»Ja, Wolf hier, guten Morgen, Frau Hamm. – Nein, nein, mit dem Rad ist alles in Ordnung. Das heißt, eine Sache hab ich doch, deshalb rufe ich ja an: Mein Sattel, er ist … also, er ist beschädigt.« Wolf räusperte sich. Es war ihm mehr als peinlich, dass man ausgerechnet ihm, einem Polizisten, den Sattel geklaut hatte. Noch dazu direkt hinter seiner Dienststelle. »Um es kurz zu machen, ich brauche einen neuen, möglichst in der gleichen Art – Leider nein, ich bin heute rund um die Uhr im Einsatz. Könnten Sie nicht … – Ihr Azubi? Aber sicher, mir soll's recht sein. Das Rad steht beim Hintereingang der Polizeidirektion. Ich nehm den beschädigten Sattel herunter, dann findet er es leichter. Und wegen der Bezahlung … – Ist gut, so machen wir's. Danke einstweilen. Und grüßen Sie Ihren Mann.«

Erleichtert zog er danach seine Gitanes aus der Tasche und steckte sich einen der Glimmstängel an. Während er nachdenklich blaue Kringel zur Decke blies, trat er ans Fenster und sah zum nahen Stadtgarten hinüber. Vergeblich versuchte er, sich an etwas zu erinnern – etwas auf Jos Liste, das seine Aufmerksamkeit erregt und sich im nächsten Moment wieder verflüchtigt hatte. Was kein Wunder war, denn alle hatten durcheinandergeredet, wie sollte man sich da konzentrieren können? Trotzdem schüttelte er verärgert den Kopf.

Er drehte sich um, um an seinen Schreibtisch zurückzukehren, als sein Telefon schrillte. Verdrossen nahm er den Hörer ab und nannte seinen Namen.

»Grabert hier, guten Morgen, Herr Wolf. Ich bin gerade unterwegs nach Freiburg, und mir fiel unser Gespräch wieder ein. Tut mir leid, wenn ich Ihnen nicht weiterhelfen konnte. Eigentlich hätte ich Sie gestern Abend gern zum Essen eingeladen – auf mich wartet ja zu Hause niemand, meine Frau und meine Kinder wohnen nicht mehr bei mir, aber das ist eine andere Geschichte. Allerdings wäre mir die Zeit etwas knapp geworden, ich hatte schließlich noch nichts gepackt. Vielleicht können wir das bei Gelegenheit mal nachholen? Ich würde mich jedenfalls freuen. Ich koche nämlich sehr gern, wissen Sie.« Er stieß einen Seufzer aus. »Na ja, was macht man nicht alles, wenn einem zu Hause die Decke auf den Kopf fällt.«

»Sie wohnen in Konstanz, nehme ich an?«, fragte Wolf, dem Graberts Enthüllungen etwas peinlich waren.

»Draußen, im Osten. Lorettosteig, wenn Ihnen das was sagt.«

»Oh! Keine ganz billige Gegend, würde ich sagen.«

Grabert winkte ab. »Das Haus hat meine Frau in die Ehe eingebracht. Aber lassen wir das. Sollten Sie in Sachen Luca Maroni noch Fragen haben: Ab heute ist überraschend Regierungsdirektor Keller wieder im Haus. Vielleicht wäre er ein kompetenterer Gesprächspartner für Sie gewesen – er kennt Maroni schließlich seit seiner Einlieferung. – So, das war's, was ich Ihnen noch sagen wollte. Ich wünsche Ihnen jedenfalls viel Erfolg bei der Lösung Ihres Falles.«

»Danke, Herr Grabert, wir können's gebrauchen. Ihnen noch einen erfolgreichen Tag an der Uni. Zeigen Sie den jungen Spunden mal, wo der Hammer hängt ... bildlich gesprochen.« Er stieß ein kurzes Lachen aus. »Auf ein andermal also, und danke für Ihren Anruf.«

Wolf drückte seine Zigarette aus und öffnete alle Fenster, als erneut das Telefon klingelte. Kalaschnikows Stentorstimme dröhnte ihm ins Ohr.

»Herr Kommissar, ham Se mal zwee Minuten für mich? Ick habe wat zu melden.«

»Schieß los, Kalaschnikow.«

»Also, wat der Igor ist, Sie wissen, wen ick meine ...«

»Klar. Igor Balakow.«

»Jenau. Ick könnte Ihnen sagen, wo er sich derzeit uffhält.«

»Raus mit der Sprache. Wo ist der Mann?«

»Also, die Sache is die: Ick habe die Information von Igors Partner, von Buddy, Sie verstehen? Der sitzt jerade neben mir.«

»Und, wo ist das Problem? Na komm schon, Kalaschnikow, ich hab nicht ewig Zeit.«

»Buddy verlangt freies Jeleit.«

»Freies Geleit? Soll das ein Scherz sein? Ich kenne den Mann überhaupt nicht, und meines Wissens wird auch nicht nach ihm gefahndet. Also, was soll das?«

»Jedenfalls will er nich freiwillig zu den Bullen fahren ... hat Angst, er könnte dort von eenem Bekannten jesehn werden. Meint, dit schadet seinem Ruf. Sie müssten also zu uns kommen. Und Buddy verlangt freies Jeleit. Ick hoffe, det jeht, Herr Kommissar.«

»Also gut, er hat mein Wort. Ich bin in einer Dreiviertelstunde bei dir.« Wolf beendete das Gespräch und rief laut nach Gerd.

Als hätte er hinter der Tür gestanden, pflanzte Vespermann sich Sekunden später vor ihm auf. »Was gibt's, Leo?«

»Wir müssen dringend zu Kalaschnikow. Er will uns verraten, wo wir Igor finden.«

»Jetzt? Konnte er dir das nicht am Telefon sagen?«

»Schon möglich. Aber Balakows Partner ist bei ihm. Dem könnten wir bei dieser Gelegenheit gleich ein paar Fragen stellen.«

Vespermann schnalzte mit der Zunge. »Verstehe, in Sachen ›Roxy-Bar‹, meinst du. Bin dabei.«

Im Hinausgehen sagte Wolf an Jo gerichtet: »Wir setzen uns gleich nach unserer Rückkehr wieder zusammen.«

***

Strahlende Sonne empfing Karin Winter, als sie das Flughafengebäude verließ und ins Freie trat. Sie war erleichtert, der Enge der Maschine entronnen zu sein und das lästige Auschecken hinter sich zu haben. Es war warm; sie schätzte die Außentemperatur auf beinahe zwanzig Grad. Dankbar zog sie ihre Jacke aus und legte sie über ihre Reisetasche.

Auf dem Flug hatte sie nicht nur den Stadtplan von Palma studiert, sie hatte sich auch den Kopf darüber zerbrochen, wie ihr Vorhaben am besten anzupacken war. Zumindest in dieser Hinsicht hatte es sich als vorteilhaft erwiesen, dass ihre Maschine – sie flog mit Iberia – eine Zwischenlandung in Barcelona eingelegt hatte. Auf diese Weise war sie statt der sonst üblichen zwei Stunden fast doppelt so lange unterwegs gewesen – lange genug, um sich so etwas wie einen Plan zurechtzulegen.

Sie sah auf die Uhr. Viertel nach elf. Missmutig zog sie ihr Handy hervor und wählte Matuscheks Nummer. Er hatte, als er am Vorabend telefonisch sein Okay für die Dienstreise gab, kategorisch darauf bestanden, dass sie ihn über jeden ihrer Schritte auf dem Laufenden halten sollte – als ob sie einen Aufpasser bräuchte.

Als er sich meldete, beschied sie ihn kurz: »Hab gerade am Flughafen von Palma ausgecheckt. Jetzt such ich mir ein Taxi.«

»Gut so. Und pass auf dich auf.«

»Ja, Papi«, antwortete sie und wollte schon die Leitung kappen, als Matuschek noch etwas sagte.

»De Boer war eben hier. Ich soll dir ausrichten, er sei fündig geworden. Mit hoher Wahrscheinlichkeit waren die beiden Männer auch bei Hauschild und Hörmann.«

»Hab ich's doch geahnt. Danke. Bis zum nächsten Mal.«

Sie verstaute ihr Handy und hielt Ausschau nach einem freien Taxi. Obwohl es auf dem quirligen Vorplatz vor gelben Wagen nur so wimmelte, verstrichen mehrere Minuten, bis einer der Fahrer auf sie aufmerksam wurde.

Karin öffnete die Beifahrertür und setzte sich neben den Fahrer, die Reisetasche nahm sie auf den Schoß. Dann nannte sie ihr Ziel: »Calle San Miguel, por favor.« Der Fahrer nickte und fuhr los.

Während der halbstündigen Fahrt ließ sie sich ihr Vorhaben noch einmal durch den Kopf gehen. Genau genommen hatte sie noch immer keinen richtigen Plan. Wie denn auch? Ein durchdachter Plan basierte auf Fakten. Genau die aber fehlten ihr. Sie hatte nur den Namen und die Adresse eines der beiden Männer, die Mesut Sahin in dessen Hotelsuite aufgesucht hatten. Wer aber sagte ihr, dass die Avis-Frau sich nicht bei den Personen geirrt oder die Daten falsch oder unvollständig an sie weitergegeben hatte?

Doch für Fragen dieser Art war es jetzt zu spät. Jede Minute brachte sie ihrem Ziel ein Stück näher. Und dieses Ziel hieß Calle San Miguel, Nummer 23, eine geschäftige Straße unweit der großen Placa Major.

Klang die Adresse noch einigermaßen unverfänglich, so fand sie die Namensangabe umso verdächtiger. Sie lautete »G.E.T. Alvarez«. Zumindest die drei vorangestellten Versalbuchstaben kamen ihr merkwürdig vor – so merkwürdig, dass Karin die Avis-Frau zweimal um Wiederholung gebeten hatte, da sie fürchtete, sie falsch verstanden zu haben. Doch es hatte alles seine Richtigkeit gehabt.

Zum weiß Gott wievielten Mal zerbrach sie sich den Kopf darüber, wofür die drei Buchstaben wohl stehen mochten. Konnte es sein, dass es sich dabei um Vornamen handelte? Karin bezweifelte das. Drei Vornamen vor dem Familiennamen waren ihr noch nicht untergekommen, zumindest nicht auf einer Visitenkarte – oder sah man das in Spanien etwas entspannter? Auch ein Blick in das allwissende Web hatte ihr nicht weitergeholfen. Zwar waren unter »G.E.T.« mehrere Gesellschaften aufgelistet, doch sie waren ausnahmslos in Deutschland eingetragen. Hinweise auf ausländische Niederlassungen, zumal auf den Balearen, hatte es keine gegeben.

Wie sie's auch drehte und wendete, jeder Ansatz mündete in eine Sackgasse. Es schien, als gäbe es zu ihrem ursprünglichen Plan keine Alternative, so schlicht und unbefriedigend er letztlich auch sein mochte. Ihm lag der folgende Ablauf zugrunde: Zunächst würde sie das Gebäude unauffällig unter die Lupe nehmen. Sofern sich daraus keine weitergehenden Erkenntnisse ergaben, würde ihr nichts anderes übrig bleiben, als das Haus zu betreten und seine Bewohner offen anzusprechen – mit allen Risiken, die dieses Vorgehen nach sich zog. Eine halbwegs glaubhafte Geschichte hatte sie sich bereits zurechtgelegt.

Der Fahrer unterbrach ihre Gedanken. »*Aquí está Calle San Miguel, Señora. Cuál numero?*«

Also hatten sie die angegebene Straße bereits erreicht; der Fahrer wollte die Hausnummer wissen. Sie bedeutete ihm anzuhalten und sie aussteigen zu lassen und holte einen Geldschein aus ihrer Tasche. »*Cuánto cuesta, Señor?*«

Er sah auf seinen Taxameter und nannte ihr die Summe. Beim Bezahlen rundete sie großzügig auf.

Dann stand sie auf der Straße.

***

»Dit is Buddy, er arbeitet mit Igor zusammen«, sagte Kalaschnikow und zeigte auf seinen Nebenmann.

Verlegen murmelte der Mann ein halbblaues »Hallo«. Obwohl er Kalaschnikow um eine Handbreit überragte und seine Glatze und die schwarze Kleidung den martialischen Eindruck noch verstärkten, spiegelte sich in seinem Gesicht eine gewisse Unsicherheit.

Kalaschnikow wies auf die klapprigen Stühle um den nicht minder klapprigen Tisch in der Raummitte. »Bitte schön, wenn die Herren Kommissare sich verplatzen wolln?«

Mit gebührender Vorsicht nahmen Wolf und Vespermann Platz, bevor Letzterer den Riesen ins Visier nahm. »Halten wir uns nicht mit langen Vorreden auf. Sie sind doch Igors Partner, nicht wahr? Man sagt, Sie beide seien unzertrennlich.«

Zur Überraschung der Polizisten standen Buddy Schweißperlen auf der Stirn. Ihre Überraschung wuchs, als Buddy zu sprechen begann. »Des isch richtig, Herr Kommissar«, antwortete er in breitestem Schwäbisch.

Nach kurzer Irritation nickte Vespermann zufrieden. »Gut. Dann rundheraus gefragt: Waren Sie am Tod des Besitzers der ›Roxy-Bar‹

beteiligt? Genauer gesagt: Haben Sie sich, als es passierte, ebenfalls dort aufgehalten?«

»I? Noi, wo denkat Sie na? I han zu dera Zeit an andern Einsatz ghabt.«

Vespermann blickte skeptisch. »Und das sollen wir Ihnen glauben? Wo war denn Ihr Einsatzort? Bitte genaue Zeit- und Ortsangaben. Außerdem hätten wir gerne, dass Sie uns Zeugen benennen, die Sie dort gesehen haben.«

»Ja, also, des war so …« Hilflos sah Buddy auf Kalaschnikow. Als der nur die Lippen zusammenpresste und mit den Schultern zuckte, fuhr er zaghaft fort: »Guat, Sie hend gwonna. I war dabei. Aber nur in der Bar, des müsset Se mir glauba. Aufm Hof, da wo des passiert isch, da war dr Igor allein … also mit'm Opfer natürlich. Deshalb hab i au nix gseh und kann nix dazua saga.«

»Sie haben dort also getrennt operiert? Aus welchem Grund?«

»I sollt dafür sorga, dass niemand die Bar verlässt. Dr Igor wollt allein mit dem Besitzer reda.«

An dieser Stelle hob Kalaschnikow die Hand. »Soweit ick informiert bin, machen se dit immer so«, bestätigte er mit einem Nicken.

Vespermann wechselte einen schnellen Blick mit Wolf.

»Ich nehme an, Sie haben einen festen Wohnsitz?«, fragte der.

Buddy nestelte eine Karte aus einer Tasche und überreichte Sie ihm.

»Na gut«, lenkte Wolf ein, nachdem er sich die Karte genau angesehen hatte. »Bitte halten Sie sich zu unserer Verfügung. Wir werden mit Sicherheit noch einmal auf die Sache zurückkommen. Dann werden wir auch Ihre Aussage protokollieren. Jetzt aber zum zweiten Grund unseres Hierseins: Wo finden wir Igor Balakow?«

Buddy zögerte zunächst mit seiner Antwort. Dann gab er sich einen Ruck: »Der Igor isch beim Borowski untertaucht.«

Wolf glaubte zunächst, sich verhört zu haben. Bei Borowski? War das ein Witz? Nein, Buddy schien es verdammt ernst zu meinen. Aber dann müsste doch Preuss … Mit einer gemurmelten Entschuldigung zog er sein Handy hervor und drückte eine Kurzwahltaste.

»Wolf hier. Preuss, hör zu: Ihr habt doch vergangene Nacht Borowski hochgenommen. Stell bitte fest, ob sich Igor Balakow unter den Anwesenden befand – und wenn ja, wo er sich aufhält. Bitte ruf mich baldmöglichst zurück. Ende.« Er drückte die Aus-Taste.

Aus den Augenwinkeln hatte Wolf mitbekommen, dass sich Buddy und Kalaschnikow bei der Erwähnung des Einsatzes einen Blick zugeworfen hatten. Nun lächelte er den beiden zu. »Wie ich sehe, seid ihr echt überrascht. Das wundert mich jetzt aber. Funktionieren etwa deine Buschtrommeln nicht mehr, Kalaschnikow?«

Kalaschnikow deutete ein Schulterzucken an. »Sie sehen uns sprachlos, Herr Kommissar. Wat hat Borowski denn uffm Jewissen?«

Vespermann lachte laut auf. »Jetzt tun Sie mal nicht so unschuldig. Als wüssten Sie das nicht.«

»Na, zum Glück habt ihr beiden nichts mit Borowski zu tun … oder sollte ich mich da täuschen?«, hakte Wolf nach.

Noch bevor die beiden Männer antworten konnten, klingelte Wolfs Handy. Er hörte kurz zu, bevor er zufrieden nickte. Mit den Worten »Verstanden. Ich danke dir« beendete er das Gespräch. »Sie haben Igor festgenommen«, teilte er Vespermann mit, »zusammen mit zwölf weiteren Personen. Sie sind eben erst damit durch, die Personalien aufzunehmen.«

Mit diesen Worten erhob sich Wolf. Vespermann stand gleichfalls auf.

Kurz vor der Tür drehte sich Wolf noch einmal um. »Ach ja, fast hätt ich es vergessen: Wir ermitteln in einem weiteren Mordfall, begangen in einem Penthaus am Überlinger Strandweg. Können Sie uns vielleicht dazu etwas sagen?«

»Also entschuldigen Se mal, des isch ja allerhand. Warum fraget Se mich des? Wollet Se des uns au no in d' Schuh schieba, oder was?« Buddy war ehrlich entrüstet.

»Warum wir Sie danach fragen? Weil Sie am Tatort gesehen worden sind.«

Buddy winkte ab. »Ach, des meinet Sie. Ja, schtimmt, mir warn da. Mir hättet was mit dem Mann zu beschprecha ghabt. Aber da hats ja nur so gwimmelt vor Polizei, also ham mir uns wieder verzoga.«

»Ihr wolltet Geld eintreiben?«

»Wenn Se des eh schon wisset. Des isch ja net verboten, oder?«

»Nein, da haben Sie recht – zumindest, solange der Schuldner die Prozedur überlebt. Gut, das war's dann, meine Herren. Wir finden allein hinaus.«

***

Karin Winter hatte das Objekt ihres Interesses eine Stunde lang aus unterschiedlichen Blickwinkeln belauert. Mehrfach hatte sie sich unauffällig in den Strom der Passanten eingereiht und war, mal auf der rechten, mal auf der linken Seite, daran vorbeigegangen.

Bei dem Haus handelte es sich um einen vierstöckigen Altbau in der typischen mallorquinischen Architektur, wie sie zu Hunderten im Stadtkern von Palma zu finden waren. Fast schien es, als wäre das Auffälligste an dem Bauwerk seine Unauffälligkeit. Eine schlichte ockerfarbene Fassade ohne jedwede Verzierung, dazu Sprossenfenster mit grün gestrichenen Klappläden davor – die kleinen Balkons vor den mittleren Fensterreihen wirkten dagegen wie der pure Luxus. Einzig die schmiedeeiserne Balkonbrüstung verbreitete so etwas wie mediterranes Flair.

Zu beiden Seiten des Objektes schlossen sich ähnliche Häuser an. Insgesamt verströmte das Ensemble den Charme der frühen siebziger Jahre, ein Eindruck, der vor allem auf den Zustand der Fassaden zurückzuführen war. Die schienen nach Farbe geradezu zu lechzen.

Inzwischen hielt Karin die Zeit für gekommen, der bloßen Inaugenscheinnahme Taten folgen zu lassen. Gespannt steuerte sie den Eingangsbereich an und warf einen Blick auf die Klingelschilder.

Das Klingeltableau bestand aus insgesamt acht Feldern, also gab es auf jeder Etage zwei Mieteinheiten. Zu Karins Verwunderung enthielt die Mehrzahl der Schilder keine Namen. Bei den wenigen, die beschriftet waren, vermisste sie den Namen Alvarez – von der geheimnisvollen Bezeichnung »G.E.T.« ganz zu schweigen.

Nun war guter Rat teuer. War sie im falschen Haus? Sie kontrollierte die Hausnummer. Über der Haustür stand »23«, alles hatte seine Richtigkeit.

Was nun, Karin Winter?, fragte sie sich. Streng dich gefälligst an, du bist doch sonst nicht auf den Kopf gefallen.

War bei der telefonischen Adressübermittlung vielleicht doch ein Fehler unterlaufen? Nach kurzem Nachdenken schloss sie das kategorisch aus.

Weiter – was dann?

Konnte es sein, dass sich die Spanier den Leihwagen unter falschen Angaben besorgt hatten? Kaum möglich, schließlich musste man beim Anmieten eines Fahrzeugs seine Papiere vorlegen, da war kein Schmu zu machen, es sei denn, man verfügte über gefälschte

Dokumente. Außerdem: Warum hätten sie das tun sollen? Weit und breit war kein Grund dafür zu erkennen. So verwarf sie auch diesen Gedanken rasch wieder.

Wenn sie erfahren wollte, was hinter »G.E.T.« steckte, dann musste sie in dieses Haus, koste es, was es wolle.

Die Eingangstür quietschte leicht, als sie dagegendrückte, dennoch ließ sie sich problemlos öffnen. Drinnen fand sich Karin in einer Art Vorhalle wieder, die wie die Außenfassade ihre beste Zeit längst hinter sich hatte. Hier war es dämmrig und kühl, im Sommer vermutlich ein Segen.

Es dauerte etwas, bis ihre Augen sich an die veränderten Lichtverhältnisse gewöhnt hatten. Geradeaus war im Hintergrund ein Aufzug zu erkennen. Es schien sich um eines jener nostalgischen Modelle zu handeln, bei denen die Kabine in einem Metallkäfig auf und ab schwebte und deren Betreten erst nach geräuschvollem Aufziehen einer Ziehharmonikatür möglich war. Rund um den Aufzugsschacht wand sich eine mit Fliesen belegte Treppe nach oben.

Rechts und links von ihr lagen die Eingänge zu den Erdgeschosswohnungen. Sie entschied, mit der linken Wohnung zu beginnen. Anhaltend drückte sie auf den Klingelknopf. Das schrille Läuten war selbst hier draußen nicht zu überhören. Während sie wartete, betrachtete sie das Klingelschild. Es war ohne Namen. Als auch nach geraumer Weile keine Reaktion erfolgte, versuchte sie es ein zweites Mal – erneut ohne Ergebnis. Auch bei der zweiten Wohnung hatte sie keinen Erfolg.

Entweder waren die Bewohner außer Haus oder die Räume wurden nicht genutzt. Na gut, würde sie es eben weiter oben versuchen.

Da ihr der Aufzug nicht geheuer schien, nahm sie die Treppe. Im ersten Stock dasselbe Spiel: Erneut begann sie links – erneut klingelte sie umsonst. Sie wechselte zur rechten Tür.

Sie wollte gerade die Klingel betätigen, als sie überrascht innehielt. Was war das? Spielte ihr ihre Phantasie einen Streich? Sie beugte sich zu dem Klingelschild hinab. Und tatsächlich, sie hatte sich nicht geirrt.

Da stand, wonach sie die ganze Zeit über gesucht hatte, ja, weshalb sie überhaupt nach Palma gekommen war: G.E.T.

G Punkt, E Punkt, T Punkt. Drei geheimnisvolle Buchstaben, jeweils mit einem Punkt dahinter. Nichts sonst.

Die Schrifttype war so klein, dass sie im Dämmerlicht fast nicht zu lesen war; zudem fehlte jeder Hinweis auf den Status der Bewohner. Es konnte sich ebenso gut um ein privates Namenskürzel handeln wie um die Firmeninitialen eines mehr oder weniger bekannten Dienstleistungsunternehmens.

Egal, darüber konnte sie sich später noch Gedanken machen – für den Fall, dass es dann noch nötig sein sollte. Sie hatte jedenfalls vor, das Haus nicht zu verlassen, bis sie die Nuss geknackt hatte.

Noch einmal atmete sie tief durch, bevor sie ihre Tasche abstellte und auf den Klingelknopf drückte.

Es dauerte nicht lange, dann wurden von innen zwei Riegel zurückgeschoben, und die Tür ging auf. Karin stand einer schlanken, tough aussehenden jungen Frau gegenüber, die sie forschend anblickte. »*Sí, Señora?*«, fragte sie.

»Entschuldigen Sie bitte, ich komme von einer deutschen Zeitung und möchte gerne Señor Alvarez sprechen.«

Karin hatte sich ihre Vorgehensweise gründlich überlegt. Diesmal würde sie keine Lügengeschichte auftischen, um an die dringend erhofften Informationen zu kommen; diesmal würde sie bei der Wahrheit bleiben. Dazu gehörte, dass sie ihr Spanisch – das sie ohnehin nur leidlich sprach – erst gar nicht hervorkramte, sondern die Leute ganz bewusst auf Deutsch ansprach. Sie setzte auf den Überraschungseffekt, genauer gesagt darauf, dass das Personal eines Büros, das Geschäftsbeziehungen mit Deutschen unterhielt, auch der deutschen Sprache mächtig sein würde – wenigstens bis zu einem gewissen Grad. Und dass es sich bei den Räumlichkeiten hier um einen Bürobetrieb handelte, das hatte sie schon beim ersten Blick durch die offene Tür erkannt; dazu passten auch die Sicherheitsriegel an der Eingangstür.

Sollte sie mit ihren Überlegungen richtigliegen, dann hätte sich ihr Verdacht bestätigt oder zumindest erhärtet; der Verdacht nämlich, dass es zwischen den Morden am Bodensee und diesem Laden hier eine Verbindung gab. Spätestens dann würde sie davon ausgehen müssen, dass »G.E.T.« mehr war als nur ein harmloses Namenskürzel.

Es hatte den Anschein, als ginge ihre Rechnung auf.

»Alvarez? Tut mir leid, so jemanden gibt es hier nicht. Von einer

Zeitung, sagten Sie?« Zu Karins Verwunderung sprach die Frau ein astreines Hochdeutsch.

»Genau. Man hat mir die Calle San Miguel, Nummer 23 als seine Adresse genannt. Das hier ist doch die Nummer 23, oder?«

»Zweifellos. Aber wie ich schon sagte: Bei uns gibt es niemand dieses Namens.«

Schau an, dachte Karin, sie beherrscht sogar den Genitiv.

»Na gut«, lenkte sie ein, »der Name, den man mir gab, lautete genau genommen ›G.E.T. Alvarez‹. Ich bin hier doch bei der Firma G.E.T., oder nicht?«

»Wir haben keinen Alvarez, glauben Sie mir. Es stimmt zwar, Sie sind hier bei G.E.T., aber wir unterhalten grundsätzlich keinen Publikumsverkehr. Ich muss Sie also bitten zu gehen.« Beiläufig fügte sie hinzu: »Worum geht es denn eigentlich … ich meine, wieso suchen Sie diesen Herrn überhaupt?«

»Nun, Herr Alvarez hat in Überlingen, das liegt am …«

»Ich weiß, wo Überlingen liegt.«

»Also, Herr Alvarez hat in Überlingen einen Mann aufgesucht, der bedauerlicherweise kurz darauf das Zeitliche segnete, wenn Sie verstehen, was ich meine.«

»Durchaus. Und?«

»Warten Sie, ich habe ein Bild von Herrn Alvarez … wo ist es denn gleich …« Sie kramte in ihrer Tasche danach. »Hier. Vielleicht erkennen Sie ihn? Übrigens war bei seinem Besuch noch ein zweiter Mann bei ihm, muss wohl ein Kollege gewesen sein.«

Die Angestellte nahm das Bild in die Hand und warf einen Blick darauf. »Ein bisschen unscharf, finden Sie nicht? Der Mann auf dem Foto könnte jedermann sein.«

Ihr Disput schien in dem großräumigen Büroraum bereits Aufsehen erregt zu haben. Karin sah, wie mehrere Köpfe sich hoben und zu ihnen herübersahen. Bei dieser Gelegenheit fiel ihr außerdem auf, wie großzügig und modern das Büro ausgestattet war. Hier hatte man offensichtlich an nichts gespart.

Plötzlich verstellte ein Mann mittleren Alters mit kantigem Gesicht ihren Blick. »Was gibt's?«, fragte er barsch und fasste Karin ins Auge. Er schien wie seine Kollegin Deutscher zu sein, der Aussprache nach kam er aus dem Hessischen.

»Die Dame sucht einen gewissen Herrn Alvarez. So soll er aussehen.« Sie reichte ihm das Bild. »Ich habe ihr bereits gesagt, dass wir keinen Mitarbeiter dieses Namens …«

»Sie haben es gehört, Gnädigste, wir können Ihnen leider nicht helfen. *Adiós* also.« Er schob seine Kollegin zur Seite, um die Tür zuzuschlagen. »Das Bild lassen Sie uns besser hier, für alle Fälle. Vielleicht finden wir Ihren Herrn Alvarez ja noch.«

Das letzte Wort war kaum gesprochen, da fiel die Tür ins Schloss. Karin nahm ihre Tasche hoch und stieg die Treppe hinab. Sie fragte sich, weshalb der Mann das Bild behalten wollte. Nicht, dass sie der Verlust besonders geschmerzt hätte; sie hatte das Original auf ihrem iPad abgespeichert und brauchte es nur auszudrucken. Alles in allem war die Veranstaltung trotzdem höchst aufschlussreich gewesen. G.E.T. hatte diese Adresse nicht ohne Grund gewählt. Welcher Art die Geschäfte dieser Leute auch immer sein mochten, an diesem Standort konnten sie ihnen unauffällig nachgehen. Apropos Geschäftszweck: Den konnte sie über die Industrie- und Handelskammer in Konstanz sicher leicht herausbekommen; die würden sich mit der mallorquinischen Kammer in Verbindung setzen, und schon wäre das Geheimnis gelüftet.

Ganz in Gedanken trat sie auf die Straße hinaus – und prallte unversehens mit einem Mann zusammen. Der Vorfall dauerte nur wenige Sekunden, und ehe sie sich versah, war der Kerl auch schon wieder verschwunden.

»Blödmann«, schimpfte sie ihm erbost hinterher, während sie sich aufrappelte und ihre Tasche an sich nahm, die ihr beim Zusammenprall mit dem ungehobelten Kerl aus der Hand gerissen worden war. Kurz darauf hatte sie die Sache bereits wieder vergessen.

Sie beschloss, zur nahen Placa Major hinüberzugehen, dort fände sie mit Sicherheit ein Café. Sie könnte bei einem doppelten Espresso ihre Gedanken ordnen und sich Notizen machen.

Ach ja, und Matuschek anrufen.

***

Auf dem Rückweg von Kalaschnikows Domizil zur Polizeidirektion waren sie in einen Graupelschauer geraten. Myriaden von Eiskörnern prasselten auf das Wagendach, und Wolf war froh, als sie endlich die Fähre erreichten.

Prompt klarte der Himmel während der Überfahrt auf. In Meersburg strahlte bereits wieder die Sonne.

Aprilwetter im März.

Nachdem Wolf sein Büro erreicht und die Tür hinter sich zugezogen hatte, entledigte er sich mit spitzen Fingern seines nassen Mantels und hängte ihn an einen Haken. Dann setzte er sich an seinen Schreibtisch und griff zum Telefon.

»Morgen, Herr Wolf«, meldete sich Hannelore Bender. »Falls Sie den Chef haben wollen …«

»Will ich, ja.«

»Da muss ich Sie enttäuschen, tut mir leid. Das LKA hat ihm einen aushäusigen Termin aufs Auge gedrückt.«

»Schade … ich meine, schade um die gute Tasse Kaffee, die mir so entgeht. Weiß der Geier, wie Sie das machen, aber Ihrer ist der Beste, ehrlich.«

Sie lachte. »Danke für die Blumen. Aber keine Angst, es entgeht Ihnen nichts. Der Kriminalrat will spätestens um halb zwölf wieder zurück sein. Er hat mir aufgetragen, Sie herzubitten, er möchte über Ihren Fall auf den neuesten Stand gebracht werden. Die Medienleute, Sie wissen schon … diese Typen werden immer aufdringlicher.«

»Ich weiß. Ich werde versuchen, pünktlich zu sein.« Er legte auf.

Gleichzeitig wurde die Verbindungstür zum benachbarten Büro geöffnet, und Jo streckte den Kopf herein.

»Können wir, Chef?«

Er sah auf die Uhr. Es war Punkt halb elf. »Herein mit euch – vorausgesetzt, ihr habt Kaffee dabei.«

Jo trat ein, ein volles Tablett balancierend, das sie auf Wolfs Besprechungstisch abstellte, und verteilte die Tassen. In der Zwischenzeit hatte sich auch Vespermann zu ihnen gesellt.

»Wo bleibt Preuss?«, fragte Wolf.

»Wird noch beim D3 gebraucht.« Auf Wolfs fragenden Blick hin fügte sie hinzu: »Immerhin haben Marsbergs Leute im ›TruckStop‹ dreizehn Mann eingesackt.«

»Also gut. Fangen wir an. Was haben wir?«

Vespermann hob die Hand. »Vorweg eine Frage, Leo: Wann verhören wir Balakow?«

»Nach der Mittagspause.«

»Das ist in diesem Dezernat ein dehnbarer Begriff«, bohrte Vespermann weiter. »Ich wollte zur Abwechslung mal was Ordentliches essen. Können wir uns nicht auf eine Uhrzeit einigen?«

»Können wir. Dreizehn Uhr. Das heißt, falls dir das genehm ist.«

»Bisschen knapp …«

Wolf war nahe daran, aus der Haut zu fahren. »Darf ich dich daran erinnern, lieber Kollege, dass wir drei Mordfälle aufzuklären haben – und noch meilenweit von einer Lösung entfernt sind?«

»Ist ja gut. Dreizehn Uhr also«, steckte Vespermann zurück.

»Ich sehe nicht ganz so schwarz, Chef«, versuchte Jo die Wogen zu glätten. »Immerhin haben wir eine Reihe falscher Spuren ausschließen können, ich erinnere nur an Borowski und Peschke. Gut, die Luca-Spur wirft nach wie vor Fragen auf –«

»Entschuldige, wenn ich dir ins Wort falle«, sagte Wolf, »für mich ist sie nach wie vor der Schlüssel zu allem. Uns fehlt sozusagen nur noch das passende Schloss.«

»›Nur‹ ist gut«, meinte Vespermann.

Jo beeilte sich fortzufahren, ehe der Zwist erneut entflammte. »Lassen wir das Thema Luca mal beiseite, dann bleiben uns immer noch zwei vielversprechende Ansätze. Erstens: Igor Balakow von Moskau-Inkasso, dem wir vermutlich ein Totschlagdelikt, wenn nicht gar einen Mord nachweisen können und der von einem Zeugen an Hauschilds Todestag vor dessen Haus gesehen wurde. Und zweitens die Liste aus Sahins Notebook. In diesem Zusammenhang darf ich Sie an Ihre Theorie erinnern, Chef, wonach die Morde an den drei Bankern von geprellten Anlegern begangen worden sein könnten, Mord aus Rache also.«

»Stimmt«, lenkte Wolf ein, »inzwischen haben wir wieder eine Perspektive. Was Balakow betrifft, lässt die Aussage seines Partners Buddy nicht unbedingt hoffen. Aber wir sollten den Ausgang des Verhörs abwarten. Und zu der Liste … wo hab ich sie nur?« Er stand auf und ging zu seinem Schreibtisch hinüber. Mit den Blättern in der Hand kehrte er wieder zurück. Es dauerte einige Minuten, bis er das erste Blatt erneut überflogen hatte. Mit dem zweiten hatte er eben begonnen, als er einen leisen Pfiff ausstieß. »Ich werd verrückt! *Das* also war es, was mir die ganze Zeit im Kopf herumgeisterte! Hier, seht euch mal diesen Namen an.«

Vespermann und Jo stierten angestrengt auf die Liste.

»Keller … ja, und?«, fragte Vespermann.

»Keller. Baldur Keller. Wohnhaft in Konstanz. Leider fehlen in der Liste nähere Angaben.« Er überlegte kurz, bevor er weitersprach. »Was denkt ihr, wie viele Kellers es in Konstanz gibt, die mit Vornamen Baldur heißen?«

»Na ja …«, meinte Vespermann unschlüssig.

Jo schnalzte mit der Zunge. »Ich verstehe, was Sie meinen, Chef. Sie kennen einen Baldur Keller, und jetzt fragen Sie sich, ob er mit dem auf der Liste identisch ist.« Sie wiegte den Kopf hin und her, schließlich nickte sie. »Der Vorname Baldur dürfte äußerst selten sein. Sie könnten also durchaus richtigliegen. Darf man fragen, um wen es sich handelt?«

»Um den Regierungsdirektor Baldur Keller, den Chef der JVA Konstanz.«

»Öha!«, entfuhr es Jo.

»Warum soll der Mann aber auch nicht auf der Liste stehen?«, gab Vespermann zu bedenken. »Noch sind Geldanlagen nicht verboten – zumindest solange es sich nicht um Schwarzgeld handelt.« Ein Grinsen legte sich in sein Gesicht. »Es sei denn, du glaubst, dieser Keller hätte die drei Banker über die Klinge springen lassen, um sich … wie soll ich sagen … ja, um sich für das Verzocken seiner Einlage zu rächen. Das wäre allerdings ein bisschen vorschnell gedacht. Wir wissen ja noch immer nichts über die Geschäftspraktiken der drei Banker.«

Anstatt auf Vespermanns Frage einzugehen, wies Wolf auf eine andere Zeile in der Liste. »Hat einer von euch eine Idee, um was es sich bei diesem Kürzel hier handeln könnte? G Punkt, E Punkt, T Punkt? Steht insgesamt … Augenblick … ja, gut fünfzehnmal auf der Liste.«

»Ich tippe auf ein bestimmtes Produkt«, riet Jo.

»Ja, vermutlich eine bestimmte Anlageform«, schloss sich Vespermann an. »Oder eine Zusatzleistung, die bestimmte Kunden in Anspruch nahmen.«

»Okay. Lassen wir das mal so stehen. Du, Jo, könntest, während wir Balakow verhören, Folgendes tun: Schau ins Internet, ob du einen Hinweis auf dieses ominöse Kürzel »G.E.T.« findest. Setz dich außerdem mit der KTU in Verbindung, die sollen sich gefälligst mit der Auswertung der Spuren auf der Jade-Skulptur beeilen. Ach ja, hat eigentlich die Ortung von Hauschilds Handy inzwischen etwas gebracht?«

»Nein. Fehlanzeige«, entgegnete Jo.

»Also gut, dann brechen wir hier ab.« Er sah auf die Uhr. »Schon halb zwölf. Ich muss zu Sommer, Bericht erstatten.« An Vespermann gewandt, schloss er: »Wie gesagt, um dreizehn Uhr im großen Vernehmungsraum. Bereite bitte alles vor, Gerd.«

***

Karin hatte vor einer kleinen Bar ein freies Tischchen ergattert. Sie nahm ihr iPad aus der Tasche und schaltete es ein.

Das kurze Telefonat, das sie auf dem Weg zur Placa Major mit Matuschek geführt hatte, ging ihr nicht aus dem Kopf. Auch er hatte das Verhalten der G.E.T.-Leute als reichlich seltsam empfunden. Insbesondere hatte ihn gestört, dass alle Mitarbeiter, mit denen Karin in Berührung gekommen war, offensichtlich Deutsche waren.

»Denk dran«, hatte er gemahnt, »du kannst jederzeit abbrechen, wenn dir die Sache zu brenzlig wird.«

»Jetzt bin ich hier, also bring ich's auch zu Ende. Ich werde mich vorsehen, versprochen.«

»Sollten diese Leute wirklich Dreck am Stecken haben, dann werden sie alles dransetzen, es nicht publik werden zu lassen. Dann schrecken sie möglicherweise auch vor Gewalt nicht zurück. Daran solltest du immer denken.«

»Mach ich. Jetzt muss ich erst mal meine Eindrücke ordnen und festhalten. Außerdem brauch ich einen Kaffee. Ich melde mich später wieder.«

Fast bereute sie, sich im Freien niedergelassen zu haben; selbst auf Mallorca empfand sie es um diese Zeit auf Dauer noch zu kühl. Sie legte die Hände um die heiße Tasse und las ihren Eintrag vom Morgen noch einmal durch, als ein Schatten auf das Display fiel. Verwundert sah sie hoch.

Ungefragt hatte sich ihr gegenüber ein Mann niedergelassen, ein Anflug von einem Lächeln lag auf seinem Gesicht. »Ich weiß, was Sie jetzt denken«, bemerkte er in astreinem Deutsch. Offenbar war Palma fest in teutonischer Hand.

»So«, antwortete sie kurz angebunden.

»Ich finde, Sie sind etwas leichtsinnig, Frau Winter«, fuhr er fort.

Karin erstarrte, als sie ihren Namen hörte. Nun erst nahm sie den Mann genauer ins Visier. Sie war sicher, ihn noch nie gesehen zu haben. »Entschuldigen Sie … kennen wir uns?«, fragte sie, um Zeit zu gewinnen.

Der Mann schob ihr einen prall gefüllten Umschlag zu. »Sie sollten auf Palmas Straßen etwas vorsichtiger sein«, meinte er und lachte schelmisch. »Wir sind hier schließlich nicht in Überlingen.«

»Wir? Wer ist wir? Was wollen Sie überhaupt von mir?« Äußerlich ruhig nahm sie den Umschlag in die Hand und öffnete ihn. Sie hatte richtig vermutet: Es handelte sich um ihre Reiseunterlagen; die hatte sie nach dem Auschecken leichtsinnigerweise in das Außenfach ihrer Tasche gesteckt. Demnach war der Zusammenprall vor dem Haus kein Zufall gewesen. Wer spielte hier sein Spiel mit ihr? Sie würde es herauskriegen, das schwor sie sich.

Wortlos steckte sie den Umschlag ein und verstaute das iPad in ihrer Tasche. Dann legte sie einen Fünfeuroschein auf den Tisch und machte Anstalten zu gehen.

»Aber, aber, Frau Winter, geben Sie immer so schnell auf?« Der Mann schlug gemütlich die Beine übereinander und grinste sie an. »Ich dachte, Sie wären an ›G.E.T.‹ interessiert? Sollte ich mich da etwa getäuscht haben?«

Karin fiel wieder auf ihren Stuhl zurück. Forschend sah sie dem Mann in die Augen. »Wer sind Sie? Was wollen Sie?«

»Spielt das eine Rolle?«, fragte er, wieder ernst geworden. »Das *Ziel* ist wichtig, nicht der Weg, Frau Winter.«

Karin beschloss, zum Schein auf das Spiel einzugehen. »Okay. Was schlagen Sie vor?«

»Nun, ich könnte Ihnen zum Beispiel Umwege ersparen … auf dem Weg zu ›G.E.T.‹, meine ich.«

»Warum so kryptisch?«, fragte sie rundheraus. »Warum lassen Sie die Katze nicht aus dem Sack?«

»Hier, wo uns alle Welt sieht, vielleicht sogar mithört?«, meinte er und sah sich um. »Lassen Sie uns ein paar Schritte gehen – oder eine Kleinigkeit essen, was halten Sie davon? Sie selbst müssen ja auch Hunger haben. Gleich um die Ecke gibt es einen guten Italiener, da können wir uns ungestört unterhalten.«

»Ich soll mit Ihnen essen gehen?«, fragte sie spöttisch.

»Sie sind natürlich eingeladen«, sagte er und stand auf.

Sie zögerte noch. Andererseits … warum eigentlich nicht? Der Mann sah nicht aus wie ein Ganove, ganz im Gegenteil. Vielleicht kam sie über ihn an Informationen ran, immerhin schien er dieses obskure Unternehmen zu kennen.

»Okay. Sie haben gewonnen«, meinte sie und nahm ihre Tasche.

Wenig später hatten sie die Placa Major verlassen. Schweigend liefen sie eine belebte Straße entlang, als neben ihnen mit quietschenden Reifen ein Auto hielt. Ein Mann sprang heraus und riss die Hecktür auf; gleichzeitig fühlte sich Karin an den Armen gepackt und zu dem Wagen gezerrt. Ehe sie sich versah, hatte man sie in das Fahrzeug gestoßen, die Tür schlug zu, und der Wagen fuhr an – so rasch, dass die Fliehkraft sie in den Rücksitz presste.

Jetzt endlich löste sich auch die Hand, die ihr den Mund zugehalten hatte, von ihrem Gesicht.

17

Wolfs Rapport bei Sommer hatte ihn mehr Zeit gekostet als geplant. Wie so oft hatte es zwischendurch mehrmals den Anschein gehabt, als würden sie zu einem Ende kommen; stets aber war Sommer eine neue Frage eingefallen. Dann endlich – kurz bevor er sich mit einem Verweis auf das Balakow-Verhör hatte ausklinken wollen – hatte Sommer ihn freigegeben.

Im Stechschritt war er in sein Büro geeilt, hatte seine Unterlagen an sich gerafft und sich auf den Weg zum Verhörraum gemacht, sein Magenknurren dabei geflissentlich überhörend. Von den Keksen bei Sommer, an denen er sich in weiser Voraussicht schadlos gehalten hatte, einmal abgesehen, lag seine letzte Mahlzeit schon Stunden zurück.

So betrat er mit einiger Verspätung den Verhörraum im Untergeschoss, in dem sich Vespermann und Balakow schweigend gegenübersaßen.

Wolf nickte dem Uniformierten neben der Tür freundlich zu und setzte sich gewohnheitsmäßig an die Stirnseite des Tisches. »'tschuldigung, bin leider aufgehalten worden«, murmelte er und wechselte einen Blick mit Vespermann. Dann versuchte er, sich ganz auf den Untersuchungsgefangenen zu konzentrieren, der ihnen mit stoischem Gesichtsausdruck gegenübersaß.

Wolf mochte es kaum glauben: Noch am Vormittag waren sie mit Igors Partner bei Kalaschnikow zusammengetroffen. Nun war ihm, als säße er dessen Ebenbild gegenüber. Die Ähnlichkeit der beiden Geldeintreiber war mehr als verblüffend – man hätte sie glatt für Zwillinge halten können. Jetzt verstand er auch, warum sie in ihrer Branche als erfolgreich galten. Bevor ein Schuldner sich mit dem martialisch wirkenden Doppel einließ, zahlte er lieber freiwillig. Kein Wunder, dass selbst Borowski sich der Dienste von »Moskau-Inkasso« bediente.

»Herr Balakow hat bereits mit seinem Anwalt gesprochen, einem gewissen Dr. Sturm«, informierte ihn Vespermann, nachdem er das Aufnahmegerät eingeschaltet hatte. »Dr. Sturm muss jedoch einen Prozesstermin in Ravensburg wahrnehmen, sodass er dem Verhör nicht beiwohnen kann. Er hat beantragt, den Termin auf einen anderen Tag zu verschieben. Das habe ich mit Hinweis auf die Bedeutung des Falles und die Dringlichkeit der Ermittlungen abgelehnt. Er ließ offen, ob er vorhat, in dieser Sache die Staatsanwaltschaft einzuschalten.«

»Gut so. Dann fangen wir an«, übernahm Wolf nun die Gesprächsführung und fasste den Delinquenten schärfer ins Auge. »Herr Balakow, ich nehme an, Sie wissen, warum Sie hier sind.«

Igor verschränkte die Arme vor der Brust. »Ich nehme an, Sie sagen's mir gleich«, entgegnete er grinsend.

Wolf ignorierte den provokanten Unterton und fuhr mit neutraler Stimme fort: »Jedenfalls nicht, wie Sie vielleicht vermuten, wegen des Verdachts auf Totschlag an dem Besitzer der ›Roxy-Bar‹. Dieser Fall steht heute nicht zur Debatte, wir mussten ihn aus aktuellem Anlass zurückstellen.« An diesem Punkt legte Wolf eine kleine Pause ein. Seine Einleitung schien bei Balakow auf Interesse zu stoßen, wie ihm ein Blick auf dessen Mimik verriet. »In den vergangenen Tagen«, führte er weiter aus, »ist ein weiterer Verdacht gegen Sie aufgekommen – ein Verdacht, der nach unserer Auffassung ungleich schwerer wiegt. Es geht dabei um kaltblütigen Mord, begangen am vergangenen Samstag zwischen sieben Uhr dreißig und acht Uhr dreißig an dem Bankkaufmann Thorsten Hauschild. Möchten Sie dazu etwas sagen?«

Während Wolfs letzter Worte war Leben in Igor Balakows massigen Körper gekommen, fast schien es, als wollte er aufspringen und ihm an die Gurgel gehen. Vorsorglich hatte sich der Uniformierte an der Tür von seinem Stuhl erhoben, um nötigenfalls rechtzeitig eingreifen zu können.

»Was soll der Scheiß?«, brach es aus ihm hervor, nachdem er sich einigermaßen beruhigt hatte. »Ich habe den Namen noch nie gehört, geschweige denn, dass ich mit dem Mann zusammengetroffen wäre. Warum sollte ich das auch tun, können Sie mir das mal sagen? Wie kommen Sie überhaupt zu dieser Anschuldigung?

»Ganz einfach«, übernahm nun Vespermann das Wort. »Ein Zeuge hat Sie am Tag von Hauschilds Tod vor dessen Haus gesehen.«

»Und wo soll das gewesen sein?«

»Am Überlinger Strandweg.«

»Ich bitte Sie, was beweist denn das? Selbst wenn der Zeuge recht haben sollte, dann hieße das nur, dass ich in der Nähe des Tatortes war. Na und? Muss ich deshalb den Mann gleich umgebracht haben? Ihrer Logik nach kämen alle, die sich zur fraglichen Zeit in der Nähe des Strandweges aufhielten, als potenzielle Täter in Frage. Mann, Sie haben sie doch wohl nicht alle.«

»Nun, Sie müssen zugeben, Herr Balakow«, gab Wolf zu bedenken, »dass ein Richter da bei einem Mann mit Ihrer Vergangenheit schon ins Grübeln kommen könnte …«

»Was wollen Sie damit sagen?«

»Können Sie sich das nicht denken? Sie haben bei der Eintreibung von Spielschulden den Inhaber der ›Roxy-Bar‹ niedergeschlagen und damit seinen Tod verursacht oder zumindest billigend in Kauf genommen. Wie der Zufall so spielt, hatte auch Hauschild Spielschulden, und wie bei dem Barbesitzer hieß der Schuldner Borowski. Da wollen Sie uns doch nicht ernsthaft glauben machen, Sie seien zur Tatzeit rein zufällig im Strandweg gewesen und hätten mit dem Tod von Hauschild nicht das Mindeste zu tun?«

»So war es aber, Mann. Wenn überhaupt, dann habe ich das Penthaus nur aus der Ferne gesehen.«

»Welches Penthaus denn?«

Balakow stutzte. »Sagten Sie nicht, der Tote habe in einem Penthaus am Strandweg gewohnt?«

»Sie irren sich, Herr Balakow. Ich habe lediglich die Adresse genannt.«

»Tja, damit verfügen Sie offenbar über Täterwissen«, sagte Vespermann. »Ich brauche Ihnen wohl nicht zu sagen, was das bedeutet, Herr Balakow. Ich rate Ihnen, ein Geständnis abzulegen. Glauben Sie mir, es würde Ihre Lage bei der späteren Verhandlung und der Strafzumessung ganz sicher verbessern.«

»Ach, lecken Sie mich doch. Ich sag überhaupt nichts mehr. Ich warte auf meinen Anwalt, und damit basta.«

»Davon sollten Sie nicht allzu viel erwarten, Herr Balakow. Im Augenblick werten wir die Spuren in Hauschilds Wohnung aus, und die sind ausgesprochen ergiebig. Dazu der Zeuge, der Sie zur Tatzeit im Strandweg gesehen hat. Dann die Sache mit dem Barbesitzer und, nicht zu vergessen, Ihr Vorstrafenregister – was sollte Ihr Anwalt dagegen ausrichten können?«

Balakow hob den Kopf; ein zaghaftes Lächeln schlich sich in sein feistes Gesicht. »Auf die Spurenauswertung bin ich gespannt, meine

Herren. Falls da kein Schmu gemacht wird, bin ich nämlich aus dem Schneider. Ja, ich gebe zu, wir haben vor Hauschilds Haus gestanden. Wollten ihn an seine Schulden erinnern. Aber dort war bereits alles voller Bullen. Also sind wir wieder weggefahren. Zu diesem Zeitpunkt muss Hauschild bereits tot gewesen sein.«

»Sie sagten eben ›wir‹. ›Wir haben vor Hauschilds Haus gestanden.‹ Also waren Sie nicht allein?«

»Richtig, Herr Kommissar.« Der Riese blühte förmlich auf. »Buddy saß neben mir. Das ist mein Partner. Und mein Zeuge. Fragen Sie ihn, er wird Ihnen alles bestätigen.«

Wolf nickte. »Das haben wir schon. Zu meinem Bedauern hat er tatsächlich dieselbe Geschichte erzählt. Womit Sie allerdings nicht aus dem Schneider sind, denn über den Mord an dem Besitzer der ›Roxy-Bar‹ müssen wir uns auch noch unterhalten. Für heute aber war's das erst mal.« An den Uniformierten gewandt fügte er hinzu: »Du kannst ihn wieder zurückbringen.«

Kaum war Balakow verschwunden, sprang Vespermann auf. »Das kann doch nicht dein Ernst sein, Leo. Wieso brichst du die Vernehmung ab? Wir hatten ihn fast schon weichgekocht.«

Wolf, mit dem Aufnehmen seiner Unterlagen beschäftigt, hob den Kopf und sah Vespermann in die Augen. »Gerd, jetzt hör mir mal zu. Balakow ist alles andere als ein Musterknabe, aber er ist kein Mörder – und schon gar nicht der Mörder der drei Banker. Ihn in dieser Sache länger in die Mangel zu nehmen, hätte uns nur einen Rüffel vom Staatsanwalt eingetragen – von einer Beschwerde durch Balakows Anwalt einmal ganz abgesehen. Außerdem hat Buddy seine Geschichte zumindest teilweise bestätigt.«

Ehe Vespermann antworten konnte, klopfte es an der Tür. Auf Wolfs »Herein« erschien eine aufgelöste Jo.

»Chef, es gibt Neuigkeiten«, platzte sie heraus.

***

Langsam kehrte Karin in die Wirklichkeit zurück.

Die Wirklichkeit? Welche Wirklichkeit denn?

Seit sie aus dem dumpfen, beklemmenden, von Schmerzen durchwaberten Dunkel erwacht war, seit sie aus trüben Augen ins Helle starrte, während alles rings um sie herum durcheinanderwirbelte und in Nebeln zerbarst – seitdem fragte sie sich, was mit ihr geschehen war.

Wo war sie? Wie war sie hierhergekommen? Was hatte man mit ihr angestellt?

Zaghaft versuchte sie, den Kopf zu drehen, doch ein zuckender Schmerz ließ sie die Augen schließen. Sie war kurz vor dem Erbrechen, und der bittere Geschmack in ihrem Mund wollte nicht weichen. Erst als sie nach einer Weile erneut die Augen öffnete, begannen die wabernden Schleier sich langsam aufzulösen, festen Konturen zu weichen, Gestalt anzunehmen.

Nur am Rande nahm sie wahr, dass sie auf einer harten Liege lag, lang ausgestreckt, die Glieder wie Blei. Dicht neben der Liege stand ein rostiger Eimer. Die Decke des Raumes bestand aus ungehobelten Brettern. An der linken Wand erkannte sie ein Fenster; die Scheiben waren vom aufgewirbelten Staub fast blind. Im Hintergrund, nur verschwommen sichtbar, wild wucherndes Gesträuch, darüber ein Zipfelchen blauer Himmel. Gegenüber dem Fenster befand sich eine Tür. Das Wenige, was an Einrichtung im Raum war, wirkte kärglich, abgewohnt, wie aus einem anderen Jahrhundert.

Irgendwann fühlte sie sich stark genug, um sich aufzurichten, doch da war etwas, was sie unten hielt. Zwar waren die Arme frei, desgleichen ihr linker Fuß – doch beim rechten war ihr, als lasteten Gewichte auf ihm. Sie sah an sich herab und erkannte die Ursache: Oberhalb des Knöchels umspannte ein Metallring ihren Fuß. Er war mit einer Kette am Stahlrahmen der Liege festgemacht.

Nein, nicht Kette und Ring hingen an der Liege – sondern sie selbst! Ihr Bewegungsspielraum erlaubte ihr allenfalls, den Eimer zu benutzen, um gegebenenfalls ihre Notdurft zu verrichten.

Wie benommen sank sie auf die Unterlage zurück. Jetzt erst erkannte sie ihre aussichtslose Lage. Ganz sicher hatte man ihr ein starkes Sedativum verabreicht, um sie gefügig zu machen. Das würde auch die Ausfallerscheinungen erklären. Die Kopf- und Magenschmerzen. Und den quälenden Durst.

Wie viele Stunden mochte sie hier schon zugebracht haben? Sie wollte auf die Uhr sehen, doch die hatte man ihr abgenommen. Umso erdrückender empfand sie die Stille, die um sie herum herrschte.

★★★

Wolf legte besänftigend seine Hand auf Jos Arm. »Ganz ruhig, Mädchen. Von welchen Neuigkeiten redest du?«

Fahrig deutete Jo auf den Besprechungstisch. »Vielleicht ist es besser, Chef, wenn wir uns setzen.«

»Gute Idee.« Zusammen mit dem mürrisch dreinblickenden Vespermann setzte er sich Jo gegenüber. »Also, wir hören.«

»Vor einer Viertelstunde war Mayer zwo bei mir. Ich wollte ihn bereits abwimmeln, da rückte er mit seiner Nachricht raus.«

»Welche Nachricht?«

»Die Spusi sollte doch die Jade-Skulptur auf Spuren untersuchen. Dabei konnten sie einen Fingerabdruck sicherstellen, der einem gewissen Samuel Bullock zuzuordnen ist.«

»Wie? Etwa Sam? Unser Sam?«

»Ich sehe, Sie erinnern sich.«

Vespermann, der dem Wortwechsel der beiden verständnislos zugehört hatte, hob die Hand. »Entschuldigt mal … was hat es mit diesem Sam denn auf sich?«

Wolf stieß hörbar die Luft aus. »Ist eine lange Geschichte. Ich erzähl dir die Kurzfassung: Samuel Bullock, in rechtsextremen Kreisen als ›Sam‹ bekannt, war vor etwas mehr als zwei Jahren in ein Mordkomplott verwickelt, bei dem vier Türken und ein Moldawier den Tod fanden. Wir waren an den Ermittlungen gegen ihn maßgeblich beteiligt.«

Vespermann nickte langsam. »Ich glaube, ich erinnere mich an den Fall. Ging damals durch alle Zeitungen.«

Wolf, dem die Sache keine Ruhe ließ, wandte sich noch einmal an Jo. »Ich denke, Sam sitzt ein?«

»Tut er auch. Und falls Sie wissen wollen, wo …« Sie zögerte mit der Antwort.

»Na komm, spuck's schon aus.«

»In Konstanz.«

»In der JVA Konstanz? Das darf doch nicht wahr sein.«

»Sehen Sie, ich hab's Ihnen ja gleich gesagt. Diese Nachricht kann man nur im Sitzen verdauen.«

Zwischen Wolfs Augen bildete sich eine steile Falte. »Also, jetzt mal langsam zum Mitschreiben: Der Mörder von Hauschild lässt aus dessen Wohnung eine wertvolle Jade-Figur mitgehen, die er an Peschke verscherbelt. Bei diesem Deal gibt er sich als Luca Maroni aus, der seit gut einem Jahr in Konstanz einsitzt. Und nun erfahren wir, dass auch Sam, unser alter Freund Sam, der Teufel soll ihn holen, dasselbe Institut bewohnt. Wenn man da nicht ins Stutzen kommt, wann dann?«

»Ganz meine Meinung, Chef.«

Wolf grübelte vor sich hin, für kurze Zeit herrschte Stille. »Fehlt eigentlich nur noch eines ...«, sagte er schließlich und stockte.

»An was denken Sie, Chef?«

»Nun, ich frage mich, ob Sam damals irgendein Gebrechen hatte – ob ihm zum Beispiel ein Finger fehlte oder so?«

»Nicht, dass ich mich erinnere. Wie jetzt, Chef, denken Sie etwa ...« Nun stockte auch Jo. Plötzlich schien sich alles zusammenzufügen.

»Warum nicht?«, antwortete Wolf. »Könnte doch sein. Ich werde Grabert anrufen. Ach nee, der hat ja heute in Freiburg zu tun. Dann spreche ich eben mit Keller. Oder nein, noch besser, ich fahr gleich selbst nach Konstanz.« Entschlossen rückte er sein Barett zurecht. »Und wisst ihr was? Du und Gerd, ihr kommt beide mit. Könnte sein, dass der Spuk schneller zu Ende ist, als wir ahnen.«

***

Vergeblich zermarterte sich Karin das Hirn. Weder kannte sie ihren derzeitigen Aufenthaltsort, noch hatte sie eine Ahnung, wie und durch wen sie hierhergeschafft worden war. Stunde um Stunde hatte sie einfach nur dagelegen, hatte reglos und mit leerem Kopf vor sich hingedämmert, als wäre sie in ein schwarzes Loch gestürzt. Nichts, aber auch gar nichts war während dieser Stunden geschehen.

Dann endlich, Stück für Stück, war der Schleier gerissen, war die Erinnerung zurückgekehrt. Immer mehr Bilder tauchten aus der Versenkung auf und fügten sich zu einem Ganzen. Ja, ein Mann hatte sie angesprochen, wie beiläufig hatte er die G.E.T. erwähnt, und sie dumme Kuh war ihm auf den Leim gegangen. Leichtfertig war sie ihm gefolgt, hatte mit ihm geplaudert, bis neben ihr ein Auto angehalten hatte. Grobe Fäuste hatten sie gepackt und an ihr gerissen, und ehe sie sich versah, hatte sie sich in dem Wagen wiedergefunden, rechts und links von je einem Mann flankiert.

Wie hatte sie diesem Typen nur vertrauen können?

Ihr Kardinalfehler war gewesen, das wusste sie jetzt, sich in der Calle San Miguel als deutsche Journalistin zu outen. Sie hatte die Leute aufgeschreckt – ein unverzeihlicher Fehler.

Und nicht nur das, sie hatte sie auch sträflich unterschätzt. Wenn es noch eines Beweises für die dunklen Geschäfte von G.E.T. bedurft hätte: Mit ihrer Entführung war er erbracht.

Was hatten die Leute mit ihr vor? Wie es schien, waren sie nicht an ihrem Tod interessiert. Sie korrigierte sich: nicht an ihrem schnellen Tod. Das war vorerst nicht weiter verwunderlich. Ziemlich sicher waren sie an Informationen interessiert, und die bekamen sie nur, solange sie lebte. Man würde sie eine Weile schmoren lassen, weichklopfen gewissermaßen. Umso bereitwilliger würde sie auspacken – dachten sie. Und danach?

Danach würde man sie töten und verschwinden lassen. Entsorgen, wie es auf Neudeutsch hieß.

Karin Winter stöhnte matt. Seit Stunden litt sie unter höllischen Rückenschmerzen, außerdem zog sich in immer kürzeren Abständen ihr Magen krampfartig zusammen.

Das Schlimmste aber war der entsetzliche Durst.

Sie war erneut in einen Dämmerschlaf gefallen. Als sie wieder zu sich kam, hatte das Tageslicht bereits nachgelassen, es wurde langsam Nacht.

Plötzlich glaubte sie, von draußen ein schwaches Geräusch zu hören. Und wirklich: Unweit des Hauses erstarb ein Motor, eine Wagentür wurde zugeschlagen, feste Schritte kamen näher. Ihr Kerkermeister? Oder nahte gar ihre Befreiung? Reglos lag sie da, unfähig, sich zu rühren.

Dann, ganz unvermittelt, erklangen schabende Geräusche, umständlich wurde ein Schlüssel in ein Schloss gesteckt, eine Kette klirrte, quietschend schwang die Tür zu ihrer Rechten auf.

Hatte sie diese Geräusche nicht eben noch herbeigesehnt? Nun, da sie erklangen, verzog sie schmerzhaft das Gesicht. Zwischen Angst und Hoffnung hin- und hergerissen, richtete sie den Oberkörper etwas auf und sah zur Tür.

Vorsichtig betrat ein Mann den Raum. Er war mittelgroß, schlank und sportlich gekleidet, so viel war bei den widrigen Lichtverhältnissen immerhin zu erkennen. Als er näher herankam, sah sie sein Gesicht, dabei fiel ihr vor allem die große Hakennase auf.

»Verdammt, Sie sollen liegen bleiben«, herrschte er sie an. Als sie der Aufforderung nicht schnell genug Folge leistete, erhielt sie einen Schlag vor die Brust, der sie nach hinten warf. Nur mit Mühe konnte sie einen Schmerzenslaut unterdrücken. Der Mann bückte sich und stellte etwas auf dem Boden ab, ein Glas Wasser, dazu einen Pappteller mit einem trockenen Brötchen. Dann richtete er sich wieder auf und beobachtete sie schweigend.

Obwohl sie entschlossen gewesen war, sich keine Blöße zu geben, konnte sie nicht widerstehen. Mit zitternden Händen griff sie nach dem Glas, um ein Haar hätte sie es umgeworfen. Gierig setzte sie es an die Lippen und trank und trank, bis sie sich verschluckte und zu husten begann.

»Wer sind Sie? Was haben Sie mit mir vor?«, krächzte sie, als sie das Glas zurückgestellt und ihr Atem sich etwas beruhigt hatte. Ihre Hilflosigkeit schnürte ihr die Kehle zu.

»*Ich* stelle hier die Fragen, Señora«, antwortete der Mann. Als wolle er die herrschenden Machtverhältnisse unterstreichen, stieß er Karin die Spitze seines Schuhs in die Seite. Während sie den Schmerz verbiss, registrierte ihr Kopf, dass auch dieser Mann, von der angehängten spanischen Anrede einmal abgesehen, ein astreines Schriftdeutsch sprach.

»Sie kommen aus Überlingen und arbeiten für den ›Seekurier‹, richtig?«

Mit einem Nicken bejahte sie seine Frage.

Ohne die Stimme zu heben, verlangte er: »Antworten Sie laut und deutlich, wenn ich Sie etwas frage.«

Hatte der Kerl etwa ein Aufnahmegerät laufen? Noch während sie sich das fragte, hob er abermals den Fuß. Doch diesmal war sie auf der Hut. Ihre Hände fuhren nach vorn und bekamen den Schuh zu fassen – ein Dreh, und der Mann lag vor ihr im Staub.

Schon im nächsten Moment bereute sie ihre Handlung. Was konnte sie durch solche Spielchen gewinnen? Sie war angekettet – wie sollte sie da aus seiner Unachtsamkeit einen Vorteil ziehen? Sie würde ihn auf diese Weise nur noch mehr gegen sich aufbringen.

Doch da irrte sie. Anders als erwartet, war er zwar rasch wieder auf den Beinen, doch die Lust auf weitere Quälereien schien ihm vorerst vergangen. Ihre Verblüffung wuchs, als sie seine Miene betrachtete, denn sein bislang ausdrucksloses Gesicht hatte sich zu einem schiefen Lächeln verzogen. Noch während er sich – jetzt in sicherem Abstand – den Staub von der Kleidung klopfte, meinte er anerkennend: »Nicht schlecht, meine Liebe, wirklich nicht schlecht. Aber es wird Ihnen nichts nützen. Sie kommen hier nicht raus.«

Er trat einen Schritt näher und sah auf sie hinab, das Gesicht nun wieder ausdruckslos wie zuvor. »Im Übrigen rate ich Ihnen, solche Mätzchen zu unterlassen. Sie haben mich einmal getäuscht, ein zweites Mal wird Ihnen das nicht gelingen. Und jetzt warte ich auf Ihre Antwort.«

»Wie war noch gleich Ihre Frage?«

Wortlos drehte er sich um und ergriff einen herumliegenden Stock. Als er Anstalten machte, auf ihre Beine zu schlagen, hob sie abwehrend die Hand. »Ja, Sie haben recht«, beeilte sie sich zu sagen, »ich arbeite für den ›Seekurier‹ in Überlingen.«

Er senkte den Stock und grinste verschlagen. »Sehr vernünftig.« Er nickte ihr zu. »Und warum sind Sie hier?«

»Hören Sie …«, setzte Karin an, doch abermals hob er den Stock und drohte zu schlagen. »In Überlingen«, schob sie schnell hinterher, »sind in den letzten Tagen drei junge Banker ermordet worden.«

»Weiter«, drängte er mit erhobenem Stock.

»Wir wollten herausbekommen, was dahintersteckt.«

»Wir? Wer ist wir? Ihre Zeitung? Oder wer sonst?«

»Die Zeitung. Und die Polizei natürlich. Ich bin mit Wissen der deutschen Ermittler nach Palma geflogen und sollte mich alle drei Stunden bei ihnen melden. Auch wenn Sie das nicht gerne hören: Ich bin längst überfällig, sicher werde ich bereits gesucht. Deshalb rate ich Ihnen …«

Der Hieb kam gänzlich unerwartet. Einen Augenblick lang war ihr, als explodiere ihr Sichtfeld, dann setzte der Schmerz ein und trieb ihr die Tränen in die Augen. Einem Fötus gleich rollte sie sich in gekrümmter Haltung auf die Seite und strich wimmernd mit den Händen über ihre Beine.

»*Was* wollten Sie mir raten?«, fragte der Mann ungerührt.

Doch noch war Karin zu keiner Antwort fähig, sodass er fortfuhr: »Sie haben doch nicht etwa geglaubt, Sie könnten mich mit

Ihren Drohungen beeindrucken? Wenn hier jemand einen Rat erteilt, dann bin ich das, verstanden?« Erneut hob er drohend den Stock. »Ob Sie mich verstanden haben, will ich wissen?«

»Ja«, antwortete sie und biss die Zähne zusammen. Langsam, ganz langsam streckte sie sich und kehrte in ihre Ausgangsstellung zurück.

Zufrieden nickte er und ließ den Stock wieder sinken. »Na also, geht doch.«

Das Spiel schien ihm Vergnügen zu bereiten – vielleicht eine Folge ihrer ungestümen Bewegungen der letzten Minuten, bei denen ihr T-Shirt hochgerutscht war, sodass ihr Bauchnabel frei vor ihm lag.

»Weiter im Text«, bestimmte er. Seine Stimme wurde drängend. »Was haben Sie herausbekommen?«

»Nicht viel. Wir haben über die drei Banker berichtet …«

»Das hab ich nicht gefragt, ich kenne Ihre Artikel. Ich will wissen, was Sie *noch* herausbekommen haben. Herausbekommen und *noch nicht* veröffentlicht. Wie sind Sie zum Beispiel auf die Adresse in der Calle San Miguel gekommen?«

»Hat mir die Kripo genannt«, log sie. »Die haben sie vom Personal des Hotels, in dem Sahin eine Suite bewohnte.«

»Falls Sie mir Angst machen wollen, Señora, vergessen Sie's. Wir haben unsere Vorkehrungen längst getroffen. Wenn Sahins Hotel Ihre Quelle war, stammt von dort auch das Foto, das Sie uns freundlicherweise überlassen haben?«

Sie nickte, und als er drohend die Brauen hochzog, bestätigte sie laut: »Ja, das stimmt.«

»Was haben die Leute dort sonst noch ausgeplaudert?«

»Kann ich nicht sagen. Jedenfalls habe ich nichts weiter gehört.«

Erneut schlug er zu, wieder auf dieselbe Stelle. So stark war der Schmerz, dass er ihr einen gellenden Schrei entlockte und ihr die Tränen in die Augen schossen. Es dauerte eine gefühlte Ewigkeit, bis er endlich verebbte und die Stimme ihres Peinigers wieder in ihr Bewusstsein drang.

»Ich frage sie noch einmal, Señora: Was wissen *Sie*, was weiß die Polizei über den Tod der drei Männer? Hat man herausbekommen, womit sie sich beschäftigt haben, wie sie zu Tode gekommen sind, wer für ihren Tod verantwortlich ist? Ist irgendjemand auf die G.E.T.

gestoßen? Reden Sie, verdammt noch mal, oder wollen Sie den Stock spüren?«

Schon bei der bloßen Erwähnung zog sich ihr Körper zusammen. Kaum hörbar kam ihre Antwort: »Und wenn Sie mich totschlagen, ich weiß nichts darüber. Wenn ich etwas wüsste, wäre ich dann nach Palma geflogen?«

»Lauter, Señora, ich verstehe Sie nicht«, forderte der Mann.

»Ich – weiß – es – nicht!«, schrie sie plötzlich heraus. Es fühlte sich an, als wäre ein Bann gebrochen, Adrenalin durchflutete ihren Körper, ihr Puls schoss nach oben, und sie begann zu schwitzen. Mit einem Mal war ihr alles egal. Sollte der Kerl doch auf sie einprügeln; je stärker und länger er es tat, desto eher wäre sie hinüber …

»Okay, Schätzchen, für heute brechen wir ab.« Seine Stimme war dicht an ihrem Ohr. Doch noch ehe sie ihn packen konnte, hatte er sich wieder aufgerichtet und marschierte zur Tür. »Keine Angst, ich komme wieder. Dann will ich Antworten von Ihnen hören. Und nun *Adiós*.«

Die Tür schlug hinter ihm zu und der Schüssel drehte sich im Schloss, ein Wagen wurde angelassen, der Motor heulte auf. Wenig später erstarben die Geräusche in der Ferne.

Karin schwirrte der Kopf. Ihre Einschätzung der Lage hatte sich als richtig erwiesen, die G.E.T.-Leute hatten sie aus dem Verkehr gezogen, um ihre Schnüffelei ein für allemal zu unterbinden. Damit man an ihr Wissen kam. Und, wichtiger noch, an das Wissen der Ermittler.

Eindeutiger hätte der Zusammenhang zwischen der G.E.T. und den Überlinger Morden nicht bestätigt werden können.

Nur eines kam ihr ziemlich merkwürdig vor: Wieso kämpfte die G.E.T. – jedenfalls die Leute, mit denen sie bisher in Berührung gekommen war – mit offenem Visier? Bisher war niemand darunter gewesen, der versucht hätte, sich zu tarnen. Selbst ihr Kerkermeister trat ihr unmaskiert gegenüber. Wieso hatte er keine Angst, dass sie ihn wiedererkennen würde, eines Tages, wenn die Machenschaften des Imperiums – als solches schätzte sie die kriminelle Potenz von G.E.T. inzwischen ein – endlich ans Licht kämen?

Dann, ganz langsam, begann sie die Tragweite ihres Gedankens zu erfassen. Warum sollten die Leute ihre Aussage fürchten?

Wenn es je so weit käme, wäre sie längst tot!

Denn der offene Umgang mit ihr konnte nur eines bedeuten: Dass sie nicht mehr lange zu leben hatte.

***

»Sie hier?«, fragte Wolf erstaunt, als sie auf dem Weg zu Kellers Büro überraschend auf Grabert trafen. »Ich dachte schon, wir müssten Ihren Chef behelligen. Sollten Sie heute nicht in Freiburg sein?«

»War ich ja – zumindest bis neun. Dann wurde das komplette Uni-Gelände evakuiert. Ein Bombenalarm. Ich kann Ihnen sagen ... Aber schön, dass Sie da sind.« Freundlich schüttelte er reihum die Hände seiner Besucher, bevor er sie in sein Büro bat. »Wie ich sehe, haben Sie Verstärkung mitgebracht. Ist etwas passiert, Herr Wolf?« Er machte ein besorgtes Gesicht.

»Nicht direkt. Also zumindest nichts Akutes«, erwiderte Wolf, der nicht mit der Tür ins Haus fallen wollte. Etwas verlegen schob er sein Barett dabei von links nach rechts und wieder zurück. Schließlich gab er sich einen Ruck. »Beim letzten Mal haben wir über Luca gesprochen, Luca Maroni, Sie erinnern sich?«

»Wäre schlecht, wenn ich's nicht täte.« Grabert lachte. »Ist ja erst gestern gewesen. Sagen Sie, kann ich Ihnen einen Kaffee anbieten?«

»Danke, nein«, Wolf winkte ab. »Wir wollen Ihnen keine Umstände machen.«

»Ich nehme einen«, fuhr Vespermann ungerührt dazwischen. »Bisschen Milch, kein Zucker, wenn ich bitten darf.«

Grabert entfernte sich, um das Gewünschte zu beschaffen.

Derweil zerdrückte Wolf einen saftigen Fluch zwischen den Lippen. Vespermann, dieser Schnorrer! Um seinen Ärger nicht allzu deutlich werden zu lassen, kam er bei Graberts Rückkehr sogleich auf den Grund ihres Hierseins zurück. »Sie hatten mir glaubhaft versichert, dass Luca Maroni während der letzten zwei Wochen keinen Freigang hatte.«

»So ist es«, bestätigte Grabert. »Wenn's so wäre, hätte ich das wissen müssen. Darf ich fragen, worauf Sie hinauswollen, Herr Wolf?«

»Also gut, gehen wir davon aus, dass es in Bezug auf Maroni so ist, wie Sie sagen«, trat Wolf die Flucht nach vorne an, die leichten Unmutsfalten auf Graberts Stirn geflissentlich übersehend. »Dummerweise haben wir jetzt einen ähnlichen Fall. Ach, Quatsch, genau genommen ist er absolut identisch – bis auf den Namen natürlich.«

Graberts Miene drückte Ratlosigkeit aus, offenbar hatte er noch immer keine Ahnung, worauf Wolf hinauswollte. »Jetzt bin ich aber gespannt. Um welchen Namen handelt es sich denn?«

»Samuel Bullock.«

»Bullock? Wie kommen Sie auf Bullock?«

»Tja, wie komme ich auf Bullock? Wie Sie wissen, haben wir drei Todesfälle aufzuklären …«

»Eher drei Mordfälle, würde ich sagen«, fuhr Vespermann dazwischen, bevor er weiter seinen Kaffee schlürfte.

»Drei Fälle, die uns Kopfzerbrechen bereiten. Bei einem von ihnen hat der Täter, wie ich Ihnen schon sagte, eine wertvolle Jade-Figur mitgehen lassen. Just an dieser hat unsere Spusi nun einen Fingerabdruck gesichert. Und dieser Fingerabdruck gehört Samuel Bullock.«

»Sam Bullock?«

»Eben dem.«

Grabert starrte sie ungläubig an. Es dauerte eine Weile, bis er sich einigermaßen gefasst hatte. »Verstehe«, sagte er dann. »Und jetzt wollen Sie wissen …«

»Richtig, Herr Grabert«, ergriff nun Jo das Wort, »genau deshalb sind wir hier. Kommt es Ihnen nicht auch etwas seltsam vor, dass schon wieder einer Ihrer Häftlinge in den Fokus unserer Ermittlungen gerät? Sie verstehen sicher, dass wir da ins Grübeln kommen.«

Grabert schien es die Sprache verschlagen zu haben. Er räusperte sich, bevor er antwortete. »Zugegeben, Frau Louredo, eine erstaunliche Duplizität. Trotzdem, ob Sie's nun glauben oder nicht: Weder Maroni noch Bullock haben kürzlich Freigang gehabt – darauf wollen Sie doch hinaus, nicht wahr?« Er wandte sich seinem Computer zu und gab einen Befehl ein. Dann schwenkte er den Bildschirm in ihre Richtung. »Hier, das ist Bullocks Akte. Wie Sie sehen, enthält das Feld ›Freigang‹ keinen Eintrag. Ein Freigang wäre mit Bullocks Strafmaß auch gar nicht vereinbar.« Er drehte den Monitor zurück und hämmerte erneut auf seine Tastatur ein. »So, und nun dasselbe bei Luca Maroni. Vielleicht überzeugt Sie ja das?« Er zeigte ihnen das leere Feld in Maronis Profil.

Vespermann, Wolf und Jo tauschten ratlose Blicke.

»Herr Grabert, wer hat alles Zugang zu diesen Dateien?«, fragte Wolf.

»Niemand außer Herrn Keller und mir kennt das Passwort. Wie in jeder JVA sind auch bei uns die Häftlingsakten besonders gesichert.«

Unschlüssig schüttelte Wolf den Kopf – als hätte er ein Problem damit, Graberts Erklärung zu akzeptieren. Ein Gedanke ging ihm im Kopf herum. Schließlich sprach er ihn aus: »Sagen Sie, wie muss man sich den verwaltungstechnischen Ablauf bei einem Freigang vorstellen? Wenn Sie uns die einzelnen Schritte vielleicht kurz skizzieren könnten?«

Grabert reagierte etwas genervt. »Ich merke schon, Sie sind noch immer nicht überzeugt. Wenn Sie sich den Verwaltungsakt antun wollen – bitte sehr, an mir soll's nicht liegen. Es ist so: In der Regel kommt der Häftling auf die Verwaltung zu, wenn er Freigang haben möchte. Er besorgt sich das entsprechende Antragsformular und füllt es aus, natürlich unter Angabe der Gründe und des vorgesehenen Aufenthaltsortes. Dieses Formular geht dann an die Verwaltung zurück. Die Anstaltsleitung prüft auf Rechtmäßigkeit, und sofern dem Ersuchen keine Gründe entgegenstehen, wird von dort der Freigang erteilt – mit den jeweils entsprechenden Auflagen, versteht sich.«

»Verstehe«, sagte Wolf. »Und nach erteilter Genehmigung tragen Sie respektive die Anstaltsleitung, also Herr Keller, den Freigang in die Akte ein – sehe ich das richtig?«

»Korrekt.«

Wolf zögerte kurz, ehe er weiterfragte. »Und diese Antragsformulare, werden die aufbewahrt?«

»Was denken Sie denn?«, fragte Grabert amüsiert. »Dafür sorgen schon die Revisoren des Justizministeriums. Die Herren beehren uns an jedem Quartalsende, und wehe, so ein Wisch würde einmal fehlen.«

»Dann würden wir die Anträge gerne sehen.«

Grabert seufzte, als er zum Telefon griff. »Ja, Frau Siebert, würden Sie mir bitte den laufenden Ordner mit den Freigang-Anträgen bringen? Danke.«

Eine Angestellte erschien und übergab Grabert den gewünschten Ordner. Ohne ihn zu öffnen, reichte er ihn an Wolf weiter. »Überzeugen Sie sich selbst. Schlagen Sie die Registerblätter ›B‹ und ›M‹ auf.«

Während Wolf in dem nur halb vollen Ordner umständlich hin- und herblätterte, hob Vespermann die Hand. »Könnte ich bitte noch einen Kaffee bekommen?«, fragte er Grabert und hielt ihm seine Tasse hin. Der erhob sich mit unbewegter Miene und ließ sie in seinem Vorzimmer auffüllen. Als er zurückkehrte, reichte Wolf den Ordner kommentarlos an Jo weiter und tippte auf das oben liegende Blatt.

»Sieht so aus, als würden Sie doch nicht in alle Vorgänge des Hauses eingeweiht«, sagte sie, nachdem sie das Formular überflogen hatte.

Grabert stutzte. »Wie meinen Sie das?«

»Nun, entgegen Ihrer Aussage finden sich hier nicht weniger als drei bewilligte Anträge auf Freigang, ausgestellt auf den Häftling Samuel Bullock. Was sagen Sie dazu?«

»Sie machen Scherze, oder? Das kann nicht sein. Geben Sie mal her.« Er beugte sich vor und riss den Ordner an sich. Noch im Stehen überzeugte er sich davon, dass Jo die Wahrheit sagte, und sank wie ein angeschlagener Boxer auf seinen Stuhl zurück. Dann blätterte er hektisch einige Seiten nach hinten und verkündete schließlich mit grauem Gesicht: »Bei Maroni dasselbe. Drei Anträge. Identische Zeiträume. Wie ist das nur möglich?«

»Sehen Sie mal auf die Unterschrift«, forderte Wolf ihn auf.

Grabert senkte den Blick und wurde noch blasser. »Keller. Die Formulare tragen Kellers Unterschrift.«

»Haben Sie dafür eine Erklärung?«

»Nein. Ich versteh das nicht.«

»Ist Regierungsdirektor Keller im Haus?«

»Ja, er ist da. Wollen Sie ihn sprechen?«

»Wir bitten darum.«

Grabert griff zum Telefon. Als sich Keller meldete, bat er ihn, kurz zu ihm zu kommen. Die Anwesenheit der Polizisten erwähnte er mit keinem Wort.

Wenig später betrat der verantwortliche Leiter der JVA das Büro. Grabert bot ihm seinen Platz an, doch Keller winkte ab und setzte sich neben Wolf.

»Was führt Sie diesmal zu uns, Herr Wolf?«, fragte er ihn, nachdem Grabert ihm auch Vespermann und Jo vorgestellt hatte.

»Nun, die Sache ist ein wenig delikat, um es vorsichtig auszudrücken. Wir haben Grund zu der Annahme, dass zwei Ihrer Häftlinge in eine Straftat verwickelt sind.«

Keller lächelte. »Natürlich – warum sonst sollten die Männer hier sein?«

»Die Straftaten, um die es geht, wurden in den letzten sieben Tagen begangen. Von Luca Maroni und Samuel Bullock.«

Schlagartig verdüsterte sich Kellers Miene, als hätte man einen Schalter ausgeknipst. »Reden Sie von Straftaten hier in der Anstalt?«, fragte er.

»Nein, sie wurden außerhalb begangen. Drüben am Nordufer, genauer gesagt: Im Raum Überlingen.«

»Unmöglich. Uns ist noch nie ein Häftling entwischt.«

»Die beiden haben die Anstalt ganz legal verlassen, Herr Keller. Sie haben Freigang bekommen.«

»Quatsch … ausgerechnet die beiden!«, entfuhr es Keller. »Bei ihrem Strafmaß bekämen sie niemals einen Freigang genehmigt.«

»Das hab ich den Herrschaften auch schon gesagt, Herr Keller«, bekräftigte Grabert. »Nur beweisen unsere Akten leider das Gegenteil. Aus unerfindlichen Gründen liegen von Maroni und Bullock je drei bewilligte Anträge auf Freigang vor.«

»Und? Wer hat die unterschrieben?«

Grabert zögerte mit seiner Antwort. »Sie, Herr Keller.«

»Ich? Ausgeschlossen. Darf ich mal?« Er streckte die Hand aus.

Wortlos reichte Grabert seinem Vorgesetzten den aufgeschlagenen Ordner über den Tisch.

Eine geschlagene Minute lang starrte Keller auf die Formulare, blätterte vor und wieder zurück, nahm sie einzeln heraus, um sie näher an die Augen zu führen und die Unterschrift auf Echtheit zu prüfen, bevor er den Ordner zurückschob. Ungläubig schüttelte er den Kopf. »Ich versteh das nicht … ich versteh's einfach nicht.«

»Sie haben die Unterschriften geprüft, Herr Keller. Was sagen Sie dazu?«, fragte Wolf.

Keller zuckte mit den Achseln. »Sieht so aus, als seien sie von mir. Mir ist das Ganze ein Rätsel.«

»Würden Sie so weit gehen zu sagen, dass Sie eine Fälschung ausschließen?«, fragte Wolf etwas geschraubt.

»Jedenfalls mit ziemlicher Sicherheit. Allerdings habe ich diese Anträge nicht bewusst unterschrieben, das steht fest.«

»Sie denken, man hat sie Ihnen in betrügerischer Absicht untergeschoben? Aus welchem Grund? Haben Sie vielleicht sogar einen konkreten Verdacht?«

»Ich kann nur wiederholen, mir ist das alles ein Rätsel.«

»Wir holen auf alle Fälle ein grafologisches Gutachten ein«, erklärte Wolf. »Lassen wir im Moment aber mal die Echtheit der Signaturen außen vor – wie wird so ein Freigang ganz konkret abgewickelt?«

Keller überlegte kurz, dann lächelte er mechanisch. »Ich kann mir denken, worauf sie hinauswollen, aber ich muss Sie enttäuschen: Sobald ein genehmigter Antrag vorliegt, geht die Sache ihren Gang, eine weitere Prüfung auf Rechtmäßigkeit findet nicht statt. Das ist ein eingespielter Automatismus, wissen Sie.«

»Sie meinen also, die beiden können sich zu den angegebenen Zeiten tatsächlich außerhalb der Anstalt aufgehalten haben?«

»Ja.« Keller nickte. »Was haben denn …« Er musste schlucken. »Was wird den beiden denn vorgeworfen?«

Wolf unterrichtete ihn über die vorliegenden Anschuldigungen.

»Mord also. Und jetzt? Was haben Sie vor?«

»Ich will Ihnen nichts vormachen, Herr Keller, aber bei der Schwere der Taten, die Bullock und Maroni zur Last gelegt werden, muss ich Sie bitten, mit uns nach Überlingen zu kommen. Wir werden zunächst ein Protokoll aufnehmen, über alles Weitere entscheidet der Staatsanwalt.« An dieser Stelle machte er eine kurze Pause. Dann ergänzte er: »Da ist übrigens noch etwas, was gegen Sie ausgelegt werden kann, Herr Keller. Sie haben nach von uns sichergestellten Unterlagen im vergangenen Jahr eine nicht unbeträchtliche Geldsumme bei einer Lindauer Finanzagentur angelegt, richtig?«

Keller senkte den Kopf. »Ach das«, sagte er mit brüchiger Stimme.

»Ich vermute, dass Sie dabei einer Gruppe raffinierter Finanzhaie aufgesessen sind. Sie haben bei dem Deal Ihr eingesetztes Kapital verloren, ist es nicht so?«

»Leider ja. Aber ich verstehe nicht … Was hat das mit dem laufenden Fall zu tun?«

»Ganz einfach: Wir müssen davon ausgehen, dass es sich bei den Morden an den drei Bankern um den Racheakt eines geprellten Anlegers handelt. Verstehen Sie jetzt?«

Keller wurde, wenn möglich, noch eine Spur blasser. »Ja, ich verstehe.«

Wolf stand auf. »Die Antragsformulare von Bullock und Maroni werden wir mitnehmen. Wir müssen sie auf Fingerabdrücke untersuchen.«

Während Grabert nickte, meinte Keller: »Tun Sie, was getan werden muss. Ich werde natürlich mit Ihnen kommen. Ich hoffe, die Sache wird bald aufgeklärt.«

»Noch etwas, Herr Grabert. Würden Sie bitte die beiden betreffenden Dateien an die Kripo Überlingen mailen? Wir warten so lange.« Er nannte Grabert die E-Mail-Adresse.

Als die Dateien verschickt waren, verabschiedeten sie sich. »Und passen Sie mir auf Sam und Luca auf – vor allem kein Freigang, bitte«, versuchte Wolf zu scherzen, als er die Tür hinter sich zuzog.

Dann verließen sie zusammen mit Keller das Verwaltungsgebäude der JVA Konstanz.

Anderthalb Stunden später bestieg Wolf hinter der Polizeidirektion sein Rad, nachdem er seinen neuen Sattel ausgiebig begutachtet hatte. »Der Teufel soll den Dieb holen«, murmelte er leise. Dann trat er die Heimfahrt nach Nußdorf an.

Es war kurz vor acht, als er das Strandbad passierte. Ihm schwirrte der Kopf, und er verspürte einen Bärenhunger. Kein Wunder, die letzte Mahlzeit lag Stunden zurück. Da fiel ihm sein leerer Kühlschrank wieder ein. Schon seit Tagen musste er auf Brot und Butter verzichten, von anderen elementaren Grundnahrungsmitteln – wie beispielsweise Bier oder Kaffee – ganz zu schweigen.

Hatte er sich nicht vorgenommen, heute einkaufen zu gehen? Und was war draus geworden? Im Trubel des Tages hatte er es schlichtweg vergessen.

Was nun? In Nußdorf, seinem Heimatort, hatten die Geschäfte längst geschlossen. Nach Überlingen zurückfahren? Dazu verspürte er keine Lust.

Kurz entschlossen fuhr er nach Nußdorf hinein. Dort fand er sich wenig später im Gasthof »Jehle« wieder, bei einem deftigen Zwiebelrostbraten mit Bratkartoffeln und gemischtem Salat, assistiert von einem trockenen 2010er Meersburger Roten.

Während er genussvoll aß, ließ er den Tag noch einmal Revue

passieren. Zum wiederholten Male fragte er sich, ob die Ereignisse in der Strafanstalt wirklich die Wende bedeuteten.

War ihr Fall tatsächlich so gut wie gelöst?

Hatten Sie mit Keller den wahren Schuldigen gefunden?

Nach längerem Abwägen und einem weiteren Schluck aus seinem Glas beschloss er, die Antwort auf morgen zu vertagen. Im Moment forderte der Rostbraten seine volle Aufmerksamkeit.

Er konnte sich ja schließlich nicht zerreißen!

Spätabends um elf erhielt er überraschend noch einen Anruf von Grabert.

»Bitte entschuldigen Sie die späte Störung, Herr Wolf, aber Sie waren früher nicht zu erreichen, und ich möchte unbedingt noch etwas loswerden.«

»Kein Problem, Herr Grabert.«

»Die Sache mit Keller lässt mir keine Ruhe – ein ausgesprochen tragischer Fall. Sollte mich jemand fragen, ob es Vorzeichen für ein solches Fehlverhalten gab, so ist meine Antwort ein klares Nein. Andererseits ...«

»Andererseits?«

»Nun, im Nachhinein betrachtet ... ach, ich weiß nicht, ob ich darüber reden soll, es ist vermutlich ohne Belang.«

»Tun Sie sich keinen Zwang an, Herr Grabert. Was wir hier bereden, bleibt unter uns. Versprochen.«

»Tja, wie soll ich sagen ... Vor einiger Zeit ist mir aufgefallen, dass mein Chef, ich meine Herr Keller, sich mit bestimmten Häftlingen gut zu verstehen scheint.«

»Bestimmte Häftlinge ... Gehören da auch Bullock und Maroni dazu?«

»Ja. Vermutlich tut es nichts zur Sache, aber ... Nun, ich wollte diese Beobachtung wenigstens am Rande erwähnt haben. Worum es mir aber vor allem geht: Sie können bei Ihren Ermittlungen in dieser Sache voll auf mich zählen, Herr Wolf. Zögern Sie nicht, mich anzurufen, wann immer Sie es für nötig halten, ja? Sie wissen ja, ich lebe allein, da ist man für jede Unterbrechung dankbar, wenn Sie verstehen, was ich meine.«

»Verstehe ich, Herr Grabert. Im Bedarfsfall komm ich gern darauf zurück.«

»Ach ja, eines noch: Sie erwähnten gegenüber Herrn Keller eine gewisse finanzielle Transaktion ...«

»Sie meinen das Kapital, das er bei der Lindauer Finanzagentur angelegt hat? Was ist damit?«

»Angelegt ist gut.« Grabert konnte ein kurzes Kichern nicht unterdrücken. »Verbrannt wäre richtiger. Aber egal. Jedenfalls hat Herr Keller dieses Investment auch mir gegenüber erwähnt. Dabei hat er besonders die hohe Rendite hervorgehoben.«

»Verstehe ich das richtig? Er trug Ihnen an, dort ebenfalls Geld anzulegen?«

»So ähnlich. Ich habe jedoch sofort abgelehnt. Geldanlagen mit hohen Renditen waren mir schon immer suspekt.«

»Hat Keller sonst noch was darüber verlauten lassen? Zum Beispiel, um welche Art von Finanztransaktionen es sich gehandelt hat?«

»Tut mir leid, darüber weiß ich nichts. Als Keller gemerkt hat, dass ich nicht anbeiße, hat er nicht mehr darüber gesprochen. War mir ganz recht so. Jetzt halte ich Sie aber nicht länger auf, Herr Wolf. Wie gesagt, ich werde Sie in jeder Form unterstützen ...«

»Moment, Herr Grabert, eine Frage hätte ich noch. Wie war eigentlich Ihr persönliches Verhältnis zu Herrn Keller?«

»Gut, sehr gut, das kann ich ohne Einschränkung sagen. Ich bedaure sehr, dass Herr Keller in diese Sache hineingeraten ist. Ich würde mir wünschen, dass sich die Anschuldigungen als haltlos erweisen, als großes Missverständnis gewissermaßen. So, nun aber Schluss, Herr Wolf. Entschuldigen Sie nochmals die späte Störung. Ich wünsche Ihnen eine gute Nacht.«

»Gute Nacht, Herr Grabert.«

Wolf hatte den Hörer längst aufgelegt, da dachte er noch immer über den Anruf nach. Brachte Grabert sich für den Posten des JVA-Leiters in Stellung? Fast schien es so.

Es war weit nach Mitternacht, als Wolf sich endlich schlafen legte.

18

Am folgenden Morgen saß Wolf bereits um sieben hinter seinem Schreibtisch. Er war und blieb ein notorischer Frühaufsteher. Daran konnte auch die Tatsache nichts ändern, dass es am Vorabend reichlich spät geworden war.

Er hatte eben seinen Rechner hochgefahren, um die von Grabert übermittelte Datei noch einmal durchzusehen und sie in dem vorgesehenen Verzeichnis abzulegen, als sein Telefon schrillte. Unwillig sah er aufs Display. Es war Sommer.

»Morgen, Leo, hast du mal eine Minute für mich?«

»Klar. Bei dir?«

»Ja, bitte.«

»Bin gleich da.«

Zwei Minuten später saßen sie sich gegenüber.

»Kaffee?«, fragte Sommer.

»Da hör ich mich nicht Nein sagen, zumal mein Frühstück mangels Masse reichlich karg ausgefallen ist.«

»Wieder mal vergessen einzukaufen, was?«, bemerkte Sommer lachend, während er eine Tasse besorgte und den dampfenden Kaffee einschenkte.

»Erinnere mich bloß nicht.« Wolf winkte verärgert ab. »Also, was liegt an, Ernst?«

»Das Wichtigste vorab: Keller ist noch in der Nacht entlassen worden. Der Haftrichter teilte die Bedenken des Staatsanwalts nicht; er war der Meinung, es bestünde weder Flucht- noch Verdunkelungsgefahr. Allerdings ist Keller vorläufig vom Dienst suspendiert.«

»Welcher Staatsanwalt?«

»Hirth.«

»Hätt ich mir denken können«, sagte Wolf. Auf seinem Gesicht erschien der Anflug eines Lächelns. »Ich kenne da jemanden, dem das nicht besonders schmecken dürfte.« Er erzählte Sommer von Graberts nächtlichem Anruf.

»Interessant. Damit nährt Grabert den Verdacht gegen seinen Chef.« Sommer seufzte. »Wäre gut, wir hätten den Fall endlich vom Tisch, Leo. Die Pressestelle kann sich vor Anfragen kaum noch retten, ein großer Teil davon landet direkt bei mir. Deshalb habe ich für morgen, elf Uhr, eine Pressekonferenz angesetzt. Ich zähle auf dich, Leo.«

Sommers Telefon klingelte. Er meldete sich und hörte kurz zu, dann legte er wieder auf. »Der Kollege von der Bereitschaft. Dein Typ wird verlangt. Matuschek vom ›Seekurier‹ steht unten. Sagt, es sei dringend.«

»Okay. Ich hol ihn ab.«

»Ruf mich übers Handy an, wenn noch etwas sein sollte. Ich bin um neun wieder nach Tübingen bestellt.«

»Lass mich raten. Das LKA?«

»Du sagst es.«

Wolf führte den nervös wirkenden Chefredakteur in sein Büro und bat ihn, Platz zu nehmen. Von nebenan erklangen Geräusche, also war Jo bereits da.

»Kaffee?«, fragte Wolf.

»Danke, nein, bin vollauf bedient«, war die kryptische Antwort.

»Wie geht's Frau Winter?«, erkundigte sich Wolf.

»Ist gestern nach Mallorca geflogen.«

»So plötzlich? Davon hat sie mir gar nichts erzählt.«

Matuschek lächelte matt. »Genau deshalb bin ich hier, Herr Wolf. Die Sache ist nämlich die: Karin hat über das Hotel von diesem Sahin von einer dubiosen Gesellschaft auf Mallorca erfahren. Nennt sich G.E.T. Sie hat rausgekriegt, dass sich zwei Abgesandte dieser Gesellschaft hier in Überlingen mit Sahin und seinen beiden Partnern getroffen haben …«

G.E.T.? Hatte er das nicht schon mal irgendwo gehört? Wolf kramte in seinem Gedächtnis. Dann erinnerte er sich wieder. Dieses Kürzel war mehrfach auf Sahins Liste aufgetaucht. »Ach! Und da hat sie beschlossen, auf eigene Faust Nachforschungen anzustellen, einfach so? Ist diese Frau noch zu retten?«

»Glauben Sie mir, Herr Wolf, ich mache mir selbst die größten Vorwürfe, dass ich den Recherchen dort zugestimmt habe.« Matuschek fühlte sich sichtlich unwohl in seiner Haut. »Wir hatten vereinbart, dass sie mich alle paar Stunden anruft, um die aktuelle Lage und ihren Aufenthaltsort durchzugeben. Seit gestern Nachmittag um halb drei hab ich nichts mehr von ihr gehört.«

»Was hat Sie Ihnen zuletzt berichtet? Bitte ganz genau.«

»Kurz zuvor war es ihr gelungen, diese G.E.T. ausfindig zu machen …«

»Dafür muss sie doch irgendwelche Angaben gehabt haben, Namen, Adressen, Telefonnummern, Ansprechpartner und so weiter.«

»Hier, das ist alles, was sie bis zum Abflug recherchiert hatte.« Er legte Wolf einen Zettel hin.

»Etwas mickrig, finden Sie nicht?«, bemerkte der, nachdem er einen Blick darauf geworfen hatte.

Matuschek winkte ab. »Karin hat schon aus weniger eine gute Story gemacht«, erklärte er nicht ohne Stolz, um gleich darauf fortzufahren: »Als sie mich gestern Nachmittag anrief, kam sie gerade von dieser Adresse. Die Leute, mit denen sie gesprochen hat, sollen sich überaus abweisend verhalten haben. In diesem Haus gebe es keinen Señor Alvarez, behaupteten sie. Immerhin gaben sie zu, dass es sich um ein G.E.T.-Büro handelte. Hätte auch wenig Sinn gemacht, das abzustreiten, nachdem es an der Klingel stand – mikroskopisch klein zwar, aber immerhin. Soweit Karin erkennen konnte, war das Büro hochwertig eingerichtet, auch die technische Ausstattung war auf dem neuesten Stand. Gut vorstellbar, dass dort Bankgeschäfte abgewickelt werden, was die Verbindung zu Sahin und seinen Partnern erklären würde.«

»Sonst noch was Auffälliges?«

»Ich weiß nicht … doch, ja, die Außentür des Büros war mehrfach mit stabilen Riegeln gesichert. Und als Karin der Frau am Eingang erklären wollte, wo der Bodensee liegt …«

»Soll das heißen, sie hat sich zu erkennen gegeben?«, unterbrach Wolf ihn überrascht.

»Warum nicht? Sie hielt das für das Beste. Jedenfalls wurde sie von der Frau unterbrochen, die meinte, sie wisse durchaus, wo der Bodensee liege. Ich finde das außerordentlich aufschlussreich.«

»Ja, in der Tat«, meinte Wolf nachdenklich. »Wie sind Sie bei Ihrem letzten Telefonat mit ihr verblieben?«

»Sie rief mich von der Placa Major aus an, das ist nur ein paar Schritte von dieser Calle San Miguel entfernt. Sie wollte dort einen Espresso trinken.«

»Ich kenne diesen Platz«, sagte Wolf. »Sonst noch was? Bitte denken Sie gründlich nach, jedes Detail kann wichtig sein.«

Matuschek starrte ins Leere, offenbar kramte er in seiner Erinnerung. »Ich weiß nicht, ob das wichtig ist ...«

»Jede Kleinigkeit kann wichtig sein. Also sagen Sie's ruhig.«

»Als Karin aus diesem Haus trat, wurde sie von einem eiligen Zeitgenossen angerempelt. Dabei stürzte sie und die Tasche wurde ihr aus der Hand gerissen. Zum Glück ist ihr nichts passiert. Sie hat ihre Tasche aufgehoben und ist weitergegangen.«

Wolf stand auf. »Gut, dass Sie gleich vorbeigekommen sind, Herr Matuschek. Wir werden sehen, was wir tun können. Eines kann ich jedenfalls jetzt schon sagen: Einfach wird es nicht. Bei Auslandseinsätzen sind uns die Hände gebunden – vor allem, wenn es schnell gehen soll. Ich werde Sie auf dem Laufenden halten.«

Sie gaben sich die Hand.

Kaum war Matuschek draußen, griff Wolf zum Telefon. Sekunden später hatte er seinen Sohn in der Leitung. »Hallo, Henning, sei gegrüßt. Alles in Ordnung bei dir? Wie geht es Arne?«

»Morgen, Vater. Schön, dass du anrufst. Zur ersten Frage: Ja, alles bestens. Zur zweiten: Ich weiß es nicht. Zurzeit sehen wir uns kaum, Arne steckt mitten in seiner Abschlussarbeit. Doch soweit ich weiß, gibt es keinen Grund zur Sorge. Und selbst?«

Wolf lachte kurz auf. »Ehrlich gesagt beschissen, aber das hängt mit unserem Fall zusammen. Frag mich in ein paar Tagen wieder.«

Arne, Wolfs Enkel, war Student an der Polizei-Hochschule in Villingen-Schwenningen und nebenbei ein ziemlich gewitztes Kerlchen, genau wie sein Vater, der als Zielfahnder beim LKA arbeitete. Dass aus ihm ein hervorragender Polizist werden würde, stand außer Frage. Wolf musste nur an die drohende Ölpest bei der Mainau im vergangenen Jahr denken, ein hochkomplexer Fall, bei dessen Aufklärung Arne mitgewirkt hatte. Zu diesem Zeitpunkt war der Junge erste wenige Tage Praktikant bei ihnen gewesen.

Nur ungern dachte Wolf an die Vorgeschichte zurück. Bei der Suche nach einer Praktikantenstelle hatte sich Arne auf die Kripo Überlingen versteift – aus triftigem Grund, wie sich später herausstellte. Durch lange zurückreichende familiäre Querelen war Wolfs Kontakt zu seinem Sohn Henning schon Jahre zuvor abgerissen – bis Arne, des ständigen Haders leid, sich in den Kopf gesetzt hatte, diesen Teufelskreis zu durchbrechen. Und tatsächlich, dank seiner Beharrlichkeit war es ihm schließlich gelungen, alle strittigen Themen auszuräumen und die Kontrahenten wieder miteinander zu versöhnen.

Während des Ölpestfalles hatte sich Wolf die Dienste seines Sohnes als Zielfahnder des LKA zunutze gemacht. Warum sollte das diesmal nicht möglich sein? Entschlossen schob er sein Barett zurück.

»Hör mal, Henning, der Grund meines Anrufs …«

»Lass mich raten, du steckst mal wieder in der Klemme, ja? Hängt das mit diesem Dreifachmord zusammen, den ihr an der Backe habt?«

»Indirekt ja.« Kurz und bündig erzählte er Henning von den Privatermittlungen der »Seekurier«-Journalistin. »Seit gestern Nachmittag vierzehn Uhr dreißig ist der Kontakt zu Frau Winter abgerissen. Ich befürchte, dass sie den Leuten dieser obskuren Firma in die Hände gefallen ist. Wenn die tatsächlich in die Überlinger Morde verwickelt sind – und einiges scheint dafür zu sprechen –, dann sehe ich schwarz für Frau Winter.«

»Habt ihr schon mit den mallorquinischen Behörden Kontakt aufgenommen?«

»Das dauert mir alles viel zu lange, dazu kenne ich den spanischen Beamtenapparat zu gut. Der Frau muss rasch geholfen werden. Ach, was sag ich, heute noch!«

»Du denkst jetzt aber nicht, was ich denke, oder?«, fragte Henning zögernd.

»Ich denke, dass ein Zielfahnder des LKA eine gute Chance hätte, die Frau aufzuspüren und gleichzeitig diese dubiose Gesellschaft unter die Lupe zu nehmen, zumal es so aussieht, als würde sie von Deutschen betrieben.«

»Und bei diesem Zielfahnder hast du wohl an mich gedacht?«

»Offen gestanden, ja – notfalls an einen deiner Kollegen. Wenn du es für hilfreich hältst, kann ich das offiziell über Sommer beantragen, er hat beste Kontakte zur Einsatzleitung des LKA.«

»Wär sicher kein Schaden. Andererseits bin ich im Moment frei, ich könnte kurzfristig nach Palma fliegen, vorausgesetzt, der Einsatz wird genehmigt. Ich kläre das ab und gebe dir Bescheid. Den Papierkrieg können wir nachträglich noch abwickeln. Parallel dazu lass ich gleich mal die Flugpläne checken.« Er lachte kurz auf. »Wenn ich's mir recht überlege, hätte ich gegen Mallorca um diese Jahreszeit nichts einzuwenden, ganz im Gegenteil. Also dann, du hörst von mir.« Er wollte das Gespräch schon beenden, als ihm noch etwas einfiel. »Ich schlage übrigens vor, dass ihr Kontakt zur IHK Konstanz aufnehmt. Die sollen euch über die mallorquinische Handelskammer Informationen zu G.E.T. beschaffen, alles, was sie kriegen können.«

»Gute Idee. Werde ich gleich veranlassen. Viel Erfolg.«

Wolf legte den Hörer auf. Er war hin- und hergerissen. Noch vor einer Viertelstunde hatte er gedacht, die Aufklärung des Falles sei in trockenen Tüchern. Nun musste er sich eines Besseren belehren lassen.

Es sprach einiges dafür, dass dieser geheimnisvolle Laden namens G.E.T. in die Morde verstrickt war. Möglicherweise hatten ja Hauschild und Konsorten auf beiden Schultern Wasser getragen und nicht nur ihre Anleger geprellt, sondern auch ihre Auftraggeber.

Wie passten aber dann Bullock und Maroni ins Bild? Und welche Rolle spielte Keller? Oder hatten sie es womöglich doch mit *zwei* Fällen zu tun, die überhaupt nicht miteinander zusammenhingen? Mehr und mehr entwickelte sich die ganze Geschichte zu einem beklemmenden Alptraum.

Welcher Stolperstein würde ihnen als Nächstes in den Weg gelegt werden?

Mit einer Handbewegung wischte Wolf das Bild beiseite. Statt über ungelegte Eier zu spintisieren, sollte er sich lieber auf konkrete Maßnahmen konzentrieren.

Er griff zum Telefon und wählte Jos Nummer. »Matuschek war eben bei mir, er ist stark beunruhigt. Erinnerst du dich noch an das ominöse Kürzel ›G.E.T.‹ auf Sahins Liste? Jetzt wissen wir, was vermutlich dahintersteckt: Ein von Deutschen geführtes Unternehmen mit Sitz in Palma de Mallorca. Angeblich betätigen sich die Leute auf dem Finanzsektor.«

»Wie kommt Matuschek an die Information?«

»Gute Frage. Anscheinend ist die Winter den Leuten in Palma auf die Spur gekommen. Irgendwas muss dabei aber schiefgelaufen sein, jedenfalls ist der vereinbarte Kontrollanruf seit Längerem überfällig.«

»Hört sich nicht gut an. Und jetzt?«

»Ich hab vorsorglich mal mit dem LKA Kontakt aufgenommen. Könnte sein, wir haben mit Henning einen Zielfahnder vor Ort. Im Augenblick geht es mir aber um etwas anderes: Würdest du bitte

Kontakt mit der IHK Konstanz aufnehmen? Wir brauchen alle Informationen über dieses G.E.T.-Büro in Palma de Mallorca. Die Sache hat höchste Dringlichkeit.«

»Okay, Chef, ich kümmere mich sofort drum.«

Um kurz nach elf wurde Wolf von der Nachricht überrascht, zwei Häftlinge der JVA Konstanz hätten Grabert überwältigt und sich in dessen Büro verbarrikadiert. Sie forderten freien Abzug, andernfalls müsse Grabert dran glauben.

Bestürzt drückte er die Zigarette aus, die er sich eben erst zwischen die Lippen gesteckt hatte. Wie konnte das passieren? Um welche Häftlinge handelte es sich überhaupt? Konnte es sein, dass Bullock und Maroni jetzt vollends ausgerastet waren? Dummerweise hatte er den Anruf nicht persönlich entgegennehmen können, und weder Jo noch Gerd noch der Kollege in der Zentrale wussten Näheres. Zum Glück hatte der Anrufer eine Nummer hinterlassen.

Während er auf die Verbindung wartete, fragte sich Wolf, warum er überhaupt verständigt worden war. Für diesen Zwischenfall war eindeutig die Kripo Konstanz zuständig.

»Polizeiobermeister Meerkatz.«

»Der Kollege Meerkatz! Hier spricht Wolf von der Kripo Überlingen. Jetzt bin ich aber überrascht. Was haben wir Überlinger derzeit mit unseren Konstanzer Kollegen am Laufen?«

»Guten Morgen, erst mal – oder sollte ich besser Mahlzeit sagen? Egal. Jedenfalls ist dieses Gespräch … nun, wie soll ich sagen … eher inoffiziell. Ihr wart doch gestern bei Grabert, das pfeift das JVA-Personal wie Spatzen von den Dächern. Wenn ich richtig informiert bin, ging es dabei um Bullock und Maroni.«

»Sind das die beiden, die sich Grabert geschnappt haben?«

»Ja.«

»Verflixt und zugenäht. Und weiter?«

»Nun ja, also, ich dachte, es interessiert euch, was hier passiert ist«, antwortete Meerkatz ausweichend.

Wolf versuchte, gewissermaßen zwischen den Zeilen zu lesen. Welchen Grund könnte der Kollege haben, ihn über die Vorgänge in der JVA zu informieren? Plötzlich hatte er eine Idee.

»Wer führt bei euch das Kommando?«

Meerkatz seufzte erleichtert. »Hauptkommissar Scharf. Er ist …«

Mit einem wissenden Grunzen schnitt ihm Wolf das Wort ab. »Danke, ich kenne den Kollegen. Und jetzt? Gibt's Probleme?«

Nun war es an Meerkatz zu grunzen. »Probleme? Noch und nöcher, wenn ich das mal so sagen darf. Es fängt damit an, dass es in der JVA keine Ansprechpartner gibt. Keller wurde suspendiert. Und Grabert, nun, der fällt aus begreiflichen Gründen ebenfalls aus. Kollege Scharf versucht derzeit, mit den beiden Kidnappern zu verhandeln – die stellen sich allerdings tot.«

»Was soll das heißen?«

»Ganz einfach: Sie beantworten keine Anfragen, gehen nicht mehr ans Telefon.«

Wolf überlegte. Schließlich stieß er hörbar die Luft aus. »Also gut, wir kommen.«

»Aber nicht, dass ...«

»Keine Sorge, wir tauchen ganz zufällig auf. Müssen Grabert sprechen.«

Wolf legte auf. Dann rief er Vespermann.

Das Gelände vor der JVA glich einem Aufmarschplatz. Nicht weniger als sechs Polizeifahrzeuge umstanden dicht an dicht und mit zuckenden Blaulichtern das Verwaltungsgebäude, dahinter, geduckt, Kollegen mit entsicherten Waffen. Ihre Aufmerksamkeit galt vor allem dem Haupttor und zwei kleineren Ausgängen sowie den unvergitterten Fenstern der beiden oberen Etagen. Das gesamte Areal war weiträumig abgesperrt worden.

Noch vor der Absperrung stellte Vespermann ihren Dienstwagen ab. Sie schlüpften unter dem Flatterband hindurch und steuerten die bewachte Eingangstür an. Der davorstehende Uniformierte tippte grüßend an seine Mütze und ließ sie wortlos passieren. Im Vorbeigehen flüsterte Wolf ihm zu: »Wie gesagt, von mir erfährt keiner was.«

Meerkatz nickte. Er verkniff sich ein Grinsen.

Über das Treppenhaus stiegen sie ungehindert in den ersten Stock hinauf, in dem an stinknormalen Tagen die Anstaltsleitung residierte. Heute jedoch war hier überhaupt nichts normal, ganz im Gegenteil, es war der Teufel los! Besser gesagt *zwei* Teufel, nämlich Bullock und Maroni.

Wolf rief sich Bullocks Vita in Erinnerung: Mitglied einer rechtsextremistischen Vereinigung, Mord an vier Türken und einem Moldawier, dazu mehrere Raubüberfälle, zwei Totschlagdelikte, schwere Körperverletzung – von den kleineren Straftaten wie Diebstählen und Unterschlagungen gar nicht zu reden. Maronis Strafregister las sich ähnlich spektakulär, wenn auch mit deutlich geringerer Gewaltbereitschaft.

Und in den Händen dieser beiden Gangster lag Graberts Schicksal.

Wolf schüttelte die lähmenden Gedanken ab und versuchte, sich auf das Bild, das sich ihm bot, zu konzentrieren.

Graberts Büro lag am Ende des Flurs auf der linken Seite. Im Gegensatz zu den fünf anderen Räumen war seine Tür geschlossen. Rechts und links der Tür pressten sich je zwei Uniformierte an die Wand, alle vier in durchschusssicheren Westen, die entsicherte Waffe in der Hand. Ansonsten war die Etage menschenleer – nur aus einem größeren Raum zur Rechten drang das Gemurmel mehrerer Männer. Dazwischen eine Wolf bekannte Stimme, die in ein Telefon brüllte.

»Hallo. Haalloo. So meldet euch endlich!«

Kollege Scharf, Wolf von ein paar gemeinsamen Einsätzen her zur Genüge bekannt, schien ganz in seinem Element zu sein. Als er Wolf und Vespermann erblickte, ließ er das Handy sinken, mit spöttischem Unterton bemerkte er: »Sieh an, sieh an, die Kollegen aus Überlingen. Darf man fragen, was ihr hier zu suchen habt?«

Seine vier Kollegen spitzten neugierig die Ohren. Im Unterschied zu den Beamten vor Graberts Tür waren sie zivil gekleidet, gehörten also zur Konstanzer Kriminalpolizei; zwei von ihnen kannte Wolf flüchtig.

»Wir wollten zu Grabert, es geht um eine Aussage. Was ist hier eigentlich los?«

»Nichts, womit wir nicht fertig würden. In welcher Sache sollte Grabert für euch aussagen?«

»Es geht um Keller und zwei seiner Häftlinge. Wo ist Grabert überhaupt?«

Scharf wies auf die Tür mit den vier schussbereiten Beamten. »In seinem Büro, wo sonst?«, blaffte er. Nach kurzer Pause fügte er hinzu: »Kannst ja nachsehen – aber lass dir zuvor eine schusssichere Weste verpassen.«

Als hätte Scharfs Antwort ein geheimes Codewort enthalten, schrillte in diesem Augenblick sein Mobiltelefon. Verblüfft fixierte er das Gerät in seiner Hand, bevor er den Umstehenden mit einer Handbewegung gebot, sich ruhig zu verhalten. Dann drückte er die Verbindungstaste.

»Ja, ich höre«, bellte er mit Stentorstimme, die linke Hand auf das freie Ohr gepresst. Zu Wolfs Erstaunen wirkte der Mann plötzlich hochkonzentriert. Dieser Zustand hielt jedoch nicht lange an, bald bildeten sich zwischen seinen Brauen steile Falten. Wie es schien, war die Mitteilung des Anrufers nicht wie erwartet ausgefallen. »Wie kommt ihr darauf? – Nein, hier wird nichts verschleppt, es ist alles am Laufen. – Nun, ein bisschen Zeit müsst ihr uns schon lassen, wir können den verlangten Hubschrauber schließlich nicht herbeihexen ...«

Mit zunehmender Gesprächsdauer wurde Scharfs Gesicht rot und immer röter, sein linker Arm fuhr rhythmisch auf und ab. »Ich verstehe die Frage nicht. Natürlich habe ich eure Forderung umgehend weitergeleitet. – Jawohl, ich bin durchaus ermächtigt. – Also gut, ich werde mit meinen Vorgesetzten Rücksprache halten. Ich rufe euch wieder ... Hallo? Hallo?« Ungläubig starrte Scharf auf das Display seines Handys, bevor er den Kopf hob und sich an die Runde wandte. »Das gibt's doch nicht. Die haben einfach aufgelegt.«

»Welchen der beiden hast du drangehabt?«, fragte Wolf.

Scharf sah ihn entgeistert an. »Ich krieg die Krise«, brauste er auf, »woher soll ich das wissen?«

»Du kennst also Bullock und Maroni nicht persönlich?«

»Was soll die Frage? Wieso mischst du dich überhaupt ein?«

Wolf musste sich zusammennehmen, um nicht seinerseits laut zu werden. Betont bedächtig wiegte er den Kopf hin und her, bevor er antwortete. »Weil ich zumindest einen von ihnen in- und auswendig kenne. Wir haben Bullock schließlich hierhergebracht, wie du dich vielleicht erinnerst. Bei dem muss man den richtigen Ton treffen, das war es, was ich damit sagen wollte. Wie ist denn ihre Nummer?«

Einer der Konstanzer Kollegen reichte Wolf einen Zettel. Scharf bedachte ihn dafür mit einem bösen Blick.

»Das ist ja eine Mobilfunknummer«, sagte Wolf erstaunt, nachdem er einen Blick auf den Zettel geworfen hatte.

Desinteressiert hob Scharf Schultern. »Na klar. Sie benutzen ja auch Graberts Handy.«

Wolf und Vespermann wechselten einen schnellen Blick. Offenbar hatten sie gerade denselben Gedanken.

»Ihr seid euch aber sicher, dass sich die beiden in Graberts Büro aufhalten, ja?«, fragte Vespermann, die Hände in den Taschen. Arglos musterte er die Konstanzer Kollegen.

»Hört, hört«, platzte Scharf in das nachfolgende Schweigen, »die Herren Besserwisser aus Überlingen.« Mit finsterer Miene baute er sich vor Vespermann auf, so dicht, dass kein Blatt mehr dazwischen passte. Angewidert starrte er auf Vespermanns Wampe. »Wo sollen sie denn sonst sein? Falls du's nicht gemerkt hast, Mann: Auf eure Ratschläge können wir gern verzichten.«

Noch ehe Wolf Gelegenheit fand, schlichtend einzugreifen, wurde Vespermann von Scharf in Richtung Tür geschoben. Offensichtlich glaubte der Verhandlungsführer, mit dem Dicken leichtes Spiel zu haben. Ein verhängnisvoller Fehler, wie sich gleich zeigen sollte. Denn anstatt sich von Scharfs Attacke ins Boxhorn jagen zu lassen, trat Vespermann die Flucht nach vorne an. Ein kaum sichtbares Zucken durchlief seinen Körper und übertrug sich auf Scharf. Der verzog schmerzhaft das Gesicht, und seine Augen wurden glasig – als hätte er einen Schlag in die Magengrube bekommen. In gewissem Sinne hatte er das ja auch.

Dabei hatte Vespermann lediglich den Bauch eingezogen und dann blitzartig wieder nach vorne schnellen lassen. Nicht einmal die Hände hatte er dabei aus den Taschen genommen. Wolf musste sich wegdrehen, um nicht laut herauszuprusten.

Vespermann hatte seinen Bauch als Waffe benutzt, das musste man sich mal vorstellen! In diesem Augenblick war Wolf der Kollege richtig sympathisch.

»Das tut mir jetzt aber leid«, sagte Vespermann, doch sein Gesichtsausdruck strafte seine Worte Lügen. »Ich hab's nun mal nicht so gern, wenn man mir auf die Pelle rückt«, erklärte er entschuldigend.

Um die Auseinandersetzung nicht erneut aufflammen zu lassen, klatschte Wolf laut in die Hände. »So, Herrschaften, Schluss jetzt, wir haben wahrhaft andere Probleme. Was ist mit dem zweiten Ausgang in Graberts Büro? Habt ihr den unter Kontrolle?«

»Zweiter Ausgang?«, nuschelte Scharf, noch immer die Hände auf die Magengegend pressend.

»Selbstverständlich«, antwortete der Kollege, der Wolf den Zettel mit der Telefonnummer gereicht hatte. »Dort sind drei Mann postiert.« Wie zum Beweis hielt er ein Walkie-Talkie hoch und drückte einen Knopf. »Theo, bei euch alles in Ordnung?«

»Alles in Ordnung«, kam quäkend die Antwort.

Nun fand es Scharf offenbar an der Zeit, wieder das Kommando zu übernehmen. »Ihr denkt wohl …«, setzte er an und sah giftig auf Vespermann, als erneut ein Klingeln ertönte. Scharf riss sein Handy ans Ohr und meldete sich. Erstaunt hob er die Augenbrauen. »Oh, der Herr Staatsanwalt. Um was geht es?«

Wolf nahm, während die beiden sprachen, Vespermann beiseite. Sie wechselten ein paar kurze Sätze, worauf Vespermann verschwand. Als Wolf sich schließlich wieder Scharf zuwandte, bekam er gerade noch das Ende des Telefonates mit.

»… also gut, wenn Sie das meinen. Ich stimme mich mit den Kollegen ab und melde mich dann bei Ihnen. Ende.« Scharf unterbrach die Verbindung und drückte im direkten Anschluss eine Kurzwahltaste. »Chef, ich bin's. Sagen Sie, was läuft da eigentlich? Der Staatsanwalt rief mich grade an und faselte was von SEK. Wie kommt der Mann dazu? Wir waren uns doch einig … – Tut mir leid, Chef, das hab ich anders aufgefasst. – Aber nein, wir haben die Lage durchaus im Griff. Leider können wir nur sehr zurückhaltend agieren, um Grabert nicht zu gefährden. Trotzdem, die beiden Kidnapper sitzen in der Falle, es ist nur eine Frage der Zeit. – Wie's Grabert geht? Also Chef, um Grabert mach ich mir die geringsten Sorgen. Die werden sich hüten, dem was anzutun. Würden sich ja schließlich ins eigene Fleisch schneiden. – Okay, hab verstanden, alle zehn Minuten Lagemeldung. In ein, zwei Stunden ist die Sache ohnehin gegessen, dann sind die beiden soo klein mit Hut.« Er machte mit der freien Hand ein entsprechendes Zeichen.

»Ich will mich wirklich nicht einmischen«, sagte Wolf, als Scharf die Aus-Taste gedrückt hatte, »aber für mich stellt sich die Lage nicht ganz so rosig dar. Ich kenne Bullock, das ist ein raffinierter Hund.«

»Na und? Auch Bullock kocht nur mit Wasser, ganz zu schweigen von seinem Schatten, diesem Itaker da. Du denkst, die sitzen da drüben und machen einen auf starker Mann, was? Von wegen. Denen geht der Arsch ganz schön auf Grundeis, so sieht's aus. Weil ich sie mir nämlich schnappen werde.«

In diesem Augenblick kehrte Vespermann zurück, einen Zettel in der einen und eine gebogene Eisenstange in der anderen Hand. Mit undurchdringlichem Gesicht reichte er Wolf den Zettel. Der warf einen kurzen Blick darauf, bevor er seinen Blick erneut auf Scharf richtete. »Ruf sofort Bullock an«, verlangte er.

»Hör mal, du hast mir keine Befehle zu erteilen. So weit kommt's noch, mein Lieber.«

Wolf hatte mit dieser Reaktion gerechnet. Er nahm sein eigenes Handy und tippte eine Nummer ein. Gleichzeitig aktivierte er den Lautsprecher, sodass die Umstehenden mithören konnten. Es knarrte in der Leitung, dann rief jemand »Ja?«

»Na, Sam, du Schlaumeier, kennst du mich noch? Ich darf doch Sam sagen, oder? Hier spricht Wolf, Hauptkommissar Wolf aus Überlingen. Du erinnerst dich?«

»Wolf?«, antwortete eine raue Stimme. »Ja, verdammich, wie könnte ich diesen Namen je vergessen? Was wollen Sie?«

»Fragen, wie's deiner Geisel geht.«

»Oh, danke der Nachfrage. Grabert geht es prächtig.«

»Sehe ich auch so. Wir haben ihn nämlich rausgeholt.«

Schweigen. Bis Bullock hastig und mit hoher Stimme fragte: »Ihr habt was?«

»Du hast schon verstanden. Wir haben ihn rausgeholt. Auf gut Deutsch: Wir haben eure Geisel zwischenzeitlich befreit.«

Abermals hörten sie am anderen Ende der Leitung nur Schweigen.

»Ihr wolltet uns weismachen, ihr würdet da drüben in Graberts Kabuff sitzen, was? Für wie blöd haltet ihr uns eigentlich?«

Schweigen.

»Leider seid ihr uns vorerst durch die Lappen gegangen. Aber keine Sorge, Sam, wir fangen euch bald wieder ein.«

»Na, dann sucht mal schön.«

»Das tun wir, Sam, das tun wir, verlass dich drauf. Du würdest staunen, wenn du wüsstest, wie nahe wir dir bereits sind.«

»So? Na, wo sind wir denn?«

»Nun, wie ich die Mainaustraße kenne, führt sie direkt zur Fähre. Hast wohl Heimweh nach Überlingen, was?«

»Verfluchte Scheiße«, kam es tonlos zurück. Dann war die Leitung tot.

***

Welch seltsame Duplizität der Ereignisse: Wo sich Karin Winter zuvor behutsam ihrem Zielobjekt genähert hatte – einem älteren, in die Jahre gekommenen Haus in der Calle San Miguel –, patrouillierte kaum einen Tag später ein gänzlich unauffällig wirkender Mann auf und ab. Immer wieder blieb er wie beiläufig an einem Souvenirgeschäft hängen, dessen Besitzer vor seinem Laden mehrere drehbare Ständer mit bunten Ansichtskarten aufgebaut hatte.

Diese Ständer boten sich als hochwillkommene Deckung an, denn selbstredend galt die Aufmerksamkeit des Mannes dem schräg gegenüberliegenden Haus. Über der Eingangstür stand die Nummer 23. Die darunter liegende Haustür, da war sich der Mann sicher, hatte seit seinem Hiersein niemand passiert. Offenbar hatten die G.E.T.-Leute die Wahrheit gesagt, als sie behaupteten, sie hätten keinen Publikumsverkehr.

Er zog ein Smartphone aus der Jackentasche und wählte eine Nummer. Nach kurzer Wartezeit sprach er mit halblauter Stimme einen einzigen Satz: »Objekt-Observierung um dreizehn Uhr dreißig Ortszeit, keine besonderen Vorkommnisse.« Gleich darauf hatte er die Verbindung wieder unterbrochen.

Immer wieder ordnete Henning sich in den Passantenstrom ein und ging ein kurzes Stück die Straße hinunter, wenn auch nicht allzu weit, um das fragliche Haus nicht aus den Augen zu verlieren. Er überquerte die Straße und kehrte wieder um. Gerade als er den Eingang Nummer 23 etwas näher unter die Lupe nehmen wollte, hörte er sich nähernde Schritte aus dem Inneren. Schnell griff er in die Tasche und nahm sein Smartphone heraus. Als die Eingangstür geöffnet wurde, führte er gestenreich und hochkonzentriert eine imaginäre Unterhaltung. Neben ihm trat eine jüngere Frau auf die Straße, in lässigem Businesslook und mit moderner Kurhaarfrisur. Sie stieg in ein unweit stehendes Cabrio. Henning tat, als beendete er das Gespräch und wählte eine neue Nummer; in Wirklichkeit tippte er das Kennzeichen des Fahrzeugs ein.

Wenig später bezog er erneut hinter den Postkartenständern Position. Inzwischen waren ihm die Motive bis zum Überdruss bekannt. Um keinen Verdacht zu erregen, wählte er dennoch eine Karte aus und bezahlte sie in dem Laden.

Unterdessen war ihm der Briefträger mit dem gelben »Correos«-Schriftzug auf dem Rücken keineswegs entgangen. Auf dem Gehsteig schräg gegenüber hatte er eine Art Karre abgestellt, beladen mit ein paar Paketen und einer prall gefüllten Tasche. Er entnahm ihr ein Bündel Briefe und verschwand in Nummer 23. Kurz darauf kam er zurück, nahm die Karre und zog weiter.

Henning stellte sich auf einen langen, ereignislosen Nachmittag ein. Wenn er Pech hatte, würde er sich umsonst die Füße in den Bauch stehen – insofern unterschied sich dieser Einsatz nur wenig von anderen. Von der örtlichen Polizei durfte er keine Hilfe erwarten, genau genommen operierte er sogar in einem rechtsfreien Raum. Wie stets in solchen Fällen verließ er sich auf seine bewährten Partner, die da hießen: Erfahrung und Instinkt, gepaart mit einem Quäntchen Glück.

Wenn die Observierung nichts half, blieb ihm nur noch eine Option, nämlich rotzfrech in dieses Büro zu marschieren und den Leuten, bildlich gesprochen, die Pistole auf die Brust zu setzen. Entweder umgehende Freigabe der deutschen Journalistin, oder er alarmiere die *Guardia Civil*. Vielleicht ließen sich die Leute ja ins Bockshorn jagen – vorausgesetzt, sie hatten wirklich Dreck am Stecken. Um seine eigene Sicherheit machte er sich dabei wenig Sorgen; er würde sich auch ohne Dienstwaffe zu wehren wissen. Selbstverständlich spräche er sich vor Beginn der Aktion mit den deutschen Dienststellen ab; sollte er nicht spätestens nach fünfzehn Minuten Kontakt mit ihnen aufnehmen, würde die Alarmierung der *Guardia Civil* automatisch ausgelöst, denn spätestens dann bestand konkreter Tatverdacht. Von dieser Szenerie allerdings trennten ihn noch einige Stunden, und wer konnte schon wissen, was sich bis dahin noch tat?

Er zog einen Schokoriegel aus der Jackentasche und biss hinein. Nur gut, dass er sich auf dem Flughafen mit diesen Dingern eingedeckt hatte.

Scheinbar ziellos schlenderte er die Calle San Miguel entlang, an dem einen oder anderen Laden den Schritt verhaltend, als plötzlich ein Mann aus der Nummer 23 trat. In der linken Hand trug er eine

Plastiktüte mit dem Aufdruck einer mallorquinischen Supermarktkette. Zielsicher bewegte er sich in Hennings Richtung.

Der war bei seinem Anblick höchst überrascht zusammengezuckt. Schnell repetierte er die Daten, die er sich eingeprägt hatte: eins fünfundsiebzig groß, sportlich gekleidet, kräftige Figur, dazu schwarze, halblange, stark gewellte Haare. Das auffallendste Merkmal jedoch zierte sein Gesicht: eine überdimensionierte Hakennase. Kein Zweifel, es handelte sich um denselben Mann, dessen Foto er in seiner Tasche trug. Vermutlicher Name: Alvarez. Einer der Männer, die vor wenigen Tagen Sahin in seiner Suite aufgesucht hatten.

Bingo! Demnach würde er sich nicht grundlos die Füße in den Bauch stehen. Jetzt hieß es dranbleiben an dem Kerl, der, wenn ihn nicht alles trog, zu G.E.T. gehörte und als Bindeglied zwischen Palma und Überlingen zu fungieren schien.

Henning wechselte rasch die Straßenseite. Diesen Mann würde er von nun an nicht mehr aus den Augen lassen.

Wenig später war Alvarez bei seinem Wagen angelangt, einem feuerwehrroten Suzuki Ranger. Er öffnete die Fahrertür, warf die Plastiktüte auf den Beifahrersitz und setzte sich hinter das Steuer. Vorsichtig lavierte er den Wagen aus der engen Lücke und fädelte sich in den fließenden Verkehr ein.

Nach einem kurzen Sprint erreichte Henning den braunen Seat Altea, den er am Vormittag bei einer Autovermietung am Flughafen angemietet hatte. Ohne Hast setzte er sich hinters Steuer und nahm die Verfolgung auf. Doch schon nach wenigen Metern trat er heftig auf die Bremse – ein umständlich rangierender Lieferwagen verhinderte die Weiterfahrt.

Bis der Fahrer das Manöver endlich abgeschlossen hatte, befürchtete Henning, dass die eben erst eingeleitete Verfolgung bereits zu Ende sein würde. Wie hätte er den Vorsprung des Rangers jemals aufholen sollen?

Als die Fahrbahn wieder frei war, fiel Hennings Blick jedoch erneut auf den roten Ranger. Auch Alvarez hatte, nur einen Steinwurf voraus, einen unfreiwilligen Aufenthalt hinnehmen müssen. Anders als bei Henning war die Ursache bei ihm jedoch ein Müllauto gewesen, das in diesem Augenblick in eine Seitenstraße abbog.

Erleichtert schloss Henning zu dem Wagen auf. Sie fuhren die Calle San Miguel entlang. An deren Ende setzte Alvarez den Blinker und bog halblinks ab. Immer wieder von kurzen Staus und Ampelstopps unterbrochen, ging es anschließend in nördlicher Richtung weiter.

Schon bald hatte Henning jede Orientierung verloren. Erst als die nördlichen Vororte hinter ihnen lagen und sie schließlich die als »Circunvalación« ausgeschilderte Autobahn erreicht hatten, die in weitem Bogen die Hauptstadt umfuhr, wusste er wieder ungefähr, wo er sich befand. Alvarez' Ziel, so viel war sicher, musste im Inselinneren liegen.

Eine Viertelstunde später setzte Alvarez erneut den Blinker und verließ bei der Ausfahrt Génova die Autobahn. Von nun an ging es auf kurvigen Landstraßen weiter, immer in Richtung Westen, auf die Tramontana-Berge zu.

Währenddessen wurde die Lage für Henning von Minute zu Minute prekärer. Nicht mehr lange, und er würde die Verfolgung abbrechen müssen. Nach einem Blick auf die Uhr gab er sich längstens noch eine halbe Stunde; falls Alvarez bis dahin sein Ziel nicht erreicht haben sollte, würde er umkehren müssen, sonst riskierte er, in der Calle San Miguel vor verschlossenen Türen zu stehen.

Ein Schild mit der Aufschrift »Col de la Creu« flog vorüber. Henning kannte den Pass, vor ein paar Jahren hatte er die Gegend wandernd durchstreift. Er schätzte die Entfernung bis zur Passhöhe auf sechs oder sieben Kilometer.

Bereits nach der Hälfte der stetig bergauf führenden Strecke blinkte Alvarez erneut, bevor er überraschend auf einen schmalen, unbefestigten Fahrweg einschwenkte. Henning, wegen des schwächer gewordenen Verkehrs zunehmend auf Abstand bedacht, ließ sich weiter zurückfallen, stoppte den Seat kurz nach der Abzweigung und stieg aus.

Von der Anhöhe aus beobachtete er Alvarez' Wagen. Der folgte, eine mächtige Staubwolke hinter sich herziehend, zunächst einen knappen Kilometer weit dem gewundenen Fahrweg, bis dieser schließlich bei einem von schütteren Bäumen umstandenen Anwesen endete. Nach Hennings Einschätzung musste es sich um eine schon vor Langem aufgelassene Finca handeln, von deren einstiger Blüte nicht mehr viel übrig geblieben war. Ein Wohnhaus, Stallungen, Lagerschuppen. Selbst aus größerer Entfernung waren die staubblinden Fensterscheiben und die bröckelnden Fassaden zu erkennen, ganz zu schweigen von den mit wildem Gesträuch überwucherten Flächen rings um die Gebäude.

Was hatte Alvarez an diesem Ort zu schaffen, in diesem Niemandsland, fernab jeder menschlichen Siedlung?

Während Henning eine Flasche Mineralwasser aus dem Wagen holte und trank, spukte ein sich langsam festsetzender Gedanke durch seinen Kopf. Konnte es sein, dass das Gemäuer Alvarez als Gefängnis diente? Als Karin Winters Gefängnis? Einiges sprach dafür.

Der Gedanke hatte etwas Beängstigendes, aber auch etwas Tröstliches, denn wenn er recht hatte, wäre sie wenigstens am Leben.

Während er noch fieberhaft überlegte, wie er sich dem Anwesen ungesehen nähern könnte, sah er Alvarez bereits wieder aus dem Wohngebäude kommen und zu seinem Wagen gehen. Gleich darauf fuhr er denselben Weg zurück, den er gekommen war.

Henning beeilte sich, die Flasche im Wagen zu verstauen und sich hinter das Steuer zu setzen. Wenn Alvarez, wie anzunehmen war, jetzt nach Palma zurückkehrte, dann blieb ihm genügend Zeit, seinen Verdacht zu überprüfen. Jetzt musste er aber erst einmal ein Stück weit die Straße hinauffahren, um von Alvarez nicht entdeckt zu werden.

Als er den Motor wieder ausgeschaltet hatte, holte er sein Handy hervor, um eine Nachricht abzusetzen. Sie endete mit den Sätzen: »Ich melde mich von nun an alle zehn Minuten. Sobald mein Anruf ausbleibt, solltet ihr die *Guardia Civil* auf Trab bringen – dann wird es ernst.«

***

Gerade eben war er noch mit Bullock verbunden gewesen, hatte ihn gewissermaßen an der Angel gehabt. Und nun? In einem Anflug von Ärger schlug Wolf sich gegen die Stirn, grimmig starrte er auf sein Handy. »Ich Riesenarschloch«, schimpfte er laut, »jetzt hab ich mir selbst ein Bein gestellt.«

Scharf, der Wolfs Treiben verwundert gefolgt war, meldete sich endlich zu Wort. »Kann mir mal einer erklären, was hier eigentlich läuft? Ich glaub, ich bin im falschen Film.«

Wortlos reichte Wolf ihm den Zettel, den er von Vespermann erhalten hatte.

Verzweifelt versuchte Scharf zu verstehen, was er las. »Und was heißt das jetzt?«, fragte er.

»Das ist eine Standortangabe.«

»Das seh ich auch. Und?«

»An dieser Stelle hat sich zur angegebenen Uhrzeit, also vor sechs Minuten, Graberts Handy befunden.«

Scharf ließ den Zettel sinken. »Soll … soll das heißen, dass ihr recht hattet? Die beiden Gangster sind uns entkommen? Aber wie ist das möglich? Der zweite Ausgang wird doch bewacht.«

»Ganz einfach, als ihr hier eingetroffen seid, waren die beiden schon über alle Berge. Die haben euch die ganze Zeit über zum Narren gehalten, so sieht's aus.«

Scharf musste sich setzen. »Oh, ich Idiot …«, murmelte er.

»Nein, der Idiot bin ich, ich ganz allein«, erwiderte Wolf. »Wir hatten die beiden schon an der Angel. Nun haben wir sie durch meine Überheblichkeit verloren.«

»Verstehe.« Scharf nickte betreten. »Die haben das Handy ausgeschaltet, jetzt können sie nicht mehr geortet werden.«

Wolf gab sich einen Ruck. »So ist es. – Gerd, lass es uns zu Ende bringen. Brich die Tür auf.«

Vespermann nickte. Mit ein paar schnellen Schritten ging er zur Tür von Graberts Büro und setzte das Brecheisen an, das er mitgebracht hatte.

***

Als Henning, eine gewaltige Staubwolke im Schlepp, die Finca erreichte, fand er seine schlimmsten Befürchtungen noch übertroffen. Die Gebäude waren in einem erbarmungswürdigen Zustand, die Freiflächen – ausgenommen die Zufahrt – von Unkraut und niederem Strauchwerk überwuchert. Kein Zweifel, dieses Anwesen war schon vor Jahren aufgelassen worden.

Er folgte der deutlich sichtbaren Wagenspur bis zum größeren der vier Gebäude. Dabei schien es sich um das ehemalige Wohnhaus zu handeln.

Offensichtlich hatte Alvarez häufiger hier zu tun, zumindest deuteten die Spuren darauf hin. Was tat der Mann nur an diesem gottverlassenen Ort? Henning hoffte, es in Kürze herauszubekommen.

Vor dem Eingang des Wohnhauses stellte er den Seat ab. Eine Weile blieb er ruhig sitzen und musterte aufmerksam die Umgebung, dann stieg er aus. Zunächst umrundete er die drei kleineren Gebäude. Die hölzernen Türen, grob zusammengezimmert, standen sperrangelweit offen, verrostete Gerätschaften lagen herum, aus den Mauern spross Unkraut aus allen Ritzen. Auf dem Boden türmten sich Berge von Schutt – kein Wunder, die Dächer waren teilweise zusammengefallen. Nichts deutete auf die Anwesenheit von Menschen hin.

Bevor er sich das Haupthaus vornahm, warf er kurz einen Blick zur Straße hinüber. Der Verbindungsweg zur Finca war auf ganzer Länge frei, keine Staubfahne, die das Nähern eines Fahrzeuges angekündigt hätte.

Die Eingangstür war eingeklinkt, aber nicht abgeschlossen. Sie führte zu einem kleinen, nur spärlich erleuchteten Vorraum, von dem aus drei weitere Türen abgingen. Hennings Schritte knirschten, als er über den Terrazzoboden ging; überall lagen Splitter und Scherben herum. Von den Wänden blätterte der Putz, Spinnweben hingen von der Decke herab.

Er beschloss, sich zunächst die beiden seitlich abgehenden Räume vorzunehmen. Anders als die Außentür schienen die Innentüren nicht verschließbar zu sein, zumindest wiesen sie kein Schlüsselloch auf. Und tatsächlich waren sie problemlos zu öffnen. Dahinter lagen zwei kleinere Räume, von denen der rechte als Küche gedient haben mochte, jedenfalls ließ ein rostiger Herd mit mehreren Kochstellen darauf schließen. Im Raum gegenüber bemerkte er eine hölzerne Treppe, die hinauf zu einer Luke in der Decke führte. Offenbar hatten die Schlafstellen der Bewohner unter dem Dach gelegen. Weitere Einzelheiten waren nicht zu erkennen, dafür ließen die vom Staub blinden Scheiben nicht genug Licht herein.

Blieb die mittlere Tür. Hinter der musste sich der Wohnraum befinden. Schon führte er die Hand zum Griff, um sie aufzustoßen, als er plötzlich stockte. Was war das? Das hatte er ja noch nie gesehen – zumindest nicht auf der Außenseite einer Tür: Über dem Griff hatte jemand eine abschließbare Türkette montiert.

Er zog die Hand zurück und überlegte kurz. Dieses Ding war mit Sicherheit erst vor Kurzem hier angebracht worden. Viel wichtiger allerdings war etwas anderes: Nach seinem Verständnis dienten Türketten der Sicherheit, indem sie das unrechtmäßige Eindringen in ein Haus oder einen Raum verhinderten – *normalerweise*, fügte er im Geist hinzu. Nicht so hier. Dass diese Kette von außen an die Tür montiert worden war, konnte nur eines bedeuten: Nicht das Eindringen, sondern das Verlassen des dahinterliegenden Raumes sollte verhindert werden.

In dem Raum musste jemand eingesperrt sein – je länger er darüber nachdachte, desto sicherer wurde er.

***

»Du bringst gute Nachrichten, hoffe ich.«

Der Mann mit der Hakennase, an den die Frage gerichtet war, schrak leicht zusammen, als unvermittelt die Stimme in seinem Rücken erklang. Nur ungern löste er sich von dem prachtvollen Ausblick, den die hoch über dem Meer gelegene Terrasse ihm bot. Er zwang sich zur Ruhe, bevor er sich umdrehte.

»Immer wieder eine Augenweide, dein Anwesen in Paguera, Don Alfredo«, lobte er, eine konkrete Antwort auf die gestellte Frage bewusst vermeidend. Mit kaum verhohlenem Neid musterte er die mit Bougainvilleen und Priesterpalmen gesäumte schneeweiße Villa. Welch ein Kontrast zu dem ausgetrockneten Landstrich zwischen der Finca und der Küste.

Misstrauisch ob des Lobes sah Don Alfredo ihn an. Dann hob er die Hand und schnipste mit den Fingern. Sofort eilte eine ebenso junge wie spärlich bekleidete Brünette herbei, die unweit von ihnen auf Instruktionen gewartet hatte.

»Bring uns Champagner«, verlangte er und sah ihr hinterher, während sie mit wiegenden Hüften zur Villa zurücktänzelte. »Wie du siehst, ist auch die sonstige Ausstattung nicht unbedingt zu verachten«, beschied er den Hakennasigen. »Setzen wir uns.« Er wies auf eine Sitzgruppe in der Nähe des Pools.

»Also noch mal, was bringst du für Nachrichten?«, wiederholte er, nachdem die Brünette sie mit dem Gewünschten versorgt hatte. Dabei schlug er die Beine übereinander und fixierte sein Gegenüber.

Der Hakennasige räusperte sich. »Wie du weißt, Don Alfredo, halte ich nichts davon, lange um den heißen Brei herumzureden«, begann er etwas gestelzt. »Jedenfalls scheint mir die Journalistin gut informiert. Zu gut, wenn du mich fragst. Zwar behauptet sie gestern wie heute, die Hintergründe nicht zu kennen. Nach gutem Zureden« – hier zwinkerte er Don Alfredo zu – »hat sie mir aber doch verraten, in Sachen Hauschild, Sahin und Hörmann zu recherchieren. Sie behauptet, mit den Bullen aus Überlingen zusammenzuarbeiten. Was diesen Punkt betrifft, glaube ich jedoch, dass sie lügt.«

»So, glaubst du. Wie kommt sie an unsere Adresse in Palma? Und an deinen Namen?«

»Nach ihrer Aussage über die Polizei. Die wiederum will die Angaben vom Hotelpersonal erhalten haben, in dem Sahin wohnte. Offenbar stammt auch das Foto von mir aus dem Hotel; im Parkdeck hing eine Überwachungskamera, wenn ich mich recht erinnere.«

Don Alfredo sah mit finsterer Miene aufs Meer hinaus. Schließlich wandte er sich wieder an den Hakennasigen. »Was schlägst du vor?«

»Mir ist nicht wohl bei der Geschichte. Sie weiß zu viel.«

»Dann schick sie zum Teufel«, sagte Don Alfredo kalt.

»Wie du meinst.« Nachdenklich fuhr sich der Hakennasige mit der linken Hand über das Kinn. Plötzlich strahlte er über das ganze Gesicht. »Aber ja, du hast recht, Don Alfredo. Überlassen wir sie Diablo. Er wird das Problem für uns beseitigen. Je schneller, desto besser.« Er stand auf. »Ich fahre sofort zur Finca zurück und bringe die Sache in Ordnung.«

»Aber diskret, bitte. Ich will keine Spuren, haben wir uns verstanden?«

»Geht klar, Boss.«

***

Kurz entschlossen drückte Henning den Griff nach unten. Quietschend öffnete sich die massive Tür, wenn auch nur so weit, wie die Kette es zuließ. Er schätzte den Spalt auf höchstens zehn Zentimeter. Als er durchsah, konnte er zunächst nicht viel erkennen, das dämmrige Licht ließ es nicht zu. Doch langsam schälten sich Konturen heraus. Ein Fenster an der gegenüberliegenden Wand, daneben ein Tisch und zwei, drei Stühle. Davor, nur teilweise sichtbar, eine Art Campingliege, mit Stoff bezogen und zusammenklappbar, mit einen undefinierbaren Bündel darauf.

»Hallo, ist da jemand?«, rief er halblaut durch den Spalt.

Da kam Leben in das Bündel; langsam richtete es sich auf und nahm unversehens menschliche Gestalt an – die Gestalt einer dunkelhaarigen, bleichgesichtigen Frau. Mit großen Augen sah sie zu ihm herüber.

»Wer … sind … Sie?«, fragte sie krächzend.

»Sie sprechen Deutsch? Sind Sie Frau Winter?«

»Gott sei Dank, dass Sie da sind! Ja, die bin ich. Bitte holen Sie mich hier raus.«

Während Henning sein Handy hervorzog und eine Kurzwahltaste drückte, stellte er sich vor. »Ich bin Hauptkommissar Henning Wolf, Zielfahnder beim LKA. Wir kennen uns, sicher erinnern Sie sich noch an mich. Sie sollten jetzt erst mal ruhig liegen bleiben, Frau Winter. Ich muss diese Kette hier knacken.«

Er stieß einen stillen Fluch aus und steckte das Handy wieder ein – er hatte keine Verbindung bekommen, offenbar befand er sich in einem Funkloch. Umso rascher machte er sich nun auf die Suche nach einem geeigneten Werkzeug, etwas, was er zum Knacken der Kette benutzen konnte, doch leider ergebnislos. Wütend trat er mit dem Fuß gegen die Tür, einmal, zweimal, ein halbes Dutzend Mal. Weder riss die Kette, noch lösten sich unter den Tritten die Schrauben aus dem Holz.

»Keine Bange, Frau Winter, ich kriege Sie hier raus, und wenn es das Letzte ist, was ich tue.«

Er ging zu seinem Wagen und durchwühlte den Kofferraum. Nirgends ein Werkzeug. Nur ein Wagenheber. Er sah sich das Ding genauer an. Es handelte sich um einen herkömmlichen Scherenwagenheber, wie er zur Standardausrüstung der meisten Kraftfahrzeuge gehörte.

Ziemlich mühelos konnte so ein Ding ein Auto anheben. War das Aufbrechen einer Tür dagegen nicht der reinste Pipifax? Einen Versuch war es wert. Er kurbelte den Wagenheber auf die niedrigste Stufe, schob ihn auf Höhe der Kette quer in den Spalt – und atmete erst mal erleichtert auf. Wäre das Gerät auch nur einen Zentimeter größer gewesen, er hätte seinen Plan vergessen können. Es hätte nicht mehr dazwischen gepasst.

Er begann zu kurbeln. Bald war der Heber stramm zwischen Tür und Leibung gespannt, ab jetzt musste er nicht mehr gehalten werden. Die Kette wurde immer strammer gezogen, jede Drehung des Mittelteils presste die Backen des Hebers etwas weiter auseinander, ließ die Sicherheitsschließung heftiger ächzen – bis die auf der hölzernen Leibung angeschraubte Metallplatte mit einem berstenden Knall aus der Wand gerissen wurde und der Heber, nun ohne Halt, mit Getöse auf den Terrazzoboden fiel.

Der Weg nach innen war frei.

Henning drückte die Tür auf und trat an die Liege. »So, meine Liebe, darf ich Sie einladen, mitzukommen? Ihr Ferienaufenthalt an dieser … nein, nicht gastlichen, sondern *garstigen* Stätte ist hiermit beendet.«

Zu seiner Verwunderung blieb Karin sitzen. »Ich kann nicht«, erklärte sie. »Mein rechter Fuß ist an die Liege gekettet. Sagen Sie, Sie haben nicht zufällig etwas Wasser dabei?«

»Wasser!« Er griff sich an die Stirn. »Klar hab ich Wasser dabei. Einen Moment, ich bin gleich wieder zurück.«

Er eilte zu seinem Wagen, um die Flasche zu holen. Während er die Wagentür schloss, warf er einen Blick auf den Fahrweg – und zuckte heftig zusammen. In hohem Tempo näherte sich eine Staubwolke der Finca. Hatte er sich verrechnet? War Alvarez doch nicht nach Palma zurückgekehrt? Bekam er es mit einem neuen Gegner zu tun? Oder war es seiner Dienststelle gelungen, die *Guardia Civil* schneller als erwartet in Marsch zu setzen, nachdem die vereinbarten Kontrollanrufe ausgeblieben waren? Wer es auch sein mochte, er musste schleunigst zurück ins Haus.

»Wir bekommen Besuch«, berichtete er in leichtem Tonfall.

»Wer ist es?« Karins Augen waren plötzlich schreckgeweitet.

»Vermutlich dieser Alvarez. Wir werden's gleich erfahren.« Während er Karin die Flasche an die Lippen setzte und sie in kleinen Schlucken trinken ließ, rasten seine Gedanken. Was konnte er tun? Er war waffenlos, einem bewaffneten Gegner also auf Gedeih und Verderb ausgeliefert.

Jetzt erkannte er, dass er sich mit Alvarez' Verfolgung in die Nesseln gesetzt hatte! Gewiss, seine Einsicht kam spät, vielleicht *zu* spät. Aber hatte er eine Alternative gehabt? Wohl nicht.

In fieberhafter Eile begann er, die Haustür zu blockieren. Er fand eine passende Holzlatte, die er unter den Türgriff presste, sodass sich der Riegel nicht ausklinken ließ. In der Zwischenzeit legte er sich einen Plan zurecht, den er Karin mit wenigen Worten auseinandersetzte. Mit skeptischer Miene stimmte sie zu.

Henning stürmte wieder hinaus – jeden Augenblick konnte der Besucher vor dem Haus eintreffen. Spätestens beim Anblick des fremden Wagens würde er gewarnt sein.

Über die Holztreppe gelangte Henning ins Dachgeschoss, wo er sich nach kurzer Orientierung am Fußboden zu schaffen machte. Sein Plan war ebenso einfach wie effektiv – falls er funktionierte. Aus dem Fußboden, der im Grunde aus nichts weiter als gehobelten Brettern bestand, die man auf die Deckenbalken genagelt hatte, würde er zwei Bretter entfernen, direkt über dem Eingang in den Wohnraum. Sobald Alvarez, durch die weggesprengte Kette alarmiert, den Raum betrat, um seine Gefangene zu inspizieren, würde er sich von oben auf ihn fallen lassen. Vor dem nachfolgenden Kampf Mann gegen Mann hatte er keine Bange, nicht umsonst galt er als erfahrener und gut trainierter WingTsun-Kämpfer.

Er hatte Glück. Die Bretter erwiesen sich als so alt und morsch, dass er sich schon wenig später über das Loch in der Decke beugen und nach unten sehen konnte. Er gab Karin ein Zeichen, Ruhe zu bewahren und nicht zu ihm hochzustarren – keinen Augenblick zu früh.

Vor dem Haus erstarb ein Motor, eine Fahrzeugtür klatschte, Schritte klangen auf. Dann herrschte Stille, eine sich endlos dehnende, zermürbende Stille. Vermutlich filzte Alvarez gerade seinen Wagen. Sollte er. Er würde ihm wenig Aufschluss geben. Nach weiteren endlosen Minuten hörte Henning ein Geräusch an der Eingangstür, dann ein heftiges Rütteln. Dabei schien sich die Sperre am Türgriff gelöst zu haben. Die Tür ging auf, und man hörte knirschende Schritte, erneut gefolgt von lähmender Stille. Inzwischen musste Alvarez vor der gesprengten Kette stehen. Was schloss er wohl daraus? Was würde er unternehmen? Henning hätte in diesem Augenblick alles dafür gegeben, hinter die Stirn des Unbekannten schauen zu können.

Da, ein Flüstern …

Ein Flüstern? Hatte er richtig gehört? Spazierte da unten ein zweiter Mann herum? Dann wären seine Chancen, heil hier rauszukommen, so gut wie null, von der Rettung Karin Winters ganz zu schweigen.

Eine Tür scharrte über den Boden, etwas Schweres trappelte die Treppe herauf. Voll böser Ahnungen fuhr Henning herum.

Was er sah, ließ ihm das Blut in den Adern gefrieren.

19

Offenbar war es nicht die erste Tür, die Vespermann knackte. Kurz oberhalb des Schlosses schob er die Brechstange zwischen Tür und Rahmen. Dann drückte er den Hebel in Richtung Tür. Das hässliche Geräusch splitternden Holzes ertönte, gefolgt von einem kurzen Knall – die Tür war offen.

Als Erstes drangen die Uniformierten ein; sie hatten die Aufgabe, den Raum zu sichern. Schnell steckten sie ihre Waffen wieder weg: Außer dem Mann hinter dem Schreibtisch war niemand zu sehen.

Die Vögel waren ausgeflogen.

Auch wenn der eine oder andere zweimal hinsehen musste: Bei dem Mann hinter dem Schreibtisch handelte es sich zweifelsfrei um Karl-Heinz Grabert. Die Entsprungenen hatten ihn bis auf die Unterwäsche ausgezogen und an den Bürostuhl gefesselt. Sein Mund war mit einem Pflaster zugeklebt, über dem rechten Auge prangte eine klaffende Wunde, ein dünnes rotes Rinnsal lief bis zu seinem Kinn herab. Blut.

Scharf untersagte seinen Kollegen, sich um Grabert zu kümmern. »Nicht, bevor ich vom Tatort ein paar Aufnahmen gemacht habe«, erklärte er, zückte sein Handy und fotografierte aus allen Richtungen. Dann gab er Grabert frei. »Dass mir keiner schlampt bei der Spurenaufnahme«, ermahnte er seine Kollegen.

Wenig später war Grabert das Pflaster los und von seinen Fesseln befreit. Er reckte und massierte kurz seine eingeschlafenen Glieder, dann stand er auf.

»Wenn Sie uns den Tathergang kurz schildern wollen, Herr Grabert«, forderte Scharf ihn auf.

»Jetzt?«, fragte Grabert entrüstet. »Entschuldigen Sie, Herr Kommissar, aber Sie haben sie wohl nicht mehr alle. Das Wichtigste ist doch wohl, die beiden Kerle wieder in die Hände zu bekommen. Mein Bericht kann warten, der läuft Ihnen nicht davon.«

Wolf nickte zustimmend, bevor er Scharf zur Seite zog. »Pass auf«, sagte er halblaut, sodass die anderen es nicht hören konnten: »Niemand will dir ins Handwerk pfuschen, damit das klar ist. Am wenigsten wir. Aber wo Grabert recht hat, hat er recht. Das Einfangen von Bullock und Maroni sollte absolute Priorität haben. Weiß Gott, was die beiden alles anstellen, solange sie nicht gefasst sind. Wir müssen schließlich auch an die Medien denken – das wäre ein gefundenes Fressen für sie.«

Scharf überlegte kurz, dann wandte er sich an seine Leute. »Gebt eine Eilfahndung nach den beiden heraus. Vordringlich müssen das Fährpersonal und die Grenzübergänge informiert werden – mit besonderem Hinweis auf die Kleidung der beiden. Lasst euch von Herrn Grabert die Kleidungsstücke beschreiben, die Bullock und Maroni ihm weggenommen haben. Vermutlich haben Sie sich das Zeug übergezogen. Trotzdem dürften sie, wenigstens teilweise, noch in Gefängniskleidung herumlatschen. Das müsste eigentlich jedem auffallen, oder?« Er überlegte kurz, bevor er eine Frage an Grabert richtete: »Verfügen die beiden Ihrer Einschätzung nach über Bargeld?«

»Aber sicher. Mit den Kleidern haben sie mir auch den Geldbeutel und die Brieftasche weggenommen. Große Sprünge können sie damit allerdings nicht machen. Mein Bargeldbestand lag, gut gerechnet, bei um die hundertfünfzig Euro.«

»Nur der Vollständigkeit halber: Was ist mit Waffen? Haben Sie in diesem Zimmer Dienstwaffen aufbewahrt?«

»Nein.«

»Gut«, urteilte Scharf. »Also, wir beziehen die Deutsche und die Schweizer Bahn in die Fahndung mit ein, ebenso sämtliche Hafenmeistereien rund um den See, für den Fall, dass sie sich ein Boot geschnappt haben.«

»Was ist mit einem Fahndungsaufruf über die Rundfunkanstalten?«, wollte einer seiner Leute wissen.

»Richtig. Zumindest alle regionalen Programme. Und noch was, ich möchte, dass jeder, der bei der Konstanzer Polizei fahren, laufen oder wenigstens kriechen kann, auf Streife geht, schwerpunktmäßig zunächst im Raum Staad beziehungsweise rund um den Fährhafen. Ist das klar? Dann abrücken, dalli, dalli.«

»Ich werde Sie selbstverständlich unterstützen«, verkündete Grabert inmitten des allgemeinen Aufbruchs.

Spöttisch sah Scharf an ihm herab. »Etwa so?« Er deutete auf Graberts Unterhose.

»Natürlich nicht, Sie Witzbold! Zufällig habe ich meine Sporttasche dabei, ich wollte nach Dienstschluss zu einem Tennismatch.« Er ging zu einem Wandschrank und begann, seine Sportsachen anzuziehen.

»Sie sollten sich zuvor von einem Arzt untersuchen lassen«, riet ihm Wolf. »Ihre Kopfwunde sieht nicht gut aus, wenn ich das sagen darf.«

»Pah! Ist nur ein Kratzer, das kann warten«, entgegnete Grabert, während er in seine Tennishose schlüpfte.

»Trotzdem, überlassen Sie die Suche nach den beiden lieber mal uns«, sagte Scharf, um seinen Tatendrang zu bremsen.

Grabert, inzwischen in sportlichem Outfit, trat vor ihn hin. »Wissen Sie was? Sie machen *Ihr* Ding, und ich mach *meins*, basta! Abgesehen davon, dass ich Bullock besser kenne als jeder andere hier, weiß ich zufälligerweise auch, an welchen Orten er sich herumgetrieben hat, bevor er eingebuchtet wurde. Dort würden Ihre Leute nicht mal im Traum nach ihm suchen. Alsdann, meine Herren, gehaben Sie sich wohl. Ich muss jetzt erst mal einen Wagen beschaffen.« Schon war er hinausgestürmt.

Scharf zuckte nur mit den Schultern, er war bereits wieder am Telefonieren.

Wolf zog Vespermann beiseite. »Wir verschwinden gleichfalls. Am besten heften wir uns an Graberts Fersen. Ich glaube, der Mann hat recht, was Bullocks mögliche Schlupfwinkel angeht. Allerdings überschätzt er sich, wenn er meint, mit diesem Mann fertig zu werden.«

***

Keine fünf Schritte von Henning entfernt duckte sich sprungbereit ein Hund. Henning kannte die Rasse. Und nicht nur sie – auch die Verletzungen, die sie riss. Kein Zweifel, er hatte es mit einem ausgewachsenen American Staffordshire Terrier zu tun, einer Kampfmaschine, eigentlich nicht groß, aber strotzend vor Muskeln. Drohend zog das Tier die Lefzen hoch, seiner Brust entrang sich ein tiefes Knurren.

Den Hund nicht eine Sekunde aus den Augen lassend, richtete Henning sich auf. Er rechnete jeden Augenblick damit, angefallen zu werden. Wenn er wenigstens einen Stock als Waffe gehabt hätte!

Vorsichtig setzte er einen Fuß hinter den anderen und wich in Trippelschritten zurück, bis er das Loch im Boden zwischen sich und dem Terrier wusste. Dann zog er, vom Knurren des Hundes begleitet, seine Jacke aus und wickelte sie um seinen linken Unterarm.

Der Besitzer des Köters blieb unsichtbar. Henning erahnte ihn mehr, als dass er ihn sah – bis er plötzlich, wie aus dem Off, seine Stimme hörte, eine klare, wohlgesetzte, selbstbewusste Stimme. »Ich weiß«, rief er ihm zu, »dass Sie da oben sind, wer immer Sie auch sein mögen. Sie haben die Wahl. Entweder, Sie kommen freiwillig herunter, oder Diablo wird Sie mir bringen. Dann allerdings kann ich nicht mehr für Ihre körperliche Unversehrtheit garantieren. Haben Sie mich verstanden?«

Hennings Gedanken rasten.

Egal, was er tat, dieser Alvarez saß am längeren Hebel. Er hatte nicht nur den Hund. Garantiert hatte er auch eine Waffe. Wenn er lebend hier herauskommen wollte, dann musste er die Flucht nach vorne antreten.

Alvarez' Worte waren kaum verhallt, da riss Henning provozierend den linken Arm nach oben. Er wusste, auf den Köter wirkte das wie ein Schlüsselreiz. Im Bruchteil einer Sekunde hob das Tier vom Boden ab, flog auf Henning zu und schnappte nach dessen linkem Arm.

Diesen Ablauf hatte Henning vorausgesehen. Nicht so der Hund. Wider Erwarten fanden seine Hinterläufe keinen Halt, trotz seines weiten Satzes war er zu kurz gesprungen. Es schien, als hätte seine Mordlust die Öffnung im Boden ausgeblendet. Genau darauf hatte Henning spekuliert. Einen kurzen Moment lang schwebte Diablo zwischen Himmel und Erde, bevor er, hoch jaulend und mit den Läufen rudernd, in der Tiefe verschwand. Um ein Haar hätte er Henning mit hinabgerissen.

Von einem spitzen Schrei von Karin Winter begleitet, schlug der Hund mit dem Kopf voraus auf dem Boden auf, wo er regungslos liegen blieb – vermutlich hatte er sich das Genick gebrochen.

»Diablo, was ist?«, rief Alvarez beunruhigt und beugte sich über den toten Hund.

Kurz entschlossen riss Henning die Jacke vom seinem Arm. Er

machte einen Schritt nach vorne und ließ sich fallen. Unter dem plötzlichen Aufprall brach Alvarez zusammen, bäuchlings lag er auf seinem Hund. Sofort griff Henning ihm ihn die Haare und riss seinen Kopf nach hinten, während er ihn mit der Linken nach Waffen abtastete. Und tatsächlich: Aus einem Holster unter der Achsel zog er eine Glock hervor.

Er reichte die Waffe an Karin Winter weiter, die sich in der Zwischenzeit aufgerichtet hatte. »Hier. Können Sie mit so einem Ding umgehen, Frau Winter?«

»Nein, ich hab noch nie geschossen, wenn Sie das meinen«, antwortete sie, mit spitzen Fingern die Pistole haltend. Dennoch machte sie den Eindruck, als sei eine Riesenlast von ihr gefallen. Befreit lächelte sie ihm zu. »Entschuldigen Sie, Herr Wolf, wenn ich Sie nicht gleich erkannt habe, aber die Umstände … Sie wissen schon. Sieht übrigens ganz so aus, als wäre Ihr Plan aufgegangen. Oh, was ist mit Ihrem Arm? Der blutet ja. Zeigen Sie mal her.«

Ihr Blick ging plötzlich an ihm vorbei, und ihre Augen weiteten sich. In Hennings Rücken erklang eine kalte Stimme.

»So, Schluss jetzt mit der Plauderei. Gib meinen Partner frei, aber ein bisschen plötzlich, bitte.«

Während Henning langsam die Hände hob und sich vorsichtig aufrichtete, fiel Karin vor Schreck die Glock aus der Hand. Henning drehte sich um und stand Alvarez' Partner gegenüber. Er war sicher, diesen Mann noch nie gesehen zu haben. Seine Statur und seine Mimik, vor allem aber die entsicherte Waffe in seiner Hand, ließen es geraten erscheinen, seine Befehle umgehend zu befolgen.

Alvarez' Partner streckte die Hand aus. »Darf ich um die Waffe bitten, Señora?« Mit versteinerter Miene kam Karin seiner »Bitte« nach.

Mittlerweile hatte sich Alvarez ebenfalls aufgerichtet. Wie nicht anders zu erwarten war, galt sein erster Griff der Glock. Mit finsterer Miene blickte er auf Henning. »Das wird noch ein Nachspiel haben«, sagte er gefährlich ruhig. Sein Gesicht verzog sich zu einem hämischen Grinsen. »Du wirst als Erster meinem Diablo in die ewigen Jagdgründe folgen, das versprech ich dir.«

In diesem Augenblick war das näher kommende Heulen von Polizeisirenen zu vernehmen. Überrascht rannte Alvarez' Partner zur

Tür. »Wieso interessieren sich plötzlich die Bullen für diesen gott-verlassenen Ort?«, rief er im Hinauseilen.

Auch Alvarez schien wie vom Donner gerührt. Mit vorgehaltener Waffe hielt er Henning in Schach. »Mach dir keine falschen Hoffnungen, mein Freund. Die ziehen gleich wieder ab. Wenn nicht, helfen wir eben ein bisschen nach.« Er rieb Daumen und Zeigefinger aneinander.

Dann flackerte auch schon blaues Blinklicht durch den Raum. Ein Polizeiwagen war vor dem Fenster zum Stehen gekommen, auch von der Eingangsseite her war Türenklatschen zu vernehmen. Kommandos erschallten, dann splitterte Glas. Die halb blinde Fensterscheibe des Wohnraums wurde eingeschlagen, und die Läufe automatischer Waffen schoben sich in den Raum. Jemand schrie: »*Hands up!*« Sicherheitshalber folgte auch Henning dem Befehl. Vermutlich waren sich die Polizisten über die Nationalität der Gestellten nicht ganz im Klaren und dachten, auf Englisch am ehesten verstanden zu werden.

Alvarez' Partner stolperte rückwärts in den Raum, mit erhobenen Händen, gefolgt von mehreren bewaffneten Blauuniformierten mit Schutzhelm und Sicherheitsweste. Auf Brust und Rücken der Männer prangte der Schriftzug *Guardia Civil*. Wie Alvarez und Henning wurde er grob am Arm gepackt und mit dem Gesicht zur Wand gestellt, während die Polizisten sie nach Waffen durchsuchten. Auch ihre Handys wurden Ihnen abgenommen.

Zuletzt betrat ein älterer Zivilist den Raum, offenbar ein Angehöriger der *Policía Judicial*, der spanischen Kriminalpolizei. Verwundert blickte er auf den am Boden liegenden Hundekörper, bevor er sich über Karin Winter beugte und ihre Fesselung prüfte. Er nickte ihr zu. »Bitte haben Sie noch einen Augenblick Geduld, Señora, Sie werden gleich befreit.« Er sprach ein fast akzentfreies Deutsch.

Der Zivilist wandte sich den drei Männern zu. »Wer von Ihnen ist Hauptkommissar Wolf?«

Henning hob die Hand. Seine Nebenmänner wurden grob gepackt und abgeführt.

»Ich bin Comisario Sanchez. Entschuldigen Sie die raue Behandlung, Herr Kollege, aber … wie sagt man bei Ihnen? Wir mussten uns erst ein Bild machen, nicht wahr?«

»Nicht der Rede wert«, sagte Henning und klopfte sich den Staub aus der Kleidung. »Ihre Kollegen haben nur ihre Arbeit getan. Gute Arbeit, übrigens. Frau Winter und ich sind Ihnen für Ihren Einsatz dankbar. Nicht auszudenken, was geschehen wäre, wenn Sie und Ihre Leute nicht rechtzeitig zur Stelle gewesen wären.«

In der Zwischenzeit gingen zwei Uniformierte mit einem Bolzenschneider zu Werke. In weniger als zwanzig Sekunden war Karin Winter frei. Als sie aufstehen wollte, begann sie zu taumeln, sodass Henning sie stützen musste.

»Wir werden Frau Winter zu einem Arzt bringen, wenn es Ihnen recht ist«, schlug der Spanier vor.

»Darum wollten wir Sie bitten, Comisario.«

»Wir?«, fragte Karin gedehnt zurück.

»Ach, kommen Sie, Frau Winter, machen Sie jetzt keine Sperenzchen. So was hinterlässt Spuren, das werden Sie schon noch merken. Im Übrigen hoffe ich, dass Ihnen die Lust auf solche Abenteuer gründlich vergangen ist.«

»Jawohl, Herr Oberlehrer«, blaffte Sie belustigt.

»Und was ist mit Ihnen?«, wollte Sanchez wissen.

Henning wehrte ab. »Ein kleiner Kratzer am linken Arm. Der Köter hat mich zum Glück nicht richtig erwischt.«

»Nichts da, das gehört abgeklärt. Vermutlich müssen Sie eine Tetanus-Spritze haben. Sie kommen mit zum Arzt.«

»Gut. Leiste ich Frau Winter eben noch ein bisschen länger Gesellschaft. Eine Frage hätte ich aber vorab doch noch, Comisario: Was sagen Ihnen die Buchstaben ›G.E.T.‹?«

Sanchez lächelte. »Das beantworte ich Ihnen, wenn wir im Wagen sitzen. Frau Winter, kommen Sie. Herr Wolf ist Ihnen sicher behilflich.«

***

Wolf und Vespermann hatten sich durch kurzes Handheben von Scharf verabschiedet, als sie auf der Treppe überraschend mit Jo zusammenstießen.

»Du hier?«, fragte Wolf. »Was ist passiert? Warum hast du nicht angerufen?«

Vorwurfsvoll sah sie ihn an. »Na, warum wohl, Chef? Sehen Sie mal auf Ihr Handy.«

Wolf tat, worum Sie ihn gebeten hatte. Zerknirscht sah er auf. »Verdammt. Du hast recht, mein Akku ist leer. Immer dasselbe mit diesen Scheißdingern.« Dann besann er sich. »Du hättest ja Dicky anrufen können.«

»Ach nee«, konterte sie schnippisch, »als ob ich da nicht von selbst draufgekommen wäre.«

Jetzt griff sich Vespermann an die Stirn. »Au Backe. Ich hatte das Ding auf ›Stumm‹ geschaltet.« Er lächelte schief.

Jo lachte laut auf. »Ja, ja, die Herren Kommissare. Geben Sie's ruhig zu, Sie haben hier einen ruhigen Lenz geschoben, hab ich recht?«

»Herrschaften, lasst uns im Wagen weiterreden«, drängte Wolf und eilte die Treppe hinab.

Wenig später hatte Vespermann den Wagen gestartet und gegenüber der Ausfahrt in Stellung gebracht. Hier musste Grabert das JVA-Gelände verlassen, hier gedachten sie auf ihn zu warten.

»So, Mädchen, schieß los«, sagte Wolf.

»Also gut. Drei Dinge. Erstens: Die Spusi hat die Freigang-Antragsformulare von Bullock und Maroni auf Fingerabdrücke untersucht. Sie enthalten, einmal abgesehen von der Halbtags-Bürokraft, die die Anträge abgelegt hat, ausschließlich Abdrücke von Keller.«

Ungläubig schüttelte Wolf den Kopf. »Ausgerechnet Keller! Das überrascht mich jetzt schon. Immerhin kenn ich ihn seit Jahren, wenn auch nur flüchtig.«

»Ich würde sagen, nach diesem Ergebnis zählt er weiterhin zu unseren Hauptverdächtigen. Nun aber zu Punkt zwei, Stichwort ›G.E.T.‹: Die mallorquinische Handelskammer hat uns ein Fax geschickt …«

»Da kommt Grabert«, fuhr Wolf ihr unvermittelt ins Wort, indem er auf einen Audi zeigte. Vespermann startete den Motor und reihte sich hinter Grabert in den Verkehr ein, der inzwischen, zu Beginn der Rushhour, zunehmend dichter geworden war. Immer zwei oder drei Wagen zwischen sich und dem Audi lassend, ging die Fahrt über die Obere Laube in Richtung Rhein.

»Okay, mach weiter, Jo«, forderte Wolf, ohne den Audi aus den Augen zu lassen.

»Zum Inhalt des Faxes: Die Buchstaben G, E und T stehen für *Global Estate Trust*. Das heißt auf Deutsch …«

»Lass mal, so weit reichen meine Englischkenntnisse noch«, winkte Wolf ab.

»Ja, deine vielleicht«, fuhr Vespermann dazwischen. »Und was ist
mit mir? Fremdsprachen waren noch nie meine Stärke, und dieses
neumodische Marketing-Kauderwelsch schon zweimal nicht. Also,
ich höre?«

»Wollen *Sie*, Chef?«, fragte Jo mit hochgezogenen Augenbrauen.

»Nein, mach nur, du kannst das besser«, wehrte Wolf etwas zu
schnell ab.

Jo musste grinsen. »Also gut. Sinngemäß übersetzt heißt es ›welt-
weit tätiges Immobilien-Handelsunternehmen‹ ... oder so. Jedenfalls ist die Firma, obwohl in deutscher Hand, nach spanischem Recht
in Palma eingetragen und befasst sich mit Finanzgeschäften.«

»Finanzgeschäfte? Was soll das heißen? Geht's vielleicht etwas genauer?«, hakte Vespermann nach.

»Tut mir leid, mehr geht aus dem Fax nicht hervor. Immerhin
scheint eine Verbindung zu Hauschild, Hörmann und Sahin dadurch
mehr als wahrscheinlich.«

Inzwischen hatten sie den Rhein erreicht, die Straße machte einen Schwenk nach Osten.

»Pass auf«, warnte Wolf, »Grabert hat den Blinker gesetzt, also
will er über die Rheinbrücke.«

»Schon gesehen«, antwortete Vespermann und wechselte gleichfalls die Spur. »Werden in dem Fax Namen genannt?«, fragte er Jo.

»Ja. Geschäftsführer sind ein Serge Müller und ein Albert Varez.«

Wolf merkte auf. »Sagtest du Albert Varez?« Auf ihr Nicken hin
fuhr er zögernd fort: »Albert Varez ... Teufel noch mal, das ist doch ...
Ja, warte, wenn ich den Vornamen abkürze, also Al, und den Nachnamen dranhänge, wird daraus Alvarez. Diesen Namen hat Karin
Winter von Avis genannt bekommen.«

Jo und Vespermann schauten ihn verständnislos an.

»Alvarez, so hieß einer der Männer, die Sahin in seiner Hotelsuite aufgesucht haben. Sein Begleiter könnte dieser Müller gewesen
sein.«

»Demnach hätten wir zwei Tatverdächtige«, warf Vespermann ein,
»nämlich Keller und die Leute von G.E.T.«

»Es gibt noch eine dritte Möglichkeit«, murmelte Wolf.

»Und die wäre?«

»Dass die Morde von beiden gemeinsam begangen wurden. Dazu müssten wir allerdings eine konkrete Verbindung zwischen Keller und der G.E.T. nachweisen.«

»Ich schlage vor, wir lassen das mal so stehen und wenden uns dem dritten und letzten Punkt zu – das ist nämlich überhaupt die irrste Geschichte von allen. Dr. Reichmann hat doch bei der Autopsie von Hörmanns Leiche eine kleine Wunde an dessen Stirn entdeckt …«

»Achtung, Gerd, Grabert hält sich rechts, er nimmt die Mainaustraße«, warnte Wolf. »Ja, ich erinnere mich«, fuhr er anschließend an Jo gewandt fort. »Sie konnte sich die Wunde nicht erklären.«

»Jetzt kann sie es. Wenigstens hat sie eine Theorie. Ihrer Meinung nach stammt die Wunde doch von einem Einschuss.«

»Sagte sie nicht, es gebe kein Projektil?«

»Das ist ja gerade das Irre. Das Projektil hat sich nach dem Einschlag auf Hörmanns Stirn in Luft aufgelöst … nein, falsch, es muss eigentlich heißen: in Wasser.«

Wolf zeigte aufgeregt nach vorne. »Versteht ihr das? Grabert scheint zum Fährhafen zu wollen. Hier ungefähr haben wir Bullock geortet, bevor er Graberts Handy ausgeschaltet hat. Und ausgerechnet in dieser Gegend soll Bullock einen Schlupfwinkel haben? Merkwürdig. Entschuldige, Jo. Und mit welcher neuen Erkenntnis hat Dr. Reichmann ihre Ansicht begründet?«

»Wie gesagt, es ist nur eine Theorie, laut Dr. Reichmann ist ein genauer Nachweis so gut wie unmöglich. Allerdings hat ihre Theorie einen hohen Wahrscheinlichkeitswert. Sie ist sich jedenfalls sicher, dass die Wunde von einem Eisgeschoss herrührt, das sich nach dem Einschlag in seinen ursprünglichen Aggregatzustand zurückverwandelt hat, nämlich Wasser. Solche Eisprojektile lassen sich problemlos mit einem Luftgewehr verschießen.«

»Also praktisch geräuschlos«, warf Vespermann ein.

»Genau.« Jo nickte. »Normalerweise werden dafür Bleigeschosse verwendet. Die kann man selbst gießen, dafür bietet der Waffenhandel Formen an.«

»Entschuldige mal, wer greift denn heute schon zu einem Luftgewehr, wenn er jemanden um die Ecke bringen will? Noch dazu bei geschlossener Fensterscheibe?«, fragte Wolf zweifelnd.

»Wenn ich Ihrer Erinnerung auf die Sprünge helfen darf, Chef:

Der Mann fuhr ein Cabrio. Und was das Umbringen angeht, das hat Hörmann schon selbst besorgt. Erinnern Sie sich doch mal an den Unfallverlauf. Er passiert den Bahnübergang, unmittelbar danach folgt die scharfe Linkskurve, er drückt auf die Tube, beschleunigt in wenigen Sekunden auf hundertzwanzig. Plötzlich spürt er eine Art Einstich auf der Stirn – alles andere als tödlich, gewiss, aber es reicht, um ihn zu erschrecken. Für den Bruchteil einer Sekunde wird er abgelenkt, er prallt auf die Felswand rechts neben der Straße und aus die Maus.«

Unvermittelt hob Wolf die Hand. »Achtung, Grabert biegt da vorne rechts ab. Das ist die Hermann-von-Vicari-Straße. Was hat er vor? Und wieso hat er es plötzlich so eilig? Wenn ihr mich fragt: Irgendetwas ist da faul.«

***

»*Muchas Gracias, Doc.*« Henning schüttelte dem Arzt die Hand. »Und keine Sorge, ich nehm sie unter meine Fittiche.« Lächelnd wies er auf Karin Winter, die, von den zurückliegenden Ereignissen offenbar gänzlich unbeeindruckt, gerade in ihre Jacke schlüpfte. Zusammen mit Comisario Sanchez verließen sie die Praxis.

Vor dem Haus erwartete sie ein Zivilfahrzeug der spanischen Polizei.

»Sie haben mich auf der Finca nach G.E.T. gefragt, Señor Wolf«, meinte Sanchez, nachdem der Fahrer sich in den fließenden Verkehr eingefädelt hatte. Gespannt sahen Henning und Karin Winter ihn an. »Ich verrate Ihnen sicher nichts Neues, wenn ich sage, dass unter dieser Bezeichnung hier in Palma ein Dienstleistungsunternehmen firmiert.«

»Ja. In der Calle San Miguel, das wissen wir bereits.«

»Das Unternehmen befasst sich mit … wie soll ich sagen? Mit Geldgeschäften, genauer: mit Finanzierungs- und Vermögensberatung.«

»Also doch.« Katrin Winter nickte zufrieden.

»Die G.E.T. befindet sich schon seit Längerem im Fokus unserer Ermittlungsbehörden. Weniger wegen Verstößen gegen spanisches Recht«, er lächelte etwas säuerlich. »Sie können sich vielleicht vorstellen, dass Geschäfte dieser Art in Spanien und ganz besonders hier auf den Balearen mit einer gewissen … nun, in Deutschland würde man sagen: einer gewissen Hemdsärmeligkeit betrieben werden. Nein, den Ausschlag haben Beschwerden und Anfragen aus Ihrem Heimatland gegeben. Dort sollen Anleger in großem Stil geschädigt und sogar in den Selbstmord getrieben worden sein.«

»Geschädigt wodurch?«

»Durch dubiose Finanzprodukte.«

»Könnten Sie vielleicht etwas genauer werden, Señor? Was genau muss ich mir darunter vorstellen?«, fragte Karin Winter.

»Nun, ich kenne mich in der Branche nicht so gut aus. Wenn ich es richtig verstanden habe, verhökert – so sagt man doch bei Ihnen – die Gesellschaft irgendwelche Immobilienanteile.«

»Verhökern? Soll das heißen, mit den Anteilen stimmt etwas nicht? Handelt es sich vielleicht um Schrottimmobilien?«

»Möglich. Ich weiß es nicht, ich bin kein Fachmann. Leider sind auch die Beschuldigungen der Geschädigten überaus vage. Es scheint, als genierten sich die Leute, Details über ihre Geschäfte mit G.E.T. zu nennen – weiß der Himmel, warum. Jedenfalls haben wir die ständigen Anfragen zum Anlass genommen, der G.E.T. unsere besondere Aufmerksamkeit zu schenken … *Mierda*, was ist denn da vorne los?«

Der Verkehr, in Palmas Altstadt von Natur aus zäh, war inzwischen völlig zum Erliegen gekommen. Einige Fahrer waren bereits ausgestiegen und plauderten miteinander, ein Indiz dafür, dass an schnelles Weiterkommen nicht zu denken war. Soweit Henning erkennen konnte, befanden sie sich bereits kurz vor ihrem Ziel.

Sanchez ließ einen Schwall spanischer Worte auf seinen Fahrer los, bevor er sich wieder Henning und Karin zuwandte. »Warten Sie hier, ich werde mich kurz nach der Ursache des Staus erkundigen.«

Wenig später kehrte er zurück. »Bitte steigen Sie aus, wir gehen den Rest zu Fuß. Wie Sie vielleicht bemerkt haben, sind wir bereits in der Calle San Miguel. Bis zu dem Gebäude, in dem die G.E.T. residiert, sind es nur noch vierzig, fünfzig Meter.«

Henning und Karin Winter stiegen aus. Während sie sich zwischen Fahrzeugen und Knäueln wild durcheinanderredender Menschen hindurchlavierten, klärte Sanchez sie auf. »Die Ursache des Staus ist wohl ein Brand. Ein älteres Gebäude soll in Flammen stehen.« Nach einem kurzen Moment des Nachdenkens fügte er hinzu: »Ich hoffe nur, dass wir die Fahrt nicht umsonst gemacht haben.«

»Umsonst? Wie meinen Sie das?«

Sanchez sah sie an, ohne ihre Frage zu beantworten.

Henning blieb stehen. »Augenblick, Señor Sanchez. Wollen Sie damit sagen, dass …«

Im Weitergehen zuckte Sanchez mit den Schultern. »Kommen Sie, gleich wissen wir mehr.«

Karin und Henning wechselten einen Blick. »Denken Sie, was ich denke?«, fragte Karin leise.

»Wollen wir das steife Sie nicht endlich weglassen?« Er streckte ihr die Hand hin. »Ich heiße Henning.«

Obgleich nicht ganz bei der Sache, schlug sie ein. »Karin.«

»Also, was denken S… äh, was denkst du?«, bohrte er nach.

»Du wirst lachen. Irgendwie hab ich ein Ende wie dieses kommen sehen«, antwortete sie und wies auf die aufsteigende Rauchsäule vor ihnen. »Für mich ein Beweis mehr, dass hier Vollprofis am Werk sind. Denen wird der Boden zu heiß, also brechen sie ihre Zelte ab.«

Minuten später war aus ihrer Befürchtung bittere Wahrheit geworden: Das Haus mit der Nummer 23 stand in hellen Flammen. Brandgeruch lag in der Luft, der Lärm war unbeschreiblich.

Unmittelbar vor dem Gebäude herrschte ein heilloses Durcheinander. Mehrere Löschfahrzeuge mit gelben Blinklichtern hatten Stellung bezogen, Feuerwehrleute richteten Rohre auf Dachstuhl und Fenster, auch die angrenzenden Häuser bekamen Wasser ab, Kommandos erschallten, eine Leiter fuhr aus, während Feuerwehrleute scheinbar unkoordiniert durcheinanderliefen.

Der Brandherd war in sicherem Abstand von Polizisten abgesperrt worden, die sich der gaffenden Menge kaum erwehren konnten. Auch Sanchez und seine Begleiter wurden angehalten.

Nachdem der Comisario sich ausgewiesen hatte, durften sie passieren. »Bleiben Sie dicht hinter mir«, rief er ihnen über die Schulter zu. »Ich versuche, einen Verantwortlichen zu finden.«

Seit ihrem Eintreffen hier hatte der Spanier sein Mobiltelefon am Ohr, wild gestikulierend schien er permanent Meldungen durchzugeben. Dazwischen befragte er Feuerwehrleute, die irgendwohin wiesen. Endlich schien er den richtigen Ansprechpartner gefunden zu haben und überschüttete den Uniformierten mit einem schnellen Schwall spanischer Worte, die von diesem gleichermaßen im Stakkato beantwortet wurden. Dann legte der Uniformierte die Hand an die Mütze und eilte davon.

Sanchez steckte sein Handy ein. Er zog Henning und Karin an einen etwas weniger turbulenten Ort.

»Sie sehen selbst, was hier los ist«, erklärte er sodann. »Folgendes konnte ich in Erfahrung bringen: Vor gut einer halben Stunde haben Passanten den Brand entdeckt und die Feuerwehr alarmiert. Offenbar befanden sich zu diesem Zeitpunkt keine Mitarbeiter mehr im Haus. Die G.E.T. ist übrigens der einzige Mieter hier. So, wie es da drinnen aussieht, besteht wenig Hoffnung, noch etwas Brauchbares zu retten.«

»Brauchbares?«

»Nun, Unterlagen, die über die Geschäfte dieser Leute Aufschluss geben, über die verantwortlichen Personen, Sie wissen schon.«

»Señor Sanchez, mal ganz im Ernst: Finden Sie es nicht auch merkwürdig, dass ausgerechnet nach der Festnahme der beiden Macher der Laden hier in Flammen aufgeht?« Henning sah ihn erwartungsvoll an.

Doch Sanchez hob nur bedauernd die Hände.

»Schon verstanden«, meinte Karin. »Trotzdem … eines will mir nicht in den Kopf. Irgendjemand muss den Brand doch ausgelöst haben. Auf wessen Order hin? Wer hat befohlen, das Haus anzuzünden und so alle verräterischen Unterlagen zu vernichten? Die beiden Festgenommenen hatten dazu keine Gelegenheit. Wer also dann?«

Sanchez zuckte mit den Schultern. »Es ist müßig, darüber nachzudenken, Señora Winter – ich weiß es nicht. Vielleicht haben sich die beiden Bosse von einem Fahrer zur Finca bringen lassen, und der hat, als er uns kommen sah, noch schnell einen Anruf abgesetzt, bevor er sich auf dem unübersichtlichen Gelände versteckt hat. Das ist nur eines von mehreren denkbaren Szenarien. Darf ich fragen, was Sie nun vorhaben?«

»Wir fliegen noch heute Abend nach Deutschland zurück. Unsere Tickets wurden am Flughafen deponiert. Sosehr mich der Ausgang des Falles auch interessiert, man hat mich nach Mallorca beordert, um Frau Winter wohlbehalten nach Hause zu holen. Damit endet mein Auftrag, Señor Sanchez.«

Sanchez lächelte. »Ich bin sicher, wir werden in dieser Sache noch öfter telefonieren.« An Karin gewandt fügt er hinzu: »Ich hoffe, Sie behalten Mallorca trotz der bösen Erlebnisse in guter Erinnerung, Señora Winter. Ich wünsche Ihnen beiden einen guten Heimflug. Also dann, bis irgendwann einmal. *Adiós.*«

20

»Der Kerl fährt ja wie eine gesengte Sau«, meinte Vespermann belustigt. Die wilde Jagd schien ihm großen Spaß zu machen. »Vielleicht sollten wir ihn nachher wegen Geschwindigkeitsüberschreitung zur Kasse bitten, was meint ihr?« Sein Bauch hüpfte beim Lachen auf und ab.

»Halt Abstand, Gerd«, warnte Wolf, ohne den Blick von Graberts Wagen zu nehmen. »Wenn er spitzkriegt, dass wir ihn beschatten …«

»Ach nee, wir beschatten ihn? Vorhin sagtest du noch, wir fahren zu seinem Schutz hinterher … angeblich, um ihn vor Bullocks Ausrastern zu schützen. Ja, was nun?«

»Wenn ich das wüsste. Mir kommt hier einiges merkwürdig vor, das darfst du mir glauben. Wieso soll Bullock ausgerechnet in dieser Villengegend einen Schlupfwinkel haben? Nee, nee, Leute, wir müssen etwas Entscheidendes übersehen haben. Ich frag mich nur, was?« Mit zusammengezogenen Augenbrauen grübelte Wolf vor sich hin.

Jo, die mittig auf der Rückbank saß und gespannt dem Fahrtverlauf folgte, las die vorbeiflitzenden Straßennamen ab: »Jakobstraße … Lorettosteig …«

Wolf war plötzlich wie elektrisiert. »Moment mal, was hast du eben gesagt?«, fragte er hastig.

»Jakobstraße.«

»Nein, danach.«

»Lorettosteig.«

»Aber ja! Mensch, das ist es.« Er klatschte sich mit der flachen Hand auf die Stirn. »So eine gottverdammte Scheiße! Dass ich da nicht gleich draufgekommen bin.«

»Darf man erfahren, was den Herrn so nachhaltig beschäftigt?«, knurrte Vespermann, während er wie wild am Lenkrad kurbelte.

»Graberts Haus steht am Lorettosteig.«

Überrascht wandte Vespermann den Kopf. »Sicher?«

»Pass auf, eine Kurve«, rief Jo. Gerade noch rechtzeitig riss Vespermann das Steuer herum. »Wer weiß, vielleicht will er sich ja umziehen?«, schlug sie vor. »Könnte ich verstehen. Wer nimmt schon einem Kerl in Sportklamotten den JVA-Direktor ab?«

Wolf legte die linke Hand auf Vespermanns Arm. »Langsamer, Gerd, wir müssen gleich da sein.« Angestrengt blickte er nach vorne; die einsetzende Abenddämmerung machte sich bereits bemerkbar.

Auch Grabert verlangsamte nun das Tempo und setzte den rechten Blinker, fast im gleichen Moment kam sein Wagen in einer Einfahrt zum Stehen. Ein mannshohes Schiebetor glitt zurück und gab die Einfahrt frei.

»Nicht anhalten, fahr vorbei«, mahnte Wolf seinen Kollegen. Im Vorbeifahren erhaschte er einen Blick auf eine Doppelgarage. Sie gehörte zu einem ganz in Weiß gehaltenen Bungalow. Kaum war Graberts Wagen in der Garage verschwunden, fuhr das Schiebetor wieder zu.

»Und jetzt?«, wollte Vespermann wissen.

»Da vorne wenden. Wir warten auf der gegenüberliegenden Straßenseite.« Er sah auf die Uhr. »Wir geben ihm zehn Minuten.« Gar zu gern wäre er ausgestiegen und hätte sich eine Gitanes angesteckt, doch er verkniff sich sein Gelüst. Wenn seine Ahnung ihn nicht trog, durfte er sich keine Sekunde ablenken lassen.

»Bin gespannt, wo uns Grabert danach hinführt«, meinte Jo, als sie ihre Parkposition erreicht hatten.

»Falls er uns *überhaupt* noch irgendwo hinführt«, erwiderte Wolf.

Jo stutzte. »Was soll das heißen? Spricht da wieder Ihr Bauchgefühl?«

»Das würde mich jetzt aber auch interessieren«, meinte Vespermann. »Grad heute wollt ich nämlich pünktlich Feierabend machen, hab noch was vor.«

Ganz nebenbei hatte er aus einer Tasche eine halbe Tafel »Ritter Sport« gezogen. Er brach sich einen Riegel davon ab, dann hielt er sie seinen Kollegen hin. Während Wolf dankend ablehnte, bediente sich Jo.

»Also, Chef, wir warten auf Ihre Erklärung«, erinnerte sie Wolf.

»Ich hab keine Erklärung. Eine Mutmaßung vielleicht, ja. Aber welcher Richter gibt schon etwas auf Mutmaßungen? Ihr müsst euch noch ein paar Minuten gedulden.«

Jo zog eine Schnute, während sie ihre Schokolade lutschte, als unvermittelt ihr Handy klingelte. Sie nahm das Gespräch an, dann reichte sie das Handy nach vorne. »Für Sie, Chef.«

Wolf nannte seinen Namen und hörte zwei Minuten lang hochkonzentriert zu, zwischendurch allenfalls ein »Aha« oder »So, so« von sich gebend. Schließlich unterbrach er die Verbindung und gab das Handy zurück.

»Was Neues in unserem Fall?«, wollte Vespermann wissen.

»Das war Henning, mein Sohn. Er und die Winter sind wieder frei.«

»Wie, frei … was soll das heißen?«, fragte Vespermann irritiert.

»Richtig, du kennst ja die Vorgeschichte nicht. Karin Winter ist nach Mallorca gereist, um in Sachen G.E.T. zu recherchieren, und wurde prompt entführt. Mein Sohn ist bei dem Versuch, Frau Winter zu befreien, selbst in die Hände der Entführer geraten. Die beiden saßen auf einer alten Finca fest, aber die Kollegen von der *Guardia Civil* haben sie schließlich rausgeholt. Die beiden sind so weit wohlauf.«

»Ja, und, konnten sie die G.E.T.-Spur weiterverfolgen?«

Wolf schilderte kurz, was Henning ihm berichtet hatte. »Unser Verdacht gegen die G.E.T. und ihre Geschäftsführer scheint damit bestätigt«, schloss er.

Verwundert hob Jo die Augenbrauen. »Also haben wir es tatsächlich mit einer weiteren Tätergruppe zu tun. Unter diesen Umständen können wir eine schnelle Lösung wohl vergessen.«

»Lieber mehrere Täter als gar keiner, oder?«, meinte Vespermann achselzuckend. »Was ist nun mit meinem Feierabend?«, fragte er erneut.

Anstelle einer Antwort sah Wolf auf die Uhr. »Okay, die zehn Minuten sind um. Jo, du kommst mit, wir statten Grabert einen Erkundungsbesuch ab. Du, Gerd, bleibst im Wagen. Wenn wir in einer Viertelstunde nicht zurück sind, kommst du nach – aber bitte mit äußerster Vorsicht. Ich hoffe, ihr habt eure Dienstwaffen dabei.« Er öffnete die Beifahrertür.

»Was soll dieses Herumgeeiere? Warum marschieren wir nicht einfach geschlossen da rein?«, murrte Vespermann. Doch Wolf und Jo hatten den Wagen bereits verlassen, zügig gingen sie auf Graberts Haus zu.

Wie zu erwarten war, erwies sich das mannshohe Schiebetor als fest verschlossen. Suchend sah Wolf sich um. Soweit er das von hier aus erkennen konnte, war das Grundstück von einer hohen Mauer umgeben, nirgends sah er eine Lücke, durch die sie sich hätten zwängen können.

»Klingeln, Chef?«, flüsterte Jo.

Wolf schüttelte den Kopf und wies auf die Linse einer Minikamera, die kaum sichtbar in das Klingeltableau eingebaut war. Er stellte sich mit dem Rücken zum Tor und verschränkte die Hände vor dem Bauch. »Räuberstäffele«, sagte er. Mit einer Kopfbewegung forderte er Jo auf, auf seine Hände zu steigen.

»Ich vermute, dass sich das Tor von innen entriegeln lässt«, meinte er leise.

Jo ließ sich nicht länger bitten, sondern kletterte mit seiner Hilfe über das Tor.

Kurz darauf vernahm er auf der Innenseite ein leises Plopp. Sekunden später schob Jo geräuschlos das Tor auf, und Wolf schlüpfte schnell hindurch, bevor es wieder zufiel.

Als Jo ihre Dienstwaffe zog, schüttelte Wolf abermals den Kopf. Mit einer Armbewegung bedeutete er ihr, das Haus nach rechts zu umrunden. Er selbst wollte die linke Seite übernehmen. Nach einem zustimmenden Nicken setzte sie sich in Bewegung.

Zügig – und so weit möglich in Deckung der meist kahlen Sträucher – überquerte Wolf den Rasen, bevor er der Hauswand nach links folgte. Trotz der vorgerückten Dämmerung brannte nirgends Licht. Um nicht vorzeitig entdeckt zu werden, passierte er die Fenster auf den Knien, eine Prozedur, die ihn sichtlich Mühe kostete. Voll Neid stellte er sich die katzenhaften Bewegungen seiner jungen Kollegin vor, wischte den Gedanken jedoch mit einem trotzig geflüsterten »Na und?« beiseite. Auch sie würde irgendwann einmal in seine Lage kommen.

An der Ecke des Hauses legte er einen kurzen Stopp ein. Vorsichtig versuchte er, das vor ihm liegende Gelände zu überblicken, was bei der Ausdehnung des Grundstückes und den zahlreichen Stauden und Bäumen nicht einfach war. Immerhin, Grabert schien über den vielzitierten grünen Daumen zu verfügen. Oder über einen versierten Gärtner. Ach ja, und natürlich über das nötige Kleingeld.

Wo mochte sich Grabert aufhalten? Irgendwo im Haus? Was trieb er so lange?

Mit ein paar schnellen, weit ausholenden Schritten gelangte Wolf zur nächsten Ecke.

Da sah er ihn.

Mitten auf einer nach Süden ausgerichteten Terrasse mit prächtigem Blick auf den See saß Grabert auf einem Liegestuhl, allein, mit gesenktem Kopf, in der Hand eine Flasche, die er in kurzen Abständen an die Lippen setzte; der Inhalt sah verdächtig nach Whiskey aus. Seine Ohren waren unter groß dimensionierten Kopfhörern versteckt, und obgleich Wolf noch immer ein gutes Dutzend Schritte von Grabert trennte, drang das mächtige Brausen einer Orgel bis zu ihm herüber. Wolf kannte das Stück, und er liebte es: die »Toccata« in d-Moll von Bach. Es hier und jetzt zu hören, hätte er allerdings zuletzt erwartet.

Komisch. Hatte Grabert nicht vor kaum einer Stunde noch vehement darauf bestanden, die beiden Entsprungenen höchstselbst wieder zurückzuholen? Und nun? Wenn Wolf es richtig erkannte, hatte er sich noch nicht einmal umgezogen. Sah so »sein Ding« aus, das er großmundig durchziehen wollte?

Oder hatte er gar – so ungeheuerlich das auch klang – mit Sam und Luca gemeinsame Sache gemacht?

Er musste sich Gewissheit verschaffen.

Noch einmal suchte er mit den Augen die Umgebung ab, doch da war weiter nichts, was seine Aufmerksamkeit auf sich gezogen hätte. Er verließ seine Deckung, marschierte auf direktem Weg zu der Terrasse hinüber und stellte sich vor Grabert hin.

Im letzten Augenblick erst hob Grabert den Kopf. »Ach, Sie sind's, Wolf«, meinte er teilnahmslos. Er nahm die Kopfhörer ab und stellte die Musik leiser. Erneut setzte er die Flasche an die Lippen und nahm einen Schluck. Wolf fand seine Vermutung bestätigt: Es war Whiskey, auf dem Etikett stand »Jim Beam«.

»Ja, ich bin's«, sagte Wolf. »Sind Sie gar nicht verwundert?«

Graberts Brust entrang sich ein Seufzer. »Ich bitte Sie, Wolf … was soll *mich* noch wundern?«

»Wollten Sie sich nicht auf die Suche nach Bullock und Maroni machen?«

Erneut nahm Grabert einen Schluck aus der Flasche. Als er sie absetzte, musste er rülpsen. Mit Grabesstimme antwortete er: »Wir sind nichts. Was wir suchen, ist alles.‹ – Kennen Sie das? Stammt von Hölderlin.«

Ohne Vorankündigung warf er die Flasche über die Schulter, beim Aufprall auf die Steinplatten zersprang sie in tausend Scherben.

In diesem Augenblick tauchte Jo in Wolfs Sichtfeld auf, sie wirkte gehetzt. »Chef, kommen Sie schnell«, rief sie ihm halblaut zu. Im Laufschritt führte sie ihn zur anderen Seite des Hauses, auf die Doppelgarage zu. Schon von Weitem hörte er den laufenden Motor, und je näher er kam, desto penetranter stank es nach Auspuffgasen.

Sie erreichten die rückwärtige Garagentür, und Jo sagte hastig: »Ich hoffe, Sie kriegen das Ding hier auf, Chef, ich hab es nicht geschafft.«

Wolf hatte die Lage sofort erfasst. Mit aller Kraft rüttelte er an der Tür, dabei hob er sie leicht an, bis der Riegel aus der Zuhaltung rutschte.

Jo drängte sich an ihm vorbei. »Halten Sie um Gottes willen den Atem an, Chef.« Sie holte tief Luft und verschwand in der offenen Tür. Wolf folgte ihr nach.

Es dauerte einen Moment, bis seine Augen die Schwaden durchdrangen. Eng an eng, im wabernden Smog kaum auszumachen, standen zwei Wagen dicht nebeneinander. In dem einen erkannte Wolf den Audi wieder, mit dem Grabert eine Viertelstunde zuvor hier angekommen war. Der Motor lief, ziemlich laut sogar, vermutlich hatte Grabert das Gaspedal mit einem Gewicht beschwert. Ein armdicker Kunststoffschlauch führte vom Auspuff des Wagens zum Kofferraum eines BMW auf dem Stellplatz daneben – und ziemlich sicher von dort durch ein Loch in der Rückwand in dessen Innenraum.

Mit zwei schnellen Schritten war Wolf bei dem Audi, öffnete die Fahrertür und stellte den Motor ab. Zur gleichen Zeit gelang es Jo, das Außentor zu öffnen. Die Lichtverhältnisse wurden etwas besser, die Auspuffgase begannen abzuziehen.

Voll dunkler Ahnungen wechselte Wolf zu dem BMW und riss die Beifahrertür auf. Was er sah, bestätigte seine schlimmsten Befürchtungen: Auf den Vordersitzen, leblos in sich zusammengesackt, saßen zwei männliche Gestalten, und obwohl er ihre Gesichter nicht erkennen konnte, so war er doch absolut sicher, niemand anderen als Bullock und Maroni vor sich zu haben.

Ohne lange zu überlegen, fasste er den Beifahrer unter den Armen und zog ihn aus dem Wagen. Dann war auch Jo zur Stelle und ergriff seine Füße. Gemeinsam schleppten sie den leblosen Körper durch das Garagentor ins Freie und legten ihn ab. Tief durchatmend, füllten sie ihre Lungen mit frischer Luft, bevor sie wieder zu den Wagen eilten, um die Prozedur zu wiederholen.

Das Bergen des zweiten Mannes erwies sich als ungleich schwieriger, da der dichtauf stehende Audi die Fahrertür des BMW blockierte. Wie sie auch zerrten und zogen, stets war das Lenkrad im Weg. Erst als Jo durch die hintere Tür in den Wagen stieg, um von innen nachzuhelfen, konnten sie Bullock – um diesen handelte es sich – ins Freie ziehen. Sie legten ihn unweit der Garagentür neben Luca ab.

Erleichtert stellte Wolf fest, dass die beiden noch lebten. Ihr Brustkorb hob und senkte sich, kaum merklich zunächst, doch mit jedem Atemzug kräftiger. Langsam kehrte die Farbe in ihre Gesichter zurück.

»Ruf den Notarzt«, forderte Wolf seine Kollegin auf.

Jo hatte das Gespräch gerade beendet, da vernahmen sie hinter sich Graberts krächzende Stimme.

»Das werden wir mal hübsch bleiben lassen. Drehen Sie sich um und kommen Sie langsam her – aber vorsichtig, wenn ich bitten darf, ich habe eine Waffe in der Hand.«

Die Waffe entpuppte sich als eine 44er Magnum. Weit mehr erstaunte Wolf jedoch etwas anderes: Trotz des exzessiven Whiskeygenusses schienen Graberts Reaktionen nur wenig beeinträchtigt; es war, als hätte die drohende Aufdeckung seiner Tat seine letzten Kräfte mobilisiert. Mit steinernem Gesicht, wenn auch leicht schwankend, stand er nur wenige Meter von ihnen entfernt, und bereits sein nächstes Kommando bewies, dass er zum Äußersten entschlossen war.

»Sehr schön. Und jetzt legen Sie Ihre Dienstwaffen auf den Boden und schieben sie zu mir rüber.« Als wollte er seiner Anweisung Nachdruck verleihen, ließ er ein zischend hervorgestoßenes »Wird's bald?« folgen und fuchtelte unkontrolliert mit seiner Waffe herum.

»Machen wir, bitte bleiben Sie ganz ruhig.« Wolfs Antwort war weniger an Grabert denn an Jo gerichtet. Mit vorsichtigen Bewegungen kamen sie Graberts Aufforderung nach.

Kaum lagen die Waffen am Boden, sagte Jo mit fester Stimme: »Sie können sich sicher denken, dass wir nicht allein gekommen sind, Herr Grabert, das würde unserem Einsatzreglement widersprechen. Ich rate Ihnen darum, jetzt langsam Ihre Waffe zu senken und sie unserem Kollegen zu übergeben, der hinter Ihnen steht.«

Es war ein Schuss ins Blaue, doch zu Wolfs Verblüffung funktionierte er. Graberts Hand sank nach unten, und reflexartig wandte er den Kopf. Noch ehe er den Schwindel erkennen konnte, packte Jo ihn am Handgelenk. Rigoros setzte sie dabei ihre Fingernägel ein, sodass Grabert schmerzhaft das Gesicht verzog und die Magnum fallen ließ. Mit dem Fuß stieß Jo die Waffe nach hinten. In der Zwischenzeit hatte sich Wolf nach ihren Dienstwaffen gebückt, er brauchte allerdings nicht mehr einzugreifen, Jo hatte Grabert fest im Griff.

»Das Spiel ist aus, Herr Grabert. Je eher Sie das einsehen, desto besser für Sie.« Wolf rang sich ein mattes Lächeln ab. »Ich muss sagen, Sie haben wirklich nichts ausgelassen … bis hin zu dem Mordversuch an Ihren beiden Schützlingen.«

»Pah, Schützlinge«, rief Grabert in schrillem Diskant, »dass ich nicht lache! Sie vergessen wohl, dass die beiden mich übel zusammengeschlagen und gefesselt haben …« Er fuhr herum, als hinter ihnen ein Schuss fiel. Wolf und Jo waren ebenfalls bis ins Mark erschrocken. Was dann passierte, ließ Wolfs Blutdruck in ungeahnte Höhen schnellen.

In geringer Entfernung bemerkte er eine kräftige Gestalt, in der rechten Hand hielt sie eine entsicherte Waffe. Wolf ahnte, dass es sich dabei um Graberts Magnum handelte. Als etwas schwieriger erwies sich die Identifikation des Mannes. Erst auf den zweiten Blick erkannte Wolf, wer da vor ihnen stand: Es war der von den Toten wiederauferstandene Häftling Samuel Bullock – in einem abenteuerlichen Mix aus Gefängniskleidung und Teilen von Graberts Garderobe. Schneller als erwartet war er wieder zu Kräften gekommen. Als dann noch die Magnum so unverhofft in seine Reichweite gerutscht war, hatte er zugegriffen.

»Tut mir leid, Herr Wolf, wenn ich Ihnen quasi in den Rücken falle«, sagte er verzwungen grinsend. Er schien wieder ganz der Alte zu sein. Jetzt stupste er mit dem linken Fuß Maroni an. »Was ist mit dir, Luca? Muss ich mal wieder alles selbst machen, oder was?«

Mit glasigen Augen rappelte sich Maroni auf.

»Nimm den Staatsdienern dort ihre Handys und Waffen ab«, befahl ihm Bullock. »Ach ja, und leg ihnen ihre Handschellen an.«

Noch etwas benommen schritt Maroni zur Tat; wenig später waren Wolf und Jo aneinandergefesselt.

»Und du, Freundchen, kommst zu mir … aber ein bisschen dalli, sonst setzt's was.« Widerstrebend folgte Grabert Bullocks Aufforderung. »Leg dich vor mich auf den Boden.« Als Grabert protestieren wollte, schlug ihm Bullock kurzerhand den Lauf der Magnum ins Gesicht.

»Bist du wahnsinnig?«, brüllte Grabert, die Hand auf seine aufgesprungenen Lippen gepresst.

»Nee, mein Lieber, wenn hier einer wahnsinnig ist, dann bist das du«, gab Bullock zurück und verpasste ihm einen Stoß, dass er zu Boden ging. »Auf den Bauch drehen«, verlangte er. Als Grabert dem nachgekommen war, stellte Bullock seinen Fuß auf dessen Rücken. »Sehr schön«, sagte er zufrieden. »Damit wäre die Verhandlung eröffnet.«

»Verhandlung, Sam?«, fragte Wolf erstaunt. »Was meinst du damit?

»Sieh mal an, der Herr Kommissar hat seine Sprache wiedergefunden. Hätte übrigens niemals gedacht, dass wir ausgerechnet Ihnen mal unser Leben verdanken.«

»Da würde ich mir nichts drauf einbilden«, wehrte Wolf großmütig ab. »Wie du dir denken kannst, brauchen wir dich als Zeugen.«

Wie aufs Stichwort bäumte sich Grabert auf. »Glauben Sie diesen Halunken kein Wort, Herr Wolf …« Der Rest des Satzes blieb ihm im Halse stecken, Bullocks Absatz hatte sich in seinen Rücken gebohrt. Mit mildem Lächeln wandte der sich erneut an Wolf.

»Sie spielen auf die drei toten Banker an, was?«

»Erraten.«

»Nun, Luca und ich haben inzwischen eh nichts mehr zu verlieren. Allerdings darf auch Grabert nicht ungeschoren davonkommen. Von wegen ›die Kleinen hängt man, die Großen lässt man laufen‹, Sie verstehen? Schließlich haben wir die drei in seinem Auftrag eliminiert.«

Wolf beschloss, sich dumm zu stellen. »In seinem Auftrag? Wie soll ich das verstehen?«

Jetzt lachte Bullock höhnisch auf. »Können Sie sich das nicht denken? Der feine Pinkel da unten hat uns einen Deal angeboten: die Eliminierung der drei Banker gegen Hafterleichterungen. Und jetzt frag ich Sie: Warum sollten wir das ausschlagen? Als Knasti nimmt man mit, was man kriegen kann.«

»Was denn zum Beispiel?«

»Ooch, da gibt's 'ne Menge.« Bullock grinste und leckte sich dabei die Lippen. »Angefangen bei leckerem Essen und Arbeitsbefreiung bis hin zu … na ja, zu netten Freizeitaktivitäten …«

»Die Weiber nicht zu vergessen«, krächzte Maroni heiser und wedelte mit Wolfs und Jos Dienstwaffen in der Luft herum.

»Und die Weiber, richtig.« Für einen kurzen Moment schien Bullock in Erinnerungen zu schwelgen. »Ach, kommen Sie, Herr Kommissar, als ob Sie nicht selbst wüssten, was da so läuft.«

Wolf ging nicht näher darauf ein. Ihn beschäftigte eine ganz andere Frage, die er sich bisher noch nicht hatte erklären können. »Und warum solltet ihr die drei Banker … eliminieren, wie du das nennst?«

»Keine Ahnung, das müssen Sie schon den da unten fragen. Ich nehme an, der gute Grabert wurde von den Dreien übers Ohr gehauen.«

In Wolfs Kopf begannen sämtliche Alarmglocken zu schrillen. Mord aus Rachsucht, begangen von einem geprellten Kapitalanleger – hatte dieses Motiv nicht vom ersten Tag an im Raum gestanden?

Waren sie nicht unter dieser Prämisse auf Keller gestoßen? Dessen Name hatte auf Sahins Liste gestanden. Der von Grabert allerdings nicht. Warum nicht? Wolf kratzte sich mit der freien Hand am Kopf, ohne sein Barett abzunehmen.

Er rief sich die Liste wieder vor Augen und ärgerte sich über seine Kurzsichtigkeit, denn ein anderer Name sprang ihm nun förmlich ins Gesicht. Einer, bei dem er sofort hätte hellhörig werden müssen: Sennefeldt.

Der Name von Graberts Frau.

Schlagartig wurde ihm klar, wie alles gelaufen war: Grabert hatte seine Einlage unter dem Namen seiner Frau getätigt. Aus diesem

Grund war er auf keiner Liste aufgetaucht. Wenn Wolf sich recht erinnerte, war es um eine Anlagesumme von etwa einer halben Million gegangen – nicht gerade ein Nasenwasser.

Sein Gedankengang wurde jäh unterbrochen, Maronis Stimme drang in sein Ohr. »Grabert hielt das für einen absolut sicheren Coup«, ließ er vernehmen. »Wer käme schon auf die hirnrissige Idee, die Täter im Konstanzer Knast zu suchen.« Er lachte kieksend.

»Da hatte er eigentlich recht, ein wahrhaft kruder Gedanke«, räumte Wolf ein, während er gleichzeitig seine Unruhe über Vespermanns Ausbleiben zu verbergen suchte – die vereinbarte Zeit war schließlich längst überschritten. Er nahm sich vor, dem Kollegen später gründlich die Leviten zu lesen.

Er wandte sich wieder Bullock zu. »Eins würde mich noch interessieren, Sam. Wenn euch Graberts Deal so viele Vorteile brachte – wieso habt ihr ihn dann überwältigt und seid geflüchtet?«

»Haben wir das wirklich?« Bullock grinste herausfordernd.

Wolfs vage gehegter Verdacht nahm mit einem Mal konkrete Formen an. »Das soll also heißen, ihr habt ihn gar nicht gekidnappt? Die ganze Chose war ein abgekartetes Spiel?«

Bullock nickte und wies auf Grabert. »Es war *seine* Idee. Offensichtlich hatte der feine Herr plötzlich die Hosen voll. Er fürchtete, man könnte uns und in der Folge ihm auf die Schliche kommen. Also mussten wir verschwinden. Hier, in seinem Haus, würde er sich mit uns treffen, hat er gesagt. Hier könne er uns für die Flucht mit Geld und Kleidung versorgen. Ist anständig von ihm, hab ich noch gedacht. Ja, Pfeifendeckel! In Wirklichkeit sollten wir kaltgemacht werden, denn schließlich hatten wir unsere Schuldigkeit getan. Nein, schlimmer noch, wir waren zu lästigen Zeugen geworden. Und lästige Zeugen macht man kalt, nicht wahr, mein lieber Herr Gefängnisdirektor?« Seinen letzten Satz begleitete ein Fußtritt, dem ein spitzer Aufschrei von Grabert folgte. »Wie ich ihn kenne, hätte er am Ende auch unseren Tod als Suizid verkauft, genau wie bei Hauschild und Konsorten.«

Bullocks Miene hatte sich verfinstert. »So, Leute, jetzt aber genug des Geplauders. Wir müssen hier weg. *Sie* legen sich auf den Boden«, er zeigte auf Wolf und Jo. »Du, Luca, schneidest im Haus die Telefonkabel durch, danach machst du einen der Wagen klar. Ich werde währenddessen Grabert verschnüren. Los, ab die Post.« Sicherheitshalber brüllte er Maroni noch hinterher: »Und vergiss nicht, das blöde Schiebetor zu öffnen.«

Wolf und Jo blieb nichts anderes übrig, als zu gehorchen und sich auf den Boden zu legen. Weit würden die beiden Flüchtenden eh nicht kommen.

Und trotzdem, so langsam schwammen ihnen die Felle davon. Wo blieb Vespermann? Wann geruhte der Kerl, zu ihrer Rettung einzuschreiten? Gut zwanzig Minuten war er nun schon überfällig. Vermutlich hatte er sich im Wagen ein neues Rezept ausgedacht und darüber seinen Einsatz vergessen. Oh, wenn er ihn jetzt in die Finger bekäme – er würde ihm umgehend die Freundschaft kündigen – falls man von so etwas überhaupt sprechen konnte – und ihn anschließend kalt lächelnd zum Dorfpolizisten degradieren.

Zum Glück ersparte ihm Maronis Rückkehr weitere Gefühlsaufwallungen. »Wir können los«, verkündete er und schwenkte den Autoschlüssel. In der Zwischenzeit hatte Bullock auch Grabert Handschellen angelegt.

Während die beiden Ausbrecher schnurstracks in die Garage enteilten, fiel Wolf ein sich rasch näherndes Signalhorn auf. Mit jeder Sekunde wurde der an- und abschwellende Heulton lauter, und just in dem Moment, als Bullock im Rückwärtsgang aus der Garage fahren wollte, preschte ein Rettungswagen heran und kam direkt vor Graberts Ausfahrt zum Stehen; das Martinshorn erstarb. Wütend schlug Bullock mit den Händen auf das Lenkrad ein, bevor er die Seitenscheibe herunterließ, um mit lauten Kommandos die Sanitäter zum Wegfahren zu veranlassen. Ob sie sein Winken nun falsch verstanden oder sich einfach schnell aus der Gefahrenzone bringen wollten, war später nicht mehr zweifelsfrei festzustellen – jedenfalls stiegen die Sanitäter eilends aus und brachten sich hinter dem Rettungswagen in Deckung. Wutentbrannt stieg nun auch Bullock aus. Er schnappte sich einen der Sanitäter und zog ihn zur Fahrzeugvorderseite.

»Du fährst jetzt sofort da weg«, brüllte er, gleichzeitig riss er mit der Rechten die Fahrertür auf.

Angstvoll versuchte der Mann, sich loszureißen, da setzte ihm Bullock kurzerhand die Waffe an die Stirn.

»Wegfahren, sag ich, oder …«

In geringer Entfernung krachte plötzlich ein Schuss, und wie von Zauberhand wurde Bullock die Pistole aus der Hand gerissen. Scheppernd prallte sie gegen die Außenwand des Rettungswagens und fiel zu Boden. Fassungslos und mit offenem Mund starrte Bullock auf seine leere Hand.

»Wage ja nicht, das Ding noch einmal anzurühren.« Wie aus dem Boden gewachsen stand Vespermann in der Toröffnung, die Waffe unmissverständlich auf Bullock gerichtet. »Und nun zu dir«, rief er dem überraschten Luca zu. »Aussteigen und bäuchlings auf den Boden legen, zack, zack!«

Vespermann schien seinen Standort mit Bedacht so gewählt zu haben, dass er beide Ganoven im Blickfeld hatte. Er brauchte die Waffe nur wenige Zentimeter zur Seite zu schwenken und hatte Maroni im Visier, ohne den Blick von Bullock abzuwenden.

»Du legst dich jetzt daneben«, herrschte er Bullock an, der, augenscheinlich noch immer geschockt, der Aufforderung widerspruchslos Folge leistete. Als die beiden Ganoven einträchtig nebeneinander lagen, nestelte Vespermann kurz an seinem Gürtel herum, dann trat er neben sie. Es machte »Klick«, und die Arme der beiden waren aneinandergefesselt. Vespermann durchsuchte sie kurz nach weiteren Waffen, bevor er sich aufrichtete und einen amtlichen Ton anschlug. »Samuel Bullock und Luca Maroni, Ihr seid festgenommen wegen des dringenden Tatverdachts, die drei Bankleute Hauschild, Hörmann und Sahin ermordet zu haben.«

Vespermann war damit wohl der einzige Polizist, der zwei rechtmäßig verurteilte Ausbrecher nicht nur wieder eingefangen, sondern erneut verhaftet hatte, dieses Mal wegen dreifachen Mordes.

Er winkte einen der Sanitäter zu sich heran und drückte ihm einen Schlüssel in die Hand. »Geh bitte durch die Garage, im Garten befinden sich zwei meiner Kollegen. Sei so lieb und schließ ihre Handschellen auf.« Der Sanitäter nickte und verschwand.

Noch immer wachsam, zog Vespermann sein Handy aus der Tasche. »Hier ist Kriminaloberkommissar Vespermann. Sag Scharf, er kann sich die beiden Entsprungenen abholen. Er soll sich beeilen.« Er nannte dem Kollegen Straße und Hausnummer, bevor er die Verbindung unterbrach.

Im gleichen Moment traten Wolf und Jo mit Grabert und dem Sanitäter aus der Garage. Inzwischen brannten die Straßenlaternen.

In deren Schein übergaben sie den sichtlich demoralisierten Grabert der Obhut des Notarztes.

»Wurde aber auch langsam Zeit«, sagte Jo zu Vespermann. Ihre lockere Miene relativierte den gespielt vorwurfsvollen Ton.

Vespermann winkte grinsend ab. »Du kennst doch den Spruch: Willst du was gelten, dann mache dich selten.«

»Jo hat recht, wieso bist du nicht früher aufgekreuzt?«, murrte Wolf. »Ich bin bei der Warterei tausend Tode gestorben. Wir hatten doch ausgemacht …«

»Ich weiß, was wir ausgemacht hatten, Leo. Aber wie soll das gehen, wenn das Tor verschlossen ist? Hätte ich klingeln sollen?«

»Nein. Aber vielleicht drübersteigen?«

»Drübersteigen? Nee, mein Lieber, *die* Zeiten sind längst vorbei. Dabei ist der hier im Weg.« Liebevoll tätschelte er seinen Bauch. »Also blieb mir nichts anderes übrig, als an der Grundstücksgrenze entlangzuschleichen und zu hoffen, dass die Mauer irgendwo endet. Zum Glück ist der Garten seeseitig offen. Aber warum regst du dich auf? Hat doch alles wunderbar geklappt.«

Wolf stieß hörbar die Luft aus. »Deine Ruhe möchte ich haben.« Dann besann er sich. »Wie man hört, bist du unter die Scharfschützen gegangen. Ganz schön riskant, würde ich sagen. Aber der Zweck heiligt bekanntlich die Mittel, was?« Er überwand sich und klopfte Vespermann anerkennend auf die Schulter. Die Degradierung zum Dorfpolizisten würde er sich noch einmal überlegen. »Wusste gar nicht, dass du so gut schießen kannst«, fügte er hinzu.

»Hättest eben meine Personalakte genauer studieren sollen«, antwortete Vespermann. »Im Schießen bin ich fast so gut wie im Kochen.«

»Und im Essen«, ergänzte Jo. Beide lachten.

Die gute Stimmung war dahin, als plötzlich ein Schuss die Stille zerriss. Aufs Höchste überrascht fuhren Wolf, Jo und Vespermann herum. Auf dem Boden hinter dem Rettungswagen lag eine zusammengekrümmte Gestalt. Rufe ertönten, Notarzt und Sanitäter rannten zu der Gestalt und beugten sich über sie, machten sich an ihr zu schaffen, bis sie sich mit langsamen, resignierten Bewegungen wieder erhoben.

Auch Wolf und seine Kollegen waren zu der Gruppe geeilt. Wie die Helfer sahen sie fassungslos auf den toten Grabert hinab.

»Das darf doch nicht wahr sein«, stieß Jo hervor.

Dem Notarzt neben ihr stand das Entsetzen ins Gesicht geschrieben.

Wolf ging in die Knie und wies auf Graberts rechte Hand. »Wo hat er die Pistole her? Ist das nicht seine Magnum?«

»Ich glaube, die lag hier unten, direkt neben dem Rettungswagen«, meldete sich kleinlaut einer der Sanitäter.

Bestürzt fuhr sich Vespermann mit der rechten Hand über das Kinn. »Dann ist das die Waffe, die ich Bullock aus der Hand geschossen habe. Sie prallte gegen das Fahrzeug und fiel zu Boden. In der Aufregung haben wir das verdammte Ding allesamt vergessen. So eine Scheiße aber auch!«

»Dich trifft keine Schuld, Gerd. Ebenso wenig wie alle anderen hier. Es war einfach eine unglückliche Verquickung der Umstände. Grabert hat sich selbst gerichtet … irgendwie kann ich ihn sogar verstehen.«

»Das sagst du so leicht. Natürlich mache ich mir Vorwürfe«, widersprach Vespermann, und nach kurzer Pause fügte er geknickt hinzu: »Meinen Feierabend kann ich mir jetzt auch abschminken. Geschieht mir recht.«

Epilog

Bereits am Montag wurde Grabert beerdigt. Der Trauerfeier im »Haus des Abschieds« wohnten nur wenige Menschen bei. Neben seiner Frau – um genau zu sein, seiner Exfrau – und den beiden fast erwachsenen Kindern waren nur ein paar wenige Weggefährten seines nicht einmal fünfzigjährigen Lebens erschienen. Darunter Keller, der fünf Jahre lang sein Vorgesetzter gewesen war und mit dem Grabert sich anscheinend gut verstanden hatte.

Wolf hatte zusammen mit seinem Sohn in einer der hinteren Reihen gesessen. Während der Trauerrede, die aufgrund von Graberts Suizid und seinem Austritt aus der katholischen Kirche von einem weltlichen Gastredner gehalten worden war, hatte er das Wenige, was er von Grabert wusste, noch einmal rekapituliert. Wie erwartet war er auch diesmal zu keinem Ergebnis gekommen. Er konnte sich nach wie vor keinen Reim darauf machen, wie Grabert, den er als kühlen Pragmatiker kennengelernt hatte, in die Fänge der betrügerischen Finanzmafia geraten konnte.

Auch seine Hoffnung, von Graberts Exfrau Aufschluss darüber zu bekommen, hatte sich nur zum Teil erfüllt.

»Sie kannten eben Karl-Heinz nicht«, hatte sie gesagt, nachdem sie den Trauersaal verlassen und er sie darauf angesprochen hatte. »Zeit seines Lebens hat er nicht verkraften können, dass *ich* das Geld in die Ehe eingebracht habe. Er kam sich dadurch ... wie soll ich sagen? Er kam sich wohl irgendwie minderwertig vor. Er wusste, in seinem Beruf würde er es niemals zu großen Reichtümern bringen. Also setzte er alles daran, wenigstens *mein* Geld zu vermehren. Wahrscheinlich wollte er mir zeigen, dass er es in puncto Finanzen durchaus mit meiner Familie aufnehmen konnte.«

Wolf nickte. »Verstehe. Aber er war auch ein erwachsener, intelligenter Mann. Er hätte wissen müssen, dass da etwas im Busch war.«

»Gier frisst Hirn«, bemerkte Henning und brachte es so auf einen Nenner.

Andrea Sennefeldt lächelte bitter. »Sie sagen es. Das ist ja gerade das Teuflische an dem Loading-System.«

»Entschuldigung, wie heißt das noch mal?«

»Loading-System.« Sie buchstabierte das erste Wort. »Anfangs scheint alles phantastisch zu funktionieren – jedenfalls kommen misstrauische Neueinsteiger zu diesem Schluss.«

»Soll das heißen, die versprochenen Zinsen werden anstandslos ausbezahlt?«, hakte Henning nach.

»Zunächst ja. Dreißig Prozent im Monat – *im Monat,* das muss man sich mal auf der Zunge zergehen lassen. Wer kann zu so einer Rendite schon Nein sagen? Angenommen, Sie setzen testweise einen vierstelligen Betrag ein, den Sie notfalls verschmerzen können, sollte die Sache schiefgehen. Prompt bekommen Sie am Monatsletzten die versprochenen Zinsen – in bar, versteht sich. Sie wiederholen das Spiel, und es klappt wieder. Schließlich gehen Sie aufs Ganze und setzen alles, was Sie haben, vielleicht pumpen Sie sogar Freunde und Verwandte an …«

»Mich hat er auf diese Weise ja auch dafür gewonnen«, warf Keller ein.

»Sehen Sie.«

»Also im Grunde ein klassisches Schneeballsystem«, konstatierte Henning.

»Na gut«, meinte Wolf, der noch immer etwas skeptisch war, »aber irgendwann ist Schluss mit lustig, dann steig ich dahinter und zeig die Leute an. Jedenfalls wüsste ich nicht, was mich davon abhalten sollte.«

»Leider ist die Sache nicht so einfach, wie sie sich anhört«, antwortete Andrea Sennefeldt. »Durch seine Geldgier hat sich der Anleger ja quasi selbst zum Loser gemacht. Leichtgläubig hat er sein gutes Geld auf windige Versprechungen gesetzt – und alles verloren. Wer will das schon freiwillig hinausposaunen? Damit hätte er zum Schaden auch noch den Spott, und den hält keiner lange aus, glauben Sie mir. Daran ist letztlich auch mein Exmann zerbrochen.«

»Er war krank, nicht wahr?«, mutmaßte Wolf.

»Krebs. Die Bauchspeicheldrüse. Eine Folge der ganzen Geschichte. Es kommt aber noch ein Zweites hinzu: Anders als in allen anderen Bundesländern verjährt Kapitalanlagebetrug in Bayern bereits nach sechs Monaten.«

»Das darf doch nicht wahr sein«, empörte sich Henning.

»Stimmt aber. Ich habe mich erkundigt. Eine Besonderheit des deutschen Strafrechts.«

»Aber die Geschäfte wurden doch in Konstanz und Überlingen abgeschlossen«, wandte Wolf ein. »Und diese Orte liegen nicht in Bayern.«

»Na und?«, Andrea Sennefeldt lachte auf. »Entscheidend ist der Sitz des mit den Anteilen handelnden Unternehmens. Und die Finanzagentur der drei toten Banker saß nun mal im bayerischen Lindau.« Bitter fügte sie hinzu: »Ein Schelm, der Böses dabei denkt.«

Graberts Frau hatte aus ihrem Herzen keine Mördergrube gemacht. Trotz aller Bitterkeit hatte sie bis zuletzt der Versuchung widerstanden, den Stab über ihrem toten Exmann zu brechen. Es blieb offen, wie die Abwicklung der Transaktionen im Detail gelaufen war.

Doch das musste nun das D3 herausfinden, um solche Spitzfindigkeiten brauchten sich Wolf und seine Leute nicht mehr zu kümmern.

Nachdem sie die Trauerfeier verlassen und sich von Andrea Sennefeldt und Keller verabschiedet hatten, hatten sie vor einem Café am Fischmarkt einen freien Tisch gefunden. Henning hatte noch etwas Zeit, bevor er zu einer Schulung aufbrechen musste.

»Was ist, soll ich dich nicht doch nach Freiburg fahren?«, fragte ihn Wolf.

»Nee, lass mal, das ist bereits arrangiert. In einer halben Stunde werde ich hier abgeholt. Was trinkst du?«

»Einen Espresso, aber einen doppelten.«

Während Henning der Bedienung winkte, lehnte sich Wolf zurück, das Gesicht mit geschlossenen Augen dem Himmel zugewandt. Nach den kalten, stürmischen Wochen war es endlich so weit: Der Frühling ließ sein blaues Band durch die Lüfte flattern und verwöhnte die Menschen rund um den See mit Sonnenschein und angenehmen Temperaturen.

»Was Neues aus Mallorca?«, fragte Wolf mit träger Stimme.

»Kann man wohl sagen. Die spanischen Behörden haben die Ermittlungen gegen Varez und Müller so gut wie abgeschlossen, angeblich steht ihre Auslieferung kurz bevor. Allerdings scheint es sich bei den beiden nur um Handlanger zu handeln. Die eigentlichen Bosse haben sich mal wieder rechtzeitig absetzen können.«

Wolf setzte sich wieder aufrecht hin. Er holte seine Gitanes hervor und steckte sich eine an. Ohne Hast genoss er den ersten Zug, bevor er antwortete: »Damit dürfte das Kapitel ›G.E.T.‹ endgültig der Vergangenheit angehören, was?«

Henning lachte. »Das glaub ich eher weniger. Nach meiner Schätzung wird es Monate, wenn nicht gar Jahre dauern, das Geflecht rund um diese Finanzmafia aufzudröseln. Bei dem Loading-System, von dem Frau Sennefeldt sprach, handelt es sich übrigens um eine G.E.T.-Erfindung. Wäre Grabert nicht durchgeknallt – wer weiß, vielleicht wäre die Sache nie publik geworden.«

»Demnach waren die G.E.T.-Bosse höchstselbst der eigentliche Kopf des ganzen Finanzbetrugs?«

»Ja und nein. Gewiss, sie haben das System erfunden und einen flächendeckenden Vertrieb aufgebaut.«

Die Bedienung kam und brachte den Kaffee. Wolf drückte seine Zigarette aus, gab Zucker in seine Tasse und nippte daran. Dann meinte er versonnen: »Hört sich an wie eine Lizenz zum Gelddrucken.«

Henning nickte. »Ja, so was Ähnliches war es wohl auch. Allerdings sind auch die Vertriebsleute vor Ort alles andere als Unschuldslämmer. Dabei nehmen Hauschild, Hörmann und Sahin insofern eine Sonderrolle ein, als sie es geschickt verstanden, die von den Anlegern einbezahlten Summen großteils an der G.E.T. vorbei auf eigene Konten zu schleusen. Als die Bosse ihnen schließlich auf die Schliche kamen, war nichts mehr zu machen, Grabert mit seinem Rachefeldzug war ihnen zuvorgekommen.«

»Ist dir eigentlich aufgefallen«, wechselte Wolf das Thema, »auf welch subtile Weise Grabert den Tod der drei Banker inszenieren ließ?«

»Wie meinst du das?«

»Sommer hat mich darauf gebracht. Er fragte sich, warum Bullock den Sahin ausgerechnet auf seinem Boot getötet hat – wo sich das an Land doch viel leichter hätte bewerkstelligen lassen.«

»Wo er recht hat, hat er recht.«

»Ja. Und nun kommt's: Auch bei Sahins Kollegen gab uns die Wahl des Tatortes Rätsel auf. Weshalb wurde Hauschild von seiner Terrasse gestürzt? Warum musste Hörmann in seinem Wagen sterben? Was meinst du?«

Henning, der gespannt zugehört hatte, lachte leise. »Ich nehme an, du wirst es mir gleich sagen.«

»Nun, es ist nur eine Theorie, aber ich denke, so könnte es gelaufen sein: Grabert wollte, nachdem er seinen Rachefeldzug beschlossen hatte, die drei Männer nicht einfach nur töten lassen, nein ... er wollte sie mitsamt ihrem Lieblingsspielzeug zur Hölle schicken – entschuldige meine rüde Formulierung. Weil sie sich damit identifizierten und es letztlich nichts anderem als den ergaunerten Geldern verdankten.«

Henning ließ sich Wolfs Idee eine Weile durch den Kopf gehen. »Wir reden von einer wertvollen Jade-Figur, Hauschilds ganzem Stolz, von Sahins Traum-Segeljacht und ... was fuhr Hörmann noch gleich?«

»Einen Porsche 911, und zwar die Luxusversion.«

Henning stieß einen kurzen Pfiff aus. »Ja, du könntest recht haben. Allerdings frage ich mich, wie es im Kopf eines Menschen aussieht, der so was ausheckt.«

»Grabert muss von seinem Rachfeldzug regelrecht besessen gewesen sein. Jeden einzelnen Schritt hat er minutiös geplant. Nur ein Beispiel: Hörmann kam, wie du weißt, beim Aufprall seines Wagens auf eine Felswand zu Tode, nachdem sein Mörder ihm ein Eisprojektil an den Kopf geschossen hatte – ein Projektil wohlgemerkt, das perfiderweise keinerlei bleibende Spuren hinterlässt. Es reichte aus, um ihn für den Bruchteil einer Sekunde abzulenken und den Unfall zu provozieren. Ohne Dr. Reichmann wären wir wahrscheinlich nie dahintergekommen. Ich gebe zu, zunächst hab ich an einen ihrer üblichen Scherze gedacht – sie erzählt mir ständig obskure Medizinerwitze, musst du wissen. Bis wir in Graberts Haus das Luftgewehr gefunden haben.«

Zweifelnd sah ihn Henning an. »Ein Luftgewehr? Was soll das beweisen?«

Erneut steckte sich Wolf einen seiner übel riechenden Glimmstängel an, ehe er antwortete. »Wir fanden nicht nur das Luftgewehr, sondern auch die dazu passenden Gießformen. Sam Bullock hat die Eisprojektile hergestellt und auch den Schuss auf Hörmann abgegeben, das hat er uns bei einer ersten Vernehmung bestätigt. Übrigens hat er in der JVA in der Gefängnisküche gearbeitet, er hatte also jederzeit Zugang zum Kühlraum, in dem er die Geschosse produzierte.«

»Fast zu verrückt, um wahr zu sein«, bemerkte Henning kopfschüttelnd. Er sah sich um, als erwarte er jemanden. Nach ein paar Sekunden visierte er erneut seinen Vater an. »Da ist nur noch eins, was ich nicht verstehe. Du hast mir erzählt, dass Bullock und sein Kumpan nach ihrer Flucht aus der JVA mit Graberts Zweitwagen, den er vorsorglich in der Nähe geparkt hatte, zu dessen Haus gefahren sind, genauer gesagt: in seine Garage. Wieso sind sie dort nicht ausgestiegen?«

»Ging nicht. Sie waren im Wagen gefangen.«

»Gefangen? Wieso gefangen?«, fragte Henning verwundert.

Wolf hatte sich entspannt zurückgelehnt, mit geschlossenen Augen paffte er an seiner Zigarette. »Tja, ein weiteres Beispiel für Graberts krude Gedankenwelt. Allerdings ist das technisch leicht zu manipulieren: Du hängst die Öffnerstange am Türschloss aus und blockierst den Fensterheber, das war's. Die beiden Männer konnten zwar einsteigen und zu Graberts Haus fahren, doch beim Aussteigen sperrten plötzlich Türen und Fenster – nichts ging mehr. Wenn du dazu noch die Hupe abklemmst, können die Insassen nicht mal mehr Alarm schlagen. Grabert musste nach seinem Eintreffen nur noch Keile hinter die Räder legen, damit die zwei nicht wieder abhauen konnten, als sie kapierten, wozu das alles diente …« Er unterbrach seine Ausführungen, irgendetwas hatte sich vor die Sonne geschoben. Ahnungslos öffnete er die Augen – und blickte in Karin Winters Gesicht. Sichtlich besorgt beugte sie sich über ihn.

»Was ist mit Ihnen, Herr Wolf? Geht's Ihnen nicht gut? Sie sehen so blass aus. Na ja, was soll man von dem Zeug, das Sie da qualmen, auch anderes erwarten.«

»Sie hier, Frau Winter? Ich muss schon sagen, Sie haben ein Talent, immer im falschen Moment aufzukreuzen. Sicher wollen Sie mich wieder ausfragen. Hätten Sie nicht noch ein paar Minuten warten können? Dann wäre der Chauffeur meines Juniors erschienen, und wir wären weg gewesen.«

»Sie werden es nicht glauben: *Ich* bin der Chauffeur.«

Wolf fuhr hoch und drückte hektisch seine Zigarette im Aschenbecher aus. »Sie sind was? Sagen Sie das noch mal.«

»Ich fahre Henning nach Freiburg. Was ist so komisch daran?«

»Da haben Sie auch wieder recht, meine Liebe.« Er setzte sich wieder, nachdem er Karin einen Stuhl zurechtgerückt hatte. »Bitte sehr. Es kam nur … wie soll ich sagen …«

»Etwas überraschend?«, half sie aus.

»Genau. Bei Menschen meines Alters muss man Veränderungen gut dosieren, wenn Sie verstehen, was ich meine.«

»Was für Veränderungen denn?«, meinte Henning lachend. »Du hörst mal wieder das Gras wachsen, Vater.« Er zeigte zum Himmel. »Da oben fliegt übrigens dein Zeppelin.«

»Wo denn?« Wolfs Kopf ruckte nach oben. Nur aus den Augenwinkeln bekam er mit, dass Karin und Henning sich die Hände reichten – und sie erst nach geraumer Weile wieder lösten.

»Schon komisch«, sinnierte Wolf, »mit dieser Zigarre hat der Fall angefangen, und mit ihr hört er auch auf. Irgendwann werd ich mal wieder mitfliegen, das schwör ich euch.« Er sah den beiden ins Gesicht. »Ihr seid herzlich dazu eingeladen.«

Dank

Allen, die auf unterschiedliche Weise an der Entstehung dieses Buches mitgewirkt haben, sage ich Dank, insbesondere meinen Kindern Carin und Ulrich für das Beisteuern zahlreicher Fakten und Anregungen sowie das akribische Probelesen des Manuskriptes. Dass mein Notebook trotz zahlreicher Programmabstürze und im Datennirwana verschwundener Dateien bis zuletzt durchgehalten hat, dafür gebührt Ulrich ein ganz besonderer Dank.

Wichtige Hinweise zu Einzelfragen verdanke ich Dr. Michael Kolb, Eberhard Steimer und Peter Schulze. Ich hoffe, ich habe ihre Hinweise korrekt umgesetzt.

Danke auch an den Überlinger »Bürgerbräu«-Wirt Simon Metzler für seine Bereitschaft, in der Handlung namentlich mitzuwirken.

Und last but not least, danke ich meiner Lektorin Marit Obsen für ihre gleichermaßen kundige wie akribische Arbeit. Sie war es letztlich, die diese Geschichte rundum stimmig gemacht hat.

Den ausschlaggebenden Hinweis auf das der Handlung zugrunde liegende Loading-System entnahm ich dem Buch »Gier frisst Hirn« des Konstanzer Wirtschaftsanwaltes Jürgen Wagner. Ich hoffe, er wird es mir nachsehen, dass ich meinen Akteuren den Titel seines Werkes in den Mund gelegt habe.

Manfred Megerle
SEEHAIE
Broschur, 272 Seiten
ISBN 978-3-89705-519-3

»Spannend, logisch und gut durchdacht präsentiert Manfred
Megerle seinen Debütroman. Die Charaktere sind authentisch,
die Ermittlungen vielschichtig, die Schauplätze stimmig.«
Neckar Express

»Spannender Krimi mit beeindruckend detaillierter Schilde-
rung der Landschaft. Bodenseefreunde werden sich sofort in
der Umgebung wiederfinden.«   RSA Radio

www.emons-verlag.de

Manfred Megerle
SEEFEUER
Broschur, 304 Seiten
ISBN 978-3-89705-612-1

»Die Story ist spannend und lässt die Finger des Lesers an den Seiten kleben.« Schwäbische Zeitung

»Eine spannende und actiongeladene Kriminalgeschichte aus der Bodenseeregion.« Südkurier Konstanz

www.emons-verlag.de

Manfred Megerle
SEETEUFEL
Broschur, 336 Seiten
ISBN 978-3-89705-679-4

»Megerle legt ein flottes Erzähltempo vor und packt eine Menge Action in die Story. Eine leichte, durchaus spannende und amüsante Lektüre für Freunde des Schwäbischen Meeres.«
Heilbronner Stimme

»Ein spannender Plot.«   Staatsanzeiger Baden-Württemberg

www.emons-verlag.de

Manfred Megerle
SEEPEST
Broschur, 320 Seiten
ISBN 978-3-89705-818-7

»Manfred Megerle versteht es meisterlich, der Handlung seines Romans immer wieder überraschende Wendungen und stetig steigende Spannung zu verleihen. Megerles kantiger Kriminalkommissar Wolf kommt auf sympathisch subtile Weise daher.« Südkurier

»Souverän konstruiert.« Bodensee Magazin

www.emons-verlag.de